沧海归墟

虹日探踪

我本纯洁 著

漓江出版社
·桂林·

图书在版编目（CIP）数据

沧海归墟·虹日探踪 / 我本纯洁著 . — 桂林 : 漓江出版社 , 2023.7
ISBN 978-7-5407-9453-8

Ⅰ . ①沧… Ⅱ . ①我… Ⅲ . ①长篇小说 – 中国 – 当代 Ⅳ . ① I247.5

中国国家版本馆 CIP 数据核字 (2023) 第 089260 号

沧海归墟·虹日探踪
CANGHAI GUIXU · HONGRI TAN ZONG

作　　者　我本纯洁

总 策 划　张艺兵
出 版 人　刘迪才
策划编辑　霍　丽
责任编辑　王林秀　盘小春
装帧设计　曾　意
责任校对　李　慧
媒介主理　张津理
营销编辑　梁虹程
责任监印　杨　东

出版发行　漓江出版社有限公司
社　　址　广西桂林市南环路 22 号　　邮　　编　541002
发行电话　010-85891290　0773-2582200
网　　址　www.lijiangbooks.com　　微信公众号　lijiangpress
印　　制　北京中科印刷有限公司
开　　本　880mm × 1230mm　1/32
印　　张　14.5
字　　数　375 千字
版　　次　2023 年 7 月第 1 版
印　　次　2023 年 7 月第 1 次印刷
书　　号　ISBN 978-7-5407-9453-8
定　　价　49.80 元

目　录 / contents

第一章

北海有鲸

碧海蓝天，长空澄净，海天相接，形成一条漂亮的白线。

陆扬面朝大海深深地吸气，一股海边独有的咸腥味蹿入鼻孔：没错，就是这个味儿——家的味道。

远乡求学，久不归家，乍一见到从小看到大的那片蔚蓝大海，陆扬只觉得心胸开阔，忍不住用播音腔高声诵读了起来："北冥有鱼，其名为鲲。鲲之大，不知其几千里也。"

周围还有人在沙滩上散步，见他豪情万丈，抒发情感，不由跟着笑了起来。

陆扬却根本不在乎，喃喃地说："北冥有没有鲲我是不确定，北海倒是真的有鲸。那头鲸很特别，很特别，它是一头蓝鲸。"

他的手下意识地摸向了脖颈处，黑色的皮绳下方坠挂着一枚鲸鱼造型的吊坠。这条项链从他记事时起，便挂在脖子上，戴了很多很多年。整个吊坠都被他"盘"得圆润有光泽，摸起来没有一丁点棱角，是属于他的重要物件。

正值大二暑假，期末考试一结束，陆扬立即带着满满两大皮箱的礼物，登上了南下的火车。

为了省钱，他连个卧铺都没舍得买。

面对着熟悉的大海，他狠狠地吐出一口浊气，只觉得这一路的颠簸都值了。

不过，到了这里，还不算到家。

想要去北月岛，还得去码头坐船。

渡船将散布在海上的几座岛屿和内地连接起来，平时乘坐的人不多。

但今天明显不一样，陆扬发现排队的通道都站满了人，远处也有不少人在等待。他上船的时候，人和行李是被人群裹挟着向前移动的，上了船以后，更是只能站在角落里，想要挪动一下都困难。

这些人都是游客打扮，无论男女，遮阳帽、太阳伞、小墨镜是标配。有些人一上船就拿着自拍杆不停地拍照片、拍视频，极其兴奋。

“什么情况？哪来的这么多人？”陆扬嘀咕。

恰好站在他正前方的一个梳着马尾辫的女孩正在看一则视频，声音放得有点大：“北海市涠洲岛附近海域，频频出现的鲸鱼种群觅食画面，吸引了公众的关注。涠洲岛旅游区管理委员会近日发出告示：为了让鲸鱼种群在涠洲岛附近的海域繁衍生息，政府没有推行过任何形式的观鲸游项目，为了大家的安全和更好地保护鲸鱼，请广大游客切勿盲目出海观鲸。”

涠洲岛距离北月岛很近，陆扬立时明白，船上的这些人，以及码头上的那些突然出现的陌生船只，都是去观鲸的。

“什么时候又有鲸鱼群在附近出现了？爷爷在电话里没提起过呀。”

嘀咕完，陆扬又忍不住看着那黑压压的人群，感叹地摇了摇头：“来了这么多人，这也太夸张了。”

正前方认真看视频的马尾辫女孩听到了他的嘀咕，扭过头来，冲着他灿烂地一笑。

粉面桃花，唇红齿白，那笑容好看得有点晃眼睛。

陆扬没有太多与女孩子单独相处的经验，直接闹了个大红脸。

“是你呀，我认得你。”马尾辫女孩突然开口。

“你认得我？我们在哪里见过？”陆扬用极快的速度翻找着脑海中的

记忆，一一排除之后，才得出了结论：“你是不是认错人了？”

女孩摇晃着脑袋，用一口女式播音腔开始朗诵：“北冥有鱼，其名为鲲。”

陆扬的脸皮烧烫得厉害，他这才明白，原来自己刚才对着大海“畅快抒怀”的画面被这个女孩给看到了。她口中所谓的认识，原来是这么个认识。

“见笑了。”

她不避讳地主动伸出玉指纤长的手，与他轻握了握，说：“我叫赵卓娅，学生，这次是专程从北京飞过来看鲸鱼的。”

陆扬握住了女孩细腻柔软的手指，才发现自己的手有多粗糙。不过，与女孩子握手的感觉真是美好。当赵卓娅抽回了自己的手后，他竟还有种恋恋不舍的恍惚感。

“你叫什么呀？”见他一直盯着自己发愣，赵卓娅爽朗地问。

“陆扬，陆地的陆，飞扬的扬。我爷爷说，这名的寓意是，马力强劲，原地起飞。对于一个正在奋斗期的男人来说，绝对是世上最美好的祝愿了。”

赵卓娅又被逗笑了：“还是第一次见人这么解释自己的名字，你爷爷真是神人。”

陆扬摸着鼻子，认可地点头：“我也这么觉得。”

交谈中，赵卓娅扫了一眼摆在他面前的两个大行李箱，上边还叠着四个捆绑得整整齐齐的纸箱，很是壮观。

“你不是游客吧？没见过谁出来看鲸鱼还带这么多行李的，多累赘呀。”

“我不是游客，我是回家。喏，前边的那个岛名叫北月岛，我就住在那里。我是北月岛的渔三代。”

“渔三代？”赵卓娅犯迷糊了。

“第三代渔民喽。”陆扬讲得还有点得意。

两个人聊天的工夫，北月岛的小码头已近在眼前。

赵卓娅还想问关于鲸鱼的事，陆扬突然眯了眯眼睛：“怎么北月岛上的船比大码头那边的还要多？”

赵卓娅接口道：“大概都是来看鲸鱼觅食的吧，最近这是个大热点，北海因此还上过微博热搜呢。好多网红把这儿当成了必来的打卡地，如果碰巧能拍到一些与鲸鱼有关的素材，发到网络上去，点击量绝对不会差，很容易就成爆款作品了。”

说完，她还挺疑惑：“奇怪，你不是住在北月岛吗？连这个都不知道？”

“我也是很久没回来了。”陆扬有点心不在焉。

渡船靠得更近了一些，北月岛岸上的景物已经看得很清楚了。

北月岛这边的码头，小得不能再小，最多只能同时停靠两艘渡船。那些多出来的船，一般是停靠在相对较远的区域，用橡皮艇往来于船舶与海岸边。

码头上，聚集了不少人。

但如果仔细看，不难发现，那些人并不是游客，而是两个对立的阵营。一边是十几个五大三粗的汉子，是海边人的打扮，穿着简单，身后背着斗笠。而另一边，则是三个老头，同样是海边人的打扮，但他们的年纪已经很大了，头发斑白，黝黑的皮肤，络腮胡也是白的。

两伙人吵吵嚷嚷，情绪越来越激动，似乎在争执些什么，彼此说服不了对方，只能在嗓门上一较高下。

说着说着，突然有人动手推搡了一下左边的老头。老头没有防备，身体往后栽倒，仰面朝天摔在了地上。

这下，为首的那个老头似乎愤怒到了极点，也不管对方人多势众又个个年轻强壮。他大吼一声，直接冲上去与对方扭打在了一起。

“这几个老头可真是暴脾气，敌众我寡，也敢开打。”赵卓娅趴在船边看热闹。

等着渡船靠岸的陆扬本来也在观战，就在那为首的打架老头扭头的一瞬间，他看清楚了老头的脸。

虽然鼻孔滋滋淌血，脸也被打得变了形，可陆扬怎么会认不出那个人是谁。

“草！你们敢打我爷爷！”

陆扬大骂一声，单手撑着船舷，翻下渡船，直接跳进了海里。

此时船已经到了码头边上，陆扬落水后再往前游几米，直接上了岸。

他随手抄起了一根横在身前的棍子，直接加入了战局。

毕竟年轻，手上有力气，打到谁身上，力道都不轻。更别提陆扬的眼睛都红了，他是带着拼命的决心冲过来的。

本来这些壮汉就是仗着人多，欺负人少，对方几个老头，根本没有反抗的能力。

突然冲出个陆扬，他们也有点蒙。

周围聚集过来的人越来越多，有些围观者开始打抱不平。

怕惹了众怒，不好收场，领头的那个汉子停了动作，恶狠狠地警告：“下次再多管闲事，小心你的老命！”

他的同伙跟着附和：“断人财路犹如杀人父母，你们几个老东西别不识抬举。这次的事就算是个警告，而且，没有下次了！”

“谁要谁的命还不一定呢。”陆扬看着浑身是伤的爷爷陆远征，就觉得心中怒火噌噌地往上蹿。

他已经完全豁出去了。

可是那些人根本不与他纠缠。带头的汉子转身走了，跟着动手的人也就都走了。

陆扬提着棍子想要追，可他的衣角却被人给用力扯住。

“孩子，别去。”

这时，赵卓娅也从渡船上下来了，她背着双肩包，费劲地拖着陆扬落在船上的行李。

到了跟前，她也明白发生了什么事，便跟着提醒：“小哥哥，你爷爷伤得不轻，还是先把他送去医院吧。晚了，怕伤情加重。”

到了北月岛的小码头也就算是到家了，岛上的居民，陆扬大部分都认识。他们陆续跑过来帮忙，先把陆远征和其他两位老人送到岛上的小药店进行了简单的包扎。

本来陆扬坚持要把受伤的三人都送过海去，找个医院好好看一下的，但三人坚持说自己是皮外伤，没有伤到筋骨，不需要那么麻烦。

到药店后，把脸上的血洗净，又做了简单的检查，确定了老人们没有大碍，陆扬这才暂时放下了心，但也一再叮嘱：如果哪里不舒服，一定要说出来。陆远征年近七旬，岁数大了，身体健康问题绝对拖延不得。

去药店的路上，三个年纪加起来超过两百岁的暴躁老人，你一言我一语，拼凑出了整件事情的始末。

原来，最近涠洲岛附近海域频频出现鲸鱼种群觅食的画面，引起了有心人的注意。消息传出不久，第一拨游客就到了，其中不乏粉丝百万的网络红人。哪怕官方已明令禁止私自出海赏鲸、观鲸，但他们仍是悄悄前往，热衷于拍摄鲸群。

有了需求，自然就有市场。

一些摘掉了牌照的船从各地赶过来，想要做“黑船”，悄悄拉着游客去看鲸鱼，做点小生意。

陆远征等人之所以与他们起了冲突，原因也很简单。

北月岛位于涠洲岛之南，同样是鲸鱼喜欢光顾之地，只不过频率不那么高。船舶从大码头那边拉人，很容易引起海警的注意，毕竟已经三令五申不准拉人去观鲸。这个时候顶风作案，被抓到了，可能会被行政拘留或罚款。

于是，北月岛便理所当然地成了一个中转站。

开黑船的人鼓动游客从大码头坐普通的渡船来到北月岛的小码头，再从这边坐黑船前往鲸鱼出没的海域。寂寂无闻的北月岛，因此而变得热闹起来。

而像陆远征这样的老渔民，对于海洋和海洋生物有着特殊的感情。鲸类是海洋生态系统的顶级捕食者，也是海洋生态系统健康与否的指示物种。鲸生活在涠洲岛附近海域，说明涠洲岛海域生态系统比较健康，食物链比较健全，是海洋生态趋于良性发展的重要标志。

这里是当地渔民祖辈生存的家园，他们依赖着海洋的馈赠而生存，同样也想默默回馈一些，感谢这份供养。外人哪里懂这些老渔民丰沛的情感。

而私自出海去“偶遇”鲸鱼群的黑船，会过度接近鲸群，甚至追赶鲸群，船艇发动机的噪声会惊吓到鲸群，船艇在行进中也容易撞到鲸鱼，使鲸鱼受伤。此外，游客的安全也存在着很大的隐患。

那些非法运营者简直和非法捕捞者一样可恶，是破坏生态平衡的刽子手。

陆远征想起这些，仍是气愤：“我老了，不中用了。要是再年轻二十岁，这几个人敢到我面前来叫嚣？哼，一拳一个，直接打倒，绝不惯着他们！”

看着老头吹胡子瞪眼，一副没打尽兴的样子，赵卓娅转过身，捂住嘴偷偷地笑。

陆扬给了她一记警告的眼神。

赵卓娅却趁机凑近，喃喃道：“你家爷爷真是个眼里不容沙子的人，脾气火暴啊，真是个老可爱。”

陆远征人老了，耳朵可不背，赵卓娅的话被他听了个清清楚楚。

于是，老头的注意力彻底转移到另外两件事上。

第一，说了不回来的陆扬为什么突然又回来了？

第二，这个陪在陆扬身边的漂亮女孩是谁？

刚才来药店的一路上，小丫头和陆扬一边一个搀扶着他呢。

陆远征越想越觉得这里面有问题，越有问题他就越忍不住想要笑。哪怕一笑起来，嘴角拉扯脸上的伤，会疼，他也完全控制不住。

“陆扬，这姑娘是谁啊？你在大学里交的女朋友？”

“大学？你不是渔三代吗？怎么还去读大学了？”赵卓娅一听，顿感受骗，瞪了陆扬一眼，心里想这么个浓眉大眼的淳朴男孩怎么也满嘴瞎话了呢？

“谁说渔三代就不能有文化了？现代社会，知识就是力量，各行各业都是一样的道理。渔三代就更应该好好地学习科学文化，用现代化的手段去捕鱼、捞鱼、养鱼，里边儿的学问多着呢。”陆扬振振有词。

见把赵卓娅噎得说不出话，他才放柔了语气，跟爷爷聊了起来。

“放假了，我怎么可能会不想着回家呢？故意说不回来，就为了给您一个惊喜，谁知道惊喜没送到，倒是迎来一场惊吓。”他的语气突然变得有点埋怨，“爷爷，您好歹尊重一下自己的年纪，奔着七十去了，居然还跟人打架，这也太……暴躁了。”

“谁七十岁了，你小子胡说八道，我今年才六十八，年轻时一个打三个，现在一个打俩。”

“吹吧，继续吹吧，牛都在天上飞着呢。”

老头气呼呼的，但嘴角还在疼，他决定不跟自家孙子讲道理了。

目光一转，望向了赵卓娅那边，老头换上了慈爱灿烂的笑容。

“陆扬，你还没给爷爷介绍呢？”

“您就甭瞎想了，她叫赵卓娅，跟着渡船来到北月岛，应该也是奔着黑船去的，是想要观鲸的游客。我跟她是在船上认识的，并不熟悉。您不是把那些开黑船的人都给撵走了吗？她无处可去，又没见过老头打架，就跟着一起过来喽。”

陆扬嘴欠，东说一句，西讲一句。两分钟内，成功地把药店内，除药店老板之外的所有人都给得罪了。

跟着一起去堵黑船的另外两个老头没好气地瞪着他，不过也是看在陆远征的面子上，不好发作。

陆扬看出了老头们的不服气，也不畏惧，直截了当地开口：“六叔公、九叔公，我说的哪里不对了？你们瞧不惯那些人的所作所为，有的是办法可以解决啊。给海警打个电话不行吗？跟大码头那边的安保员联系一下不行吗？再不济，也可以联系媒体，或者打官方电话举报。任何一条，都好过你们仨跑去跟人干架吧！瞧瞧你们身上的伤，这幸好是没伤到骨头，万一有个闪失，可怎么是好？”

陆扬的话，把两个老头说得低下了头。他们随便找了个借口，匆匆地走了。

陆远征看着久未见面的孙子，绷着脸，心里却着实高兴，拉着人，就要回家。

陆扬走之前，看着噘着嘴不高兴的赵卓娅说：“赵小姐，你听我一句劝，非法船只上不得，说是要带你去看鲸鱼，可上了船以后就由不得你了。万一人家要使坏，你一个女孩子家可怎么抵抗？还是回去吧。”

“渔三代，瞎操心。”赵卓娅半点不领情。

陆扬没再多说，搀扶着陆远征朝着北月岛地势较高的地方走了过去。路的尽头，就是他生活了近二十年的家。

回家后，祖孙二人闲聊了一会儿，陆扬便安顿着陆远征睡下了。

陆扬悄悄地从房间里走了出来。家里的院墙是石头垒成的，不是很高。他趴在上边，以最舒服的姿势，观望着远方的大海。整个海面呈现出一种深邃的墨蓝色，海与天相接，延伸到了极遥远的地方。近码头的地方，是一片弧形的沙滩，并不规则，零星的礁石不规律地分布着，给此间增添了许多别样的景致。

最吸引人眼球的，仍是离那座小小的码头一海里远的海域上，一字排开停着的十几艘船。

陆续还有渡船将大码头那边的游客给运过来，上岸后，再由小皮艇分流人群，送到那些黑船上去。一旦载满了游客，黑船会鸣笛出发，朝着涠洲岛的方向行驶。

法律的规定，在这些渴望暴利的人眼里，成了形同虚设的玩意儿。

这些本来与陆扬没什么关系。

可偏偏那些人居然为了做生意，去殴打他的爷爷。

回到北月岛就撞上了这一幕，陆扬的情绪始终难以平复，他甚至不敢去想，如果自己真的选择暑假去打工不回家，爷爷被打成重伤，自己又该如何面对。

越是后怕，心里的愤恨便越浓。

“得想个办法，好好地教训一下这群人。不过，首先得找个切入点。”他下定了决心，但同时有些迷茫：“对方船多、人多，愿意上船的游客也多，我该从哪里入手呢？”

陆扬还在思考，之前劝老头们别打架时说了不少办法，但他觉得事情并没那么简单。

一道身影忽地出现在他的视线范围之内。

白 T 恤，黑短裙，白色的双肩包。她梳着高马尾，戴着遮阳帽，走路的时候，拴在双肩包上的小熊会跟着她的动作一跳一跳的。

即使距离远到根本看不清她的脸，陆扬依然一眼认出了她是赵卓娅。

“这丫头，怎么就不知道害怕呢？明知道是黑船还往上凑。”他已经把事情的利害关系说得非常清楚了，赵卓娅显然是没听进去，竟然还打算出海。

为了看鲸鱼，竟连摆在眼前的风险都不理会，未免太鲁莽了。

“随便她，那么大的人了，光长个不长脑，放着好好的日子不过，非要去冒险。”

陆扬嘴上这么说，但他控制不住自己的双脚，朝着山下的方向狂奔而去。

三四百米的距离，即使陆扬的速度再快，到码头时，看到的也只是赵卓娅越漂越远的背影。

她坐上了一艘皮艇，已经被送出去了老远，距离那艘黑船越来越近。

而陆扬分明看到，在黑船的上方，有两个船员打扮的男人，正在高处对赵卓娅指指点点。

陆扬看不清他们的表情，但他非常肯定，那些人根本没安好心。

这个念头一出现，便再没办法压制下去。

去，还是不去？

陆扬咬了咬牙，内心深处，泛起了挣扎。

此时的赵卓娅正满是期待地坐着皮艇，随着海浪，摇摇晃晃。

坐黑船去看鲸鱼群，想想都知道这是一次多么酷的冒险之旅。感觉有点像上了加勒比海盗的大船，跟随着一群无恶不作的水手，踏入未知的凶险旅程。

至于此行会不会真的遇到危险，赵卓娅压根没去考虑。她甚至觉得陆扬的警告纯属瞎操心，又或者是因为他爷爷与开黑船载游客的那群人发生过争执，所以陆扬便带着满满的偏见，觉得这些人全是坏的。

再说，又不是只有她一个人坐船出发，跟她一起的游客足有三四十位呢，放眼望去，和临时组的小旅行团差不多，有什么好怕的。

生在和平盛世，哪儿来那么多坏人啊。

“美女，请登船，你要顺着梯子往上爬，别怕，我们会在你腰上系一根安全绳，即使你爬到一半觉得腿软，我们的人也会在上边拉住你，绝对不会有危险，绝对安全。”黑船的导游拍着胸膛打保票。

“酷！”

赵卓娅吹了声口哨，把身上的东西一股脑全塞进背包里，跟着将帽子反戴，活动活动手脚。

轮到她时，她配合地让黑导游用一根细细的绳子拴住了她的腰。

接着便迫不及待地踩着一截一截的软梯，向上爬去。

爬到了一半，她脸上的潇洒兴奋全消失了，腿软，手臂也软，浑身的力气耗尽了似的。

“我有点累，爬不动了。”她小声地说。

可下方根本没人回答，上方也没人应声。赵卓娅回头一看，刚才载着她过来的皮艇，将另一名游客送上了软梯后就往远处开走了。而朝上张望时，似乎也没有人在。那条所谓的安全绳，轻轻一甩，竟然直接落了下来，掉入海中。

赵卓娅的脑子嗡的一声巨响。她清楚地意识到，自己目前等于是悬在了半空当中，如果爬不上去，怕是要直接掉进海里去。

不远处，黑导游还在强调那套安全说辞，像是洗脑似的，给每个要上船的游客讲一遍。可游客一旦爬上软梯，他们就立即不管了。

有个游客手臂没那么大的力气，爬到一半就摔了下去。扑通一声，直接落海，而那些黑导游竟然还指着他哈哈大笑。

等到人在海里扑腾一会儿，眼看就要沉下去了，就有人在远处的皮艇上大声地问：“五千块救你一命，要不要救？”

一条人命值多少钱？大约没人能说得清楚。可若是救自己一条命只要五千块，大部分人还是愿意掏钱的。

一听到那忙不迭的求救声，皮艇上的那帮人发出贱兮兮的笑声，非要再等一会儿，才出发救人。

别看只耽误了这一分半分的，落水的人可是吃尽了苦头，多呛几口水便头晕脑胀，被拽出水面时，魂儿都吓飞了。

赵卓娅后知后觉地想起，自己似乎不会游泳。

陆扬赶过来的时候，距离赵卓娅出发的时间，只晚了五分钟。

他老远就看见赵卓娅悬挂在了船的外侧，像是一条挂起来的腊肉，随着海风摇摇晃晃。

稍微有点刺激，她就跟着一激灵。

坐在皮艇上的黑船渔民不停地吹口哨，说粗鲁的话："小妞，哥哥们在下边接着你呢，怕什么怕，不要怕，心一横，手一松，落个水，湿个身，你长得又白又嫩又好看，不给钱，哥哥也不会让你淹死的。"

"你们这是违法犯罪，我要是报警，你们就毁了。我警告你们，不要乱来。"海风本来就大，风一吹，赵卓娅跟着那悬在空中的软梯晃来晃去。

那些人还在底下污言秽语："小妞，你吓到我们了，我们本来是想见义勇为救你一命，你居然还想叫警察来，诬赖我们是违法犯罪！这年头，果然是好人没好报啊。得了，这个好人我们可不敢做了，你自个儿玩吧。"

说完，他们真的开着皮艇，扬长而去。在船的另一面，还有几个爬不上去，即将要掉下来的游客，正等着他们"有偿营救"呢，像赵卓娅这种不识趣的，非得吃点苦头才能就范。

赵卓娅的胳膊极酸，脚也快蹬不住了，她看着脚下深蓝色的海水，也不知道下边有多深。远处的海岸，距离这里得有几百米了，要坚持着游回去，显然是个不可能完成的任务。

难不成，今天真的要死在这里？

念头刚出，整个人便直接坠了下去。大海敞开了博大的胸怀，轻柔地接住了她。

跌落的瞬间，并不觉得疼痛。海水翻涌，向她挤压而来。赵卓娅奋力地扑腾，溺水的恐惧和绝望，迅速地压制住了她。

她开始向下沉。

耳边越来越静，在即将失去意识之前，她一下子睁开了眼睛。

海面下的世界，冰冷，黑暗。所有的光，全都在正上方。而此刻，她距离那代表着生命和希望的光，越来越远了。

窒息感，让她觉得好难受。

谁来救救她。

她不想死。

她还有很多事没有做。

扑通——

大约是求生的欲望太过强烈，赵卓娅隐约听到了一声轻响。

她拼尽最后的力气，望了过去，只见有一道黑影，朝着她游了过来。

那张脸，好熟悉。

陆扬从小在海边长大，跟着爷爷出海打渔，可以说是泡在海水里长大的。

水性自然是极好的。

但即使如此，在海中准确地定位一个人相当困难，将其带回到水面，也是一件相当耗费力气的事。

幸好他抓住赵卓娅的时候，她已呛得昏昏沉沉，完全没有挣扎的力气。

陆扬拽着人，奋力向上。

直到将赵卓娅托出了水面，一起上了冲锋舟，陆扬这才迫不及待地喊：“九哥，人找到了，快走，那些人等会儿还要绕回来找人的。”

九哥二话不说，驾着冲锋舟，开足马力，溜之大吉，将海浪横切出两道浪花，十几秒钟，已冲出了老远。

黑船上，有人听到了声响，急急忙忙地来看。

恰好看到九哥驾着冲锋舟在海面上狂飙，其间还不停地做着各种造型。

黑船上的人把九哥认成了那些狂热的在炫技的水上驾驶爱好者，也没有多想，便由着他去了。

而陆扬蹲在冲锋舟内，无惧耳边刷过的狂风，正在努力地给赵卓娅做溺水急救。

在胸口按了好一会儿，赵卓娅只是随着他的动作吐出了几口海水，人还是一动不动的。

“不会是淹死了吧。”陆扬嘀咕一声，正打算俯下身去，试试再给她做一会儿人工呼吸。

嘴唇才贴住了嘴唇，赵卓娅突然睁开了眼睛。

四目相对，呼吸还在交缠。

赵卓娅没有尖叫，她忽地张开了嘴，使劲地咬住了陆扬的唇。

痛！

剧痛！

上岸时，陆扬的嘴唇还是肿着的，一道血痕清晰地浮现，他连说话都不自在了。

赵卓娅也是气呼呼的，跟在陆扬的身后，一言不发。

“行了，该做的我都做了，你恩将仇报咬了我，我也不跟你计较了。”陆扬摆摆手，意思是道别。

可走着走着，觉得有人在跟着他。

一回头，果然是赵卓娅，她正噘着嘴，还一个劲儿地瞪他。

“你跟着我做什么？还不走？等会儿那些人回来，小心再把你扔海里去灭口。”

赵卓娅被他一吓，本就煞白的小脸，瞬时更是一点血色都没有了。

“我的背包掉海里了，手机、现金和证件全在里边，现在去了码头也没法坐船走。更何况，我现在很冷，如果不尽快换衣服，我可能会生病。”

话音才落，她便不由自主地打了个喷嚏。

阳光很烈。

但海风吹在湿透的身上，照样觉得冷。

陆扬想了想，既然已经把人给救出来了，那就索性救人救到底吧。

“你要是不怕我也是坏人，就跟我回家去，洗个澡换件衣服，我再借你点钱，让你回酒店去。”

赵卓娅使劲地用手背揉了揉嘴唇，圆溜溜的大眼睛满是怨念地瞪着陆扬，嘴里嘟嘟囔囔地说着什么，虽然声音非常小，但陆扬仍从她的嘴形里辨认出她话里的意思。

她说：你不是坏人，但也不是什么好人。

陆扬心里也有气，明明是她自己瞎逞能，非要去找刺激，才会遭遇这一连串的危机。

他一个旁观的局外人，好心好意地去救她，她不感激涕零也就算了，竟然还悄悄骂人。

论起嘴皮上的功夫，陆扬也不会示弱，他直接回怼：“‘人不可貌相’这几个字是什么意思，今天我总算是领悟了。”他饱含深意的目光，轻飘飘地扫了一眼赵卓娅，生怕她没听明白他是在讽刺谁：“第一眼的印象，总是存在着误差，因为有些女人天生就懂得掩饰自己，习惯用一些假装出来的美好来换取别人的好感。其实呢，骨子里是什么样子，非得经历了一些事才能看出来，比如有些人就是不知好歹、恩将仇报，另外还有……胸大无脑！”

顺着陆扬邪气的目光，赵卓娅才后知后觉地发现，自己身上穿着的单薄的衣服被海水一泡，正“完美”地贴在身上。不该露的部位是半遮半露，比完全不穿还要引人遐想。

赵卓娅骂了一句“流氓”，双手迅速地环抱住自己，放声尖叫起来。

一件臭烘烘的外套直接飞过来，准确地落在了她的头顶上。

男人的汗味，海水的咸味，还有一些用言语无法形容的特殊味道，瞬间扑面袭来，赵卓娅恶心得差点原地晕倒。

“臭丫头，我忍你很久了，再胡言乱语，信不信我直接变成流氓给你看看？”陆扬脸上的和善一下子全都消失了，他恶声恶气地吼了起来，“我让你上的黑船吗？我让你不长脑子上当受骗吗？你这种没见过人心险恶的城市妹到了北月岛上最好给老子老实点，不然信不信我再把你丢进海里喂鱼？”

赵卓娅目瞪口呆，心想这人怎么翻脸比翻书还快，太暴躁了！

“想作死赶紧走那边，想回酒店就跟我来。管好你的嘴巴，不然的话要你好看！”陆扬又瞪了她一眼。

赵卓娅慌得后退了两步，但陆扬并没有冲上来，而是扭头转身，直接就走。

之前开游艇的精瘦男人此刻赤着上身，跟在陆扬身后。在阳光之下，他的皮肤黝黑，肌肉线条却是十分健美漂亮。

陆扬喊他九哥。

原本穿在九哥身上的夹克外套，此刻就在赵卓娅的手上挂着，它沾满了男人独有的精壮气味，她可没勇气穿着，但考虑到自己此刻的窘境，扔掉了又有点不妥。赵卓娅思虑再三，最后只能抱着外套，勉强挡住了胸前的旖旎风光。

一阵风吹过，赵卓娅打了个寒噤，发现那两个男人根本没有等她的意思，越走越远了。

身后是一望无际的大海，所处的是空荡荡的北月岛，而她在这座岛上认识的人，就只有陆扬一个。

虽然他也是陌生人，不过想到刚刚她从船上坠入海中，生死濒临一线的紧要关头，正是陆扬冒险前来将她给救了起来，赵卓娅的心里涌过一股暖流，对陆扬生出来的敌意淡了下去。

她快走几步，跟了上来。

只是陆扬刚刚才凶过她，她一时拉不下脸主动示好。

陆扬也不理她，有点恼火地跟九哥闲聊："这伙人的做派你也亲眼看到了，他们把游客骗上船以后，各种肮脏手段都使得出来，设局让游客掉海里，非要人家拿出钱来才肯出手救人，这已经不是普通的违法，分明是变相的谋财害命、敲诈勒索。最关键的是他们还打着观鲸一日游、振兴本地旅游业的噱头，用不了多久，北月岛的名声就会被这些人败坏，咱们这些无辜的岛民也要跟着一起被人指着脊梁骨来骂。"

九哥点了点头，岛民想法朴素，遇到麻烦事时，第一个想到的仍是警察："再去报一次警吧。"

"他们这么干也有一段时间了，那些游客被坑了以后肯定也会去报警投诉的。可是你看，时间过去这么久了，他们在码头那边公然打人，接着又马不停蹄地带着游客出海，这么嚣张，背后怕是没有那么简单。"陆扬越说越气，但他这个人，真动了大火气的时候反而不爱抬高音量，因此听上去，他的逻辑性和条理性比以往更好。

说到这，陆扬的态度表现得很明确了，这件事他是一定要管上一管的，绝对不能让那群人那么嚣张，以为在他的北月岛附近做坏事还能安然无事、逍遥法外。

九哥问："你打算怎么做？"

陆扬轻轻皱眉："给我点时间，我要仔细地想一想。"

两个人一同走到了岔路口，陆扬要往高处去，九哥的家在码头附近。

离开前，九哥回头看了一眼身后满脸沮丧的赵卓娅：“她，搞得定？”

“放心吧，我能行。”陆扬微微一笑，“你的衣服，回头再给你送家去。”

“那个不要紧。”九哥走之前，冲着赵卓娅挥了挥手。

他一笑，脸黑牙齿白，看上去竟然很是灿烂。

赵卓娅想说一声谢谢，但还没开口，九哥就已经转身快步走开了。

她的表情还没收住，一抬头就看到陆扬的脸，平心而论，他的这张脸看起来还是挺不错的。初上船的时候，她心里还生了些好感呢，但她又忘不了之前那凶神恶煞的神情，一时间心情很是复杂。

“那是今天的最后一班船。”陆扬忽然说道。

“什么意思？”

赵卓娅顺着他的视线望了过去，果然见到一艘渡轮缓缓地驶离了小码头，船上很空，并没有什么人。

“意思就是，你要留在北月岛一晚了。”陆扬双手插在口袋里，脸上已经又换上了一副笑容，看起来就——挺幸灾乐祸的。

“我为什么要留在这里一晚？喂，你究竟做了什么？”赵卓娅火冒三丈，三步并作两步，直接冲了过来，一把拽住了他的胳膊。

陆扬晃了晃身子，倒也没生气。

他问：“今天是星期四，对吧？”

赵卓娅没好气地呛了回去：“星期四又怎么样？”

“没人告诉你吗？这附近的渡轮，每周星期四的下午都要统一进行船体检修，所以下午三点半之前的那一班渡轮，就是当天的最后一班。而你，因为冒险上黑船，时间耽搁了很久，错过渡轮有什么稀奇的？”

赵卓娅被堵得完全说不出话来，好半天，她才找回自己的声音。

“假的吧？”

“真的假的，你自己过去问问不就知道了，码头的售票窗口这会儿还没关呢。”

赵卓娅扭头就跑，她才不相信陆扬说的话，他肯定是骗她的。

渡轮公司有上百条船，每天往返在各个岛屿，三十分钟就是一班，怎么可能会集中在某一天连生意都不做了，一起去检修呢？

这根本不符合逻辑。

没用三分钟，赵卓娅已经跑到了售票窗口，问过了之后，她整个人都沮丧了。

售票员的说法跟陆扬的一模一样，而且窗口那里清楚地写着每日航船的准确时间，这显然做不了假。

北月岛上的居民区，就只有一个小小的渔村，不足三十户人家。

岛上有超市、有饭馆，能够满足当地人朴素的日常生活，但是除此之外就真的什么都没有了。

此时的赵卓娅身无分文，她终于体会到了叫天天不应叫地地不灵的感觉。

陆扬没有离开，他抱着手臂，站在她身后的不远处，笑吟吟地看她犯愁。

赵卓娅其实也没愁多久，她迅速来到他面前，脏兮兮的小脸上挂满了灿烂的笑容。

“我还没跟你道谢呢，刚才要不是你及时赶到，我可能真的没命了，算起来，你是我的救命恩人。”

大约是她的声音软糯，甜甜的很动听，陆扬反而直接打了个激灵，一脸不可置信地瞪着她。

“喂，你变脸的速度在哪儿学的？”

赵卓娅给了他一个勾魂摄魄的小眼神：“彼此彼此，我是现学现卖，跟您学的。”

陆扬受不了地摩擦着手臂："行了，打住，既然你已经想明白了我不是你的仇人，那从现在开始，咱们恢复正常交往该有的态度，你同意吗？"

赵卓娅摇了摇手指："不，从现在开始，我要把你当成救命恩人来看待，你放心吧，我一定会报答你的。"

不论对方讲得多么真诚，陆扬始终觉得浑身不自在。但也不能真的把赵卓娅给放岛上不管，陆扬最终还是按照原计划，把她带回了家。

昏暗的房子里，一点动静都没有。

陆扬先去看了陆远征，发现他还在睡，但没有发烧，也没有不舒服的样子，便没有打扰他，直接退出了房间。

赵卓娅在院子里绕了几圈，看完了环境之后，才进了屋子。

这是岛上渔村内经常能看到的房舍样式，院子里晒着牡蛎，房顶晾着海带，还有一些竹篮里放着鲜味十足的虾干、蟹干，全都是精选的海味，精心制作而成。这在岛外是很难吃得到的绝佳美味，但在岛上绝不是什么稀罕玩意。每次出海捕捞，都收获不少，吃不过来，扔了可惜，干脆做成干货，可以长时间储存，偶尔有游客登岛的时候，他们最爱买的就是这些，往往是渔民一拿出来，就被一扫而空了。

赵卓娅犹豫了一会儿，才进到屋子里。

一老一小住了许多年的房子，看上去已经很旧了。陆远征一直喜欢修修补补，房子每年都在修缮，多年住下来，修修补补的痕迹看上去很是不少，但房子整体状况还是十分的不错。

屋子里几乎没什么家具，大多是用石头垒成的台子，用来放置日常生活用品，看上去很有复古的感觉。赵卓娅仿佛一脚踏入了旧时光，一下子回到了上世纪七八十年代。

她看看这个，瞧瞧那个。

当她被一台老式的收音机吸引，并且试图打开来听一听的时候，身后传来了陆扬的声音。

“你想做什么？”

赵卓娅的手像是触电似的缩回来，背在了身后：“没，我只是想看看。”

“那玩意儿早就不响了，我爷爷舍不得扔，就当个摆件一直放在那里。”陆扬的手里，拿着一件衬衫和一件外套，递了过来，“我家里没有女人的衣服，这些是我的，都洗得很干净，你先拿去穿吧。”

“下边，怎么办？”赵卓娅脸红红的，指了指自己的腿。

“咱俩的身高摆在这呢，我的衣服，你当成裙子穿完全没有问题。先凑合一夜，等明天你回去就可以穿自己的衣服了。”

赵卓娅听了，也只能如此。

她一直用九哥的衣服挡着身子，可这气味实在是太冲了。

陆扬给的虽然是最普通的格子衬衫，但味道清新，明显是更好的选择。她已经迫不及待地要去换上了。

“那间是我屋子，你去里边吧。”他指向一个房间。

赵卓娅快走了几步，又突然回头，警惕地瞪了他一眼：“我自己去就行，你别跟着，更不许偷看。”

“我屋子里可是有很多贵重物品，你不许乱动，更不准乱翻。”他不甘示弱，警告着瞪了回去。

比起陆扬的友好大方，赵卓娅显然更适应这样剑拔弩张的相处方式。

她踩着轻快的脚步去了，当然，在进门之后，也没忘了回手把门给锁上。

“切，不识好人心。”陆扬嘟囔一句，但还是决定去烧点热水给赵卓娅。她在海里泡了一会儿，上岸后一直在吹海风，一个不小心是要感冒的。

她感冒了，他也得受连累。

就在这时，门开了，赵卓娅散着头发走出来，只穿了一件他的衬衫，两条细长的小腿又白又嫩，晃人眼睛。

陆远征拄着拐杖，也从卧室里走了出来。

他跟赵卓娅走了个脸对脸，大约是没有心理准备，整个人就是一愣。

“家里有女人？”这话是问陆扬的。

“我带回来的。”陆扬苦笑，发现自己讲的话有问题，他担心爷爷误会，正想解释。

陆远征却是高兴得脸上的皱纹都绽放开了：“带回来得好！非常好！这姑娘长得真好看！比你奶奶还好看！”

赵卓娅表情尴尬，认真地想着这些话算不算是夸奖。拿她来跟一个老婆婆相比，她就算是赢了，也没什么值得骄傲的吧。

“爷爷，您仔细看看，她不就是刚刚送您去药店的那位赵小姐嘛。我们只是坐同一艘渡轮来的北月岛，在今天登船之前，我们都还不认识呢。您可别一激动，老眼昏花的看不明白是怎么回事，就误会了我们之间的关系。”边说着，陆扬还去柜子上把陆远征的老花镜给拿了过来，半强迫地给老头戴上了。

陆远征本来看着赵卓娅面容模糊，这一看清楚相貌，瞬间觉得更加满意。

在老头眼里，这世间许多事，就跟窗外的大海一样，变幻莫测，不可捉摸。

只要有缘分，才认识又怎样？

天底下的人，哪个不是从陌生到熟悉，最后才走到一起。

瞧，今天上午还不认识，下午同坐了一条船，傍晚时就已同在一个屋檐之下了。

于是，陆远征问：“姑娘，喜欢吃螃蟹吗？喜欢吃海虾吗？喜欢吃手腕那么粗的皮皮虾吗？”

“爷爷！”陆扬一听就明白自家老头心里在寻思什么，他搀着陆远征，想把他扶着坐到椅子上去，然后再强调一下自己跟赵卓娅的关系。

谁知，赵卓娅那么聪明，瞧出了陆扬神情中的无奈，又想起之前被他凶的事。心想送上门来的好机会，如果不好好地利用，给他个小小的报复，以后就是想要找机会，怕也不会那么容易了。

于是，她点头："陆爷爷，你说的那些海味我全都好喜欢。"

陆远征一听，愈发高兴："那好，晚上我来下厨，好好露一手。对了，这么晚了，码头上已经没船了，你肯定是不走了吧？"

“我错过了最后一班船，的确是走不了了，岛上没有地方住，所以陆扬说，我可以在家里借宿一晚。”在老人面前，赵卓娅就是一副乖乖女的模样，被陆扬惹恼时的张牙舞爪全收了起来，看上去竟然有些楚楚可怜。更别提她身上还裹着陆扬的衬衫呢，长发散披在肩上，平添了几分柔弱。

“不不不，你想待多久都行，今天晚上就尝尝北月岛的海味，明天上午让陆扬带你去北月岛附近转一转。对了，你不是想看鲸鱼吗？让陆扬带你去，他知道哪里有，知道如何远距离观察而不会打扰到鲸鱼。”

“爷爷！我哪里知道鲸鱼的事，您是老糊涂了吗？别瞎说。”陆扬的脸色都变了。

“看看又怎么了，姑娘又不是外人。”陆远征不以为意。

赵卓娅跟着点头："爷爷，您既然说我不是外人，以后就叫我小娅吧，我爸妈和我姥姥都是这么叫的。"

“得咯，就按你说的喊。乖女，你在这儿跟陆扬聊着吧，我去一趟码头那边，找老朋友要点新鲜的海货，晚上准保让你吃得心满意足。”说干就干，陆远征连身上的伤都忘了，拄着拐杖，一瘸一拐地就要往外走。

陆扬一看，急了。这个想一出是一出的老头，完全不把自己的身体当回事啊。

他起身把陆远征给搀了回来。“您说要什么，我去找九叔公和九哥他们拿，保证把他们家里最鲜的货全弄回来，您就别到处跑了，好好歇着吧。”

陆远征慢条斯理地列出了一堆单子，要多大的、什么颜色的，全说得清清楚楚。

他做了一辈子的渔民，在海上漂浮了一辈子，对海货可以说是最懂的。

今晚既然要给赵卓娅露一手，替孙子多“刷”几分好感，留住女孩的心，陆远征是豁出去了，一定得下血本才行。

“行了，里边有浴室，热水器里已经烧上水了，快去冲个热水澡，我去去就回。”陆扬给了赵卓娅一记警告的眼神。

赵卓娅笑嘻嘻地挥挥手，让他赶紧走。

本来他想拉着赵卓娅一起去，亲自盯着，可一看赵卓娅头发蓬乱的狼狈样，他实在有点不忍心。

他一路小跑，拿到了海货，又去小超市那边买了青菜和调料，当然也没忘拎两瓶陆远征喜欢的精装二锅头。等大包小包地回到家时，他发现赵卓娅跟陆远征一起，坐在桌边翻老相册。

那相册里几乎都是陆扬的照片，连光溜溜的百日照都有，平时陆远征都是当宝贝一样，妥当地存放起来的。

没想到，今天赵卓娅一来，他竟然那么轻易地就给拿了出来，与她分享起来。

“我的天，爷爷，你至少也给我留点隐私吧，我都被她给看光了。”陆扬感觉整个人都不好了。

“我还担心自己会长针眼呢。”赵卓娅不甘示弱。

“没穿衣服的那几张，还是在你很小很小的时候拍的呢，那时候你又疯又野，光着身子在渔村里跑来跑去，那不是常有的事吗？当时不知道害臊，这会儿倒是脸红了。”陆远征此刻已完全被赵卓娅给拉拢了，他斥责完了亲孙子，便从椅子上站了起来，“行了，我去收拾收拾海货，你陪着小娅继续看。”

“我还是去帮您吧。”陆扬觉得自己此刻是真的没有办法跟赵卓娅和平相处，为了避免争端，还是先闪为好。

赵卓娅好像没听到两个人的聊天似的，她慢慢地翻着相册，忽然，她惊呼了一声：“啊，蓝鲸？”

陆扬的心脏，骤然一紧。

他也不知道为什么自己的反应那么快，赵卓娅的声音一落下，他人已经站在了桌子旁边，盯着相册，仔细地寻找。

“哪里有蓝鲸？你指给我看看！”

“我为什么要告诉你？”赵卓娅作势要合上相册。却被他一手按在了相册上，停留在了那一页，不准她合上。

“拿来！”陆扬神情冷峻。

那个眼神，那样的气势，有些可怕。

赵卓娅的心脏狂跳，想要发火，可陆扬的火气比她更大。

她翻了个白眼：“拿去拿去，本来就是你家的东西，我才不稀罕呢。”

赵卓娅起身要走，可是陆扬不准，直接把人给拦住了。

他正紧张地审视、快速地浏览着每一张照片。

这些老旧的照片拍摄年代不一，最老的一张，是他爷爷奶奶结婚的时候所拍摄的黑白照，差不多有五十年了。相片上的两个年轻人，面孔有些模糊，但极为年轻，那是奶奶留在这个世界上的唯一记忆。陆远征也曾说过，若不是有照片摆在这里，他几乎记不起奶奶的模样了。

整本相册里，更多的还是陆扬的照片，从出生到长大，从孩童到少年，从年代感十足的黑白照片，到清晰的彩色照，按照拍摄的时间，依次贴在相册里。

这些照片，他已经看过了无数次，每一张在脑海里都有着清晰而准确的印象。

但与蓝鲸有关的画面，却是陌生的。

陆扬翻了又翻，找了又找，一无所获。

他把相册重新放回到了赵卓娅的面前，语气僵硬地问：“你不是说看到了蓝鲸吗？在哪里？”

“我有说吗？没有吧！”她故意气他，“相册就在这儿，你自己慢慢找呗。”

“今天是我从深海里把你拉上来的，是我救了你。赵卓娅，你欠我一条命。”

赵卓娅万万不敢相信，他会在这种时刻，拿救命的事来要求她。

“你的意思是，只要我告诉你蓝鲸的事，我欠你的这条命就能一笔勾销了？”

“是。”陆扬没有一丝犹豫，“我并不需要你的报答，明早船一来，你就登船离开，就当下午的事从来没有发生过。”

赵卓娅满意地点了点头：“那倒是一笔划算的买卖。”

谈好了条件，接下来也没什么废话。

她翻到刚才看到蓝鲸的那一页，指着一张陆扬五六岁时背对大海拍摄的照片说：“看到了吗？在这里。”

那是一片蔚蓝色的海面。

风不大的日子，海水的颜色看起来发浅，也比平时更加清澈。

这只是一张最普通的用相机随手拍摄的照片。那个时候，陆扬的笑容天真无邪，他展开手臂，做出拥抱的姿势，看样子心情极其愉悦。

至于赵卓娅所点到的位置，看上去也就只是海水表面的颜色比其他地方的更深了些，绝对不存在什么蓝鲸。

“你耍我？”陆扬急了，说话的声音一大，嘴唇上的动作幅度也就更大一些，扯动了伤口，才凝固的血液再次冒了出来。

“你这人，怎么说话呢？就你的这个态度，我是真的不想搭理你。”被陆扬给质疑了，赵卓娅仿佛受到了莫大的侮辱。

她从相册内将那张照片拿出来，让陆扬把室内的灯给打开。

老旧的小屋内，唯一的光源，实际上就只是那只随意拉扯出来的一根电线上挂着的灯泡。

“睁大你的眼睛看清楚喽。”赵卓娅说完，就把照片给放了上去。

宛若奇迹一般。

灯光隔着相纸透过来的时候，之前被赵卓娅点住的那片海域内，竟然真的浮现出了一条鲸的轮廓。因为整个照片的背景是蓝色的，所以鲸的颜色看起来与海洋的颜色是一样的，只是更加深一点。

说它是蓝鲸也没错。

可这里，并不一定真的有一头蓝鲸。

“看到了吧？”

“看清楚了吧？”

“你自个儿捧着相片慢慢看吧！”

赵卓娅言语咄咄，气呼呼地把相片塞回到了陆扬的手上：“我现在要出去吹一吹海风，警告你，不要再拦着我！另外，救命之恩一笔勾销，咱俩谁也不欠谁。”

陆扬的眉头用力地拧着，仿佛在眉心处打了一个厚厚的结。

赵卓娅离开，他也没拦。

只是托着那张相片，再一次，将它对准了灯泡。

痴痴的，傻傻的，呆呆的，他看着那头鲸。另一只手，却是紧紧地捏住了脖子上挂着的项链坠子。此时此刻，不知道是不是错觉，他竟然觉得那坠子在发烫。

赵卓娅一冲出门，就瞧见在敞开的小厨屋里，陆远征忙得热火朝天的背影。

虽然跟陆扬发生了一些不愉快，但并不影响赵卓娅对老头的喜欢。她走近了些，就见陆远征往大锅里倒了油，等油一烧烫，就立即撒了一大把蒜末、辣椒和葱段进去，那引人食欲大增的香味，一下子就涌出来了。

赵卓娅本来是负气，准备着从陆扬家离开，随便找个什么地方去住一晚。

可当看见陆远征将一盆已经煮熟的螃蟹倒进了油锅里迅速翻炒，而旁边的盆里，盛着已经煮好的三指宽的皮皮虾，整整齐齐地码成了一座小山时，赵卓娅的肚子控制不住地咕噜噜作响。

她一转身，就走进了厨屋。

“爷爷，需要我帮忙吗？”

陆远征家里就陆扬一个孙子，平时也极少有女人来。

被赵卓娅软软糯糯地一喊，陆远征眉开眼笑：“端菜摆桌，准备开饭。”

“好嘞。”

陆远征掀开了另外一边的锅盖，里面的海货更是种类极多，很多在市面上能看到，都是挑又大又肥的来煮，还有几样是在市场上看不到的，也被随意地堆放在一起。

最原始的做法，最鲜的美味，这谁顶得住啊。

一分钟不到，赵卓娅已经放弃了对陆扬的愤怒，高高兴兴地端着好吃的走了过来。

只是与陆扬擦身而过的时候，她迅速地收了笑容，冷冷地说：“让开，别挡道。”

陆扬整个人被抽了魂似的，默默让开。

陆远征也端着菜走了进来：“陆扬，厨房里还有烫青菜，你去端过来，顺便拿碗筷。”

陆扬站着没动。

陆远征有点生气了：“你这小子，走什么神儿呢？”

赵卓娅做好了准备，计划随时在一旁添油加醋，最好是让陆远征狠狠地臭骂他一顿，谁让这小子那么嚣张呢！孙子就得爷爷来治，天经地义。

可是，她失望了。

陆扬那修长的手指灵巧一翻，将相片勾在手端，挡在了手掌之后，趁着与陆远征讲话的工夫，他不动声色地将相片收进了口袋里。像是什么都没发生过似的，他笑着夸赞今晚做的海鲜卖相好，味道更好，还做出了垂涎欲滴的神情来：“我也好久没尝过爷爷的手艺了，实在是太馋了，我已经迫不及待地想尝尝看了。”

陆远征看到了他嘴上的血痕，皱眉问：“你的嘴唇流血了，打架时没受伤啊？”

陆扬直直地看着满脸通红的赵卓娅，欲言又止。

“喂，你别胡说八道哦。”赵卓娅炸毛了，直觉告诉她，陆扬没安好心。

“怎么回事？”陆远征诧异地望了过去，“你们两个……”

陆扬叹了口气：“我着急啃螃蟹，没想到螃蟹壳太硬，直接给了我一下。这不，螃蟹太毒，划伤了嘴巴就不容易好。”

他还故意在赵卓娅的方向，比画出一个大螃蟹的形状，分明是意有所指。

赵卓娅握紧了小拳头，使劲地晃了晃，意思是再胡说八道，她绝对要对他不客气。

两个人在陆远征看不到的地方“钩心斗角”。

陆远征越听越糊涂：“煮熟的螃蟹还能再给你一下？你这孩子，出去读个书回来，怎么说话还颠三倒四的了？”抱怨完了孙子，再看向赵卓娅时，又换作满脸的慈爱："家里没外人，不要拘束。这些海货煮好了就只能全部吃掉，放到隔天就坏了，所以尽管放开吃，反正这些吃得再多也不会胖人，完全不用担心。"

大快朵颐之后，压在心口一整天的郁闷烦躁情绪，便随之散去了。

赵卓娅坐在摇椅上，懒洋洋地看着眼前的一片大海。她眯着眼睛，似睡非睡，整个人彻底地放松了下来。

一部旧手机，突然从头顶正上方递了过来。

"做什么？"赵卓娅不解地问。

"跑出来看鲸鱼，突然就失去了联系，你家里人肯定担心着呢。赶紧给家里打个电话报一下平安吧。"

其实陆扬一直都在等着赵卓娅来借手机，左等右等，她就是不开口。这姑娘还真是大大咧咧，随遇而安的性格。正常人经历了一场惊心动魄，并且还是在鬼门关前走了一遭，缓过神之后，肯定还有些情绪上的波动的。

她倒好，该吃吃该喝喝，吵架的时候也丝毫不含糊，一下子就把遇险的事给翻篇了。

"我是出来旅游的，身边也没什么家里人跟着。他们根本不知道今天发生的事，只要我不说，他们大概永远都不会知道。既然如此，为什么要去报平安呢？只当没发生过，就是对所有人的不打扰，这种处理方式，不是最好不过了吗？"

她的语调平淡没有起伏，但陆扬还是从中听出一种难以用言语形容的寂寥失落。

类似的情绪，他时有经历，极为熟悉。

于是，他也不勉强，收了手机，转身回去了。

赵卓娅一动没动，完全与北月岛的天、地、海洋和渔村融在了一起。她成了大环境的一个简单的组成部分，正因为渺小得不值一提，她才能彻底地放松身心，把自己放空，寻求那一丝短暂的美好。

陆扬搬着一把破木椅，折返了回来，手上还拎着那台已经是老古董的收音机。

椅子摆好，收音机放在脚下。他打开按钮，收音机发出嗞嗞啦啦的声响，陆扬直接踢了一脚，收音机发出一声脆响，然后就能听到电台主持人优雅的播音腔了。

这传统而质朴的娱乐方式啊。

赵卓娅直接看乐了："你不是说，那是古董，你爷爷很宝贝的物件？你这样子又踢又踹的，没准直接给干报废了。"

"放心吧，它皮实着呢，我爷爷用它的时候，比我粗暴多了。我小时候就看它挨捶挨踹，这么多年过去，它不是好好的嘛。老物件质量好，就是扛造。"

收音机里，放着不知名的乐曲，那种悠扬的调调，很容易让人安静下来。

不知过去多久，陆扬突然说："刚刚，蓝鲸的事，是我太冲动了，对不起啊，我郑重地向你道歉。"

赵卓娅听了，特意地抬起身子，诧异地看了他一眼。

陆扬是那么认真的神情，她感受到了他的真诚。

于是，她摆了摆手："只是一点小事，过去了就别提了，没关系的。"她伸了个懒腰，长长地吐出了一口气："真舒服啊，可惜明天一早就要回去了。"

的确，分别在即，后会无期。

一些小小的矛盾，何足挂齿。

陆扬看她一脸无所谓，也笑了笑，没再多说什么。

海面一片平静，夜越来越深了。

小小的收音机是此刻身旁唯一的声响，它偶尔会因为信号不好，声音变得若有若无，还掺杂着噪声。

不过，没人在乎这一点。

不知过了多久，路的远处，有人提着手电筒一路快行，朝着陆扬家这边来了。

人到了附近，还没进屋，声音已经先传了过来。

“陆扬！陆扬！你睡了吗？”

那个声音，陆扬自然是熟悉的，他一下子坐了起来：“九哥，你怎么来了？我没睡呢，门没锁，你直接进来吧。”

“给你打电话你也不接。”九哥的声音有些着急，“今天被咱们救回来的那个女孩呢？还在你家吧？快点让她出来，有人报警了。”

陆扬看向了赵卓娅，而赵卓娅的脸上写满了诧异，显然也不懂是怎么回事。

九哥推门而入，一见赵卓娅就坐在摇椅上，他顿时松了口气：“你还在，真是太好了，快点收拾收拾吧，等会儿有人来接你。”

“谁来接我？”赵卓娅一脸莫名。

九哥摇了摇头：“我不知道他们是谁，问了一句，但对方很凶。”

“你不是说你是独自旅行，没有亲人跟着，也不需要跟谁报平安吗？”陆扬的语气古怪。

“是不是找错人了？”赵卓娅提出了另一种猜测。

“你叫赵卓娅，23岁，学生，身高168cm，体重49kg，眼睛大鼻梁高长头发，小腿脚踝处文了一朵桃花，这些信息没错吧？”九哥一板一眼地背诵着之前在电话里听到的那些内容。

赵卓娅惊得直接从椅子上跳了起来，连连挥手：“行了行了，是我是我，别再说了。”

之后，她气得咬牙切齿，攥紧了拳头：“能这么玩我的人，就只有一个！”

“谁？”陆扬好笑地看着眼前气急败坏的女孩。

赵卓娅抿着嘴唇，没有讲话。

就在这时，海面上突然有了动静，几簇强光从海的另一边直射而来，海浪向两侧剧烈翻滚，好像有船正朝着北月岛的方向而来。

对方移动的速度非常快，转眼已到小码头那里。

居然是十几艘款式各异、马力强劲的冲锋艇，每一艘冲锋艇上都有三五个年轻人跳下来，乌泱乌泱的，一堆人凑在一起，转眼间小码头上已经站满了人。

“来接你的。”九哥笃定地说。

“来头不小啊。”陆扬满脸好奇。

赵卓娅翻了个白眼：“这么风骚的排场，小题大做，我可真是服了他。”

她没说得更细致，而是起身，回到了房间里。

赵卓娅先跟陆远征道了别，虽然认识的时间不长，但她对这位老人家很是尊敬，更觉得他不畏强势，一言不合就开干的性格很是豪迈，若不是时间有限，她还真想跟这位投缘的老人多聊上一阵子。

洗好的衣服还很湿，没办法直接穿，她决定直接穿着陆扬的衣服走。

走出来的时候，她将九哥的那件咸味外套送还了回去，并且认真道谢。

至于陆扬，她也有话想说，可话真正到了嘴边，又不知道怎么说好。

幸好陆扬先一步开口，缓解了尴尬：“以后做事，还是要多考虑一些，这个世界上有很多好人，但也有不少坏人。漂亮的女孩子要学会保护好自己，因为不是每个关键时刻都会有像我这样的好心人去见义勇为的。”

“你真啰唆。”赵卓娅的鼻子发酸，佯装无所谓地白了他一眼，“爷爷都要比你干脆。”

“你啊，不识好人心，赶紧走吧，别让你的那群朋友气势汹汹地往里闯，渔村里的渔民比较单纯，我怕吓到了他们。”

“地址和电话写给我，回头我把你的衣服快递回来。”赵卓娅伸出手，交给了他一支笔。

陆扬看了一眼她白生生的小手，摇了摇头：“衣服不值钱，就不用还了。”

没有交换联系方式，也没有说再见。

他与她同在地球之上，但彻彻底底地生活在两个世界。短暂的交集不过是偶然，分别之后便是两条永不相交的平行线。既然注定如此，在分开的时候挥手道别就好。

赵卓娅走出了大门，朝着小码头的方向走去。

九哥远远地跟着她，直到看到她跟来接她的朋友会合，才笑了笑，转到另一个方向绕路回了家，显然也不想与岛外的人过多地接触。

陆扬趴在墙头，静静地目送着赵卓娅离开。他看着她与朋友们会合，几十个男男女女瞬间就把她给围在了正中央，有人嘘寒问暖，有人凑近了说话，为首的那一位上下打量着赵卓娅的衣服，直接脱下了自己的外套，递到了赵卓娅面前。

陆扬看到赵卓娅摇头，似乎是拒绝了对方的好意。可那个男的并不放弃，一把就将赵卓娅身上的外套给扯了下来，像扔垃圾似的往地上一丢，接着也不管她愿意不愿意，直接把自己的衣服给她裹了上去。

赵卓娅闹着别扭，拒绝了几次，最终也只能接受。

然后这群人，又乌泱乌泱地往小码头那边走去。

陆扬冷笑着走出了大门，没一会儿就来到了之前他们聚集的位置，把地上的外套给捡了起来。

借着昏暗的月光，他看到了衣服上好多脏脚印，心里泛起一股闷气。

回到家里，陆远征拄着拐杖站在门前正看着他：“小娅，她走啦？”

“她朋友连夜上岛来接，当然是要走的。”陆扬换回平时温和的表情，

“很晚了，您该睡了。”

“她跟你站在一起，怪般配的。”陆远征叹了口气，“爷爷老了，说不上哪天就没了，你得早点做打算，最好是现在就找个女朋友，毕业立即结婚，三年生俩，凑成热热闹闹的一大家。只有那样，爷爷才能放心走啊。”

“喂，老头，您可别在这里打‘人之将死其言也善’的感情牌。今天下午您还领着六叔公和九叔公跟人家在码头打群架，对方十几个开黑船的壮汉围上来，你们仨老头嗷嗷叫地往上冲。就您这样的，活到一百岁都没问题。您拿这个借口来催婚，我是不会上当的。”

陆远征的笑容，尴尬地僵在了那里。

陆扬毫不留情地继续说：“下次您真的要收敛点火暴脾气，动手之前也掂量掂量自己的岁数，瞧您那一脸的伤，十来天青紫都褪不下去。”

老头可不是挨怼不还口的性子，他拿拐杖重重地一戳地面，学陆扬一样用语重心长的口吻说道：“你嘴上的那道口子是被小娅给咬的吧？是不是偷亲人家，没有得逞，反而负了伤？下次做这种冲动事之前也先问问人家姑娘的意思，瞧你那一脸憋屈样，分明是偷鸡不成蚀把米，没本事把人追到手，反而让她连夜走了。哼，你这一点就不随我，想当年，我喜欢过的姑娘，那可是追一个成一个，手到擒来，从不落空。”

“唉，这些吹过的牛，您是讲了一遍又一遍，反正也没个证据，您随意说咯。”陆扬直接走进浴室，把水龙头开得老大，拒绝再跟陆远征聊这些没营养的话题。

热水从头顶淋下，陆扬舒服地舒了口气，这漫长的一天终于要结束了。他心里想着，赵卓娅提前走了也好，今晚上家里没有外人，他等会儿可以舒舒服服地睡一觉。放假回来到现在，一路火车坐得骨头都要散架，好不容易回到北月岛，却连个休息的机会都没有。这一下午的惊心动魄啊，还被人咬——

他的脑海里忽然闪过了那个完全算不上吻，却绝对柔软的亲密接触，不得不说，那是真的很香很软，这就是属于年轻女孩的触感吗？

脑子一乱，唇上的伤口又是一疼。陆扬龇牙咧嘴，抬起手想要按上去。

就在这时，头顶上的小玻璃窗突然发出一声脆响，伴随着碎玻璃落下来的，还有一块大石头。

陆扬的绮念，瞬间全都消失。

他扯过浴巾胡乱擦了两下，套上衣裤，冲了出去。

“哪个调皮鬼拿石头砸我们家玻璃。”他怒吼。

“赵卓娅身上穿的衣服是你的？”三个人站在黑暗的夜色之中，其中一个冰冷冷地开了口。

陆扬本来还以为是渔村里谁家的小孩子调皮，没想到居然还有外人。虽然看不见对方的面孔，但从身形和声音来判断，并不是渔村里的村民。

他心里多了几分警惕，表情却没怎么变：“你们是来接赵卓娅的那群人？”

顺便往小码头的方向望了一眼，果然还有不少冲锋艇停靠在那里。

“你跟赵卓娅是什么关系？”其中一个人问。

“我跟赵卓娅是什么关系，与你有什么关系？”陆扬肚子里一股邪火也燃了起来，“你们谁拿石头砸的我家玻璃，赶紧站出来，谈谈赔偿的问题，不然的话，你们今天别想下岛。”

“威胁？就你？”那人笑了，接着对同伴说，“好久没见着硬骨头了，就不知道眼前的这一块是真硬，还是假硬。”

“真的，还是假的，一试就知道了。”

两个一唱一和的家伙，把手上的烟头往地上一扔，冲向陆扬。

陆扬眼神往地上一扫，没有称手的武器，倒是有一块带着尖角的石头。他弯腰拾起，拿在手上掂了掂分量，觉得还不错。

眼看着一场争斗一触即发。

那个站在原地一直都没开口的男人突然说："你们，先停一停。"

他的话很管用，一开口，两个男人便扭头望向了他，真的站在那里不动了。

男人走了过来，越过同伴，来到陆扬的身边。他的头发抹了发蜡，梳得整整齐齐，即使是海风都吹不乱。

这个男人穿一身LV，这还不算，能戴饰品的地方都没空着，耳朵上有钻石耳钉，脖子上挂着造型夸张的项链，左手手表，右手手链，连腰带都是亮闪闪的，不一定多有品位，可是价格绝对到位。

赵卓娅走之前说，来接她的人最善于搞"风骚的排场"，如今陆扬是一眼就对上了号，知道她指的便是眼前的这位了。

"赵卓娅是我的女人。"LV男直接宣布。

"噢，你的就你的呗，关我啥事。"陆扬指了指家里空出缺口的玻璃，"她是谁的，你都得赔我们家玻璃。"

LV男用居高临下的目光审视着陆扬，见他穿着普通的白T恤、运动裤，长相还行，可也说不上多出挑，极为年轻的一张面孔，还带着几分稚嫩。再加上，陆扬住在这样的一间老破房子里，应该就是这边的渔民，他跟赵卓娅之间实在不像有交集。

"以后别再跟她联络，这些钱，是你的了。"LV男从口袋里拿出一沓钱随手一撒，全落在了陆扬的脚下。

这股款爷范儿，得是看了几百部港剧才能学到的精髓。

陆扬弯身，捡起了一张，拿手指轻轻一弹："用不了那么多，只一张就够了，岛上物价低，其他的你自己捡回去吧。"

不远处，赵卓娅气急败坏的声音传了过来："沈学兵，谁让你来骚扰我朋友的？你想死是不是？"

LV男一秒钟换上了委屈的神情："娅娅，你穿着一个男人的衬衫回来，我总得搞清楚是怎么回事吧？问你，你也不说，还不准我问，那我只得自己上来问一问喽。”

“这只花孔雀是你男朋友？”陆扬欠儿欠儿地问。

赵卓娅翻了个白眼：“请不要胡乱猜测，我们是朋友，但他不是我的男朋友。”

LV 男赶紧补一句：“现在不是，将来也会是。我们娅娅年纪还小，家里管得严，不让她那么早交男朋友。我爱慕她，也尊重她，愿意一直等着她。”

好深情的一番话，把说的那一位给感动坏了。

但听的人嘛，赵卓娅又习惯性地“举头望明月”——翻白眼，陆扬则是颤抖着“低头思故乡”——忍着笑。

“很晚了，我要休息了，明天还得修玻璃呢。”陆扬朝着赵卓娅挥了挥手，“你回去的时候注意安全。”

“真的非常对不起，请你替我跟爷爷道歉，这个玻璃，我会帮忙修上的。”赵卓娅非常不好意思，这会儿只有她自己知道脸有多么烧烫，就连耳朵都要燃烧起来似的。

“他给了修玻璃的钱了。”陆扬摇了摇手上的红色钞票，这一次是真的走回去了。

门外，很快没了动静，赵卓娅应该已经和那群人一块走了吧。

陆扬却是没了睡意。他的手上，捏着那张旧时的老照片，将它对准了光源处，看着那头鲸鱼的轮廓，径自出了神。

“这个位置，是真的出现了蓝鲸，还是说，这张照片没洗好，在这个位置出现了瑕疵呢？”他看来看去，都看不太明白。

最后，他只能翻了个身，把自己埋进枕头里。

那头蓝鲸悄悄地入了梦，驮着他，一直朝着深海游去。

他沉浸其中，竟分不清是幻是真。

大清早，暖阳高照，朵朵白云挂在了天空，海天相接处，海岛若隐若现，这是一幅极美的画面。

陆扬在轻轻的海浪声中，睁开了双眼。一时间，他有些搞不清楚自己身在何处。静静地平躺，调整着呼吸，脑子里混沌了好一会儿，才想起自己此刻并不是在大学宿舍里。

他终于回到了北月岛。这个位于祖国南端的一座小小岛屿，这个最能令他内心平静的归宿。

窗外，突然传来了一些不和谐的嘈杂声，叫叫嚷嚷，闹闹吵吵。

听着像是从小码头的方向传过来的。

自家院子里，陆远征在低吼："还有没有人管管这些无法无天的混蛋了，天天招摇撞骗，坑了一拨又一拨的人，骂名全让北月岛背了，用不了多久，咱们北月岛的渔民都会被人喊成诈骗犯，走到哪里都要被人指着脊梁骨大骂。"

六叔公和九叔公也来了，除此之外，还有几个渔村里的老人家，年龄都有六十出头，每一个都是满面风霜，性情桀骜。

"抛出这把老骨头不要，咱们也得想办法管管。"

"大不了，跟他们拼了。现在可是法治社会，他们这么干，就不怕将来要负法律责任吗？"

也有人抱着比较悲观的想法："为什么周围那么多个岛他们不选，偏偏选中了北月岛来接客呢？不就是欺负咱们这里位置比较偏，山高皇帝远，就算是闹出点什么事，也没人敢讲半个不字。"

"还是得自己想办法，咱们都是在北月岛住了一辈子的人，将来死了也得埋在这座岛上，别人可以不管，咱们自己得管。昨天是远征带着老六和老九过去，还受了伤，今天不能只让你们三个出头，要去一起去，看哪个敢动手，咱们一把老骨头全豁出去了。"

陆远征的声音最为铿锵有力："既然老哥几个全是这个态度，我也就放心了。”

陆扬一下子坐了起来，快步朝窗口的方向走了过去，搭眼一看，渔村里的老人几乎都到齐了，个个满脸愤怒，闹闹吵吵，情绪一个比一个激动。

小码头上，早晨的第一艘渡轮带来了第一拨游客。这些游客并没有上北月岛，直接在小码头就被一艘艘小船给接走了。

不用想，都是去看鲸鱼的。

这种行为彻底激怒了北月岛的老渔民，本来不少人还打算置身事外，而现在他们发现，这件事每一个人都是局中人。

陆扬套好衣服跑出来时，他们都已经准备要出门了。

他连忙冲过去，张开手臂拦住去路："爷爷、九叔公、六叔公，各位叔叔伯伯，咱们全都冷静一下，先别走，听我说几句！就几句！"

"这不是陆扬嘛，你小子什么时候回来的？你爷爷还说你今年要留在学校打工不回来了呢。"

陆扬笑容满面："这不是想家了嘛，排除万难，也得回家啊。"快速说明自己的情况，陆扬继续讲下去："关于那些黑船，咱们不能用硬碰硬这一招。咱们渔村内年轻人不多，大部分都是中老年人，昨天那些人说动手就动手，对老年人一点尊重都没有。大家就这么冲过去，对方人多势众手还黑，咱们肯定是要吃亏的，目的达不到不说，磕磕碰碰的都是伤，太不值当了。得用点计谋，一次性搞定他们。"

"陆扬，你有什么法子吗？"九叔公问。

一瞬间，所有目光齐刷刷地落在了陆扬的身上，那种殷切和期待的眼神，实在是令人压力陡增。

陆扬想了一晚上仍是没有眉目，但这会儿必须得挺胸抬头，摆出自信满满的架势来。

"我昨天才回来，还需要点时间去了解情况。他们无视法律，冒险求财，我不相信没有人能管得了他们。所以，请各位长辈听我一句劝，今天先别跟他们计较，让我来想想办法，试一试用正规途径去解决？”

别的老人还没表态，陆远征第一个不愿意了。

他并不想把陆扬牵扯进来，唯恐自己家的宝贝孙子出个什么闪失。

“你一个小孩子家家的，这种事不要掺和，有我们在呢，他们翻不了天，大不了跟他们拼了。”

陆扬无奈极了：“爷爷，不需要拼的，真的不需要，我也不会跟他们硬碰硬地瞎胡来。你信我，知识就是力量，我可是大学生，脑子灵活得很，一定有别的办法。”

不是必要的时候，陆扬也不想这样自吹自擂。

但不得不说，这番话一说出来，倒是引得不少人赞同。

六叔公先开了口：“要不，就让孩子去试一试？”

九叔公昨天也挨了揍，身上还疼着呢：“试试也无妨，不管怎样做，把问题给解决了才是最关键的。”

陆远征的态度稍稍有些许松动，陆扬赶紧加把劲儿继续劝说：“我现在最需要的还是时间，爷爷，您就给我一星期，让我去努力试试，好不好？”

那么多人看着，陆扬还是当众表达的想法，陆远征心里再不愿意，也只能先点头答应了。

于是众人散了去，陆扬将所有人送出门，并且叮嘱他们一定要直接回家，少去小码头，也别起争执。

扭头一转身，就看到陆远征拄着拐杖，气呼呼地瞪着他：“谁让你小子强出头的？你想气死我吗？”

得，家里这位才是最难搞定的那一位。

陆扬仍是温柔的笑容：“爷爷，我又没打算跟他们明刀明枪地硬干，这算是什么强出头？我会找合法的途径去求得官方的帮助，您信不信，我跟他们甚至连照面都不需要打，就让他们深刻反省并认识到自己的错误，然后去该去的地方忏悔赎罪。”

“真的？”陆远征不太相信。

“我保证！”陆扬竖起两根手指，很诚恳地发了誓。

第二章

勇斗黑船

九哥开着快艇乘风破浪而行，他回头看着满脸菜色的陆扬：“你不是答应了你爷爷，不会去硬碰硬的吗？”

“我只是去拍摄一些关键的证据，如果没有这些，我怎么向警察证明有人在北月岛附近非法载客观鲸，扰乱鲸鱼的生态环境？”陆扬是经过深思熟虑，才拉着九哥跟上那艘黑船的。

“等会儿你上船吗？”九哥问。

“咱们远远地拍几张照片作为证据，其他的事见机行事吧。”陆扬小心地把手机收好。

闲聊的工夫，两人来到黑船附近。

这艘船在海上暂停，用快艇将岸上的游客运送到船附近。

游客通过软梯登船，有的攀爬得很顺利，爬到顶部会有人搭把手，直接将人拉上去。也有的把乘客拉到船体的一侧，在视线死角玩起了老戏码。他们会突然撤走快艇，把游客挂在软梯上，让他们觉得自己随时有可能会坠落入海，然后这些带着目的的“好心人”再去“见义勇为”，肯给钱就救人，不给钱就等到游客坠落入海后再去讨价还价。

泡一泡海水，大多数人便也就范，愿意拿钱消灾了。

陆扬观察了一会儿，也就明白了过来：“他们是看人下菜啊。”

“专挑单独出行的游客下黑手，看起来穿着打扮好一些的，就更容易受害。”类似的事九哥听说了一些，也亲眼看到了一些，大概是懂的。

“这好像不是赵卓娅昨天登上的那艘。”陆扬随手拍了几张，然后转到另一个方向去，假装拍着大海，“找到了，昨天那艘船在正对面的位置，距离我们两百米左右。”

他不想引起船上那些人的注意，免得打草惊蛇，或是给自己这边惹来麻烦。

“这种勾当应该是能赚到不少钱，很多黑船都在悄悄地干。”九哥咬了咬牙，“太过分了。”

“设法靠近一些，我们必须拍到更加清晰的照片作为证据。”陆扬也生气，不过他还记得此行的目的，并且时刻提醒自己，一定要克制情绪。

两个人不敢在同一艘船附近停留太久，拍个一两分钟，立即去下一个地点。

“船上的标识号全都被掩藏住了。”陆扬皱眉，“单单只是船体的照片，查不出船的身份，这样子不行。”

“出来做坏事，当然得把标志性的物件全盖住了，不然那不是在昭告天下，他们就是坏人？”九哥不觉得这事有多稀奇。

陆扬站起来：“我得想办法，拍到船的相关身份信息。”

“你开什么玩笑？这怎么可能拍得到？除非……”

“我要上船。”陆扬坚定地说。他环看四周，仔细寻找，最终确定了一艘：“就它吧。”

“这不是昨天坑了赵卓娅的那艘？”九哥的记性还不错，一眼认了出来。

“嗯，当然要挑比较熟的下手。”陆扬活动了一下手脚，接着把手机、绳子之类的小物件放入腰间的小袋上，套上隔水的袋子，等会儿跳入海中也不会损坏。虽然是一部旧手机，可那也是用惯了的东西，陆扬可是很仔细地宝贝着的。他叮嘱道：“九哥，等会儿搞不好我要跳船逃跑，你可要盯着点，万一发生紧急状况，我的小命可全靠你了。”

“你爷爷要是知道了，准会抽你大嘴巴。”九哥摇了摇头。

陆扬满不在乎地一扬头：“你不说，他怎么会知道。九哥，你可要守口如瓶，不能出卖我。你也知道的，我爷爷揍人的时候有多狠。我这么大的人了，再被老头子揍得满村跑，那画面也太难看了。”

“说真的，我还蛮期待的。”

陆扬幽怨地瞪了九哥一眼，之后便一翻身，直接跳入海中。

快艇直接靠近那艘船，目标太明显。

为了尽可能地低调，陆扬选择游过去。在海里游动，是与海浪的战斗，每前进一点，都十分不容易。

陆扬仗着自己水性好，最后十几米干脆潜入海里，憋着一口气，一直游到了船旁边。

如他所愿，黑船上大部分的船员都在关注着今日登船的游客，没人注意到他的接近。一些暂时没被敲诈的观鲸者已正常登船，而那些被坑的游客也已经体会到了人心险恶。

陆扬游到了一个反抗比较激烈、死活不乐意交钱的游客身边，在他慌里慌张坠落海中的一瞬间，直接揪住了他的衣服，然后用力一托，游客离开海面，双手又捏住了那条软梯的底部。

“往上爬。”陆扬命令。

游客吓得嘴直哆嗦：“我给钱，我愿意给你们钱。”

陆扬沉着脸：“少废话，赶紧爬上去。”

他一个人都难以支撑，再带着个惊慌失措的家伙，怕是更加艰难了。

“我……我腿软，浑身没劲。”游客虽然是个大男人，但经历了这一遭，已吓得要哭了。

“我跟你一起爬，而且我就在你的下边，如果你再掉下去，我还去捞你。好了，鼓起勇气，抬头向上看，只有十几米，不到一分钟就能爬到顶部。”

有了陆扬的鼓励，游客稍稍鼓起了一些勇气。

两个人一前一后地登了船，翻过船舷之后，他们一起坐在了甲板上。

跟他们差不多遭遇的人，也是一样的狼狈。可那些把他们给骗上了船的坏家伙们，竟然还指着他们嘲笑个不停。

陆扬混在其中，没人发现他是一张陌生的面孔。

“哥们儿，要租防晒防雨的风衣吗？一件 300，穿上去看鲸鱼，免得晒伤或者感冒。”有船员的手臂上搭着几件脏兮兮的风衣，凑过来搞推销。

陆扬差点当场气笑了。

竟然有点佩服这些开黑船的人，为了赚钱，想出了各种点子，压根不放过任何搜刮的机会。刚才掉进海里的人可不少，衣服湿透了，混杂着汗水和海水，黏糊糊的，还真不舒服。

“给我来一件。”被陆扬救上来的游客仿佛是看透了生死，突然大方了起来。

等到那个船员把衣服送过来时，游客看了一眼陆扬，突然改了口：“两件，我要两件。”

现金、刷卡、转账、二维码……

凡是能想到的付款方式，船上一应俱全。

游客付了钱，得到了两件风衣。

他扔了一件给陆扬：“刚才，谢谢了。”

陆扬赶紧裹上，也跟他道了谢。

“兄弟，我之前还以为你也是这艘破船上的人呢，幸好你不是。”游客狠狠地打了个喷嚏，恨恨地骂着，“没事跑出来看什么鲸鱼呢？这不是吃饱了撑的没事干，自己给自己找麻烦呢。呸，从今往后我再干贪小便宜吃大亏的事，我就自己跳海里去喂鱼。”

陆扬笑着点头：“出来旅游，的确是要选择正规的旅行社，不能贪便宜，随随便便跟陌生人走。”

陆扬站起身来，尽量与那些穿了风衣的游客站在一处，耳边全是他们小声的抱怨。只是此时人在船上，远离了陆地，落在别人的手里，即便不满，也得平安回到岸上再说。

“欢迎大家来参与这一趟奇幻的冒险之旅，待会将由我们护送大家，去往大海的深处，那里有美丽的鲸鱼，成群结队……”

黑船导游颇为动情地描述着那一幅绝美的画面，若不是刚刚才被坑过，大家伙儿几乎要以为，这一趟旅行是身心放松的奇幻之旅，会在一望无际的大海里，与梦幻般的鲸鱼群来一场绝佳的邂逅。

陆扬在黑船上四处搜索，找寻着船舶的关键信息。他很快看到了昨天哄骗赵卓娅的那几个船员，于是拿出了手机，假装是在拍摄远处的海岛，调整焦距，迅速地连按了几下。

船员们大约也清楚自己做的不是什么合法的买卖，对于拍照之类的举动特别敏感。

即使陆扬做出了漫不经心的样子，仍有人冲他不满地低吼起来：“喂，谁让你乱拍的。”

他像是根本没听见，端着手机，又去另一边拍。

在这短暂的几秒钟内，陆扬极迅速地进行了照片删除操作，等到那些船员冲上来，推推搡搡地要他交出手机时，陆扬一脸蒙地看过去：“我拍几张海岛的照片，也不允许吗？”

“你不是在拍海岛，你是在拍我们，我可是看得清清楚楚的。”船员大吼大叫，仿佛被深深地冒犯到了。

“没有啊，不信我给你们看看。”陆扬大方地把手机递过去，手机相册里大部分是以往拍的生活照，刚拍的那几张，碧海蓝天，海岛沙滩，并没有任何人的影子。

船员们没找到想要的，更加悻悻。

“没有吧？还不还回来？”陆扬温柔地笑，手掌伸了过去，全程都没有生气，看起来还真是极好的脾气。

“你给我小心着点，要是被我抓到你乱拍，绝对饶不了你。别忘了，现在是在大海上，惹恼了我们，直接把你丢下去，你喊救命都没人搭理你。”船员愤怒恐吓。

陆扬依然是那副温和的样子：“放心吧，我还是喜欢拍大海拍鲸鱼，实在不行拍美女也成，你们几个大老爷们，拍来做什么呢？”

伸手不打笑脸人，陆扬的这个姿态可以说是放得极低了。

那几个船员没抓住把柄，也没办法再骂个不停，纷纷转移了注意力，开始警告其他乘客放老实一些，不准对着船内拍照，更不准对着船员拍，否则的话，他们一定会不客气。

陆扬很快就确定了船号编码所在的位置，趁着大家的目光都被船员们的大吼大叫给吸引住时，他动作幅度极小地朝着目标的方向挪蹭过去。

刚刚送他风衣的那个游客一脸气愤：“兄弟，我知道人在屋檐下不得不低头的道理，可你也不能这么怂啊。你瞧瞧，他们都把你欺负成什么样子了？你竟然还笑得出来？你身为男人的血性呢？”

陆扬叹了口气：“不然呢？我跟他们吵一架，不行再上手揍几拳，然后跟你刚才一样，被扔海里去泡一泡？”

“你！”

陆扬的话，把游客气得哑口无言，他都恨不得把给陆扬的风衣扒下来拿走。

而陆扬也没搭理他，直奔自己真正的目标而去。他得先掀开盖着船号的那块破板子，然后只要拍一张照片，就达成目的了。

就在这时，身后的游客又闹腾腾地吵吵起来，大约是不满那些船员抢手机查看的行为，气氛剑拔弩张。

陆扬的手指，已经触碰到了那块遮挡板，他想掀开，却发现并不容易。挡板两边全用铁丝拧住了，拧得还挺结实。他费了不少劲，也才掀开了一角。

不过这样子，也能看到里面的全部信息了。

他快速地一拍，拍完后赶紧操作，迅速删除。

这次比之前的速度还快，但还是被船员发现了。

船员从大船的另一边嗷嗷叫地冲到他面前："干什么呢干什么呢？手欠乱掀，你是不想要这双手了是吧？"

"你看你们，动不动就喊打喊杀，就跟一群土匪似的，一点都不文明。现在都什么时代了，凡事要讲理讲规矩讲法律。我刚才只是看到这块板子被海风吹得嗡嗡响，想帮忙调整一下位置，不让它发出那么大的噪音，这样我在拍视频的时候才不会被影响。"陆扬故技重施，主动把手机递过来，"不信你们看，我手机里什么都没有。"

只是这一次，同样的招数就不管用了。

"他肯定是用其他的方法把照片传走了，这小子根本是不怀好意。"

另一个船员眯着眼盯了陆扬好一会儿，突然说道："我刚才就觉得他面熟，一直盯着看却总想不起来在哪儿见过。现在我确定了，昨天在码头，那三个老头子冲上来打咱们，后来不是有个年轻一点的，抄起棍子就过来乱拍嘛，是他！就是他！他是昨天那死老头的亲孙子。"

陆扬深深地叹了口气："你在说什么，我怎么听不懂呢。"

"别骗人了，你是准备要逃跑了。"一个精明的船员出现，带动其他糙汉子全聪明了起来。

陆扬最担心的危急情况还是发生了。他随手抓起脚下的一根长杆，直接朝着冲上来的船员横扫过去。

趁着对方发愣的一瞬间，他打算翻过船舷，直接往海里跳。

翻越船舷的一瞬间，陆扬敏锐地发现，从这个位置下去，他就落到了船的另一侧，与约定的地点不符。而负责接应他的九哥如果想要接到他，至少得操纵着快艇，绕过船的一头，在海面上来两个九十度的大转弯。

难度系数比较大，在紧急状况下时间来不及。

想到这里，陆扬翻转身体，硬生生地把自己拉了回来。

顾不得吓出来的一头冷汗，他重新跳回到甲板，而后，利用那些游客的身体进行躲闪，非常努力地朝着船的另一侧飞奔而去。

很多人追着他，被抓住了准会被大卸八块，这些陆扬心里是再清楚不过。

可他除了拼尽全力地向前狂奔，躲开所有抓向他的手，似乎也没有更好的办法。

这种比动作电影更加紧张刺激的追逐，并不在陆扬的计划当中。他甚至有点后悔，自己没有做好更加周密详细的计划，冒冒失失地便上了黑船，把自己置身于危险当中。

不过，毕竟是在岛上长大的孩子，从小习惯了上山下海，跑来跑去，身体素质一向比普通人要强上许多。

距离船的另一侧只有一步之遥，他的手甚至已经抓住了栏杆，只需要轻轻的一个跳跃，他便会落入大海当中。而及时赶到的九哥，会将他立即拉上快艇，迅速从危险中离开。

就在这时，黑船的船员忽然吆喝一声："臭小子，你要是敢跑，我就把你的同伙给扔进海里去。"

同伙？什么同伙？

陆扬诧异地回头望去，他看到了之前那位给他租风衣的大哥正被两个船员控制着，上半身已经被按到护栏外面去了。

这个游客之前掉进海里就是胡乱扑腾的，明显不会游泳。若是真的从那么高的船上坠落入海，不死也得去半条命。

"喂，别动手，这样子真的会出人命的，你们不就是为了坑点钱嘛，至于杀人？"陆扬制止。

“每年在船上，因为风大浪大船舶摇晃剧烈，不小心掉进海里淹死的人，也得有十几二十个吧？今天多掉下去一个，又能怎么样呢？我们可是不担心的。”一个船员口出狂言，满脸的嚣张，“再说了，就算是真出了人命，那也是被你给害死的。我们好好地在船上做着生意，没招你没惹你，你突然跑过来碍手碍脚，发生任何事，都应该由你来负全责。”

“原以为已经见过了很多不讲理的人，可像你们这种把黑的说成白的，还说得那么天经地义，连自己都骗过去的，还真是没见过。你们啊，坏得流黑水，没救了。”陆扬并没有往下跳，因为他已经看出来了，这伙人心狠心毒是真的。

如果他敢走，那个游客真的会被丢下去。

他不忍心看着无辜的人因为自己而遇害。

九哥在下面完全不知道发生了什么事，他不停地召唤着陆扬，让他放心大胆地往下跳。

可陆扬不只没跳，还从围栏上缩了回去。改为背部抵着护栏的姿势，正跟船里面的人说着些什么。

“计划可不是这样子的。”九哥急了，左看右看，寻找着梯子，他想上去把陆扬给带下来。

陆扬此刻也很紧张，因为那些船员陆续从各个位置走出来，朝着他围了过来。

“咱们有话好好说哈，你们还是得讲道理的。我上船也是想跟你们去看一看鲸鱼群的位置，存了点私心，想确定位置以后，也把家里的船开出来，带着游客游览一下祖国的大好河山，领略一番生命的奇迹，然后轻轻松松地赚点小钱。如果你们觉得多我一个竞争对手不高兴，我可以现在就放弃，重新去找新的营生嘛。”

可惜，他的信口胡说，并不被这些人相信。

船员们的脚步一点都不慢，脸上的凶狠之色，任何人看了都会心里发毛。

“要完。”陆扬紧张得快要石化了。

“臭小子，你真是自己找死。”一个船员亮出了手上的粗木棍，高高举起，就要朝着陆扬的脑袋砸下。

嗖——

什么东西，破空而过。

“叮”的一声，准确地砸在了船员的木棍之上。

那是一根亮闪闪的弩箭，箭头锋利，直接钉入木棍内一小截。

而手持弓弩的人，一把扯下了披在身上的风衣，丢在了脚下。

他的身旁，还有好多个披着风衣的同伴，显然是一起上的船。因为人多，而且全是年轻人，因此登船的过程正常而顺利，上船后更是占据了甲板上最好的观光位置。他们还一人租了一件风衣，说是要一起凹个造型。

这种游客，看着就不好惹，船员们虽然人多，又是在他们自己的船上，但也不敢去惹麻烦。

负责出租风衣的船员还特意挑了二十几件看起来比较干净的风衣送过去，全程笑脸，服务态度比别人要强太多了。

谁想到，在关键时刻，他们竟然直接亮出了家伙来。危险而锋利的弓弩，威力相当大，抬手就射，根本不管会不会射偏而直接命中船员的身体要害。

一个人动手，身后那些男男女女竟然一起有了动作，随手一扯，风衣扔得满地都是。

最显眼的是站在最前面的那四个人，每个人手里都端着一把弓弩，全都是上好了弩箭的。锋利的箭头齐刷刷地瞄准了围着陆扬的那几个不怀好意的船员。

赵卓娅从人群里走了出来，手上拎着一支棒球棍，今天的她穿的是一身粉色的运动装，戴着一顶棒球帽，既青春又阳光的打扮。

她笑嘻嘻地朝着陆扬挥了挥手：“还愣着干什么，你快过来呀。”

“怎么是你？”陆扬惊讶极了。

“昨天没看上鲸鱼，我心里有点遗憾，这不是跟我朋友一起上船，碰一碰运气咯。”赵卓娅对着陆扬信口胡说，可对那群蠢蠢欲动的船员，她便不客气了。

一声呵斥脱口而出：“谁动射谁，都瞄准一点，只要能射中，脑袋也行，脖子也行。”

陆扬心想，这还不是随便射？不管脑袋还是脖子，射中了就躺板板。

虽然对方是在帮自己，可陆扬心里是一点安全感都没有。他想还是赶紧躲开这个瞄准的射程，免得一个不小心就被误伤了。

一路小跑，来到了赵卓娅的身边，他颇有点绝处逢生的庆幸感。

再搭眼一瞧，队伍里居然还有个人端着家用摄像机，大咧咧地对着船员们一直拍，各种特写。各种镜头，船上几处遮挡全被暴力撕扯开，黑船的船员们越是不让拍，这个人便拍得愈加畅快。

摆明就是在针对呢。

“都说宁得罪小人，也千万别得罪女人，这话说得果然不差。他们昨天坑了你一把，今天你就带了这么多人找上门，还真是恩怨分明，睚眦必报，佩服佩服。”陆扬说着，高高地竖起了大拇指。

赵卓娅没好气地瞪了他一眼：“你这成语究竟是跟哪位老师学的？不会用就别用，听着真是刺耳。”

陆扬嘿嘿笑了一声。

赵卓娅这边的人，每个人手上都带了点武器，一看就是有备而来。真的一言不合动起手来，有准备的这一方绝对吃亏。

形式瞬间逆转，而且优势还是在自己这一边，陆扬一点都不担心了。

他轻推赵卓娅：“你们打算怎么处置他们？揍一顿泄泄私愤？曝光他

们，将他们绳之以法？”

“瞧你说的，格局小了吧。”赵卓娅正了正她头上的那顶漂亮的棒球帽，“我打算，劫了他们的船，逼他们带我去看鲸鱼，我想怎么看就怎么看，我还不给他们钱，气死他们。”

好些个船员听到了赵卓娅如此“单纯”的打算，禁不住喜形于色。

还有船员大声地说：“小姑娘，你不就是想去看鲸鱼嘛，我们可以带你去，你想看多久就看多久，想怎么看就怎么看，不用你给钱，等会儿我们还会把你们上船后所有支付的钱都退回来给你。只要你开心，要我们怎么做都行。”

陆扬哭笑不得：“不是吧，赵卓娅，这就是你的格局？听上去，也没大到哪儿去嘛。”

这话换回了赵卓娅一个大白眼：“我还没说完呢，你急什么。”

“行，是我急，请你接着往下说。”

他倒是挺感兴趣，赵卓娅这个不按常理出牌的小丫头，后续还有什么招。

“等利用他们达成了我的目的，我就立即把这些坏人扭送警局，依法处理。”赵卓娅调皮地眨了眨眼，“陆扬，你觉得我这一招过河拆桥，玩得怎么样？”

瞧着她那得意洋洋的模样，还有黑船船员们目瞪口呆不可置信的神情，陆扬再次竖起大拇指，这回是心服口服，彻底服气。

正聊着，海浪翻滚，几艘快艇正急速朝着黑船的方向而来。远远地就能看到快艇上警方的标志。

陆扬这才反应过来，原来赵卓娅早已报警。

毕竟干的是不法勾当，黑船上的船员们一看到来的是海警，脸色都变了。

他们骚动起来，想要反抗，穿了一身红色西装的沈学兵，就像是一只开屏的花孔雀，华丽丽地出现在了船舱的最高处。

“谁都不要动，否则对你们不客气。”他手上也有一把弓弩，而他身边的两个男人，手上都端着黑乎乎的玩意儿。

仔细一看，竟然是枪。

这下，所有船员都不敢动了。他们完全想不通，到底招惹了怎样的一群活阎王，都带着武器。他们已经算是心狠手毒了，可这群人更加凶神恶煞。

“赵小姐，您这玩得也太大了吧。”陆扬咕咚一声，咽下了一口口水。

“怕了？怂了？”赵卓娅斜眼看他。

“如果我没记错，除球棒之外，你朋友手上的枪，还有弓弩、刀具，全都是不合法的吧？等会儿警察上来，你们也会有麻烦的！”他好心提醒。

“我们是来抓坏人的，带点武器防身很有必要，警察叔叔一定能够理解。”

听了这话，陆扬干脆翻了个白眼：“不要说这种天真的话，有空还是去学学法。”

“难道不是这样子吗？”赵卓娅一脸迷惑。

两个人凑在一起聊个不停，那亲近的样子落在沈学兵的眼中简直不可接受，这让花孔雀顿时炸毛。他的脸色几乎变得和他身上的红西装一样灿烂。

“娅娅，你身边站着的那个男的，是不是昨天晚上的那个讨厌鬼？他为什么会在这里？你把他叫过来的？”

赵卓娅跟陆扬在这儿巧遇，你一言我一语，本来聊得挺开心。沈学兵一插嘴进来，好心情顿时没了。

她没好气地怼回去：“沈学兵你再用质问的语气吼我，别怪我对你不客气。你以为你是谁啊？我爸都不管我，你凭什么啰唆那么多，烦不烦！”

要说这世间万物，还真是一物降一物。

沈学兵对谁都是一脸酷拽，看人都喜欢用那种居高临下的姿态，偏偏遇上赵卓娅时，他真的是百般奉承，逆来顺受。

“我不就问问嘛，那也是关心你呀。”

瞧瞧，沈公子多么的委屈巴巴，哪怕赵卓娅总在那么多人面前不给他留面子，他却依然舍不得凶她一句。

所有火气，全集中在陆扬身上。

是他，就是他，一个破落小渔村里住着的普通男人，肯定是他在他心爱的女人面前，说了自己的坏话。

现在赵卓娅在，不方便收拾他。

等船上的事儿解决了，他非得……

“各位，警察叔叔到附近了。”赵卓娅的提醒刚说完。

令陆扬目瞪口呆的一幕发生了，前一秒还凶神恶煞的打手，动作极其迅速，拿袋子的拿袋子，装东西的装东西。他们手上的弓弩、弩箭包、刀具等，全装入大袋子丢入了大海。

只是一眨眼间，除沈学兵身边的两个男人手里依旧握着枪之外，其他人的身上都没有武器了。他们又变回了普通游客的样子。

而海警，也在这时顺利登船。

“警察同志，救命啊，他们有枪，有枪……”黑船的船员一看到穿着制服的警察就趁机求救，同时找地方躲藏。

一句“有枪”，让场面顿时变得无比混乱。警察们也非常紧张，所有人都露出戒备的眼神。

沈学兵换了个异常妖娆风骚的姿势，给了旁边的朋友一巴掌：“把你的玩具收起来，看你，都把小朋友给吓哭了。”

“噢噢噢，沈哥，真是对不起，我忘了。”那个人道了歉，还不忘直接扣动扳机，一股水柱直接冲了出来。

那竟然是两把做得极为精巧的仿真水枪。

沈学兵笑呵呵地举起了双手："各位，真是不好意思啊，我朋友调皮，吓到大家了。"

那些船员的表情就别提了，个个咬牙切齿，都恨不得冲上去撕了这些可恶的家伙——怎么就那么讨厌呢！

"东子，你拍的视频呢？给警察叔叔们看一遍，记得原件也给他们发一份。"赵卓娅催促着。

之前拿着家用摄像机拍来拍去的那个人，赶紧连摄像机一起送了过来，里面保存着全部的证据，直接拍摄，没有剪辑，足以采信。

接下来的事，就交给警方来处理了。

陆扬把他冒险拍到的那些照片也交了上去，不过起到关键性作用的还是赵卓娅和她的朋友们拍摄到的那些。关键信息完整，单是这个便足以让那些黑船员好好体会一下恶有恶报的道理，等待他们的必将是法律的制裁。

"可以啊，我真服了，这事儿办得利索，效果奇好。"陆扬真心实意地说道。

"你是在夸我吗？"赵卓娅的眼睛都笑成了弯弯的月牙。

"对，我是在认真地夸你。"陆扬点了点头。

他指了指远处穿着制服的警察："我现在得先过去做个笔录，然后就要回去了。出来的时候没跟爷爷说这事儿，要是回去晚了，他一定会担心。"

然后他又指了指船附近停靠着的快艇说："九哥也还在等我。"

赵卓娅掏出了新买的手机："陆扬，你不邀请我留个联系方式吗？"

"什么意思？"陆扬还在愣神呢。

"难不成还要我邀请你留联系方式？你真是个超级大直男，就不懂得给女孩子留点面子吗？”赵卓娅真是受不了他了。

“留联系方式做什么？你还有事找我吗？”

赵卓娅几乎要以为陆扬是故意的，才会这样回答。

可她盯着他看了一会儿，从他清澈干净的眼睛里，读到的就只有不解，连一丝杂念都找不到，便突然反应过来，这个从小海岛的渔村里走出去的青年人，简朴单纯，没那么多弯弯绕绕的心思。他是真的不太懂，才会这样问。

“朋友之间不就是应该经常联络吗？我们没有联系方式，那以后要怎么沟通？”

陆扬恍然大悟，连忙从腰上的防水袋里把他那个像是老古董一样的手机取了出来。因为实在是太老旧的款式，内存极低，没办法下载任何的聊天工具，陆扬只存下了赵卓娅的电话号码，并且也将自己的告知对方。

办完了正事，他仍是坐着九哥的快艇离开。与沈学兵擦肩而过时，花孔雀做了个割脖子的手势，又开始威胁他了。

陆扬潇洒利索地朝他竖起中指，压根儿不惯着他的脾气。

回到了快艇上，陆扬弯腰收拾东西。

九哥笑容灿烂，心情很是不错：“运气真好，事情解决得太顺利了。等会儿回去，跟家里的老爷子们都讲一讲，从今往后，北月岛又会恢复往昔的宁静了。”

陆扬却远没有那么乐观：“只是逮到了一艘船罢了，能不能起到杀鸡儆猴的作用，仍要看接下来的发展。”

“如果再有其他黑船，咱们就继续干。”九哥已经充满了信心。

陆扬笑了笑，只是迎着海风张开了手臂，享受着此刻难得的安宁。

北月岛附近的海域，又一次恢复了往昔的宁静。游客量总体锐减，但还是会有些喜欢猎奇的游客选择坐每天往来的渡轮上岛转一转。岛民们如过去一样，在小码头附近支起小摊位，卖些自家晒干的海货来贴补家用。

陆远征和几位老人分散在北月岛各处，时刻盯着那些黑船的动静。

那天之后，又有海警开着船在附近的海域进行了巡视，仿佛一夜之间，黑船全都销声匿迹。压在北月岛人心头上的一块大石，总算是慢慢落下了。

而陆扬也正式开始了他轻松快乐的暑假生活。他把每天的日常安排得满满当当，今天赶海，明天夜钓，后天篝火烧烤大会……岛上的时间过得非常悠闲，玩起来花样倒是不少。

陆扬从小到大，过的就是这样的生活。

唯有在北月岛上，他才能彻底放松自己，完全沉浸其中。

赵卓娅与他交换了联系方式后，再没主动与他联系过。不过，对于陆扬来说，这实在不是什么了不得的大事，用不了多久，他怕是连这个人都想不起来了。

一星期后，大清早，外面下起了大雨，瓢泼一样，稀里哗啦地往下落。

屋外的树木被打得乱响，但这种白噪声也特别容易让人睡不醒。

陆扬拉高了被子，把被子裹紧，理所当然地觉得今天可以睡上一上午的懒觉。

这个念头刚落下，院门就被人推开。九哥披着蓑衣，浑身都是水，进门就来砸他的房门。

“陆扬，陆扬，快点醒醒，有大事。”

陆扬一激灵，直接从床上坐了起来：“什么情况？你慢点说，别着急。”

九哥满脸怒意："那些开黑船的好像又来了。"

"真的？这伙人是狗皮膏药吗？怎么就没完没了呢？"陆扬也有点恼火。

他抓了件雨衣裹在身上，就跟九哥走了出去。

雨太大，能见度不高。

从陆扬家出来后，又往小码头的方向走了一段路，才勉强看到那边的动静。

果然有一艘大船，正静静地停靠在海面上，既不前进，也不后退，仿佛在等待着什么。

海风吹拂，海浪翻涌，那艘船就跟随着海水不停地上下起伏。

时不时还有快艇在大船和岸边往返，送人，拉货，忙得不亦乐乎。

"这种天气，还能有游客？"陆扬颇为奇怪。

"天气不好，小码头暂时关闭，今天上午没有客船。"九哥说完，又补了一句，"但他们确实是在不停地往船上运人。

"没有客船就没有游客，岛上只有一家民宿，还是三天打鱼两天晒网式的营业，哪儿有那么多人给他们接？"陆扬十分疑惑。

对于这些，九哥也没办法解释。

"这艘船是昨天夜里来到的，之后就一直停在那儿，我也不知道他们是从哪儿招揽的游客。"

"会不会只是暂时停留，小码头水浅，大船靠不了岸，所以才停在那里运送东西？"陆扬观察了好一会儿，直觉认为，这艘船与之前的那些黑船不太一样。

九哥仍是摇头："北月岛又不是什么大岛，岛上人少物资更少，他们在这儿能补给点什么？我是绞尽脑汁也想不通的。所以，我觉得他们仍是顶风作案的黑船，肯定是上次被海警狠狠打击了一次之后，又琢磨出别的道道儿，铤而走险来了。"

他啐了一口："这些人还真是要钱不要命，没救了。"

"我去小码头问问看。"陆扬拽紧了雨衣。

在海边，像这种下大雨的日子，往往伴随着大风大浪。小码头的简易房被吹得呼呼作响，没有船过来，也就没人值班。

附近同样是简易搭建起来的铺子，也锁着门，放眼望去，除了自己，周围一个人都没有。

陆扬在那儿站了一会儿，正准备走。

九哥又是一路小跑着飞奔过来，把怀里的望远镜往陆扬手上一塞："给你，我刚才回家取来的，也许用得着。"

陆扬道了谢，端起望远镜朝着大船的方向观察了一会儿。

"他们还挺忙，有三艘快艇在来回运人呢。不过，这些人怎么都穿着一样的衣服呢？男女都有，年龄差距很大，但确实不像是游客。"

"也许是一支旅游团？有的旅行社不是很喜欢给自己的游客穿一样的衣服吗？"九哥常年待在岛上，对这方面还是有点了解的。

"正经的旅游团会跟做贼一样在海上出出入入，用游艇一趟趟地拉人吗？而且还是这种恶劣的天气，万一出了问题怎么交代？事出反常，肯定没干好事。"陆扬的望远镜循着快艇来回奔走的线路，朝着岛的另一个方向望了过去。他对北月岛是最熟悉的，当然知道他们登陆的那个位置是岛的最北面。那里有一片茂密的原始林子，里边生长和生活着不少珍稀树木和国家特级保护的鸟类，早几年被国家划为了自然保护区。

家里的大人时时告诫、提醒，就算是再调皮的小孩，也不会随随便便进入那一片区域。而这伙人，竟然堂而皇之地从那儿进进出出。要知道，那附近的红树林太珍贵了，哪怕是折断了一截树枝，都是莫大的损失。

陆扬身为岛民，对这一片"禁区"有着特殊的感情。

大家当成易碎的珍宝一样对待的林子，这伙人竟然大刺刺地直接往里走，看到这幕，陆扬顿时烦躁不已。

“他们大概率不是黑船，但也不会是什么好人。”陆扬把望远镜给还了回去。

“你怎么看出来的？”九哥不明所以。

“禁止进入的自然保护区，还不管不顾地往里走，哪能是好人？”陆扬的判断方式非常简单。

九哥点头，深以为然。

不过那些人与两个人的距离还是比较远的。他俩在雨中观察了一会儿，连衣服都打湿了，还觉得挺冷的。

九哥问：“咱们，报警？”

陆扬诧异地问：“为什么报警？咱们又没证据证明对方在做违法犯罪的事，人家弄几艘快艇运人拉人罢了。”

“不是你说他们不是好人的吗？难不成咱们当作没看到？”九哥蒙得不行。

“只能如此。”陆扬接着解释，“不是黑船在骗游客，其他的事咱们也没权利去管。况且一切都只是猜测罢了，万一人家是合理合法地在做事，咱们到时候怎么交代？”

“说得也有道理。”九哥被说服了。

两个人各回各家，都没再去管海面上的那艘大船。

上午的急雨一过，中午的时候，太阳就出来了，天气却是出奇的闷热。

海边的天气变化较快，一直是如此。

陆扬已经非常适应。

他走出了家门，自然而然地朝着大海的方向望了过去，发现早晨停在那里的大船不知什么时候消失不见了。

都不知道是什么时候离开的。不过，陆扬也没当一回事。

就这样，平静地过去了两天。

又是一天清晨，天蒙蒙亮，陆扬来到院子里，习惯性朝着远处望去，他又看到那艘船停在了海面上，几艘快艇忙忙碌碌，来往于海岸和船舶之间。

这次没有雨水阻挡，陆扬看清楚了。

快艇这次并没有运人，而是不停地在运东西。

大量的补给物资被从保护区那边装上了快艇，再以极快的速度，送到了大船之上。

这种方式看起来很笨，但其实非常快捷便利。两个小时后，装载完毕，大船默默地往大海深处缓缓而行，消失在了地平线的另一边。

“是在出海作业吗？也不像是远洋渔船啊。”他说完，自己都想笑，这个季节并不是远洋出海打捞的最好季节，更别提，如果真的是那种渔船，面前这艘的吨位看起来又小了一些，而且怎么可能只去了两天便折返回来。

不过，那也不关他的事。

陆扬只关注了一下，就又去忙活自己的事了。

又是两天过去，大船如期返回，仍是同样的时间，快艇忙碌地来来回回。

陆扬的好奇心被挑起了老高，这艘船到底在做什么呢？他还特意跟村里的老人了解过，那一片保护区根本没有路，而且林子的边缘设置了围挡，有人定期坐船过来检查，对渔村里的人也是教育再教育，绝对不可以去触碰那条警戒线。

村子里的人不可能过去，那又是谁从保护区内提供补给物资给大船呢？

陆扬再次充满了疑惑，但他是一个再简单不过的旁观者。

等到大船下一次靠岸的时候，他又趴在自家墙头上看热闹。

而这次，有了变化。

快艇从保护区出发，抵达了大船后稍作停留，竟然调转了方向，直朝着小码头而来。

“哟，这次换地方了？”陆扬眼睛一亮，他觉得解答心中疑惑的好时机终于来到，便兴冲冲地搬出家里晾好的海带和虾皮，放在小竹篮里拎着，直接去了港口。

九点半，上午的第一艘载客游轮会准时到达北月岛。他身为岛民，过去做点小生意补贴家用，也是寻常的事。

快艇停靠在了小码头右侧的一处区域，艇上的那些人就坐在快艇上静静等待，清一色全是男人，高矮胖瘦都有，身上穿着红黑相间的冲锋衣，还全都贴了反光条。

单是从衣服上来看，这些人定是某方面的专业人士，跟那些开黑船欺骗游客的家伙绝对不是一伙的。

这几艘快艇引起了不少岛民的注意，若有若无的目光便一直落了过去，还有人朝着他们指指点点，小声议论。

而最有趣的是，他们发现已经引起了岛民的注意后，竟然不约而同地从口袋里掏出了太阳镜和口罩，直接挡住了自己的脸。

这种反应，是不是有点过了？

今天的载客游轮，到达的时间比往常晚了许多，足足迟了半小时，它才缓慢地停靠在小码头上。

小门打开，梯子搭好，不见游客走出来。

反而是那些穿着冲锋衣的男人，一路小跑，迅速上了游轮。没过多久，他们每个人肩上扛着打包封好的纸箱，直接运送到了快艇上。

接下来，便是周而复始的运送过程了。

快艇装满就走，绝不多逗留。在游轮上卸完货后，又立即返回。

整整运了一个小时，他们才把货物运空。

陆扬抱着手臂，看得津津有味。

九哥好奇，走到一旁，问起了闲话。

可是那些穿着冲锋衣的人就好像个个都是聋的哑的瞎的，九哥凑得再近，讲话再大声，他们也只当他是一团空气，竟没一个人搭理他。

吃了冷淡的九哥回到陆扬身边，有点郁闷地说："阿扬，岛外的城里人全都是这样冰冷的吗？连一句话都懒得跟我说。"

看着九哥一脸受伤，陆扬拍了拍他的肩膀，聊表安慰。

而后，陆扬自言自语："今天开渡船的是村里的阿莱吧？"

九哥踮起脚张望了一下："还真是他。"

像是找到了突破口，九哥兴冲冲地过去，把阿莱叫到一旁，压低了声音询问起来。阿莱露出为难的表情，连连摆手，好像是拒绝。但他们毕竟是同村人，九哥的辈分比他还高一辈，平时是要喊叔的，阿莱还得客客气气地对待。九哥一追问，三下五除二，能说的不能说的，阿莱就把自己知道的全讲了出来。

货物卸完了，阿莱还得去拉客人。他挥手道别，匆匆离开，而九哥则是折返回来，把探听到的消息说给陆扬听。

这伙人是从外省来的，财大气粗，全款包下了渡船用来运货。他们带来的货品全放在了一模一样的厚纸箱里，并且全都封好，从外面绝对看不出里面装的究竟是什么。阿莱曾经试抬了一下，箱子非常重，他使足了力气，才能勉强抬起一个。而随船运货的人发现了他的举动后，居然动怒了，指着他骂了好几句，还把他给赶出了船舱，不准他和船上的职员再靠近。

"古古怪怪，没安好心。"这是阿莱给出的评价，经由九哥的口，转述给了陆扬。

"阿莱也是，怎么可以未经允许，随随便便地就去碰人家的货物呢？万一里边是贵重的物件，弄丢了，弄坏了，人家肯定要他赔的。"

陆扬的说法，九哥并不认同。

他的手，指着远方的大船："既然是往船上运的，并且每隔两天就要运一次，说明里边肯定是消耗品。别看包装得那么严实，我猜里边肯定是吃的喝的，就不知道为什么不用原本的包装，搞得神神秘秘。"

"你们两个，不准靠近这里，赶紧走，离远点。"快艇上的人注意到了陆扬和九哥一直关注着他们，立时变得十分凶狠，叫叫嚷嚷地喊个不停。

虽然说的是普通话，听起来却是外地口音，讲话的语气很生硬。最耐人寻味的是，其中还有几个黄头发蓝眼睛的外国人，他们也混在一起做着一样的工作，并不开口讲话，偶尔有需要的时候，就比比画画地通过手势来交流。

陆扬指了指面前摆着的竹篮："我是在码头边等游客做生意的，你让我走我就走？能不能别这么不讲理，给我造成了损失，难道你来赔吗？"

有一个人径直冲了过来。

就在陆扬和九哥都以为面前气势汹汹的这个人是打算粗暴无礼地对待他们时，他竟从怀里掏出了一叠钱，很随意地往陆扬手上一塞，然后把他的竹篮子抢了过来："你不用再卖了，我都买了，赶紧走，赶紧走，别在这儿看热闹。"

一个月内，陆扬第二次被人砸钱，心情有点复杂。

"用不了那么多钱。"那都是不值钱的东西。

"少废话，赶紧走，赶紧走。"那人不耐烦地摆摆手。

陆扬把钱塞进口袋，紧追几步，撵上那人："货你可以拿走，篮子得给我拿回来，那是我爷爷的，不能一起卖，不然他肯定会生气。"

"你们这些渔民可真啰唆。"那人到了栏杆边，拎高竹篮，直接把里边装着的干海带和虾皮全倒了下去。

海浪轻轻拍打着海岸，上面漂着一层晒好的干货。

竹篮被丢了回来。“拿走吧，你再不识相，就对你不客气了。”

九哥扯着陆扬的衣角，不让他再说话，直接把人给拉走了。

“这伙人是真的会动手的，阿莱船上有个船员就被扇了一巴掌。”他可不想看见陆扬吃亏。

陆扬才想说些什么，他的手机突然响了起来，来电显示着“赵卓娅”三个字。距离上次分别已经有一段时间了，陆扬根本没想过她会打电话来。

电话接起，他才说了一句“喂”，赵卓娅就匆匆打断了他的话：“陆扬，你赶紧走，别跟船上那帮人起冲突，他们很危险，我怕你会受伤！”

陆扬的第一反应就是赵卓娅就在附近某个地方，要不然，她怎么会知道他和船上的人有过交流。

可他才左顾右盼，赵卓娅在电话里就嚷嚷得更大声了：“你不要东看西看，那些人一直在后边盯着你呢。”

“赵卓娅，你在搞什么？”陆扬满是疑惑。

“我在帮你！我在救你！陆扬，听人劝吃饱饭，你可别不识好人心啊！在这个时候犯什么拧，你被人揍个半死不要紧，别连累九哥。”

这话不亚于当头棒喝。

直觉告诉陆扬，赵卓娅的提醒绝对不是无的放矢。

他似乎又一次卷入了某个奇怪的事件，当务之急的确是要脱身，而不是在这儿跟赵卓娅吵架。

“怎么每次遇到你，我的生活就直接进入‘Hard’模式，跟拍电影一样刺激呢？”他轻轻地抱怨了一声。

倒是把电话那边的赵卓娅给逗笑了：“陆扬，我觉得还是你天生具有某种吸引麻烦的气质，你别往我身上赖。如果今天我不打这个电话，也是你自己跳进这件事的，跟我一点关系都没有。”

顿了顿，她强调：“我算是见义勇为，你应该说谢谢。”

“既然还在岛上，晚上要来家里吃饭吗？有大螃蟹和手腕那么粗的皮皮虾。”

“这话听起来还蛮顺耳的，可惜我还有事，大概是没有时间去了。陆扬，你赶紧回家陪爷爷吧，这几天北月岛附近风浪大，你就在家里多看看书，少出门。”

电话发出一阵忙音，赵卓娅那边直接给挂断了。

陆扬盯着电话哭笑不得，所以说，他是被个小丫头给教训了吗？

也行吧，他听劝。

陆扬跟九哥在岔路口分开，一直回到了家都没有回头。

但他一进院子，便动作迅速地关上院门，紧跟着一气呵成地爬上了墙头。他端起了望远镜，朝着远处一点点地搜索开去。

小码头上，阿莱已经开着渡船离开了。

几艘快艇也陆续回到了大船上。

事情发展到这个地步，有两种可能。一种可能是赵卓娅和大船上的那些人是一伙的，那么刚刚她应该就混在那群穿着冲锋衣的男人之中，只不过藏得比较隐蔽，他没注意到。

但陆扬判断，这种可能性其实不大，要不然赵卓娅也不太可能打电话劝他离开。

另一种可能是赵卓娅一直在北月岛上，她守着一个地势很有利的位置，也在用望远镜之类的工具关注着小码头，并且这个距离不会太远，而且为了观察方便，她所处的地势会稍高一些。

如此，陆扬已经大约能判断出她的位置，再利用望远镜一瞧，果然在小码头后边的那座二层小楼里瞧见了一扇半开的窗，以及两片不停乱动的格子窗帘。

“找到你了。”陆扬笃定地微笑。

像是有心灵感应，格子窗帘中间的缝隙里，望远镜的镜头弹了出来，定格数秒之后，一只纤细的小手探出来，傲娇地竖起了中指。

“这丫头，长得水灵灵的，怎么老喜欢做这么粗鲁的手势呢？”

他那边刚自言自语完，电话就响起来了，依然是赵卓娅没好气的声音：“陆扬，我刚才怎么叮嘱你的？让你回家读书，不要牵扯，你倒好，趴在墙头架着个破望远镜看什么看？你怎么这么不让人省心呢。”

“赵卓娅，你又不是我妈，你说什么话我都要听？简直是开国际玩笑。”陆扬不甘示弱。

他一点都不喜欢此刻这种明明置身其中，却完全被排除在外的感觉。

难道他就没有好奇的权利吗？赵卓娅越是那种态度，他越想弄明白是怎么回事。

俗话说得好，好事不背人，背人没好事。

他已经开始怀疑这件事的背后，是不是藏着什么可怕的阴谋诡计。

“你怎么说话呢？能不能有点礼貌？”赵卓娅急了。

“我说话一向如此，你不爱听可以不打这通电话。”陆扬也没好气。

啪——电话挂断，小楼上的窗帘也直接拉开了。

看来，赵卓娅观察完毕，不需要再偷看了。

海面上的大船完成了补给，又朝着大海的深处行驶而去。可以预测，它再次出现，一定又是两天以后。

过了不久，陆扬正要出门，赵卓娅突然来到院门口，一把把他拖进了院内：“我要在北月岛上停留几天，不会太久，最多一星期。”

“你要做什么？”

赵卓娅笑了笑：“陆扬，你的好奇心真是有点多了，你知道不知道，这样很容易给自己和家里人惹麻烦的。对了，还要提醒你一句，两天后，那艘船返航补给的时候，你只当它不存在，别去乱打听，也别盯着它看。它该来就来，要走便走，反正也不碍着你什么事，你也别跳出来去碍他们的眼。”

“你不让我多管闲事，你倒是管得很认真嘛。”陆扬嘲讽着说。

赵卓娅叹了口气，脸上闪过了一抹与她温柔年轻的面容不相符合的无奈。

“你这个性子啊，我真不知道该怎么评价。陆扬，上次你爬到黑船上边去，如果我和我的小伙伴们不在，你知道会有什么样的后果吗？”

陆扬才想反驳，赵卓娅却先他一步，继续说了下去：“你当然有无数种理由来反驳我，但我其实真正想说的是，这一次如果你还冒险前去，遇到类似的状况时，我可能帮不了你了。你还年轻，不懂畏惧，对自己的行为所造成的后果无法做出准确的预判。可我希望你想清楚，如果这个家没有了你，你爷爷就失去了唯一的亲人，成了孤家寡人，未来的日子他要怎么活呢？”

“赵卓娅！”

陆扬被激怒了，他憎恨任何人以陆远征为缘由进行威胁。

“我要回去了。”

赵卓娅的手轻轻在他的手臂上按了按，这次是真的走掉了。

陆扬目送她在视线内越走越远，到了岔路口的位置，直接向右，去了岛上唯一一家民宿。

他清楚地记得，昨天陆远征还在感叹，那家民宿的老板实在不是一块做生意的料，本来上岛留宿的游客就不多，他不多做宣传，好好招揽生意也就罢了，居然还那么贪玩。今天想与狐朋狗友欢聚，高兴，关店一天；明天酒醉不适，疲惫，关店一天；后天又想出去海钓，店里无人看顾，再关店一天。

一个月内，至少有一半时间闭店。

这种民宿还没倒闭，纯粹是因为他用的是自家的老房子，又是自己打理，没有房租和人工成本。赚来的一点钱，也够他维持日常开销了。

现在，赵卓娅突然来了，包下了店面，老板至少半个月不用愁收入的问题了。

陆扬的思维在发散，才转到了此处，忽然看见一个人从民宿里迎着走了出来。他穿着金色的T恤、白色长裤，脑袋上还戴着一顶中国红的帽子。因为衣裤的材质全都会反光，离远了一看，那真是亮闪闪的一尊小金人。

哪怕不去看对方的脸，陆扬也能猜出他是谁。

沈学兵，那只随时随地骄傲绽放的花孔雀，原来他也在这儿。

他从不掩饰对赵卓娅的势在必得，如今两个人入住同一家民宿，或许已经有了一个不错的结果吧。

陆扬勾了勾嘴角，突然没了看大海的心情。

他回到屋内，决定好好睡个午觉。

才刚犯起了迷糊，就听见家里的院门被人大力从外面推开。九叔公操着大嗓门，着急地喊陆远征："大哥，你家陆扬在家吗？有没有出去？"

陆远征回答："在家啊，好像在里屋睡觉呢。"

九叔公心急火燎，三步并作两步，直冲了进来，见陆扬睡眼惺忪，果然还坐在床上，他顿时恼得一拍大腿："阿扬，你没跟你九哥在一起啊？"

九叔公是九哥的父亲，家里就他们一家三口相依为命。早些年，九哥的母亲身体不好，连生了三个孩子，全都是生下来就夭折了。所以等到第四个孩子出生，九叔公索性按照自己排行里的"九"字，给孩子取名叫了小九。小九长大后，就成了所有人的九哥。陆扬是这么喊的，其他人也是这么喊的。

陆扬才酝酿起的一点睡意，顿时彻底消散。他抓了一把头发强迫自己清醒："上午还见他了，聊了几句，雨停之前他就回家了。"

"没回！一直没回！打电话不接，发短信不回，有人看见他朝着保护区那边去了。这小子，也不知道在搞什么名堂。"

“保护区”三个字触动了陆扬的神经，他赶紧下床，给自己套上了球鞋。

“那边有铁丝网拦着，还有一条深沟挡着路，他根本过不去吧？”

“看见他的人说他是划船绕过去的。这小子，上头三令五申，渔村也在宣传教育，说了一百遍那里不能过去，碰断了红树林的一根树枝，都是要赔偿的。”九叔公一边讲一边拍大腿，这是真的急眼了。

“九哥在岛上住着的年头也不短了，这种事他怎么会不清楚呢？您也别着急，他可能是朝着那个方向去，但不一定真进了保护区。”陆扬表面这样安慰，实际上心里也没底，“这样吧，我过去找找他，您回家等消息。”

九叔公这两年身体愈发不好了。前些日子在码头上与人起冲突，抻到了左胳膊，扭到了右脚踝，最近一段时间一直在家休养，今天赶过来找人，走路还是一瘸一拐，不是很利索。

陆扬让九叔公先回家去，又跟陆远征说了几句，便去了海边，找到了自家的那条小渔船。

第三章

危机四伏

第一次进保护区，陆扬的心里发虚。他尽量避免碰触树枝，也不敢惊扰到树上的小鸟，甚至连走路时选择的落脚点，也尽量放在那些松软的树叶上，这样做是为了尽量不留下脚印。

但与此同时，他还得寻找九哥留下来的痕迹，以此确定九哥的位置。

在北月岛上生活的岛民，对于保护区内的草木、动物，都有着很特殊的情感，陆扬如此，九哥也不例外。

陆扬选择了一处保护网自然破损的缺口进入，一路向前，小心再小心，既没有碰断枝干，也没有踩坏软泥。九哥留下的脚印也还在，但都极浅，若隐若现，得费劲去找。

有几次，陆扬差点跟丢。

鲜有人类的涉足，保护区的树木盘根错节，疯狂生长。在不能破坏的前提下，陆扬往林子深处走个几十米，就已耗费了大量的时间和精力。

陆扬在此期间，又给九哥打了好几个电话，仍是没有人接听。

正当他心里头发慌时，隐隐约约地听到有人讲话的声音。

其中的一个人在吼叫，有点像九哥发出来的。

陆扬振奋了一些精神，弯下身子，快速地爬了过去。

靠得近些，他看到前方站着四个人，抽着烟，聊着天。他们身上穿的冲锋衣和船上那拨人是一样的款式，可以判定这是同一伙人。周围布置成了简易的营地，有几个帐篷，还有锅碗瓢盆，一侧空旷处，还搭起了棚子，里面摆着不少纸箱。

九哥已经被人五花大绑地捆在了一棵树上，那四个人围着他盘问，九哥要是不回答要挨一下打，回答了也照样挨打。他的脸已经肿了起来，眼眶一边发青，像是被困住的野兽似的愤怒咆哮，使尽全力地挣扎，可惜没有用。他被捆得结结实实，像是摆在蒸笼里即将上锅的大闸蟹，除了眼睛能动，身体的其他部位全都无法动弹。

陆扬都想骂脏话了，论起来九哥是叔叔辈，也是他从小玩到大的兄弟，这伙人居然敢这么对他。

但是再愤怒，对方人多，仍是要稍作忍耐，得想点办法才行。

看着左右两边的地形，陆扬不禁皱眉。目前是四对一，胜算不大。

帐篷里，或许还有人在，这是很危险的变数，所以他不能冲动，必须做好万全的准备。

“这个人看起来就是岛上的渔民，误打误撞地才来到这儿，只是他什么都看见了，等会儿要怎么处理？”其中一个问。

“不能放他走，关着又很麻烦，确实是个大问题。”另一个回答。

“要不，直接捆紧了，扔海里去？”有人提议。

九哥被吓得连连摇头，他想叫却发不出声音。因为他太吵了，刚才被人用胶带把嘴巴给封住了。

“一个渔民失踪，他家里人肯定要报警寻找，北月岛就这么大，三找两找，肯定就找到这儿来了。咱们的事还没办完，这不是惹麻烦嘛。”

“咱们是求财，不需要沾上人命，你们少出些馊主意。”

“可是总不能一直把他捆这儿吧，呜呜渣渣的一直在挣扎喊叫，那也是很烦人的，太影响咱们睡午觉了。”

…………

一时间，针对九哥的去留，四个人展开了激烈的讨论。

争论来争论去，没个结果，四个人满是不耐烦，散去了两个，一个进了帐篷，另一个闪到旁边刷起了手机视频。剩下的两个又聊了一会儿，便伸了伸懒腰，各自都有工作，继续忙去了。

至于九哥，在找不出合适的方法之前，他们也只能将其随意地丢在那里，走走过过，不再搭理。

陆扬知道，自己必须耐心地等待机会。

不能慌，不能乱。

就在这样的焦灼不安的等待之中，时间悄然流逝。

一个小时后，那四个男人陆续接了电话。应是得到了同样的指令，他们返回营地，各自拿出了背包，塞好了必备的工具，便鱼贯而行，向营地外的保护林深处走去。

很快，那些人的声音都听不到了。

陆扬感觉自己的心脏在狂跳，他知道自己等待许久的时机终于来了。

顾不得已是一身泥泞，他手脚并用，奋力向前爬。

十几米的距离，遥远得像是永远都无法抵达，但真的行进起来，也并不困难。

他来到九哥身后，抓住了他的手。九哥吓得一激灵，又挣扎了起来。

“是我，陆扬。你的拇指在流血，不要再挣扎了。”

走近了才发现，捆着九哥的绳子不过是象征性的束缚，真正让他动也不能动的是套在两个大拇指上的塑料扣。他双手背在身后环抱住了树干，大拇指上的束缚便已让他用不上劲儿。

陆扬先把他嘴上的胶带给撕掉了。

九哥的嘴角连着抽搐了几下，他想哭却不敢哭，想喊又喊不出。

“阿扬，你来了。”

陆扬咬着牙根，快速地说：“有什么话，咱们先出去再说，那伙人并没有走远，他们很快会回来。”

九哥身上的绳子一解就开，但那塑料扣只能用刀子、剪子之类的锐利物体划开。陆扬的身上没带任何东西，他只能去那些人的营地里试试运气。

好好的保护区，渔民们平时连进来踩个脚印都觉得犯下了很大的罪过，如今却被他们糟蹋得不成样子。

陆扬按捺着火气，在各个帐篷和周围的工具箱内寻找。运气还不错，埋锅造饭那边有些简单的厨具，一把刀子随意丢着。

他拿着刀回来，把塑料扣给割开了。

“赶紧活动一下，让手指过过血，勒了那么久，手指头很容易废掉。”

九哥本来就对陆扬言听计从，如今在他最绝望的时候，陆扬突然出现，救了他，九哥这会儿是完全信服的心态，陆扬让他干什么，他就干什么。

“该走了。”陆扬提醒。

“就这么走了？”九哥诧异地抬高了声音，“他们是坏人，做了很多坏事，还想把我捆好了扔海里去！咱们什么也不做，就这么走了？”

尽管在刚才受困的时间里，九哥的脑子里闪过的全是绝望的念头：他今天可能会死在这里，从此成为失踪的人，亲人和朋友都不知道他在哪里，甚至连尸体都有可能找不到。他一直在懊恼自己不该冒冒失失地一个人往偏僻处闯，甚至还想着，若是有点希望能逃出生天，他一定会好好珍惜余下的时光。但当陆扬要拉着他立即走人时，九哥非常抗拒。

他从未经历过如此的遭遇，若是不做点什么，他总觉得没办法接受。

陆扬使劲地拽了他一把：“他们在这儿有四个人，外围至少还有二十个，每个人身上都带着武器，装备齐全。而我们这边，除了你，就是我，若是出了事，便是被一锅端。九哥，现在是愤怒着去考虑报复的时候吗？赶紧跑，跑得越快越好，保命要紧。”

“可是……”

“九叔公在家里急得都快哭了，你还有什么可是？”陆扬抬手就是一巴掌。

九哥终于清醒了过来，他紧紧地抿着唇，连续几个深呼吸之后，愤愤地说：“好，我们走。”

这些不明身份的人进进出出，一条小路早已经踩得非常平坦，但为了确保安全，他们还是决定原路返回。

走出十几米，陆扬想起了什么，突然说：“我还有点事，得返回去一趟，你先走。”

“我跟你一起回去。”九哥不愿意扔下陆扬一个人。

“我一个人去去就回，速度更快一些，你先去船那边等着我。把船都预备好，我回来咱就走。”陆扬瞪了他一眼。

那眼神太锐利了些，杀气腾腾的，与平时的温柔和气完全不同。

九哥连呼吸都屏住了，等到回过神，陆扬已经折返了回去。密林深处，他的身影时隐时现。

有过之前的经历，这一处营地便不再是普普通通的偏僻处，而是货真价实的危机四伏。

陆扬也不知道自己为什么还要回来，但心里浮现出的疑惑若是不解开，他就算逃回去了，晚上仍是睡不着觉。

那把刀子，仍放在原来的位置。

陆扬要做的第一件事就是走过去，将它握在手上。

有了武器，心里稍稍安定了些。

他这次又去了那间临时搭起来的遮雨棚，目标便是棚子下边整整齐齐地叠放在一起的纸箱。

陆扬放眼望去，粗略计算，最少有上百个。而这些便是那些人神神秘秘地定期往船上搬运的东西，他想要知道里边装的是什么。

纸箱封得很严实，不过只是用普通的防水胶带封着，刀子轻轻一划，轻松打开。

一股刺鼻的气味扑面而来，味道异常恶心，把毫无防备的陆扬熏得差点把午餐吃的那点东西给吐出来。

他一把捂住了嘴巴，眼里透着惊愕。

纸箱里放的是黑色的厚塑料袋，防水防潮，袋口全都封死了。即便如此，也止不住那令人作呕的气味散发出来。

陆扬顿时觉得自己贫乏的词汇里怎么都找不出合适的方式来形容这股恶臭，坏鸡蛋在潮湿闷热的密闭环境下储存了十几天？或是腐烂生蛆的肉类，半闷半捂之后，猛然间蹿出？又或者是……

他突然没有勇气割开这层黑色的塑料袋一探究竟了。

此刻脑子里的画面，早已转为惊悚。

他怀疑着自己的怀疑，虽然答案就在眼前——

陆扬着实认为自己需要一点缓冲的时间，他捏着那把刀子，割开了旁边的几只纸箱。

每只箱子，都是一样的恶臭，区别只是扑面而来的那一下有轻有重，不过造成这一差别的主要原因是里面那层黑塑料袋封得够不够紧，与袋子里装的东西关系不大。

换句话说，每只箱子里，装的应该都是一样的东西。

而陆扬的想象当中，最最接近的答案便是：腐烂的尸体。

“赵卓娅说得对，人啊，真的要少给自己找麻烦，不然的话，说不上哪一天，自己就把自己给坑死了。”他心想，手上的刀子却还是小心翼翼地把其中一只箱子里的黑塑料袋给割开了一条缝。虽然缝隙不大，但是他一眼看清楚了里面的血肉模糊，脑子顿时“嗡”的一声，差点直接原地晕过去。

陆扬只是个普普通通的大学生，还在读书，年纪也不大。

这样的事件早已超出了他的承受范围，他也知道自己肯定是触及了什么不得了的秘密，顿时慌了起来。

他三步并作两步，跌跌撞撞地往外跑。

也顾不得会破坏保护区的原始状态，他深一脚浅一脚，扒开阻挡着自己的树枝，一直往外跑，一路向前冲，直到脚底下一软，整个人扑倒在了保护区边缘处的浅水当中，摔了个狼狈的大马趴。

“陆扬！你怎么样？没事吧？”九哥冲过来，从水里把他捞了起来。

“走，快点走。”

陆扬摸了一把脸，他知道自己的脸色肯定是超级难看，肯定满眼都是惊慌过度之后的无措。

但他还存在着一丝理智，他知道自己不能透露给九哥知道，不能把他也扯进恐怖的氛围当中。

“好，咱们走。”九哥一身的伤，也顾不得疼。

两人是分别来的，一人摇了一艘船。

陆扬坚持一定要把船都带回去。于是，两个人便一前一后，各自摇着船，沿着来时的水路而行。

这一路上，陆扬的脑子里就没有个好念头，宛若惊弓之鸟一般，一点点动静，都会引起他十足的戒备。

九哥反而淡定了许多，距离小码头越近，他的表情越是放松。在偏僻的地方只有他一个人，吃了个不小的亏，可回到了岛上，他的哥们兄弟都在。那群人不要再被他遇到，否则他一定要让他们好看，挨了多少揍，总得还回去才行。

他从小到大，还没吃过这么大的亏！

陆扬撑着船，撵了上去。

当两条船并排而行的时候，已经回过神的陆扬吩咐：“九哥，等会儿回去，你就立即出岛吧，到市里你那个四姨家住几天，越晚回来越好，避开这群人。”

“你是怕他们找上门来报复？明明是他们的错！为什么还要我躲开？我不去，我不怕他们，要来就干，我可不怂。”九哥甚至还在期待着打上一场。他浑身上下都在疼，他的怒火在熊熊燃烧。

“九哥，你信不信我？”陆扬没跟他犟，反而盯着他的眼，认真地询问。

“当然信。”

陆扬咬着牙根，一个字一个字地吐出口：“信我，你立即走，不要回家，现在就去买船票，家里由我来帮你照顾。”

九哥还想反驳，陆扬打断了他那些义愤：“你不怕连累到九叔公吗？”

九哥像是被戳中了死穴，不再嚷嚷了。

五分钟后，仍是一身脏污的九哥被陆扬送上了渡轮。开船之前，他们约好了电话保持畅通，保持联络。

等载着九哥的渡船越走越远，最终完全消失在海面上时，陆扬这才皱着眉，扶住了小码头上生锈的铁栏杆，任由身体一点一点地滑落地面。

这件事发展到如今，陆扬哪怕想要置身事外，也做不到了。

一股恐怖的气息，正弥漫在北月岛的上方，那股阴霾化为了一团团阴云，沉甸甸地压在了那里。

但陆扬的大脑，此刻正高速运转，异常清晰明了。

他在保护区那边拆开了好几个纸箱，也割开黑色的塑料袋，看到了里面的东西，不论这群人是什么身份，他们严格保护的秘密都已经泄露了。

他是悄悄去的保护区，没人看到他，因此他暂时还算安全。

但九哥是被他们当场逮到的，已经看到了脸，留下了印象。

所以，当那些人发现纸箱被拆包过时，第一个想到的，一定是九哥。

以此来推断，现在承担着最大风险的人，正是九哥。陆扬劝他离开是非之地，是对他的一种有效保护。

“幸好他听话，不然真的麻烦了。”陆扬没有停留太久，缓了一点力气，又拽着栏杆站了起来。

他先去九哥家里，跟九叔公说了一下情况，给出的托词是最近市里一些干海货走俏，九哥就打算去市里面考察一下市场，希望能联络到一些商贩帮忙贩卖，等确定了有得赚，他就会回到北月岛上来，挨家挨户收购。

安抚好了九哥家里的人，陆扬走出门，眼神陡然间变得更加锋利，就像是一把开了刃的宝刀，泛着寒森森的光。

他没有回家，脚步加快，直奔岛上唯一一家民宿而去。

此刻在北月岛上，若是有个人知道些什么，能够给陆扬一些启发，那个人必定是赵卓娅。

民宿的门关得紧紧的，大门上挂着块牌子，写着四个大字：客满无房。

这块牌子从民宿成立的那天起便一直存在，却是第一次大大方方地挂出来。

当然不可能真的住满了客人，陆扬早就知道，这里已经被赵卓娅他们给包下来了。

还真是大手笔，花钱不眨眼啊。

陆扬心里有火，扬起手来便使劲砸门，轰轰轰的一通响，两扇木门都要被他给砸出大窟窿了。

但里边仍是没有一点动静，仿佛根本没人。

陆扬拿出手机，翻出赵卓娅的电话打了过去。

响铃三声后，赵卓娅故意压低的声音从话筒那边传了过来，她有些恼火地问：“陆扬，你还真是会挑时间，居然这个时候打过来？”

“怎么？跟赵小姐你沟通联络，难道还需要挑选好黄道吉日才能进行？你跟我交换电话号码的时候，可没说给你打个电话都要这么多的讲究。”

赵卓娅敏感地察觉到陆扬的声音与往常不一样，她奇怪地问：“谁惹你了？这么大的火气！喂，陆扬，冤有头债有主，谁惹你你就去找谁麻烦，别把火气撒到无辜的美女身上啊。”

陆扬冷笑：“样子是挺美，但无辜不无辜就不一定了。赵卓娅，我找你有事，你出来吧。”

她问：“你在哪儿？”

“民宿门口。”

赵卓娅笑了起来：“我正在海钓，根本没在民宿那边，你有事晚点再过来。”

“你在哪里海钓，说个位置，我过来找你。”他受的惊吓太大，一分一秒都忍不下去。

任何借口，陆扬全都不接受。

“我既然在海钓，当然就是开着船漂在大海上喽，就算给你个定位，你也找不到。”赵卓娅顺口就说出来了。

陆扬哼了声：“赵卓娅，你的谎言太拙劣，三岁孩子都不信。在海上漂着你哪儿来的信号接电话？或者说中国联通专门为你在海底埋了信号基站？”

“陆扬，你能不能可爱一点，难道你没听出来，我是在拒绝你，不想跟你见面，才想出来的借口吗？”被拆穿了信口胡说，赵卓娅笑了好一会儿，并没有任何愧疚感。

索性，直截了当地说了。

“行，你行。”陆扬被气笑了，“我现在就打报警电话，说有一艘来历不明的船天天在北月岛附近海域神出鬼没，一群来历不明的人天天变着法儿地往船上运脏东西，那玩意儿又臭又腥又恶心，疑似在阳光下暴晒了三天的人类尸体。”

陆扬刚说完，赵卓娅那头的电话突然挂断，过了一会儿，民宿的门迅速地打开了。

门缝中间伸出来一只手，揪着陆扬的衬衫，直接把人给拽了进去，然后像是没有任何事发生，民宿的门再次紧闭。

陆扬一进门，立即挣脱开了。

他浑身一股冷意，轻轻眯眼看着站在自己面前同样脸色难看的赵卓娅。

“哟，在海上漂泊着享受度假时光的赵小姐会时空穿梭术吗？一个眨眼，十万八千里，瞬间就回来民宿了？”

“别废话，你跟我来。”赵卓娅扭头就走。

陆扬抱着手臂，不紧不慢地跟在身后。

民宿内有一间共用的客厅，围着桌子的圆形布艺沙发上，沈学兵穿了一身花红柳绿，正在那儿吃方便面。

另外还有一男一女，一个抱着电脑，另一个端着手机，全神贯注，就连陆扬走进来，都没分一个眼神过去。

沈学兵一看来的是陆扬，立马火大了：“怎么又是你啊？你整天缠着我们家娅娅，是癞蛤蟆想吃天鹅肉吗？”

陆扬还没开口，心情恶劣的赵卓娅先发火了：“闭嘴，少说点没营养的话成吗？”

“娅娅……”花孔雀委屈极了。

“我跟陆扬有事要说，你们该忙什么忙什么。还有你，沈学兵，你不要跟过来偷听，不然别怪我对你不客气。”

赵卓娅发飙，周围几米之内，没人敢大喘气。

她行走带风，穿过了客厅，把陆扬带到了二楼的卧室。

两人一进去，赵卓娅就返身冲到他面前，死死地揪住了他的外套：“你刚才在电话里说的是什么意思？”

“太恶心，我不想重复，怕自己反胃。”陆扬满脸嫌弃。

周围的空气，诡异地安静了几秒。

赵卓娅脸上的血色也在这几秒内，一点点地褪了去。

“你怎么知道了这些事？我中午才提醒过你，那是些你招惹不起的人，你瞎往上凑什么呢？知道得多了，只会给你带来巨大的麻烦。你一个渔民家的儿子，搅和这些对你有什么好处？”

“你以为我想吗？”陆扬不答，只恨恨地反问。

赵卓娅使劲地抓了一把头发，快速来到窗边，一把推开了窗，让外边自然的海风散去了室内空调过度的冷意。

“陆扬，你真的知道了？还是在诈我？”她必须先确定清楚。

“你跟船上的那些人是一伙的吗？”陆扬仍是不回答她的任何问题，他来找她，并不是为了倾诉。

“我不是。”赵卓娅烦躁地走来走去，“你不要胡乱猜。”

“那些箱子里装的真的是尸体，他们拉着出海，就是想利用大海的净化力量，不动声色地解决掉这些罪证，对吗？”陆扬思维发散，继续往下问。

“什么尸体？你别乱讲，根本不是你想的那样。”赵卓娅单是听着，手臂上的鸡皮疙瘩都跟着浮起来了一层。

这个误会，可是相当大了。

但她又不知道该从哪里开始解释。

“你既然不想说，那我也不勉强你。赵卓娅，在这座岛上住着的渔民，全都是我的亲朋好友，他们不只是邻居，更是我的家人。我是一定要保护这里的……”

他拿出手机，盯着赵卓娅的眼睛，开始拨打报警电话。

“你不跟我说，那就去跟警察说，反正从你嘴里说出来的真相，我也分不清真假，你就直接去派出所里做解释吧。”

赵卓娅扑了上去，想要抢他的手机。陆扬迅速躲开，牢牢护住，不让她夺。

“陆扬，你根本不清楚发生了什么事！能不能别脑补情节，异想天开，随心所欲地去做一些冲动的事？”

陆扬一翻身，从床的这边跳到了另一边，他冷笑：“我冲动？我脑补情节？赵卓娅，我那是亲眼所见，那箱子里恶臭的尸块是假的吗？那些人动不动就绑人，还想把人给扔海里去，这也是假的？普通跑船、打捞、做生意的正经人哪有他们那么凶那么悍？我九哥差点被他们打死，你现在反过来说我异想天开？”

他手臂上的伤口也露出来了，血淋淋的一条，足有十几厘米长，单是看着都觉得疼。

赵卓娅经历了短暂的沉默之后，停在原地不追了，也没有再试图去阻止陆扬拨打报警电话。

她压低了声音说：“我可以很肯定地告诉你，他们肯定没有做什么违法的坏事，更不是在毁尸灭迹。那些箱子里装着的东西我也见到了，一开始我也以为是尸块，但我们取了样，送去了检验所，刚刚分析报告才出来。”

赵卓娅从手机里调出了一份分析报告，隔着床铺，直接递过去给了陆扬。

“你先看完，咱们再聊。至于报警，我希望还是不要，警方的介入只会让这件事变得更复杂。而且那艘船有一套正规的船舶运营手续，我相信他们早已编好了合理的说辞，就算是警方的人来了，也不能拿他们怎么样。但这样，反而暴露了我们，接下来的事就没办法进行了。”

赵卓娅说得又急又快，生怕在讲这些的过程中，陆扬先把电话给打通了，造成不可挽回的后果。

她也清楚，这会儿劝说、求饶、讨好什么的都没用。

被激怒的陆扬，要的是一个答案。

若是顾左右而言他，只会让他的情绪更加失控。

幸好，陆扬始终保持着一丝理智。

他把赵卓娅的手机接了过去，翻看着那一份鉴定报告。报告上盖着的公章显示了这是一家正规的鉴定机构，前几页是复杂的成分分析，最后一页显示了鉴定结论。送检的十六份样本之中，分别检查出了鸡、鸭、鱼、牛、羊、猫、狗、鼠等十种动物的 DNA，但并没有人的身体组织，另外也没有检测出动物的皮毛组织。

“这是什么意思？”陆扬越看越糊涂了。

“意思是，那些东西是分解、粉碎了很多动物的尸体的混合物，在做这一切之前，他们应该先给动物剥了皮，然后切成了无数的大块和小块。”赵卓娅吐了下舌头，联想起了那天亲眼见到的画面，一边说也一边跟着反胃。

“他们弄这个做什么？”陆扬不太相信。

“不知道。”

陆扬瞪向她，赵卓娅立即举高双手，连连摆手：“我要是知道，早就想办法进行下一步的计划了，就是不清楚，也推测不出来更多的细节，所以才在北月岛上等着嘛。”

“等什么？”他是要打破砂锅问到底了。

赵卓娅思考了一会儿，回答道：“等一个合适的机会，我想要去那艘船上看一看。只要我能顺利上去，我就能查清楚他们在搞些什么鬼。”

这些话，讲得太认真了，还是如此果断地答了出来，陆扬暂时相信下来。

陆扬又追问了几句，但赵卓娅没有再配合。她只说有些事是自己的私事，涉及她不愿意透露的隐私，她不会告诉陆扬，也不会告诉其他任何人。

房间内，又恢复了之前的安静。

这种安静，带了几分窒息的味道。

他们两个人单独待着，时间稍微久一点，沈学兵就在一楼客厅里大吼大叫，声称如果赵卓娅不立即下去，他马上要冲上来。

陆扬问清楚了想要知道的，觉得没有必要再待下去。

离开之前，赵卓娅真心实意地劝道："我之前一直拦着你，不让你去管与那艘船有关的事，不让你去接触船上的人，就是担心你卷进来，等发现这一切不是你所能承受的，想要脱身就来不及了。而现在，我依然是同样的意见，吃点小亏，丢点面子，这也没什么，你能不能权当什么都不知道，最好……最好是带着你爷爷立即离开这座岛，等过一阵子风平浪静了，你再……"

"我家就在北月岛上，你们才是外来的闯入者，要走也是你们走，我哪里都不去。"陆扬冷声地打断。

"我知道，但是……"

陆扬猛地掀开了门，大踏步地走了出去。

一楼的楼梯口，沈学兵和那一男一女，抱着手臂，站在那里。

陆扬看都不看他们，径直向前走。

沈学兵伸出手臂想拦。二楼的赵卓娅探出了半截身子："放他走吧，很晚了，他爷爷煮好了饭，正等着他回去呢。"

陆扬冷冷地勾起了唇。

夜里起了大风，岛民们早已习惯了窗外呼啸的声音，但他们也深知其中隐藏的危险。因此，风大浪大的时候，岛民们习惯于房门紧锁，早早睡去。

十二点整，陆扬皱眉看着被他虚掩着的大门，轻轻地被人给推开了。

赵卓娅裹着一件黑色的雨衣，脚步放得很轻。

进了室内，她直奔陆扬的卧室走了进去。

他绷着脸，让她坐下："我们直奔主题吧，不要浪费时间。"

"你这个人，怎么那么急呢？"

卧室门外，贴着门板听动静的陆远征老脸一红。他在赵卓娅进来的时候就已经醒了，第一次遇到这样的情况，老头也不知道是该走出来，还是该待在房间里装作不知道。

考虑再三，终究是不放心，他才蹑手蹑脚地来到陆扬的门前，打算听一听里边的动静。

万万没想到，一上来便是这么劲爆的对话，老头顿时觉得再偷听下去那就是为老不尊了。他感叹自己老了，年轻人有年轻人的世界，他看不懂也看不明白，还是回房间去睡了。

"陆扬，我能猜得到你心里对最近发生的事所产生的所有猜测，我想强调的是，事情并不是你想的那样。"

这样的开场白，令陆扬皱起了眉。

"你看到的那艘船名叫虹日号，是一艘以探索海洋、分析海水质量和海底生物种群变化为目的的科考船。它隶属于国家某科研所，每年会制订一系列的科研任务，再根据预先设定好的考察路线，邀请国内相关领域有科研项目的专家和学者上船工作。你学的不是海洋类相关的专业，所以你根本没听过这艘船的信息。但是，我可以负责任地告诉你，在这个领域里，虹日号、蓝海号和黄果树号三艘考察船，名气是相当大的，领域内的学者都以能够上船工作为荣。为了争取到上船工作的机会，他们必须拿出实打实的成绩来，去争抢，去 PK，获胜者才可以尽早排到位置，乘船出发，真正到达海洋的深处去，去实验，去寻找，去完善他们的项目。"

赵卓娅的手机，是万能的宝库。她在解释和分析的同时，也拿出相应的证据来给陆扬看。

虹日号在几个大学的官网上都有图文并茂的介绍。这是学者下船之后，所留存下来的相关信息记录。

本来是给后来要去船上的同行一个不错的参考，现在却是被赵卓娅拿来做证据了。

“科考船？怎么可能？”陆扬还是不信，但翻了又翻之后，他又不得不信，“哪有科考船会那样做事的？堂堂正正地去调查研究不好吗？他们倒好，做事的方式跟科学是一点都沾不上边。”

脑子里突然想到了下午才发生的事，陆扬再次咬牙切齿地愤怒了起来：“虹日号也许真的如你说的那样是以科学考察为目的的，但那些人绝对不是搞学术的科学家。我坚信，国内的这些学者研究海洋的目的，是要保护这片大海，是让与海洋有关的一切能够有理论上的支持，进而让世界更加美好。但我今天遇到的那些人，他们肆无忌惮地破坏着国家划定的不准人进入的自然保护区，他们对待普通岛民粗暴无礼、动辄打骂，他们生怕秘密泄露，甚至隐藏身份，计划着要去打击报复。这样的人，怎么会是官方的人？我不信！他们简直跟黑船上那些载客的坏家伙有一拼了。”

“陆扬，这一点我们的看法类似，我也觉得为虹日号服务的这些人存在着很大的问题。”她的嘴角耷拉下去，好半天，始终在重复着喝热水的这个动作，仿佛是在不停地想办法稳定情绪。终于，她说了下去：“虹日号每次出来远行，因为承担的科研任务不同，会分为几类级别。而任务的不同级别，直接决定了远航的时间、地点、人员配备、物资补给等问题。普通的考察就不必细说了，其中有两种是国家级别的重点研究方向，一种是高人员配置、高生活配置、时间灵活的重点考察项目，这种集结起来的是国内顶尖的海洋学专家，大多为学术目的；而另外一种同样是高级别的重点项目，保密等级极高，全程都会处于一种超高级别的戒备和保护之下。这一种，从项目计划开始，就完全不能有一丁点的泄露。上船的人可能也不知道目的地在哪里，什么时间出发，什么时间返航，哪怕在途中做了样本采集和技术分析，他们大多数成员也无权知道整个调研最终指向的目的。”

“你是说，虹日号目前所承担的任务就是所谓的保密级别的科研考察？”听了半天，居然会是这样一个说法，陆扬一时有些混乱。

“我不确定。”赵卓娅摇头，“哪怕是目的本身，也是绝密。我想尽办法要去确定，但依旧没办法确定。不过，利用反向推理去考虑，一艘原本对全国的海洋类学科的专家、学者开放申请的科考船，突然神秘兮兮，来无影去无踪，本身就已经说明问题。”

“你对这艘船特别关心？你的真正目标就是虹日号？赵卓娅，你绝不是趁着假期跑出来想要看鲸鱼的大学生。我想，在我们开始分析利弊之前，首先你还是做个真正有诚意的自我介绍吧。你是谁？你来自哪里？你在北月岛上停留最根本的目的又是什么？”陆扬的头皮一阵阵地闷痛，如果不是被步步紧逼，他实在不想揪着赵卓娅在这儿刨根问底。

谁想到，最终挖出来的答案会是那么离奇。陆扬仿佛被卷入一处大大的旋涡之内，不论他想不想，似乎都只能硬着头皮继续下去了。

“我叫赵卓娅，23 岁，在北京的一所大学读研究生，学的是海洋科学，研究方向是海洋生物，明年毕业后会在本校读博士，并且这个已经是板上钉钉的安排。”她看陆扬皱眉，便猜到了他想要说什么，干脆直接把手一摊，“别在我的年龄上纠结，我是天才少女，小学、初中和高中都有过跳级的经历。”

陆扬以为她会像之前一样，每说点什么事，就拿出相应的佐证来证实自己的说法。

可她并没有，只是笑弯了眼眸，得意洋洋。

好吧，他不知怎么的，轻易地相信了。

赵卓娅，的确是她的真实姓名，她从认识他时起，只是隐瞒了自己的相关信息，却没有过欺骗行为，这种感觉，是真的很不错。

陆扬的眼神，柔和了许多。

“你继续说，我在认真听。”顺便还给她加满了热水。

“我来北月岛最初的想法就是想亲眼看一看鲸鱼。鲸鱼对于海洋水质、生态环境、食物需求等都有着相当高的要求。历史上曾有过记载，在明清时，北海海域就生存着数量庞大的鲸鱼群。随着经济的发展，人类持续不断地对海洋形成干扰，尤其是海洋污染和近海捕捞，导致许多鱼类锐减甚至消失，其中就包括鲸鱼。”赵卓娅一讲起与大海有关的事，就滔滔不绝，眉飞色舞，那是发自内心的高兴，“如今，该回来的，全都回来了，这本身就非常值得关注。我既然已经来到这里，当然就得试着亲自过去瞧一瞧，不然多遗憾呀。”

这好像也能解释，为什么一开始赵卓娅会那么执着。为了能离鲸鱼群更近一些，她甚至连黑船都敢登上去。

这姑娘的性子，真是不知道该用什么词去形容了，未免也太洒脱奔放了吧。

“虹日号呢，你为什么关注它？”陆扬强行把重点拉回来，毕竟今天晚上要聊的主题，还是那艘奇奇怪怪的科考船。

“我能不说吗？”赵卓娅的神色有点慌，“这事儿是我家里的私事，我琢磨着自己在北月岛上观察一阵子，不论有没有结果，只要能满足我的心愿就好。其实，在你来民宿找我之前，我甚至根本没想要触及与虹日号有关系的任何事。”

“赵小姐！未来的赵博士！你既然开口了，索性就来个竹筒倒豆子，一下子全讲清楚了，这样既能增加彼此的信任感，又能加深咱们之间的了解。您这说一半留一半的，找的借口还那么敷衍，我想要装糊涂，都有些困难呢。”

尽管陆扬挑明得很彻底，但是赵卓娅依然挪开了眼神，似乎只要不去看他，便能避开大部分的问题。

“你如果真的只是在观察虹日号，你怎么会知道那些纸箱里装的是什么？你还取了样，送去化验，说明你对虹日号也是存了许多怀疑。我说的，对吗？”

少了几分咄咄逼人，多了更多的理性分析，陆扬站起身，背着手来到了窗前。

他看向了保护区的方向。在这样风雨交加的夜里，视线很差，即使再努力，看到的东西也是很有限的，更别提要越过一整片保持了原始风貌的树林，观看北月岛最边缘的地带了。

“他们把补给的营地放在了保护区内，目的很明显，就是为了避开岛民的眼睛，不动声色地完成虹日号上的补给。而今天上午，你在那民宿的二层楼上应该也看到了，他们把直接补给的地点放在了北月岛的中心区域。这里人多、船多，难免会被人注意到，但他们已经顾不得了，还利用载客的渡轮来运送那些纸箱，你猜，这里面究竟是发生了什么事？”

“我……猜不到！”赵卓娅咬住了嘴唇。

一下午，她都无比纠结，心情烦躁，最主要的原因正是虹日号的反常行为。

越来越多的诡异行为组合在一起，往往是暗示着不平常的事情正在虹日号上发生。

虹日号距离北月岛最近的时候，仅仅两海里左右，但赵卓娅仍然没办法上船一探究竟，而只能在岸边用望远镜来观察。

有几次，她差点被那些穿冲锋衣的人给逮到了。

之后，赵卓娅与她的同伴提高了警惕，再观察时也不敢选择距离虹日号太近的地方。

她在这儿想尽办法接近虹日号，陆扬却与那些人发生了直接冲突。平心而论，赵卓娅真的不希望这种事情发生。因为虹日号选择北月岛作为临时补给地点的主要原因是北月岛的位置较为特殊，人少、地偏，更适合进行保密工作，而一旦岛上有了不稳定的因素，或许虹日号的补给队会迅速选择新的地点，到那时候，再想找到考察船靠岸的地点，可是难上加难了。

“赵卓娅，听你说到现在，我还是能够分辨出你的真诚来，所以我愿意继续相信你。但是有一件事，我还是要提前说清楚。现在不是我想去招惹虹日号安排在陆地上的补给队，而是这支补给队正在以一个非常残酷、残暴的方式干扰我们的生活。就算它承载的是科学考察任务，也不能理所当然地用伤害岛民的方式来进行。我并不认可这样的解释。”

他眯了眯眼，“我始终忘不了那些纸箱，每次来补给，不见搬吃搬喝，却不停地在运送这些装满了动物尸体的纸箱。你说他们是在科研考察，请问是什么样的项目，需要残杀这么多的动物？你说你曾经提取了样本送去化验，证实了箱子里装的全都是动物的身体组织，而非人体的组织。但你的样本采集，是否做到了科学抽样？”

“什么？”

赵卓娅怔在那里，不太理解此刻陆扬说的话是什么意思。

他轻轻地叹了口气：“我的意思是，你拿到了十几份样本，也就是拆开了几个或者十几个箱子而已。他们每两天就搬几百个箱子上船，你怎么能够肯定，里面真的完全就是所谓的动物，而没有在箱子里放入别的什么东西。”

“陆扬！”赵卓娅惊得站了起来。

陆扬反而是淡定的，他拉着她的手臂，硬是要她坐回原地。

“我们不能否认，虹日号的确非常古怪，我认为这件事必须极快地调查清楚，否则，那些曾经有意无意接触过真相的人，或许都会有危险。”

赵卓娅眼神乱飞，嘴上在否认，心里已是慌了：“很晚了，我得回去了。”

“你有你的考虑，我理解；我也有我的选择，希望你也能理解。”

赵卓娅不说话，只是默默地披上了雨衣。陆扬撑着一把伞，把她送出了门。

两人一前一后，朝着民宿的方向走去。

赵卓娅强调了几次不用送，但陆扬一言不发，默默前行。风大雨大浪也大，身边有那么一个人在，心里的确是安稳了不少。

离开之前，赵卓娅叮嘱：“九哥已经不在岛上了，你也不用太担心。按照我的预计，他们在北月岛附近不会停留太久，等到彻底离开，也就不会把重点放在九哥的身上了。”

“但愿如此。”

陆扬放弃了和她继续讲道理的想法。

她有她的顾忌，他也有他的想法。严格来说，像他们这种半生不熟的关系，交流点到为止即可。

隔天，陆扬早早从家出发，到九哥家里借那艘快艇。

九哥去了市里，九叔公早早去了海边，九叔婆对于船上的事不太懂，听说陆扬要用，直接把钥匙递了过来。

“快艇没油了，暂时没人用，还没去加好。”

陆扬笑了笑：“放心吧，我会弄好，用完了就还回来，估计要用一整天。”

“阿扬，出海之前记得跟你爷爷说一声，免得他担心。”九叔婆不放心地提醒。

“我会的。”

清晨的阳光，暖暖地落在头顶的正上方。

陆扬开着快艇，沿着北月岛周围慢慢向前，他时不时地拿着望远镜向远处张望。已经快到虹日号固定回来拿补给的日子了，却迟迟不见那艘大船出现。

而那些穿着冲锋衣的地面补给人员，今天同样是一个都没见到。北月岛上如同往常一般安宁寂静。少了一些外人的存在，对于北月岛本身来说，没有半点差别。

兜了一个大圈，再兜一个大圈。

陆扬决定冒险去保护区看一看。

为了确保安全，他不会再次登陆，但他想着，哪怕是从那一片附近经过，快速地瞄上一眼，或许也能够发现一些端倪。

说干就干。

陆扬直冲着保护区的方向而去，这一路，他心里有无数种设想，又安排了更多的预案，但事实上，到了附近，什么都没用上。

那片林子比以往更加寂静，海浪滔滔，鸟儿低鸣，全都是属于自然界的最平凡的声音。

陆扬来到附近才发现，之前那条被踩出来的路，此刻已经消失。

随之一起不见的还有那个奇怪的营地，若不是经过修复的地面上还有许多尚未被自然抹去的痕迹，他真的要以为之前的经历只是自己的一场噩梦。

他们，就这样走掉了？

是了，那些人发现九哥逃走了，必然担心他报警，迅速转移了也是正常。

只是就这样结束了吗？陆扬不敢相信，却也无可奈何。

拖着沉重的身体，陆扬返回到快艇上去。

其间，他给赵卓娅打了个电话，想要跟她说一下自己的发现，但电话响了一次又一次，对方都没有接听。

“这样也好。”陆扬安慰自己。

回到家中，已是中午。

一包方便面摆在桌上，陆远征不在家。

陆扬心领神会，这是他爷爷有事外出，没时间回来做饭，所以留了一包方便面，意思是让他中午拿这个来解决。从小到大，一直如此，陆扬只要一看就明白了。

他没什么胃口，直接出了门。

想来想去，还得去找赵卓娅。虹日号完全是一副去而不复返的架势，但他心里始终觉得不安。

可到了民宿，挂在门口的客满牌子已摘了下来，民宿的主人正在打扫房间，音乐放得老大声。他边打扫边跟着摇摆欢唱，心情很是不错。

见陆扬进来，他忙过来打招呼。

“住在这儿的客人呢？出去了吗？”陆扬奇怪地问。

“客人？你说的是之前包店的那几位款爷？你认识？”

陆扬点了点头：“其中有一位，是我的朋友。”

店主立即不住地夸，说是真的没想到陆扬竟然还认识这么有钱的人。

那几位一住进来就给了十几天的房费，完全不讲价，也不让他每天过来搞卫生做服务。

今天早晨给他打电话，说突然有事，没办法再在北月岛上待下去，得回去工作了。多付的钱全算作补偿，一分不用退。店主等于提前收回了房子，还多拿了那么多钱，他当然高兴了。

“真希望以后这样的客人再多一点，这样每个月的日子可太好过了。”

陆扬在店主兴高采烈的时候，已经从一楼走到二楼，每个房间看了看，就快步返回了民宿的正门口。

“陆扬，你看什么呢？你朋友没落下东西，我都已经查看过了。”

陆扬笑了笑：“我还是第一次来你家的民宿，走走转转，瞧瞧环境，等明年再放假，我想邀请同学过来玩。人多，家里肯定是住不下的，来租你的民宿是既舒服也放松。你这儿弄得真不错。”

店主一听这话，顿时就又笑开了花。

对于潜在的大客户，他还是相当客气的。

等陆扬出门时，他还特意一路陪着，说说笑笑间把人送出了老远。

虹日号和那些神秘人消失了，赵卓娅和她的朋友也立即离开，这两件事要说没有联系，陆扬是绝对不信的。

他往家走去，路过小超市时，见超市也是关店的状态，从外边往里看，只见大半个搬空的货架，却不见人。

“昨天卖的货太多，今天就关店休息了吗？”陆扬有些疑惑。

突然，陆扬的肩膀被人轻拍了下。

他完全没意识到有人靠近了自己，吓了一跳，整个人跟着一激灵。

一扭头，就见到一个裹着风衣的男人站在了那儿。他的脸上戴着口罩，脑袋上顶着乱糟糟的头发，也不知道是烫了个头，还是天生的自然卷，看上去湿漉漉的，像是刚从海里爬出来的一样。

陆扬看着他，他也用那种直勾勾的奇怪的眼神盯着陆扬。

两个人，谁也没先说话。

比赛似的较着劲儿，看谁忍不住先开口。

“有事？”陆扬受不了这种古怪的气氛，谨慎开口。

男人一动不动，也不回答。

“超市的店主好像不在，你要买东西得等一等。”陆扬心里猜着，这是不是随渡轮上岛玩的旅客，不过那身风衣实在是让人不太舒服，他总会自然地联想起那些往大船上运送货物的家伙。

难道，是一伙的？

陆扬强撑着镇定：“我还有事。”

他绕开了男人，就要离开。

在两人侧身而过的瞬间，男人突然出手，扯住了陆扬的衣服。

陆扬最近这几天经历得太多，神经比较紧张。男人突然碰触他，他第一反应就是迅速地一推。

没想到，男人直接闭上眼，砰的一声倒在了地上。这一下摔得太严重了，陆扬感觉地面都跟着发出了强烈的震动感。他明明没用多大力气的。

“喂，你没事吧？”陆扬有些心浮气躁，边问边蹲了下来。

男人一动不动，好像是晕了。

“我最近是流年不利吧。”陆扬虽然在抱怨，但还是快速地朝着小药店的方向跑过去。药店的主人就是岛上的半个医生，平时有个头疼脑热或者粗浅外伤，岛民都习惯找他给看一看。

陆扬打算把人喊过来，给那个突然晕倒的男人好好看一看。

没想到，他才把药店的主人给拽出来，一打开门就瞧见男人站在了药店的门口，仍是直勾勾地盯着陆扬。那种眼神实在太专注了，令人很不舒服。

“看样子好像是没什么事。”药店主人上下打量了一眼，“既然没事我还是回去吧，这边常有人过来拿药，离不了人。”

“你不是晕了吗？”陆扬诧异地问。

男人一点反应都没有，就像是没听到他在说话似的。

“你是坐渡船过来玩的游客吗？一个人？有没有什么亲朋好友一起？是迷路了吗？你想去哪里，我可以帮你指路！”

一个人自言自语地说话，的确是有点傻。

但对方不吭声，陆扬又能有什么办法呢？

“好吧，既然你不需要帮助，那就自己玩吧。”他的耐心很快耗尽，决定不再多管闲事了。

为了避免这个看起来不是很正常的男人又突然出手拉扯自己，陆扬特意绕了一个大圈，躲出老远，接着朝家的方向走去。

走出很远，总觉得不太对劲。

他一转身，就发现男人还跟在自己身后，距离非常近。

“你跟着我做什么？”陆扬有点急了，“有话你就说，没事你离我远点，拜托你了行不行！”

男人依然没有反应。

陆扬猜测自己是遇到脑子有毛病的游客了，他最近的运气不太好，总遇到各种奇怪的状况，如今遇上这么个男人，他也不觉得意外。

当务之急，是甩掉这个麻烦。

他没有迟疑，拔腿便跑。从这个位置出发，距离他家，大约只有三百米。

陆扬把在学校里惯用的百米冲刺的爆发力全用上了，进了院子后，大门落锁，之后才慢慢地感觉到了自己的心跳，狂肆激烈，连带着呼吸都有些困难了。

他缓了好一会儿，才恢复了平静。

大约还是受了点惊吓，一缓过来，就觉得有些饿了。

拿起桌上的方便面，他进了厨屋，烧开水下了面，他还不忘磕了两个鸡蛋在里面。

端着煮好的面，陆扬的心情瞬间好转了许多。

“美食果然是治愈一切的力量。”他捏着筷子，正准备大快朵颐，忽然想起冰箱里还放着一些卤味。那是爷爷专门卤好的，陆扬当然是要毫不客气地去取出来给自己加餐。

前后只用了十几秒，等他返回时，就见有个军绿色身影背对着他，正埋头忙碌着什么。

空气中香气飘散，越是搅动那碗面，味道便越浓。

“喂，那是我的面，谁让你吃的？”陆扬怒了。

男人明明听到他在吼了，也不抬头，也不回头，只是默默地加快了扒拉面的速度。

陆扬到了桌子跟前，那人竟然连面碗都端起来，也不嫌面汤还烫，咕咚咕咚地往下咽。

“妈的，你是怎么进来的啊？”陆扬看了看院门，从内反锁，关得好好的。

他家没有后门，更找不到别的进出口。

陆扬极其诧异，盯着家里的院墙看了过去：“私闯民宅是犯法的！你是不是知道北月岛上没有派出所，所以才敢胡作非为？”

男人把面碗放下，手很自然地伸进陆扬面前放卤味的盆里，他左手抓了一个鸡腿，右手捏了一大块卤肉，两手并用，一起往嘴里塞。

这时，陆扬才真正看清楚男人的脸。

他已经把口罩给摘下来了，皮肤白得像是一张银纸，愈发衬得一双眼睛漆黑若深渊，双瞳深处更是藏着不见底的暗芒，只一个眼神，已足以震慑住别人。他的面貌完全可以用俊美来形容，比陆扬所见过的任何一个男人或者女人都要好看。

看到这张脸之后，陆扬突然没那么生气了：“你是不是遇到什么困难了？”

男人还是不搭理陆扬。

“你叫什么名字？”陆扬又问。

男人又开始直勾勾地盯着陆扬了，在某个不经意的瞬间，他突然迅速用舌尖舔过唇瓣，似是留恋回味。

陆扬的头皮发麻，他不知怎么有种奇怪的感觉，也不知道这男人经历了什么会这么饿，以至于看向他时仿佛是把他当成了一顿美味的大餐，指不定什么时候就会扑上来，连肉带骨头都嚼碎了咽下去。

“要是你再不说话，我就只能打电话给渔村保安队，或者打电话给外面的派出所了。”

男人突然开始解他始终裹在身上的风衣，脱了之后直接扔在了脚底下。

而陆扬也看到了他穿在风衣里的冲锋衣，红黑相间的款式，还在胸前、脖子和手臂处贴了反光条。这不是和给虹日号运送补给物的那些神秘人穿的一模一样吗？

他们，竟然是一起的？

陆扬这一刻觉得自己简直是瞎了眼，但他又不敢泄露太多敌意，唯恐对方从这种情绪里判断出他已经知道了一些秘密。

接到陆扬的报警，渔村保安队第一时间派了人过来，果然看到了趴在桌子上呼呼大睡、嘴角还挂着一行口水的男人。

然而，台风过境，大家都忙着赶时间修理北边的防护栏，像是游客滞留这种事，简单安排一下就不管了。

陆扬怎么把人给请过来，就又怎么看着他们离开。这个男人还得暂时留在他家里。

从始至终，男人都趴在桌上昏睡，鼾声如雷，震天响，一点都没有受到外界的干扰。

保安队队员走了没多久，陆远征也从外面回来了，听陆扬把来龙去脉讲了一遍。

陆远征不在意地笑了起来："前几年也有个游客，喝醉了酒之后在岛上漫无目的地闲逛。他喝得太多了，海风一吹，酒劲儿上头，迷迷糊糊地栽倒了。幸好他是倒在了北月岛上，又遇到了你九叔公他们。你九叔公是个热心肠，用小车拉着人带回了家里。那天晚上下了大雨，这个醉酒的游客安安稳稳地睡了一夜，隔天早晨醒过来，知道了事情的经过后感动极了。他后来还特意给北月岛送来了一面锦旗，表扬岛民的善良包容，那面锦旗现在还挂在祠堂里呢。"

陆扬并不意外会听到这样的话。这个故事他已经听爷爷讲过了无数遍了。他觉得自己实在是跟爷爷说不到一起去，又无法反驳爷爷说的，哼哼哈哈地答应下来，多一事不如少一事。

“这个游客就安排到里面的房间吧，有床，有被子，凑合一晚。”陆远征直接做出了决定，也遏制住了陆扬想要把这个男人随手丢出门外的念头。

“爷爷！你连这个人是什么身份都不知道，就随随便便地答应要收留他，这也太草率了吧？”他还在挣扎。

陆远征哼了声，学他说话的调调反驳回去：“孙子！你连这个是什么人都不知道，就随随便便地带回家来，又是煮面条，又是送卤味，你都不觉得自己草率，说你爷爷草率？什么道理！”

陆扬气得一口气窝在心口，陆远征把这些全都理解为他在矫情，根本不予理会。

当看到装卤味的盆子变得干干净净时，陆远征想起了另一件事：“台风要来了，今天晚上风大雨大，你早点把小娅喊过来，咱们打边炉。”

他催着陆扬赶紧把赵卓娅给喊过来：“等会儿起大风了，来回走路不方便，你快去快回，一定把小娅给叫来。”

目前能联系上她的就只有电话，她不接，陆扬便一直打。

没想到电话还真通了。“爷爷喊你来家里吃饭，他说，你不来，我也不能回家。”

赵卓娅立即得意起来：“我不去就不让你回家呀？你不回家还能去哪儿？在北月岛上流浪？我不去了，没有空，你跟爷爷说一声吧。”赵卓娅古灵精怪，不忘补上一句，“他老人家要是真的把你拒之门外，你可以来市里找我嘛，看在爷爷请我吃了那么多海鲜的份上，我帮你开间房，暂时收留你。”

“那些穿着冲锋衣的补给员，有一个脑子出了问题的，被我捡回家了。”陆扬突然说起了这事。

赵卓娅停了两秒：“你等等，我立即来。”

几分钟后，套着白色运动衣的她便出现在了陆扬面前。

她果然还在北月岛上。

“我去民宿找过你，听说，你退房离岛了。”陆扬的眼神古怪，讲话的腔调更是异样，像是早已洞悉了一切。他分明是在无声地嘲笑。

赵卓娅的表情只是不自在了一下下，便又重新恢复了轻松：“民宿每住一天，都要几百块的住宿费，吃饭、喝水都要另算，生活成本折合下来高得离谱。我这不是为了省点钱，才勉为其难地挪了个地方。”

全盘否认之后，她状若不经意地转移了话题：“对了，你不是说捡到了个脑壳坏掉的补给员吗？我们现在去看看他吧。”

她来到这里，目的可不是和他说一些没营养的话。

赵卓娅的语气相当温柔，但她的眼神里全是威胁。若是陆扬敢糊弄她，她就肯定会翻脸无情，当场锤爆他的头。

“他在里面，你跟我来吧。”

陆扬也没什么心思再纠缠别的事，领着赵卓娅走进了院子。

赵卓娅果然看到了陆扬提到的那个奇奇怪怪的家伙，他裹着补给员都穿着的冲锋衣，背朝着门口，蜷成了一团，就像是个煮熟的虾米似的。

她上前两步，来到床边，半蹲了下来。

“哈喽，您好，我是赵卓娅，陆扬的好朋友，咱们能聊聊吗？”

男人仍是没有反应，仿佛真的已经睡着了，一动不动。

“打着我的旗号也没有用，他根本不理我，从跟我回家到现在，一个字都没说过。”陆扬在一旁慢悠悠地补刀。

“不跟你说，不代表会不跟我说。”赵卓娅习惯性地回怼。

之后，她轻轻地探出手去，想要推一下床上的男人。

她的手指，还没有碰触到他。

男人却像是触电了似的，嗖地坐起，在床上迅速地转过身，蜷缩着坐到了木床的最内侧。

垂下来的细碎发丝遮住了他漆黑的双眼，却没办法完全掩住他的容貌。

当看清楚这张脸时，赵卓娅愣了愣神："天，他长得可真好看。"

女人都是视觉动物，赵卓娅也不例外。

她的表情完全柔和下来："我没有恶意，也不会伤害你，我只是有几个问题想问问你，只要你好好回答，我就请你吃方便面，咱也加两个蛋。"

她听陆扬说起，面前的这个男人挺能吃的，尤其喜欢方便面，七八口就吃完一整包，连汤都没剩下一滴。

男人蜷坐着，昏昏欲睡，眼皮子都撑不起来了，随时可能睡过去的样子。

赵卓娅从口袋里拿出了一根棒棒糖，拆开了包装，一股甜丝丝的水果香散开来。

她摇了摇棒棒糖，笑得像是引诱小红帽上当的狼外婆："吃不吃？柠檬口味的，整个北月岛就只有我有。"

男人终于有了反应，手脚并用，爬了过来，伸手去接。

赵卓娅不松手，棒棒糖的一端被她捏得紧紧的。她是要拿这个引诱男人就范，怎么可能轻易给出去。

一开始还是有作用的，男人跟着棒棒糖的移动而移动。赵卓娅往左挪，他就凑向左边，赵卓娅往右走，他就挪到右边。但几次之后，他似乎有些厌烦这样的逗弄，突然就不再动了，眼神里透着几分气愤，不高兴地瞪着赵卓娅。

"怎么了？来嘛来嘛。"赵卓娅还在继续晃那根棒棒糖。

男人垂眸，又长又翘的睫毛细密得像是两把小刷子，在眼睛下方的皮肤上留下了一道浅浅的影子。

他的皮肤极白，细腻光滑，几乎没见到毛孔，那些常年精心保养的女孩子都不一定有他那么好的皮肤。

赵卓娅心里生出了一种奇怪的妒忌。

就在这一愣神的瞬间，男人突然张嘴，一口咬住了棒棒糖，得手后发现自己像是咬了钩子的鱼儿似的挣脱不了。他索性闭上了眼睛，一动不动，怎么都不松口。

“你不是吧！”赵卓娅哭笑不得。

男人的腮帮子鼓得圆鼓鼓的，甭管别人说什么，反正他已满足。

等到赵卓娅松开了手，男人重新躺了下去，紧了紧身上的衣服，又去睡了。

“他这也太……”

不等她发火，陆扬已经抓着她的手臂，硬是给拖了出去。

“好了，人已经看过了，咱们出去聊。”

“陆扬，你别拖着我啊，我还有话要跟他说呢。”赵卓娅总觉得他是装的，这种情况其实很容易试探，她已经迅速想了好几个点子，要一一去试探。

“我知道你在想什么，其实我也有过类似的怀疑，但经过这几个小时的相处，我觉得他这里是真的出了问题。”陆扬点了点脑袋的位置，又指了指身后，“不管怎么样，咱们来分析一下他的动机吧。第一，为什么他要选择跟我回来，还要赖在我家里不走？第二，他为什么要伪装自己？或者他究竟经历了什么，才变成现在这副样子？第三，他是不是虹日号上的补给员？第四，从这个人身上，我们能得到什么样的信息？第五，你对他非常关心，为什么？”

赵卓娅失笑出声：“陆扬，真是看不出来，你这讲话一套接着一套的，连我都打算套进去吗？”

“我希望能从你这儿得到一个答案。”陆扬认真地说。

“我也希望能给你、给我自己一个答案。”赵卓娅拍了拍他的肩，又在屋里转了一大圈，“解铃还须系铃人，我还得再进去跟他说几句。”

“什么意思？”陆扬一把抓住了她，很是受不了她讲话的方式，好像是透露了一点点信息，实际却是将人引入了更深的迷茫当中。

“我……”

房间内，“砰”的一声响。

好像是重物坠了地。

“糟了，他要跑。”赵卓娅一个箭步冲了进去。

陆扬抱着手臂，只站在门口，整个人都不慌不忙的。

里面的那间屋子，只在高处有三个小的通风窗，连只猫都很难爬出去，要让一个大活人原地逃走，还不走正门，那是绝对不可能的。

重新走了进去，就看见男人坐在地上，身边还散放着几包方便面。那是之前陆远征成箱买回来的备用品，除了偶尔吃几包，大多数都放在高处的箱子里，这样才不会因为海岛上的天气而潮掉了。

而现在，那箱子已经翻落在地。

男人撕开了包装，抓住整块的面饼，直接往嘴巴里塞。

边塞边嚼，面饼被咬得粉碎，掉落得到处都是。

他也不在乎，吃完一包，立即再撕一包。

发现有人走进来，他的第一个动作是护住其他还没来得及吃的方便面，神情里全都是戒备。

好像是怕人来抢似的。

赵卓娅立马从口袋里又掏了一根棒棒糖出来：“我不会抢你的方便面，我这儿还有棒棒糖，所以，我过来其实是想要问问你，你还想吃糖吗？”

自然是要吃的。

男人的手伸了过来，手心朝上。他的手心露出了一道浅浅的疤痕，像是被什么利器伤过，疤痕贯穿了整个手掌，将掌纹都划断了。

见赵卓娅发呆，男人的手指勾了勾，发出了极为不满的哼哼声。

她赶紧松了手，把糖交给了他。

拿到了糖果，他立即身体往里缩去，再次抱着方便面开啃。

至于身后的陆扬和赵卓娅，他是全然不在意的。

“他好像是能听懂咱们讲的话。”赵卓娅用手指轻点自己的耳朵，“听觉没有问题，理解力也没问题。”

“不肯开口讲话，只是单纯不想说？”陆扬有些无语。

忽然间，男人的神情有了巨大的变化，出手如闪电，直接朝着陆扬的脖颈探了过去。

“小心，他要伤人！”赵卓娅尖叫出声。

陆扬与男人的距离太近了，虽然想要迅速做出防备，但速度还是没跟上。

眼看着男人骨节分明的手指就要捏住他的脖子，陆扬的心脏简直要骤然停住了。

然而，其实什么都没有发生。

男人的手指在距离他皮肤只有一厘米的地方停了下来。陆扬清晰地感觉到，男人的指腹很冰很凉，那是一种没有生命感的温度，冰得令人吃惊。他小心翼翼地捏住了陆扬脖子上鲸鱼造型的项链吊坠，双眼轻轻眯起，凑近了仔细看。

陆扬一动不动，看着男人奇怪的举动。

赵卓娅想要凑到跟前看看发生了什么，却被陆扬用凌厉的眼神给制止住了。

虽然不知道男人为什么会对他从小到大都戴在身上的项链吊坠产生浓厚的兴趣，但这是男人出现以后，首次对于吃以外的东西专注了起来，陆扬不想打断。

“给我。”男人突然开口说话了。

他也由捏着项链吊坠改为攥着，鼻子里发出哼哼的声响，使劲地往下拉扯。

“别，别拉，很疼。”陆扬跟随着他粗暴的动作左摇右晃，“你拉不下来的，上边那条是浸了油的绳子，我爷爷特制的，你拧断了我的脖子也拿不走。”

他很小的时候，不小心弄丢了项链吊坠。据陆远征说，他哭着喊着闹了很久，当晚便发起了高烧。那还是十几年前，北月岛上的环境比现在要差很多，也没办法及时送医，像他那么大的孩子如果一直发烧，其实是一件很凶险的事。

当时他的奶奶、爸爸和妈妈都还在世，爷爷便组织全家人一起找那枚小小的鲸鱼项链吊坠。他去过的地方，他经常玩的地方，家里的里里外外，用掘地三尺来形容都不为过。

功夫不负有心人，项链吊坠最终还是找到了。交到额头烧烫、奄奄一息的小陆扬手上时，他便开心地笑了起来。之后，没过多久，高烧退了，身体也恢复了。

从那时起，这枚项链吊坠便被视为陆扬的护身符。为了防止再丢，陆远征找了村里最会做手工编织的婆子，用古法特制的麻油绳编出了这个没有接口的圈。这种麻油绳最大的特点就是结实，哪怕拿刀子割，也得费很大劲才能割断，平时戴在脖子上，基本不会再破裂开来。

现在，被男人使劲地拽着，陆扬的脖子都被勒出深红色的血印了，但绳子并没有断开。

“撒手！快撒手！”陆扬气急。

“给我！”男人也很坚持。他拿出了比抢食物还凶猛的架势，牢牢地将鲸鱼坠子攥在掌心。

两个人僵持了好一会儿，陆扬明显屈于下风。

而一旁的赵卓娅抱着手臂，饶有兴致地看着，根本没有要上前解围的意思。

不得已之下，陆扬大吼："赵卓娅，你要不想看着我被他勒死，就赶紧想想办法。"

"小可就是在跟你闹着玩呢，没事没事，你别神经过敏了。"赵卓娅又从腰包里摸出一根棒棒糖，拆了包装，塞进嘴里，一边吃糖一边看热闹。

"小可？你果然认识他！"陆扬炸毛了。

"他长得好看，看上去多可爱啊，我临时给他取了个外号叫小可爱，简称'小可'，不行吗？"赵卓娅咬着那根棒棒糖，要多"皮"就有多"皮"。

"小可，小可，你喜不喜欢我给你取的名字？如果你不喜欢，你可以把真名告诉我，我就喊你的真名；如果你喜欢，咱们就这样子一直喊你，我超喜欢的。"

男人的脸跟白玉雕塑一样冷硬，从头到尾只关注抢项链吊坠这件事，赵卓娅讲的话，也不知道他听进去了多少。

"你再使劲，真的要把他勒死了，乖乖听话，先松手吧。"

赵卓娅耐心地跟小可讲道理，至于已经开始翻白眼吐舌头，随时都可能倒下去的陆扬，她是看也不看的。

小可仍是没有理会，该干吗干吗。

"砰"的一声重响之后——小可眉眼紧闭，直直地倒了下去。

他的后颈处被人袭击了，而袭击人正是赵卓娅。她临时从床上拿起了一本砖头那么厚的字典，竖起来稳准狠地来了一下，就把人给砸晕了过去。

"不听话的男人，再可爱也得教训。"

赵卓娅冷哼一声，这才把陆扬给扶了起来："你没事吧？"

陆扬的脑子里还记得刚才赵卓娅手起手落的潇洒动作呢，如今他对这个女孩有了新的看法。

他一肚子不高兴，却很自然地放缓了音调：“我没事。”

小可的手指还用力地攥着坠子呢，陆扬得一根一根地掰开，才能把项链吊坠和自己的脖子从小可那堪称恐怖的力道里拯救出来。

他费劲地做完了这一切，一下子瘫坐在了地上，开始大口喘息。

赵卓娅在屋子里找了一圈，拿着一截绳子走回来。

女人果然是表里不一的生物，刚才是她连连夸小可长得好看，还眼睛一眨不眨地盯着人家，但转眼之间，下手麻利，把小可的手脚捆了个结结实实，甚至全程都不需要陆扬过来帮忙。

“你做什么？”

陆扬虽然才被小可攻击过，但是不赞同赵卓娅此刻控制别人自由的行为。

“他有很严重的暴力倾向，几分钟前你的脖子差点被他给勒断了，为了防止他伤人，当然得做一点措施。”赵卓娅答得理所当然。

尤其是她那似笑非笑的小眼神，平时看起来还挺好看的，男人瞧见都要忍不住为之怦然心动。

不过此时此刻，已经见过“世面”的陆扬，剩下的只有戒备。

算了，古人都说了，唯女子与小人难养也，他何必冒险去招惹呢。

正要走开，赵卓娅忽然说：“陆扬，我能看看你的那条项链吗？”

陆扬立即防备地做了个双手交叠的保护姿势：“你也要抢吗？”

“当然不是！”赵卓娅笑呵呵地说，“小可对你的项链感兴趣，我是想研究一下，他为什么会感兴趣。要不，你摘下来，给我看看？”

陆扬毫不犹豫地拒绝：“挂着吊坠的麻绳制造工艺比较特殊，是直接挂在脖子上没有接口的那种，除非割断，否则无法拿下来。这根麻绳是我奶奶和我爸妈亲手帮我戴上去的，他们已经离世，这条项链是他们留给我唯一的念想，不能摘下，更不能损坏。”

之所以说得这么详细，是因为陆扬觉得，以赵卓娅不轻易认输认怂的脾气，她若得不到肯定的答复，一定会想别的办法来达成目的。被赵卓娅给惦记上，感觉一点都不好。他还是提前讲明白为好。

果然，赵卓娅听了这些，眉宇之间好像是有什么东西跳了一下。

“既然不方便拿下来，我也不催你。陆扬，你让我看一看，我只看，不扯、不抢，这样可以吗？”

都说到这个份上了，还有什么可以不可以的。

陆扬没再继续躲闪。

他闻到了一股淡淡的香味，甜甜的，很好闻。那是从赵卓娅身上发散出来的味道。她此刻几乎贴在他的怀里，陆扬全身的感官都被调动了起来。

女孩子的味道，好好闻。

他长这么大，很少这么近距离地与女孩子接触。

“只是普通的小挂件，没什么异常啊。”赵卓娅并不知道身体绷紧的大男孩脑子里此刻转悠了多少念头，她把那鲸鱼的坠子翻来翻去地看，不听话的细碎发丝偶尔撩过他敏感的脖颈，惹得陆扬喉结滚动了好几次。他在悄悄地咽口水。

赵卓娅心里暗笑，假装什么都没发现。

“陆扬，我能不能拍几张照片，去网上查查资料呀？”

陆扬此刻早已心猿意马，脑子一片空白，赵卓娅说什么，他还没琢磨过来是什么意思，就已经点头了。

而赵卓娅也是速度极快，拿出手机，对着项链吊坠的每个角度连拍了二十几张照片，这才满意地收了起来。

“你的脖子都被勒出血痕了，看看家里有没有化瘀的药膏涂一涂。对了，你如果不能摘下这条项链，最好还是选一件高领的衣服，把它遮挡起来，免得小可醒了以后看见了，又要发疯发狂。”

她一边叮嘱，一边蹲下来，开始在小可的身上摸来摸去。不久，赵卓娅惊喜地说："他身上有证件。李优嘉，助理研究员，编号42？咱们小可的真名是叫李优嘉吗？"赵卓娅念完信息，又看着证件上的照片起了疑心，"奇怪，证件上的照片怎么一点都不像小可本人呢？"

"证件照有差别也很正常。"陆扬不以为意。

"但是，照片上的这个人头发都快掉没了，你看咱们小可，满头茂密黑发，去给洗发水公司拍广告都绰绰有余。还有这长相，小可好看得都能去当明星了，证件上的李优嘉分明是未老先衰的小老头。"

赵卓娅一脸嫌弃，把证件丢了过去。

陆扬看了一眼："证件不是他的。"

赵卓娅把小可身上的冲锋衣翻开，让陆扬能看到领子的内侧，那个位置绣了一个数字：42。

号码与证件上的信息是能对得上的。

但这个人嘛，明显不是同一个。

这又是怎么一回事？

"衣服、证件和身上的这些杂物全都是42号李优嘉的，至于咱们小可是如何拿到这些东西的，也只有他自己知道。"

赵卓娅的判断与陆扬的想法类似。

这个突然出现的男人，身上笼罩着重重谜团，令人捉摸不透。

"陆扬，你去端一碗凉水过来，把他泼醒，我必须得问问他。"赵卓娅出的是个馊主意，但陆扬同样满心疑惑。

解铃还须系铃人。既然小可会说话，当然问他就是最好的。

一碗水泼下去，小可浑身跟着一激灵，被迫醒了过来。他很快发现自己的手脚上捆着细绳，整个人顿时如困兽一般挣扎起来。

翻来覆去，没个消停。

但他只是挣扎，却不喊不叫，冲着赵卓娅和陆扬龇着牙瞪着眼，好像是在威胁。

“呵，到这会儿了，您还惜字如金呐？”赵卓娅就是个标准的“渣女”模样。

她冲着他的脸就捏了过去，享受着指间传来的绝妙触感，可手上的力道却也不轻。

“说说吧，你究竟是谁？你跟42号李优嘉是什么关系？你怎么把人家的冲锋衣连同证件搞到手的？你……是不是上过虹日号？”

小可的眼神迅速地躲闪开了。

赵卓娅吐出一口气：“没想到，你还真的上去过。”

“你怎么知道？”陆扬全程在一旁看着，每个字每句话，他确信没有错过，但赵卓娅怎么突然便笃定一切了呢？

“我就是知道。”赵卓娅根本没心情解释，她直接捏着小可的下颌，强迫他看向自己，“你再不回答我，我就对你不客气了。”

陆扬这会儿觉得赵卓娅真是又美又飒，她这副形象不去演个女特务什么的，都白浪费了她的演技。

没过多久，陆扬发现赵卓娅根本不是在演戏，她是真的打算对小可下狠手，锤子、扳手、小刀子，凡是能从家里找到的称手的工具，她全给拎了过来。当然，她也没忘了去拿那本砸晕了小可的书。

陆扬怕出事，赶紧去拦。

“陆扬，你要么出去，要么闭嘴，再碍我的事，我连你一起收拾。”赵卓娅那神情，半点不像是在开玩笑。

她太可怕了，可怕到她此时此刻表现出来的样子，让陆扬没办法把她与前段时间在船上初次见到的那个青春美少女画上等号。

“我切掉他一根手指，或者挖掉他一颗眼珠，他肯定就说了。”赵卓娅一脸笃定，接着摇了摇头，“可惜了，这张脸长得那么好看，如果身体任何一个部分变得残缺，都是一种相当大的浪费。”

“赵卓娅，这里是我家，你不可以胡作非为，会连累到我的。”陆扬一脸的不可思议。

被两个人争论着的小可，突然间打了个哈欠，整个人不再狂躁，不再暴怒。他平静了下来，身子自然蜷出了弯曲的弧度，看样子竟然是要睡了。

这一副模样，完全是听天由命，爱咋咋地。当真是将赵卓娅给无视得彻彻底底。

最终，陆扬是用强行拉扯的方式，将赵卓娅给带回自己的房间里去的。

门一关紧，陆扬暴怒："我对你的容忍是有限度的！"

赵卓娅突然笑着竖起了大拇指："陆扬，你刚刚的演技很不错，配合得非常好。"

"你究竟……"陆扬突然有些无力了，"赵卓娅，很好玩是吗？"

"这个男人肯定不是42号，但从他脸上细微的表情，以及一瞬间露出来的样子，我还是可以判断出一些事。比如，他一定上过虹日号；再比如，他身上的衣服和衣服里的证件，应该是临时拿了别人的，然后离开虹日号，来到了北月岛。我判断，这次离开，时间应该是上一次虹日号补给的那一天，也就是说，他已经在北月岛的附近流浪了至少两天。"赵卓娅一刻不停地在分析，跟着叹了口气，"虽然我还不了解其中更多的细节，但有一点是能确定的，你在咱们小可的心中，有着相当特别的地位呢。"

赵卓娅见陆扬越来越糊涂，索性拍了拍他的手臂："你刚才选择为了他来反抗我，这件事做得非常对。等会儿我先走，你来负责和小可搞好关系，负责套他的话。你不要急于短时间内完成，先建立好信任感再说。好了，外面的风雨越来越大了，我再不走就真的走不了了。"

陆扬根本来不及插一句话，忽地听她一声尖叫，接着便是一阵气急败坏的吼声："陆扬，你搞清楚，谁才是你能信任的人？难道会是这个身份不明、来路不明，连一句话都不愿意跟你说的家伙？你为了帮他，居然还打我？”

“我什么时候打你了？”陆扬简直疯了。

啪啪——

赵卓娅忽地使劲地拍了几下手，接着哭腔都出来了：“行！行！我今天算是认识你的真面目了！陆扬，我告诉你，我们完了。从此以后，你不要再来找我。”

她做完想做的，无声地笑了。

竖起大拇指，比画了一下加油，便直接冲了出去。

赵卓娅把卧室的门摔出了震天响，一路哭声，连外面巨大的风雨声都压不住。

陆远征从厨屋里小跑着出来，看到的也只是赵卓娅远去的背影。他吆喝了一声：“陆扬，怎么回事？你怎么把小娅给气走了？”

陆扬有口莫辩。

陆远征不依不饶，催着他快点去把人给追回来，一个劲儿地碎碎念碎碎念，念得陆扬心烦极了。

他顶了几句，就又挨了陆远征几巴掌。

顶着这份加大版的委屈，陆扬走回了小屋里，饭也不吃了。

昏暗之中，小可瞪着漆黑的眼眸，正静静地凝视着他。

陆扬每走近一些，小可的神情便多些紧张。

他也懒得解释，来到小可面前，蹲下：“我警告你，不要再抢我的项链，不然我也会对你不客气的。”

把赵卓娅摆成一条线的锤子、扳手什么的全收归了原位，陆扬清理出了空间，才再次蹲下，去解小可身上的绳子。

他心中有些郁闷地想，为什么每次受伤的人总是他，他却还要变成善后的那一个。

“刚才那姑娘，她性情古怪，而且骨子里也是个火暴脾气，拿书砸你的后颈，又给你捆成了个大闸蟹，这些你都不要太介意。而且你要区分清楚，是她动的手，不是我。严格来说，我是夹在你们中间的受害者，差点被你勒死，又被赵卓娅一通臭骂，我招谁惹谁了？”

絮叨完毕，他将小可身上的绳子都解了。

一获得自由，小可又想扑上来。

陆扬牢牢护住自己的脖子，觉得自己还是得听从赵卓娅的劝告，找件高领的衣服，把项链遮挡严实了。

“喂，你再胡闹，我真的要把你也撵出去了。”陆扬气急。

窗外，电闪雷鸣。岛上的雷雨天，分外吓人。

小可望了望窗外，情绪缓和了些。

陆扬一看，也反应过来赵卓娅的判断没什么问题，小可能听懂他的话，也能做出正确的判断，只是他刻意用这样呆呆傻傻的方式来面对陆扬，或许是在伪装，或许是不愿意与普通人有过多的交集。

不论小可脑子里在想什么，陆扬这边都有了谱儿。

“今天晚上你就睡在这儿。我爷爷说了，岛上的大风大雨天气，即使是陌生人，也不能看着他在外边无家可归。等风雨停了以后，你就离开我家吧。北月岛有民宿，小码头有渡轮，你想留想去，没人干涉你。”陆扬回到卧室，多抱了一床被子出来，“现在，你休息吧。”

他出去时，明显地感觉到身后有一道探寻的目光始终停留在他的身上。

陆扬回到卧室，脑子里只剩下好好睡一觉的想法。

第四章

冒险登船

躺下没多久，他就觉得有什么不对劲。

“谁？”陆扬的后脊背蹿过一股冷流。

一道闪电划过。

室内的黑暗散去的瞬间，陆扬看到了那人身上穿着的冲锋衣。

“小可？是你？你来我房间做什么？”

小可如往常一般沉默，直接在黑夜里化为了一尊雕像。

“这里是我的卧室，未经允许，你不可以随随便便闯进来，尤其现在还是深夜，这是最起码的礼貌！”

小可的脊背挺得笔直，他的头发如此凌乱，就像是经历了一场兵荒马乱。

“喂，你能不能回一句话？”陆扬恼了，想上前拉住他。

小可却在他冲上来的一瞬间转头就走，然后开了正门，直接走入了大雨之中。

陆扬依稀听到院门跟着发出了一声脆响。他竟然就这么跑了。

“外面很危险，你出去做什么？”

陆扬再不情愿，也没办法眼睁睁地看着他在雨中横冲直撞，再不济这也是一条命。这个人不了解这大风大雨的夜晚，小岛上处处潜藏着危机，他甚至不知道自己是在做什么。

“脑壳真的是坏掉了。”陆扬抓起雨衣，也跟着跑进了雨中。

急匆匆的也没拿手电筒，他依稀能看到正前方的黑影一路奔跑，速度那么快，只要稍微迟疑一下，便没办法追上了。

小可的目标是灯火通明的小码头。

而陆扬发现这一点后，心里莫名地着急，他已经完全忘记了自己在半小时前还反复念叨着不能去多管闲事。他一心想着追上小可，转眼间就到了小码头附近。

那些刺眼的光，原来是十个大型的探照灯朝着海面的方向一起打开所发出来的。

已经几天不见的快艇，又如勤劳的工蜂一般开始周而复始地搬运。一个个纸箱，从小码头附近的一栋房子里被搬出来，送上快艇，直往大海的深处而去。

在海浪汹涌之间，一艘大船随着海水的涌动而晃动，但若不仔细盯着看，很难在大雨中确定虹日号的位置。

陆扬觉得，所有的麻烦似乎都是因虹日号而起的。他如今见到了这艘船，也觉得头皮发麻，浑身不舒服。

就在这时，他看见小可弓着身子弯着腰，敏捷得像是一只在黑夜之中穿行的黑猫。

蹭的一下，避开了来来往往的人群，以迅雷不及掩耳的速度跳上了一艘快艇。

补给员们用黑色的塑料布盖着那些纸箱，以防止被雨淋湿。小可就充分利用了这些塑料布，往上一掀，整个人悄无声息地钻了进去。

这一切，全都落在了陆扬的眼里。

他都要忍不住叹气了，这样还怎么跟下去？

在心里犹豫了一小会儿，眼看着那艘快艇越装越满，随时可能出发。

陆扬的脑子一热，飞快地奔跑起来。

他有生以来都没做过如此刺激的事。在那短短的十几秒里，他想到了很多很多，又仿佛什么都没想。

极度的专注，让周围的景物似乎都变慢了下来。

陆扬将一组闪、躲、跳、藏的动作做到了有如行云流水一般。

有一瞬，他怀疑自己要被逮到了——小可所在的那艘快艇上，几个补给员转身走了下来，准备去搬最后几箱货物。

“我绝对是疯了。”陆扬咕哝了一声，从快艇边缘迅速一翻，脚已经踩在晃动的快艇上。

他掀开了黑塑料布，也钻了进去。

小可在里面待得好好的，完全没想到会突然有人进来，立即出手，想要去推他。

陆扬险险地拉住了他的手腕：“小可，你个恩将仇报的家伙，你还想把我推进海里去吗？”

“你？”小可吃惊地瞪圆了眼睛。

“往里点，给我挪点位置，有人来了。”陆扬本来想把他拉走，可岸上的补给员这会儿来来往往，同时有二十几个人在搬运纸箱，竟再也找不到与刚刚一样合适的时机。

“你走！”小可推搡着他，根本不领情。

“我走？我都到这里了，我能往哪里走？那些人有多凶，难道你不知道吗？他们如果逮到了我，肯定会把我捆在树上往死里打。”九哥前几天才遭了一场罪，陆扬记忆犹新。

小可仍是一副冷酷无情的姿态，继续推搡着陆扬：“走开。”

有几次，他都差点被那股大力道给硬推到海里去。

两个人你来我往，撕扯了好一会儿。陆扬咬着牙根冷冷地说：“别忘了你也是个冒牌货，再折腾下去，被他们逮到了，我被人捆在树上打，你就得被人捆在树上剥了皮。你想想，你怎么解释自己身上穿着的这身衣服呢？那个42号李优嘉呢？你把人家的衣服和证件都抢了，他本人又被你扔哪里去了？”

还别说，真的蛮管用，小可一下子就不动了，乖乖蜷着，给陆扬让了一个小得不能再小的位置。

“还真是现实。”陆扬也生气了，“早知道这样，在你冲进我家的时候，我就应该冷酷无情地把你丢出去，亏我还给你煮了面，晚上还给你铺床盖被，赵卓娅要切你手指挖你眼珠的时候我也不该拦着。”

人心险恶四个字，他算认识得明明白白了。

小可把自己蜷成了一团，一动不动，一声不吭。

“你是将装死这个技能研究得透透的了。”陆扬还想再怼几句，可是突然极近的地方，有人在讲话。

“一共六十箱，可以出发了。”

听声音，有人把绳子丢过来扔过去，将这六十箱货连同黑色塑料布一起，捆了个结结实实。随后，快艇就出发了。

“等会儿开得不要太快，万一不小心甩进海里几箱，船那边的人又要找咱们麻烦。”

“这还用你说，最近不太顺利，一个比一个火气大。他们烦，咱们不是更烦，这种天气还要蹲在这儿做搬运工。”

“行了，别再抱怨了，赶紧出发。”

…………

陆扬的头抵着那些纸箱，一想到里面装的东西，他的胃直翻腾。

可更难以忍受的是，粗绳将纸箱拢在了一起，也将他和小可牢牢地给捆住了。

两人面对面地拥抱在了一起，尽管他们的手臂都不想碰触彼此。

“你滚开。”小可咬牙切齿。

陆扬分神地想，这大概是遇到小可以来，他说话字数最多的一次，足足三个字呢。

“听到没！”见他不动，小可更加愤怒。

“你当我想要抱着你？这不是没有地方吗？”

快艇随着风浪而摇摆，有时会有种腾空而起的错觉。这种程度的颠簸果然让那些纸箱发生了移动，而陆扬和小可之间本就不多的缝隙完全消失，两个人必须展开手臂拥住彼此，才能勉强稳住身体。

“说好了不要给自己挖坑，我怎么就是忍不住呢？这下好了，上船容易下船难，疯了，简直要疯了。”

小可怒吼：“你别过来！”

“这次你说了四个字。”陆扬数着。

陆扬在快艇的晃动中竭力找回些自由空间。他掀开了塑料布的一角，发现快艇果然是直奔那艘在岸边已经观察了一次又一次的虹日号。靠得越近，越是发觉那艘船真是极大，上下几层，外表不像科考船，倒更像那种载着人在海上观光的豪华游轮。

货物被起重机拉上拉下，效果和黑船那边往上拉游客差不多，只不过这边用的是机器，方法更加纯熟。

“照这样下去，等下我们还是会被发现。那个架子看到了吗？只拉货不拉人，轮到这艘快艇的时候，货物一搬空，剩下的就是我们两个，跑都没地方跑，准得歇菜。”

陆扬的担忧，在小可那边完全不是问题。

他冷哼一声，将态度表达得很清楚：无论陆扬发生什么，都不关他的事。

陆扬很清楚小可的想法，不过他认为很有必要把一切不切实际的幻想给打破。

于是他冷淡开口：“你觉得自己身上穿着跟他们一样的衣服，就可以趁机蒙混过关？别闹了！别忘了还有一个我呢，若是你不帮忙，看着我被抓，我就指点指点那些人，把你一起逮起来。到时候，一棵树上左边捆着你，右边捆着我。如果他们想毁尸灭迹，还能把咱俩拴一块儿沉海，然后，咱俩被鱼吃掉，你中有我，我中有你……”

“你敢？”

“生死关头，我怎么就不敢了？难道你真的要我做个老好人，被你坑死害死，还要保护你到底？”陆扬嗤之以鼻。

小可努力地保持身体平衡，然后朝着快艇的边缘处摸过去。

陆扬紧随其后。他庆幸自己出来时顺手拿的是那件轻便的黑色雨衣，如今裹在身上，视觉上形成了一道保护色，在深夜之中不那么明显。

小可的身体压得极低，动作异常敏捷，就像一头潜行在黑暗中的猎豹。相比之下，陆扬可笨拙多了。他的动作幅度稍微大一些，身上的雨衣就跟着哗啦啦的乱响。小可气得直瞪他，陆扬却无辜地一摊手，又掀开雨衣的衣角让他看，里面是一件蓝白相间的卫衣，穿在外面可比雨衣明显多了。相比之下，雨衣是有点声音，但海上风大浪大噪音更大，融在其中，反而可以忽略不计。

小可冲他做了个手势，意思是“跟我来”。

这大概是两个人有接触以来，小可第一次主动对陆扬做出反应。陆扬的心里为之一振。

快艇上的货物叠得很有技巧，底部多，上部少，而且为了捆绑方便，每一箱的位置都有讲究，远远看过去，整艘快艇仿佛是鲨鱼的形状。

而此刻，两个补给员在“鲨鱼鳍”的左侧吸烟，陆扬和小可躲在右侧，寻找时机。

补给员时不时有点动作，有时候站起来伸展身体，有时候来回走一走，动动腿脚。有几次，陆扬都觉得补给员随时可能绕个小半圈，然后发现他们了。

小可沉着以对。排在前面的快艇陆续变少，眼看着就要轮到他们这一艘了，若是还没想到办法，要么自己翻身下海，要么被虹日号的人给发现……

“跟紧。”小可的声音打断了陆扬的思绪。

陆扬还没来得及问一问是什么情况，小可已如同鬼魅一般，快速向前走去。

几乎是同一时间，快艇就位，与虹日号放出的栈桥完美地贴合在了一起。

一个补给员扛着两箱货物开始往前方走。

小可就跟在这个补给员的身后，宛若是这个补给员拖出来的一道长长的黑影。

陆扬的速度没有小可快，反应也稍迟了一些，没能跟上第一拨节奏。他在原地急得心脏都要蹦出来了。

第二个补给员也开始往身上扛箱子了，一个，两个，三个。他的肩膀上扛着老高一摞箱子，哼着小调，踩着摇摇晃晃的栈桥往上走。

此刻已是全无退路可言。陆扬把心一横，学小可的样子，迅速地跟了上去。

海风极强，吹得整个栈桥左摇右摆，而底下是黑色翻滚的海水。他就在这半空中，小腿早就吓软了。

此时此刻，全是不真实的感觉，仿佛置身于一个无法醒来的噩梦当中。

刚走上甲板，突然之间，补给员肩上的一个箱子从侧面直接砸了下去。落地之后，立即摔了个细碎。

一股难以言喻的恶臭在甲板上迅速扩散开来，不只是呛鼻子，还引人发呕。

船上的补给员已经气急败坏地大骂了起来：“赶紧拿冲水枪过来，处理干净。”

陆扬闻到那刺鼻的气味，胃里翻江倒海，差点没直接吐出来。

反观小可，面不改色，视而不见，从阴影处走出来，踩着那堆血肉，趁乱向一个方向走去。

陆扬在心里用世界上最变态的词语冲他招呼了个遍，但还得一刻不停地跟上去。在这艘陌生的船上，他认识的只有小可一个人，虽然小可看上去也不靠谱，但陆扬也不想做孤胆英雄，一个人在虹日号上乱闯。

脚底下踩着那些滑不溜丢的血肉，陆扬有种在地狱之中行走的错觉。

幸好，他很快就到了甲板上的一间小房子外，开了门，就瞧见小可已经把自己的外衣外裤都脱了，正拿着一块干毛巾擦头发呢。

大家都是同性，可也没到如此坦诚的地步。

撞见了这一幕，陆扬下意识地想躲。

一块湿毛巾直接砸了过来，小可瞪着黑漆漆的眼睛，不高兴地低吼：“脱！”

陆扬想要怼回去，但顺着小可指着的方向望过去，他看到了几套冲锋衣挂在墙壁上，木椅下边还有几双鞋，大小鞋号都有。

小可的意思，是要他脱掉湿衣服，换上干净的？小可肯定是看到他全身湿透了，怕他着凉，又或者是怕他现在穿的衣服太显眼，很容易被人发现吧。

陆扬心中禁不住一暖，还不等他给小可送上一个欣慰的眼神，就听到小可嫌弃地补了一句：“你好臭。”

小可那边速度很快，换了干净的衣服、鞋子之后，就把换下来的所有衣服、鞋子都扔到海里去了。销毁之后，他回来，发现陆扬已经完全脱光。他懒得看陆扬迅速遮挡身体的假动作，过去将陆扬的衣服、雨衣和鞋子也一起拿了出去。

“喂，那是我的东西。”陆扬喊了一声，不过已经来不及了。

小可重复之前的动作，把东西往海里扔。大海广袤无垠，今天又是风大浪大雨也大，东西掉下去，连一声响都没听见，转眼就不见了。

陆扬追了出来，气急败坏：“那是我最喜欢的一双球鞋！也是我最贵的一双鞋！花了整整三百五呢，谁让你扔了？”

“恶心。”小可大概是和陆扬沟通得多了，开口说话的次数也频繁了起来。虽然还是三个字、两个字地往外迸，但是好歹比之前一言不发要强了不少。

小可不再搭理他，把冲锋衣上面的帽子往头上一戴，变戏法似的从口袋里拿出了两只医用口罩，全都是独立包装。他给了陆扬一个，自己拆了一个，戴在脸上之后，还很认真地捏了捏鼻骨上的鼻梁条，让口罩贴合着脸。

“你这是掩耳盗铃，不戴着口罩可能还没那么明显，现在一戴上，等会儿要是真的遇到了人，对方肯定会多看你几眼。”

对于陆扬的担心，小可选择无视。

他做好了这一切，就顺着甲板继续朝船的正前方走去。

他抬头挺胸，不再鬼鬼祟祟。偶尔也会有人急匆匆地从正前方跑过来。小可便会轻轻地点一下头，算作示意，而对方一般也会轻轻地点一下头，就此擦身而过。

甲板后侧，左右两边都在装货。这些人忙碌得很，加上甲板上特别昏暗，一路来到甲板之下，倒也算是顺利，有惊无险。

当进入甲板下的第一层底舱时，陆扬觉得眼前一亮，耳边的嘈杂声瞬时被那厚厚的舱门隔绝在外。

船舱之内，宛若另一个世界。

他们首先进入的是一间足足三百平方米的宴会厅，以金色为主调的装修，处处是奢华的感觉。几十张圆桌错落而放，似乎所有的摆放角度都是为了面向那架黑色亚光三角钢琴。琴盖打开着，仿佛方才有人迎着海上的风雨尽情弹奏了一曲。每张桌子都摆好了餐具，高脚水晶杯在灯光之下，闪烁着银色的光芒。

陆扬穿行其中，感觉古怪。

难不成在虹日号返航之前，这里正在准备举行一场盛大的宴会？

看桌面上的餐具，足够容纳一千位宾客同时就餐。

赵卓娅说这是一艘科考船，现在科考船上的配备，都是如此高级别了吗？

能乘坐这样一艘船出海做科学考察，想想都觉得不错。

一个恍神，就不见了小可的踪影。

陆扬望着空荡荡的房间，心里正在紧张，突然听到身后有一道万分不耐的声音响起："这里。"

原来是他走得太快，没有注意到餐桌前还有一道与金色墙壁的颜色几乎一模一样的门，悄悄地隐藏在了那里。这应该是餐厅服务人员所使用的专属通道。

由于不对宾客开放，因此才会做得如此隐蔽。

而此刻，小可的身影消失在了门的那边。

从小可登船起，他无时无刻不在展现着对虹日号的熟悉。

赵卓娅的判断是正确的，小可与虹日号有着极深的联系，即使他不是这艘船上的工作人员，也一定与这艘船有着极深的渊源。

陆扬很快追上了小可，在他的带领下，从餐厅进了后厨，又从后厨来到了厨房的大仓库。

每一次出海，都要在海上停留很长时间，因此一般大型的船上带着的货品都会特别多。厨房的仓库主要堆积了必要的食材，以及一些绿叶蔬菜、水果，等等，大大小小的货箱分门别类地放在了架子上，有的是低温冷藏，有的是常温储存。

陆扬还是头一次进后厨，左看看，右瞧瞧，很是新奇。

一个不小心，竟然跟丢了，一分钟前还在正前方的小可，突然没了踪影。偌大的空间，只剩下陆扬一个，加上常年不见阳光，船舱底部阴阴凉凉的。陆扬打了个冷战。

“喂。”小可极其无奈的声音再次响起。

他是从两个货架之间钻出来的，那条缝隙只有半米宽，还摆放了杂物，看上去非常不起眼，因此陆扬来回找了两次，都没注意到那里还能站人。

等走近了才发现，此处竟然还有一道暗门，成年人需要弯下腰才能通过，进门以后，板子向下一拉，就彻底封住了。

封闭而拥挤的空间挤着他们两个人，难免又是拥挤得十分不舒服。

“你喊我来这里做什么？”陆扬不解地问。

小可回手就是一拳，贴着他的脸颊而过。

这一拳力道十足，击在了陆扬身后的墙上。

只听一声闷响，整个空间向下移。原来这里是一处电梯，平时运送货物时使用，不会有人乘坐，因此空间设计考虑的是运送货物的需求。

现在挤进来两个人，略显局促，而且陆扬和小可都得蜷着身体，从这边吐出来的呼吸，又被另一边接收去了。尽管两个人是纯爷们，但是这样的距离依然无比不适。

小可明显比之前更加焦躁。陆扬有时候啥也没做，他也要借题发挥一下。

刚才砸开关的那一拳，如果砸中的是人脸，下颌骨估计都能打碎了。

陆扬屏息了三秒钟，依然开口问：“咱们这是去哪儿？”

“闭嘴。”小可扭头看向一边，不想回答，也不想搭理人。

“你带着我在船上绕来绕去的，我很没头脑啊。你就告诉我一声，咱们要去哪里，让我有个准备，这不也挺好的？”陆扬试着放柔声音，和小可讲道理。

小可直接闭上了眼睛，长长的睫毛因忍耐而轻轻颤动，如果陆扬再讲一句半句，他可能就要爆发了。

可陆扬也是有脾气的，这一路被忽视、轻视、鄙视，他心里真是特别不舒服。小可就是个没心没肺的，也不想想他是为了谁才踏上了这条贼船。原本在家里安安稳稳地睡大觉，就因为不忍心看他遭遇危险，才一路跟着，阴差阳错，来到了这里。

未来会变成什么样子，陆扬心里特别没底。

有心想和小可商量一下对策，可小可表现出的那副模样，看上去就不靠谱。

“要想办法自救了。”陆扬的脑子里才浮现出这样的念头，电梯忽然发生了一阵剧烈的震动。

他还没反应过来是怎么回事，小可突然靠近，直接把他大半个人都搂进了怀里。

小可身上有股檀香，就像大年初一去庙里祈福时经常能够闻到的那股浓郁不散的气味，莫名地令人觉得安心。也不知道是新换的那件冲锋衣上自带的气味，还是来自小可自身……

陆扬从未想过，他这一生当中，居然会因一个男人的拥抱而心绪烦乱。

但小可永远是破坏气氛的高手，他在陆扬耳边愤怒咬牙：“挪开。”

也不给陆扬反应的时间，直接把人扒拉到一旁，在极其有限的空间内，硬是又挤出来一块区域。他挤了过去，在电梯的内部开关上敲敲砸砸，费了好大劲，才把电梯门给打开。

原来是进货梯时的那一下重击，让货梯发生了小小的故障。

陆扬从货梯里爬出来的时候，控制不住地后怕起来。万一这货梯一直打不开，万一这位置偏僻的货梯一直没人用，他不是要跟小可一起困死在这里？

两个人陆续钻出来后，陆扬火大了：“喂，你究竟要做什么？至少跟我说一声啊。”

此处是船舱底部的负二层或者负三层，也可能是负四层，小可心里清楚，但陆扬一点都不知道。

见小可仍是那副爱答不理的样子，他气恼至极，一股火气上来，扭头朝着相反的方向走去，决定就此与小可分道扬镳。

身后并没有小可的召唤声，也没听到他追上来的脚步声。

越走越安静，越走越生气。

陆扬想着自己必须下船，而船此刻停在海中央，回到北月岛唯一的方式是乘坐那些往返送货物的快艇。

怎么来的，怎么回去。来时困难，想要平安返回更是艰难。

“自找麻烦！”陆扬攥紧了拳头，继续寻找回到甲板上的路。

可绕了几分钟后，在一个“T”字形转弯处，正要转弯的陆扬突然感觉自己的衣角好像被人给拽住了。

在这么个环境里，前后左右没有人的时候感觉阴森森的，可如果真的冒出来个人，就更加恐怖。他一激灵，使劲地甩了过去。没有甩中任何人，那只手瞬间松开了他，却马上拽住了他的胳膊，使劲地把他扯进了阴影之中。

另一只冰凉的手及时地捂住了他的嘴，避免他喊出声。

陆扬闻到了一股檀香味，立即辨认出了来人，恶狠狠地去扯小可的手，恨不能吼他几句。

耳边，小可冷冷地说：“有人。”

话音一落，转角处便传来舱门被打开的声音，真的有人走了出来。

小可又拖着陆扬向后退了好几步，一直躲到了一处过道形成的阴影当中。

人在紧张的时候，听觉就会变得特别敏锐。

从舱门里走出来的是一个女人，她用手上的无线电对讲机与船舱内的其他人联络着。

女人的音色低沉，带着强烈的严肃感，令人忍不住心生敬畏。

“补给工作什么时候能够完成？你们超出了预定时间，这是严重干扰工作流程的行为。要知道，我们的行程规划是精确到每一个小时，你们这边耽误了，下一个行程跟着就要被耽误。再次提醒你们，由此引发的恶劣后果，你们任何人都没法承担。”

对讲机卡顿了一下，快艇补给队那边已有人诚惶诚恐地回复：“邵总，今天海上天气不好，风大浪大，能见度很低，这给补给工作造成了极大的困难。”

“那是你们的事，有困难就想办法解决困难，办法总比困难多。我没有义务听你们解释，我的责任是提醒你们，时间快到了。”

“邵总，请您再给我们一些时间，半小时……只需要半小时……”

对讲机内的声音，受风雨影响，噪声特别大，对方全程是在用喊的，声音里满是祈求。

女人却不耐烦地关闭了频道，转向了另一边的船长室：“六分钟后，起航出发。”

“是！”对方倒是回得言简意赅，这令女人十分满意。

脚步声径直朝着陆扬和小可两个人藏身的地方而来。这一瞬，陆扬的呼吸都窒住了。

他已经在琢磨，如果被发现，应该怎么跟这个邵总解释。

从邵总跟其他人说话的方式来看，这是个高高在上、惯于发号施令的女人，她大概是不会听任何解释的，倒是极有可能下个命令，叫人把不请自来的他们直接丢进海里去，落一个清净。

赵卓娅一直在说，虹日号是科考船，船上载着的全是科学家。但陆扬亲身经历过后，对这一说法产生了深深的怀疑。

“怎么办？”他用眼神瞪着小可。

小可皱着眉，很是不满，但这些不满明显是针对陆扬的。

邵总此时所在的位置，距离他们只有十几步，或许只要一个转弯，三个人便能来一个意外的相逢。

就在这时，对讲机再次响了起来，是船长室那边的信息："补给完成度百分之九十，所有快艇远离船体，虹日号即将起航。"

邵总冷哼："上次的补给完成度还有百分之九十二，这次变成了百分之九十，这些人是越来越敷衍马虎了。这一次，我绝对要写报告上去，严肃地处理他们，坚决不能让任何人拖了咱们的后腿。无意义地浪费时间就是犯罪。"

船长室那边的回复依然冰冷而简单："是！"

邵总是真的动了极大的怒气，她直接转身，返回自己的船舱，砰的一声甩上了舱门。

陆扬的小腿一软，整个人差点坐了下去。

小可却是一把抓住了他的胳膊，拖拽着他，向船舱的更深处快步走去。

陆扬恼火地质问："喂，你不是不想搭理我吗？还过来找我做什么？"

小可冷笑，瞪着他，就那么瞪着，一言不发。

陆扬此时已被折磨得没脾气了，放弃再跟这个惜字如金的家伙沟通，免得一个不留神把自己给气死了。

"算了，咱俩真的不适合待在一起，你看我不顺眼，我看你也会生气。"陆扬指了指自己的头顶上，"我得想办法下船。"

"晚了！"小可冷冷地说。

陆扬一愣，嘴角跟着一垮："不是吧。"

"船开了。"小可与他擦肩而过时，冷冰冰地来了一句。

陆扬怀疑他在幸灾乐祸，紧赶慢赶，追了上去："你怎么知道已经开船了，刚才那个邵总还说再过六分钟出发，而且快艇上的补给员还申请延迟半小时，或许……”

船舱忽然又是一阵相对剧烈的摇晃，而后很快平稳。从小在海上生活的陆扬，哪里会不懂得这一晃的真正意义，那是大船收了锚，乘风破浪，驶向了远方。

“完了。”陆扬的心里透冰凉。

“呵呵。”如果冷笑是安慰，那么小可现在一定是在用自己的方式安慰着他。

“现在该怎么办？”陆扬慌了。

“凉拌。”小可背着手，直接撇清了关系。

陆扬琢磨了几秒钟，他在船上人生地不熟，而且船上的人还不友善，他此刻已置身于危险当中。而小可，虽然不知道他的来历、身份，哪怕要完整地交谈几句话也是一种奢望，可好歹还算是脸熟。在这种地方，能跟个熟悉的人在一起，心理上会觉得安全些。

于是，尽管恼火得不行，陆扬还是非常没骨气地一路小跑跟了上去。

与小可不远不近，和他始终保持着五步的距离。

穿过了长长的船舱，他们进入一个储存货物的地方，不过这里的货物都是一些日常的生活用品，如牙膏、牙刷、洗发水、毛巾这些，而且大部分锁在铁栅栏里，能看得到但别想够得到。陆扬猜测，这里肯定有人专门管理，只不过，已经很晚了，船上的人要么在忙着搬货，要么忙着发号施令，要么已经睡着了。

再走几米，陆扬看到了一些做实验用的玻璃器皿、镊子、手术刀之类的工具，也是一箱一箱整齐地码好，放在高处的架子上，并且同样上了锁，取用起来十分困难。

“这果然是一艘用于科学考察的船！”不知道为什么，对于这个发现，陆扬竟然莫名地松了口气。

“这边。”小可目不斜视，速度要比陆扬快上许多。

就在这时，一声凄厉的惨叫从门的另一边传了过来。哪怕这里是金属制成的舱门，那声音仍然十分有穿透力，瞬间让人起了一身鸡皮疙瘩。

什么玩意儿在叫？

陆扬看向了小可，小可神情间满是阴霾。

两个人从一处小门穿过，没走多久，地面变得潮湿，偶尔还会踩到成片的水洼。舱内因空气不流通而显得异常闷热，发霉的味道伴着海水的咸味，令人浑身不适。

等再过了一扇门，味道浓重得更可怕了。

陆扬早有心理准备，但还是被熏得差点背过气去，他不得不用双手捂住了嘴巴，眼泪不争气地流了下来："差点被你送走了！就不能提前提个醒吗？呕……"

他终于还是忍不住，到一旁大吐特吐起来。

小可弯身，从绑在小腿上的皮囊里抽出了一把刀，朝着陆扬就走了过去。

此处光线极暗，但那刀子极为锋利，闪动着一抹不祥的光。

陆扬吐完，一站直身子，瞧见的便是小可眼神锋锐，手握武器，朝着自己气冲冲地走了过来，他那股子恶心的感觉瞬时就给吓回去了。

"喂喂喂，小可，有话好商量，你别冲动……"

小可高高举起了刀子，那把刀也不知道是什么材质做的，劈下来的瞬间，竟然像是劈开了空气，留下了一道浅蓝色的残影。

那一秒，陆扬真真切切地感受到了死亡的气息。

然而，预想之中的疼痛并没有来袭，因为小可的刀子并没有落在他身上，而是将一旁的纸箱给划开了。瞬间，那箱子里装着的血肉块便从高处洒落而下，那种味道配上那血腥的画面，在近距离地观看时，简直称得上是惊悚。

血肉落地，地面上突然有什么东西轰然而动，接着它们在地面都移动了起来。

小可死死地抓住陆扬的手臂，借由着这一点点的支撑，陆扬才能勉强维持身体和心理上的双重平衡，没有一下子崩溃式的失控。

等从惊愕中回神，陆扬才看清楚，原来地面竟然是一条极宽的传送带，而小可割破的箱子，正是之前运送上船的那些奇怪的纸箱。它们被整齐地镶嵌在墙壁上的格子内，藏得比较隐蔽，再加上此处光线不好，陆扬才没有第一时间发现。

怪不得一进来就觉得那股难闻的臭味，呛鼻之中还带着几分熟悉……

见陆扬虽然脸色惨白，但似乎已经恢复了些许镇定，小可才不再扶着他，只冷冷地命令：“等着。”

说完，小可跟着传送带一路向前，尽管身旁是那些黑红色已经腐烂的血肉，他却面不改色，仿佛它们完全不存在似的。

传送带的尽头，是船体的最后一层。

两层甲板之间有一个缺口，恰好安置在这些传送带的边缘处，只有传送带打开时，通往下一层的电动门才会跟着打开。

“你不会为了下去，打算跟着这些血肉一起往下跳吧？”陆扬感觉自己快要窒息了。

虽然他跟小可之间的关系紧张，但他也不愿意看着小可做傻事，下面是个什么情况都不知道，就算是一切安全，搅进这些恶心的东西中间，整个人也好不到哪里去吧。

他冲着小可跑了过去，想要拉住他。

谁知，有一块血肉踩在脚底下，一个没留神，他滑倒了，整个人向前滑过去。

直到此刻，他才发现小可只是趴在边缘向前看，根本没有要跳下去的意思。而他这么一摔一扑，两个人直接摔成了一团，向下坠落。

下方机器轰鸣。

一台粉碎机张开“血盆大口”，朝着正上方，机械的锯齿钢牙错落咬合，那些大大小小的血肉很快被碾碎得更细。

“完了……”陆扬闭上眼睛，脑子里冒出这么个念头来。

他想过自己有一天会离开这个世界，但万万没想到，竟然会是这种“粉身碎骨”的死法。

太惨烈了。

还是和那些可怕的碎肉搅在一起，陆扬觉得自己由内而外，灵魂都要被污染了。

预想之中的剧痛并没有来临。

坠落的瞬间，小可迅速出手，一只手抓住了边缘凸起处，另一只手死死地揪住了陆扬的衣服。两个人在空中摇摇晃晃，陆扬觉得自己的一条腿距离粉碎机只有十几厘米的距离，机器发动时卷起来的风，嗖嗖地刮着他的腿，钝疼钝疼的。

“怎么办？”陆扬大叫。

前后左右都没有借力的点，向上不好爬，下方还有粉碎机等着“吃人”，他更慌了。

“等！”小可咬牙切齿。

他承载着的是两个人的重量，手指头扣紧的地方并没有多少着力点，能撑一分钟，已是超常发挥。他脸色涨红，手臂上青筋暴起，额头迅速沁出了大滴的汗珠，一滴，两滴，三滴……飞落而下，但来不及坠地，便化为更加细碎的水花。

“等什么啊！等死吗？”陆扬低吼。

小可闭上了眼睛，默默地坚持着。

又过了几十秒，他也没了力气，耳边依稀听到那台粉碎机的声音好像是小了许多，小可蓦地重新张开眼，一双漆黑深邃的眸子里，仿佛有一道比大海还要蔚蓝的浅浅光芒，一闪而逝。

“得想想办法。”陆扬也在想办法自救，可最后一层底舱根本没有灯光，他努力地望过去，根本看不清楚周围的状况，“不如咱俩一起使劲儿，像是荡秋千那样，荡到另一边去？”

“抓不住了。”随着小可的叹息，他们迎来了坠落。

陆扬下意识地发出了惨叫，小可抿唇。两个人此刻脑海里都是一片空白。

原来人在死亡的前一秒，其实并没有时间去感慨太多，迎接死亡的窒息，其实并不需要多少心理准备，痛苦来了，也便来了。

扑通——

身下轰然作响。

陆扬几秒钟后才回过神，他发现自己躺在一块钢板上，粉碎机的锯齿被这层钢板给挡住了。他和小可摔下来的前几秒，钢板缓缓出现，千钧一发的时刻，将他们给接住了。

“见鬼了！”死里逃生，陆扬急促地呼吸着，胸口一起一伏。

“得救了。”小可闭上眼睛，又平静了一会儿，才翻身坐起来，顺着一边向下滑去。

陆扬经历了生死，而且又是被小可救了，这会儿在小可身上获得了无法言喻的安全感。

哪怕他冷淡，哪怕他寡言，如今的陆扬都已不在乎。

他随着小可走出了老远，才慢慢地感觉到了心跳的声音，以及软得一塌糊涂的小腿。

陆扬想笑，但也想哭。

“小可，我们差一点就死了，被碾得粉碎，出来一团血肉，端到我爷爷面前，他大概都不认识我。”

“哼。”小可回了他一个声音。

两个人绕了一圈，来到出口处。陆扬耳尖地听到了什么，这一次他的反应速度令人惊叹，一把抓住了小可，带着他闪到了门后。

大门在此时被打开了，进来了很多人。

“把货物摆放好了，千万不要漏了。”

“这次少了一百多箱货，上头气坏了，刚才结结实实地乱骂了一顿，瞧着吧，肯定有人要倒霉了。”

“货少了，也是有客观原因的，不能一刀切地全赖到咱们头上来吧。”

“谁知道呢？哪次不都是这样子，咱们拿钱做事的，不要去犟些无意义的事，把分内的事做好，其他的别问、别管、别说。”

“我的衣服丢了，鞋也丢了，真是气死了。这次出海的时间比较长，一去二十几天，连换洗的衣服都没有，我的日子都不知道怎么过。”

“船舱内外，人多手杂，冲锋衣的款式还很类似，穿错了也正常。你可别上纲上线的了，等会儿去仓库那边报一下损耗，再领一套就是。”

“再领？你说得倒轻巧，我去问过了，这套冲锋衣市价三千多，那双鞋也是三千多。上船后，每个人定额发两套，损毁、破坏、丢失，全由自己承担。我上船是为了挣钱的，一天累得要死要活，工资也才五百多，一套衣服加一双鞋拿回来，我半个月差不多就白干了！”

“那你能怎么办？船上规定，每个岗位都必须穿制服，你一天不穿，三天的工资就被扣掉了。孰轻孰重，你自己算一算。”

“要我说，这船上的很多规矩就不合理。那个邵总最是奇奇怪怪的，她真的是一位博士吗？情绪总是很暴躁，跟人说话的时候在喜欢鼻孔瞧人，既傲慢又无礼，她都没照照镜子看一看自己的嘴脸吗？这种女人，讨厌得不得了。”

…………

这些对话，仿佛透露了很多的信息。

陆扬正认真地听，小可已是小声提醒：“走了。”

走出了很远很远，陆扬才仿佛找回了自己，不知道是不是连续受惊吓的缘故，次数太多，反而产生了免疫力。他的心脏不过是急促地跳了一会儿，很快便缓过神来，一边追上小可，一边注意着身后那些人的动静。

小可走到正中间，在一处标有船锚造型的舱门面前停了下来，在门锁上左扭右扭。也不知是触动了哪个机关，舱门突然发出一声轻响，竟然被拉开了。他直接走了进去，大大方方，完全不顾及里面有没有人，好像是把这儿理所当然地当成了自己的家。

陆扬还在犹豫，舱门内伸出一只手，准确地抓住了陆扬胸口的衣襟，一使劲就把人给带了进去。

“你做什么？”他真是受不了这样一言不发，说拉扯人就拉扯人的方式。

船舱内，左边是上下两层的铁床，铺有被褥，收拾得还挺干净，没见灰尘，随时都可以使用。

右边则是两张书桌，两组衣柜，还有一些个人生活用品，如毛巾、牙刷之类的，全是新的，整整齐齐地摆放在带有固定支架的位置。

这里应该是给船员休息的底层船舱，只不过平时没那么多人，因此空在了这里。至于为什么连最基本的生活用品都准备得一应俱全，陆扬便猜不出来了。

“下边。”小可指着底层的那一张，直接分给了他。

接着自己非常敏捷地爬上了二层，坐上去之后就开始脱下散发着臭味的鞋子，冲锋衣，大长裤……

陆扬无语地看着乱七八糟掉下来的这一切，他哪里忍得了，瞬间从下铺弹起，跳了起来。

“喂，你不会真的把这儿当自己家了吧？居然准备睡了？你不怕等会儿进来什么人，把咱俩当场堵住吗？还有，你千辛万苦地潜进来，难道就为了找地儿睡觉？你去北月岛上随便找个地方睡，不好吗？要民宿有民宿，要民宅有民宅，再不济你也可以在我家蹭吃蹭住啊，你来这儿又是图什么呢？”

小可翻了个身，拒绝听他念叨个没完。

“我的天啊！”陆扬恼火得想低吼，结果，一只袜子，直接落在了他身上。

而小可，保持着他一贯的欠揍式的安静，早已开始打鼾了。

虹日号的第一晚，满脑子莫名其妙的陆扬，翻来覆去，怎么都睡不着。

他掏出手机看了看，也不知道是因为身在船舱的深处，还是因为虹日号已经与陆地渐行渐远，手机信号全无。

绞尽脑汁地思考了一会儿，他决定既来之则安之，先充分利用起了船舱内的资源，刷牙洗脸，又去冲了一个相当冷的凉水澡。

等返回到床边时，整个人已冷静下来。

小可也不知道是真睡还是假睡，呼噜声声，抑扬顿挫，高低起伏。

“除了脸好看，其他啥也不是，又能吃，又不会交谈，又懒得张嘴说话……”

此时，已是凌晨一点半。

新的一天已经开始了。

陆扬还以为，这一夜注定难眠。没想到小可那均匀的呼噜声，仿佛是一种催眠的节奏，他很快就坠入了梦乡。

最底层的船舱没有窗，照明全靠灯光，如果没人过来开灯，便是不知时间流逝，不知身在何处。

陆扬醒来时，便是这样的感觉。

他在哪儿？

周围好黑？

为什么他不是在家里的那张木板床上?

耗费了几秒钟，陆扬才渐渐想起了一切，可依然不愿意接受现实。他开了床头的那一盏暖色的灯光，看清楚了周围的一切之后，心里很不是滋味。

“小可？”他整理好了情绪，想到了另外一个人。

上铺安安静静。

陆扬心里一紧，迅速凑过去看，果然床上的被子卷成了一团，而小可早已不在了。

衣服、鞋子全穿走了。

“狗男人。”陆扬没脾气了。

相处了十几个小时，他竟然也开始慢慢地习惯了一些事，比如小可的“突然失踪”。

肚子在咕噜噜地叫，肠胃齐鸣，陆扬饿了。他相信小可出去转一圈，肯定有办法混吃混喝，吃饱喝足了再回来。但他真的不指望小可还会在“百忙之中”想起来还有一个他。

于是，陆扬匆匆忙忙地收拾完毕，又给自己戴上了一只口罩，对着镜子，努力地把自己遮挡起来，越隐蔽越好，越普通越好。

现在已是上午十点三十五分，即使是阴雨天，这会儿外面的光线也不会太暗。

没有夜色的保护，船上的人员也不用再考虑安顿补给的事，神经都会放松下来，那么，他被发现的危险，也将直线提升。

但也不能不吃饭呀。

陆扬忐忑地开了舱门，一开始踮着脚尖，蹑手蹑脚，仿佛是个贼。走了几步，又想到了昨晚上小可的理直气壮，他不自觉地挺了挺腰板。

是了，越紧张越不安，即使那些人不细看，也能感受得到他与别人不一样。

小可在船上混吃混喝靠的是什么？靠的就是那份理直气壮，他得好好琢磨琢磨，取其优点，当学则学。

或许是在心理上的自我暗示有了作用，陆扬走了一小会儿，竟然绕到了一部电梯前。

金属门框，晶亮的面板，电梯的门口还摆了金色的花瓶作为装饰。

这是正常给人进出的通道。

陆扬却犹豫了：他要不要乘坐呢？

毕竟，来的时候，那可是兜兜绕绕，走了一圈又一圈，差点连命都丢了，最终才躲到了最不起眼的角落里过了一夜。

而到了天亮，他一个人，真的可以选择电梯吗？

陆扬摇了摇头，扭头看向两边，他决定要找新的出路了。

就在这时，电梯发出“叮”的一声响，竟然毫无预警地在他面前，缓缓地打开了。

两个跟他一样穿着的补给员，就站在里面。

六双眼睛相对，陆扬戴着口罩，而对方却是大大方方地露出了脸。

你看着我，我看着你，大眼瞪小眼。

陆扬感觉自己连呼吸都失去了。

对方却突然给了他一抹笑容：“68号，早啊，你这是要上去吃早餐吗？”

68号，那是陆扬的衣领上绣着的数字，代表着他在船上的身份。

陆扬有点郁闷地发现，除了领子后边绣了数字，原来胸口显眼的位置也绣了68这个数字。

回想了一下，他之所以没注意到，完全是因为小可之前在穿着冲锋衣的时候，总是会在这个位置用别针给钩住，然后那个数字就会变形，无法一眼辨认出来。他不清楚这个细节，直接就被人撞了个正着。

事到如今，他除了跟着僵硬点头，没有什么更好的应对办法了。

他的心不在焉，并没有引起太多的怀疑。

一个补给员微笑提醒："赶紧去吧，都到了这个时候了，马上就收餐了。"

另一个跟着打哈哈："肯定是昨晚上累着了呗，也太折腾了，货物对不上数，算作正常损耗不就得了，非得拉着所有人不得安宁，一遍一遍地数，一遍一遍地对。我凌晨五点才回船舱去睡，累过劲儿了反而睡不着，到现在还头昏脑胀着呢。"

他们边说，边朝着远方走去。

陆扬还听见他们念叨："邵总定的那些规矩还真有不少人遵守，要不咱俩也把口罩拿出来，平时戴好了，万一被那些巡视员发现，肯定又要记上一笔，扣咱们的钱。"

"这一次来的人，全都是半路临时凑起来的，也是邵总说的，她船上只需要能人，不需要熟人，本来挺好的几支团队，硬是拆得零零散散，我今天在上面吃饭，好多都不认识，瞅着面生。"

电梯门关上，外面的动静一并隔去，什么都听不到了。

陆扬的心，终于放轻松了一些。

原来这些船上的人也是临时组建起来的团队，他们彼此不熟，而且还被要求在船上时一直戴着口罩。

如果是从这样的角度去考虑，他在船上只要别遇到 68 号本人，或者是与 68 号比较熟悉的船员，那么理论上他即使是摘下口罩四处晃，只要抬头挺胸、理直气壮，也不会有什么太大的问题。

陆扬单手撑着电梯，看似悠闲，实际上却是在努力地调整自己的状态。

他甚至还在考虑，直接摘下口罩，就用这张脸在船上混一混，刻意去结识一两个陌生的船员做朋友，然后通过这样的交流方式，让另一拨更加不熟悉的人理所当然地认为，他从始至终都待在虹日号上。之所以瞅着眼生，不过是自己不认得，但既然有人认得，那就说明，他不是闯入者。

陆扬为自己在短时间内形成了一套完整的逻辑而感到非常骄傲。

尽管这么做其实非常冒险，他依然决定铤而走险。

电梯只走了一层，便缓缓地打开来。

因为在电梯的一角，标注着这一层是餐厅，陆扬首选的自然是这里。

虹日号上的整体结构，陆扬目前还没完全搞清楚。

他记得某一块区域的大概构造，但之前是在异常紧张的状态之下一路前行，细节有印象，其他的就不清楚了。

从底层来到了负二层，本来想着应该是堆满了血肉纸箱的阴森空间，可映入眼帘的却是一派法式的浪漫。

身穿轻纱的乐师在轻轻撩拨着竖琴，一曲极具异域风情的曲子，如同小河一般缠绵地淌过。

一些穿着冲锋衣的补给员，明明已经吃完了早餐，却还是不肯走。有人轻轻地托着下巴，痴痴地盯着乐师，嘴角的口水几乎都流出来了。

还有一些穿着橘色外套，黑色背心，显出一身肌肉的船员。他们除了要在船上干一些重体力活，确保虹日号的正常航行之外，还得分散在船舱的各处，以应对突发状况。在体能上，他们要比那些补给员还厉害些，气质也较粗犷，笑起来声音极大。

另外还有两个穿着白大褂，戴着金丝眼镜的男女。他们避开了人群，远远地坐在最里面的一张双人桌前，看样子是在交谈，聊得非常专注，甚至连一个多余的眼神都不愿意分出去。

陆扬挺了挺后背，他现在倒是不那么怕人了，反而觉得人多了也蛮好的，隐藏在这些着装相似的人之中，反而比之前舒服一些。

他去餐台，打算在收餐前要一份餐点。

餐台后面，一个足有三百斤的胖厨师按照他的要求，将他要的菜全倒在了托盘里。

接着敲了敲一台机器："刷卡。"

"卡？"陆扬瞪大眼睛，心中还在想是银行卡、信用卡还是什么卡。

要不，他问问能不能用现金？

"你怎么回事？愣什么神呢？"胖厨师脾气不好，稍微等了一下，见陆扬还是没反应，整个人便恼火起来。

"我……"陆扬心说不好，他还是草率了，刚刚进来时就不该直接来到餐台这里，好歹在一旁观察一阵子，看看别人是怎么点餐的。

正在他手足无措之际，突然有一只纤细苍白的手，直接越过他，探了过来。

他将一张名牌，直接往刷卡机上一按。只听"滴"的一声脆响，红灯变成了绿灯。

"又忘带！"那一声冷冷的责备，哪怕不回头，也能认出来是小可。

陆扬又是感动，又是生气。

因为胖厨师在一旁盯着，他又不好表现得情绪变化太大。

于是，他学着电梯里的那些补给员的语气，抱怨了一句："昨晚上风大浪大，搬了半宿的货，又数了半宿的数，凌晨才睡，这会儿脑子还在胀。"

言外之意，便是丢三落四地忘了些什么，那也是很正常的事。

小可回："你蠢。"

可恶啊，这混账又借机骂他。

小可哼了声，坐下，埋头继续干饭，大口地吃，用力地嚼，偶尔吃到一块肉，那叫一个心满意足。

"以后要出来，你喊我一声，把我一个人留在这人生地不熟的船上，你的良心不会痛吗？"尽管陆扬不想抱怨，但他仍然控制不了自己。

小可出手，啪地将刚才刷卡用的名牌砸在桌上，意思很明白：你帮我做事，我也帮你买饭了，扯平，谁也不欠谁。

“原来在餐厅是要靠这种身份卡来吃饭的。”陆扬若有所思，“可是，如果有人丢了身份卡，那不是只要一刷，就知道身份卡在哪里出现过吗？现在的餐厅，全都是用电脑联网的系统。”

“吃！”小可瞪了他一眼，“五分钟。”

“什么意思？”陆扬真是很烦，总是要用猜的才能跟小可交流。

这种沟通方式太累了。

小可不再搭理他，左右手拿了两个勺子，互相配合，直接把食物往嘴里送。

陆扬看到他这近于疯狂的一幕，脑子里突然有了些不好的预感。

于是，他也奋力地开吃，能吃多少便是多少。

五分钟一到，小可站起来，留下了一句“快跑”。

转眼间，他人已经几个箭步，蹿到了门口。

陆扬眼睁睁地看着小可拉开门，像离弦的箭似的，冲出去便不见了踪影。

他的动作慢了一秒，也仅仅是这一秒，从餐厅的另一个门那里，有几个穿着黑色制服，腰间悬系着金色腰带的男人，直闯而入。他们威严地扫过了餐厅的全场，接着来到了胖厨师的身边，询问着什么。

陆扬的第一个直觉，便觉得他们是来找那张被盗刷的饭卡的。

他迅速戴上了口罩，把脸遮挡妥当，跟着起身，也迅速朝着门口方向而去。

心里把小可骂了一百零八次，怎么总干一些不靠谱的事呢？根本不值得信任！要跑也不提前说一声。

不过，为了一口吃的，去偷用别人的卡，还被追得像过街老鼠似的横冲直撞，这种体验还是平生第一次。当然，他绝对希望这是人生的最后一次，因为太难过了。

从墙壁上挂着的装饰品的模糊反射里，他看到那些穿制服的威严男人们已经得到了结果，那个胖厨师居然还用手向他的方向指了过来，明显就是在告密。

陆扬知道，自己如果动作再慢半拍，肯定要被抓住了。

留下来刷盘子抵饭钱，他还不是很排斥。但如果是被当成居心叵测的恶徒，扔到大海里去喂鱼，他是绝对接受不了的。

他疯狂奔跑，用尽了全部的力气。

才刚饱餐一顿的胃，因为这样的剧烈运动而发出激烈的抗议，陆扬有种想要呕吐的冲动。

出了餐厅，左右两边都是长长的走廊，正前方不远处是他来时乘坐的电梯，似乎每个选择都不是很正确。几秒钟后，那些穿着制服的人会从里面追出来，他必须立即给自己找一个好的隐蔽场所。

小可果然没在外面等着他。

陆扬少了倚靠的心理，也不觉得这事儿多令人气愤了。

走廊的视野太宽，电梯的空间有限，显然都是非常容易被困住的地方，并非好的选择。

陆扬情急之下，瞥见了摆在门口的银色小推车，这些推车是用来做客房送餐服务的，上面是用来放餐具的平架子，下面还有一个不小的空间，似乎可以利用。最绝妙的是，为了美观，小推车上还盖了黑色天鹅绒布，长长的流苏轻轻垂落在四周，将底部的空间遮了个严严实实。

他毫不犹豫地弯身钻了进去。

陆扬觉得自己的动作堪称行云流水，他从没想过，自己竟然可以在短短的一瞬间完成思考、判断，再完美地执行……

他藏妥了不到两秒，餐厅的大门便被人用极其暴力的手段推开了。

那些沉重的脚步，即使是踩在了地毯上，依然会发出令人不安的闷响。

来了很多人，有些就在附近。

“分散开，仔细查一查，对方有七八个人左右，但只有一个人在不停地刷卡，邵总的身份卡应该就在那个人手里，必须抓紧拿回来。”

“虹日号上的秩序不容破坏，把这个人给揪出来。”

“他们绝不会跑出多远去。”

这种对话，让陆扬摸不着头脑。

不就是他和小可两个人在偷用别人的名牌吗？什么时候变成七八个了？

等等，他的大脑后知后觉地捕捉到了更为关键的信息，而这个发现，令陆扬震惊到不能自抑，他必须捂住嘴巴，才没让那惊呼声泄露。

小可这家伙，怎么顺的是那位邵总的卡？在邵总拥有绝对控制权的虹日号上，他大剌剌地拿着邵总的身份卡出来混吃混喝，这怕不是疯了吧。

怪不得，一下子引来那么多人过来抓。

得，抓住了非得让人把嘴巴打歪，腿打折不可。

隔着一层黑天鹅绒的帘子，陆扬与那些来搜查的人只有一“布”之隔。他正后方的另一部车子里，竟然有细细碎碎的声音发出来，乍一听上去，像是有大耗子在磕门板。陆扬一下子就想到是怎么一回事了，小可先他一步跑出去，他的腿再长跑得再快，也绝不可能瞬时飞天遁地，直接逃出生天去。

刚才他还在纳闷，这人跑哪里去了。

现在他已百分之百肯定，小可就在他身后。

陆扬这会儿是又气又急，也不管外面还有那么多人在等着抓他们，伸过手撩开两层天鹅绒布帘，揪住小可的胳膊，使劲地一拧。

小可忍着没吭声，但他肯定很痛。

陆扬的心里划过一阵快意。

还没等他得意多久，陆扬忽然感觉手背被一抹柔软覆住，那种异样感惹得他的身体生出了无数的异样反应，两条手臂的鸡皮疙瘩都浮了起来。紧跟着而来的，是一阵剧痛。这可恶的臭小子！他竟然咬他。

陆扬也不惯着他，手指不松劲儿，继续拧。

小可不甘示弱，你拧我就咬，口水顺着陆扬的皮肤往下流。虽然看不见画面，但陆扬能清晰地感觉到，甭提多难受了。

很快，这些穿制服的人便各自散开，分头去追了。

确定旁边的人已经走远，陆扬立即抽手。

他松手了，小可却没松嘴，他的脑袋随着陆扬的胳膊而走，哪怕磕磕碰碰了好几下，也不轻易放过陆扬。

等终于把手臂给拯救回来时，陆扬疼得快哭了，低头一看，手背上两道弯弯的牙印子，牙印子居然还挺整齐，只是都见了血印了，可见小可有多狠。

“你属狗的吗？居然咬人。”

小可冲他龇牙，一排洁白的牙齿整整齐齐，两侧的虎牙尖尖的，仿佛在宣告自己的不好惹。

“你！！”陆扬炸毛了，“你不可理喻！”

他捂着手臂，扭头就走。

反正对于虹日号上的一切，他渐渐熟悉，已没了昨晚的畏惧感。

就算他不甩开小可，小可也会毫不犹豫地抛弃他。

与其如此，不如趁早分道扬镳，免得一个不留神，就被他给坑了。

带着这样的觉悟，陆扬气哼哼地走向了电梯，小可并没有跟上来。

陆扬在离开前，还是忍不住转头，却发现小可早已不在原地。

他离开了。

虹日号是游轮式的设计，船体非常大，上下几层，容纳一千人都没问题。原本也不是为了科研目的而存在，所以船上有很多地方还保留着游轮的舒适和奢华。

而越往上去，房间越舒适，工作室、实验室，以及少部分学术界高层的休息室，全都放在上面。

相应的，居住使用的人数也少了许多。

为了节省有限的人力、物力资源，不使用的区域分别用隔挡拦住，或者直接贴了封条。

而恰恰是这种地方，反而让陆扬感觉特别安全。他专挑这种封禁区来活动，果然一路上都没遇到什么人。

唯一麻烦的是，封禁区域的电梯全锁住了，陆扬若是想去上一层或下一层，就得自己找消防梯，这大大增加了风险。

绕了一大圈，陆扬已经来到了甲板上的某一处区域。他小心翼翼地揭开了一道门上的封条，只开了一条窄窄的缝隙，便钻了进去，然后迅速将门关闭。

这里应该是甲板上的一处宴会厅，同样很大，只是桌椅上都盖着厚厚的防尘布，防尘布上也落满了灰尘，显然很久没人使用过了。

他对在里面闲逛没有兴趣，真正的目标是窗口。

他小心翼翼来到了窗边，正前方便是一望无际的大海，那种雄伟壮阔的景象，以及莫名来袭的压迫感，令陆扬愣在了当场。

他已经记不得上一次远航是在什么时候了。四岁？还是六岁？

从小在北月岛长大，活动范围也只是近海的一些区域，像这样来到大海的深处，完全被一大片海洋所包围，于他而言，是重复了许多年的梦境，现在正以一种猝不及防的方式，展现在了眼前。

那一片深蓝色的海水啊，巨大而平静，然而这只是露在外面的假象。

在海水的深处，藏着无数未知。他曾经与之无比靠近，更深知海洋中潜藏着难以想象的危险。

思绪飘了一会儿，陆扬很快想到另一件重要的事，他得想办法和家里取得联系。没人知道他的去向，一连失踪几天的话，爷爷非要急疯了不可。

第五章

虹日探险

陆扬从大大的宴会厅内退了出来，决定还是要在虹日号上的封存区域内继续寻找。

他不知道自己在找些什么，但他坚信，一定能找到一些有价值的信息。

陆扬知道，船上很多地方都安装有摄像头，他这样走来走去，很容易引起人怀疑。

而想要降低风险的办法，只有抬头挺胸，堂堂正正，即使摄像头拍摄到了一些画面，观测监控的人也不会起疑心。

这就和他直接摘下口罩，大大方方地在餐厅用餐是一个道理。

谁心虚，谁就输了。

不心虚，反倒是有一线生机。

陆扬想清楚这一点之后，便腰杆挺直，理直气壮。

但他万万没想到，这一番心理建设，在残酷的事实面前，实在是脆弱得可笑。

在封禁区内的第五层，也是地面部分的最高层，陆扬与一个中年女人迎面走了个脸对脸。

女人有一张颇为严肃的面孔，五官偏冷硬，眼神极为锐利，像是一把出鞘的军刀，即使静静地待在那里，也有种令人畏惧的骇人气息。

他与她是在一个转弯处撞上的。

陆扬想走，但来不及了，女人已锁定了他。

“你，过来。”

陆扬僵在了那里，回头也不是，不回头也不是。

“喊你呢，聋了吗？赶紧过来。”女人不耐烦了。

陆扬有心想要拔腿就跑，他分神琢磨，这个女人穿着高跟鞋，即使有心想追，也无力追得上吧。

令陆扬没想到的是，女人只是没好气地来了一句：“你怎么回事！”陆扬就不受控制地走了回来，站在她身旁，心脏怦怦跳。

女人冷傲地问：“你知道我是谁吧？”

陆扬内心在吐槽：我哪会知道你是谁？你是不是对你的名气有着不切实际的理解？

不过还别说，这女人的面孔他的确没见过，很确定是平生第一次见到，但她的声音嘛，却是莫名的耳熟，好像是在哪里听过。

但又是在哪里听到的呢？肯定是在船上吧。

陆扬顺着这个线索去想，脑海忽然灵光一闪：“邵总好。”

“哼，还不算太笨。”

听到这句话，陆扬的心里笃定多了，因为这代表，他猜对了。

还没等陆扬放松心情，邵总又不满地发话了：“你是怎么回事？名牌没戴，衣服上的编号也被别针给锁住了。怎么？你是忘了船上的规矩，还是故意想用这种无聊幼稚的方式反抗我定下来的规矩？”

陆扬听出来她的不爽，也知道这位邵总实实在在是一位很霸道的女人。从昨晚她发号施令的那一幕便能看出来，她强势，冷酷，不近人情，对于秩序和规则有着无比的热爱，尤其不喜欢任何人打乱计划。

而现在，陆扬这个冒牌货，在她的面前露出了破绽，只要她顺着这条线追究下去，陆扬哪里是她的对手。

陆扬此刻心里惴惴不安，在脑子里疯狂地寻找对策，却徒劳无功。

他低下了头。

“对不起，邵总，这件事是我的不对。”他一边解开别针，一边轻声地解释，“船上的船员、补给员和工作人员，大家不习惯喊对方的名字，而更愿意喊衣服上的编号。每次他们喊，我就总觉得好像是监狱里的狱警在喊关押的罪犯……还有人故意用异样的语气来开玩笑，我不太喜欢，又不想起争执，所以在没什么工作的时候，就用别针给勾住这组数字。至于身份名牌，我不是没戴，而是丢了。昨天晚上下了大雨，我穿着雨衣在甲板上执行任务时，把冲锋衣脱下来挂在甲板更衣室里。没想到，衣服被人给拿走了，身份名牌和一些私人物品全在衣服的口袋里，到现在还不知道是谁错拿了，我也在努力地找。”

这就是陆扬高明的地方了。

讲的事，全是真的。

但他用了技巧，把别人的经历和自己的经历完全糅在了一起。

说着说着，连他自己都觉得是真的，就更别提眼前的这个女人了。

邵总紧皱着眉：“这些人实在太不守规矩了，每个人两套制服，怎么可以胡乱穿呢？拿东西的时候也不看着点，搞得船上的秩序总是乱七八糟的。”

陆扬跟着点头：“邵总您说得非常对，我今天想去餐厅吃饭，但因为没有身份卡，根本刷不了卡，加上我在船上实在没什么熟悉的人，想借别人的卡先刷一下都很难办到。说起来也是我自己不好，即使当时情况很紧急，有重要的工作需要处理，也不能着急忙慌，不安顿好个人物品就走。”他又跟着小小地捧了一下邵总，她口中一贯强调的秩序在这样鱼龙混杂的大船上实在是非常有必要，“现在身份名牌丢了，既给自己带来了很多不便，还得麻烦其他同事帮忙找，或者重新办，总之非常头痛啊。不过，这全都是我的错，我以后会吸取教训的。”

伸手不打笑脸人。

况且陆扬和船上那群狂妄的家伙不一样，口齿伶俐，几句话就把事情的经过说得清清楚楚。难能可贵的是，他不逃避责任，该是自己的问题先承认错误再道歉，然后保证不会再犯，没听见他往别人身上赖，也没听到他各种开脱。

单是从这一点上看，邵总的内心便先生出了半分好感。

对待陆扬的态度反而缓和了几分："丢衣服和名牌的事已经有人去调查了，迟早会抓到盗刷的人，到时候会给大家一个交代的。"

"谢谢邵总。"陆扬忙不迭地道谢。

然后，他的手指，虚指了指一个方向："我还有事，必须得走了，您看……"

"这里是非开放区域，你怎么会来这儿？"邵总话锋一转，眼神瞬间变得犀利。

那种态度，分明是不打算轻易放过他。之前的和乐气氛一扫而空，陆扬非常清楚，若是他不能给出个合理的说法来，邵总一定会毫不犹豫地通知船上那些安保人员把他带走，关起来，盘问出真相。

"我……我不知道这里是非开放区域。"陆扬并不掩饰自己的慌张，事实上，他的确很慌，心里七上八下的，"我知道虹日号上有很多地方不让人进，是因为船上没有那么多的服务人员，万一弄得到处都是垃圾，就会很麻烦。我想着，只要我不弄脏了所经过的区域，也不乱闯任何带锁的房间，或许我可以到这艘船的最高处去看一看。邵总，我很喜欢大海，我也经常随船只出海，但像虹日号这么威风气派的大游轮，也不是那么容易上的。我来到高处，主要是觉得站得高望得远，想在工作之余，悄悄地看一会儿风景，真的没有别的意思。"

说完，他又一次低下了头，玩着手指头说："对不起邵总，我又违反船上的规定了。"

"年轻人，怎么满脑子都是冒险的念头呢。这船上的风景还不就是那样，站在甲板上看到的是大海，站到了高处的阳台上，看到的也是大海，而且看的还是同一片海，只是视角不同，海却没有不一样的地方。”邵总对他的说法并不赞同。

陆扬叹气：“但我一直喜欢站在高处看风景啊，我喜欢站在高处的感觉，视野更宽广，感觉心胸也会更加开阔。”

陆扬的话，不知道怎的，竟戳中了邵总心中的某个点。

她打开了身旁的一扇门，轻声说：“进来吧。”

这下，陆扬反而开始犹豫，不知道自己该不该跟进去了。

“不是要站在高处看大海吗？愣着做什么？”邵总没好气地问。

陆扬有些无奈，暗暗嘟囔，做人果然不可以没事儿乱说谎。

轻易说出一个谎言，往往还需要十个谎言去圆。为了不让谎言被拆穿，就得不停地解释。若是遇到单纯好骗一点的，还能蒙混过关，可偏偏他遇到的是这么一个刨根问底的较真女人，他根本无法从细枝末节处推测出她的心思。

这是一间酒店内最常见的那种套房，装修布置也都很相近，只是空间要狭窄了许多，毕竟这是在船上，每一寸空间都是相当宝贵的。外间是小型会客室，有桌椅、茶具，还有一个与卧室相连接着的阳台，打开玻璃门，就能望见大海。

的确如陆扬所说，从高处俯瞰，目之所及，只觉得天地壮阔，人类渺小。置身于此，心中既是莫名澎湃，又觉得超凡豁然。

陆扬目光眷恋，与邵总并肩站在一起。

她没再问问题，陆扬也没多解释。

在这美好的风景面前，人类的言语已是多余。

不如静静地享受。

“真舒服啊。”陆扬展开了手臂，使劲地伸了个大大的懒腰，“昨晚的大雨，让海面暴躁得像个躁狂症患者，一点就炸，看啥都不顺眼，非要凶狠狠地把一切吞没了不可；可是，才过去了十几个小时，太阳升起，蓝天白云大海，像个十七八岁的少女，骨子里透着温柔。”

邵总抿了抿唇，对于陆扬的描述，觉得很有趣。她忽然有些想逗一逗这个年轻人，但又觉得不太妥当。

陆扬一直戴着口罩，只有鼻端以上的部分露出来。那是一张相当年轻的脸，遮挡处较多，反而让人觉得他精气神十足，整个人都神采奕奕的。

邵总打心眼里喜欢这样的年轻面孔，那总会让她想起许多美好的词汇。尽管，她已很久没有真正体会过什么叫作美好和放松了。

今天与陆扬的巧遇，平复了邵总的许多烦躁。

在此之前，她觉得自己就是陆扬口中那个暴躁得像是随时会爆炸的躁狂症患者。因为计划上的欠缺，因为工作上的不顺，因为项目的停步不前，无数压力袭来，她却没办法从任何人那里寻求到帮助，除了暴躁地和自己死磕，再逼迫全船的人提起斗志，锲而不舍地坚持下去，似乎也没有其他更好的办法。

“你是68号？你叫什么名字？”邵总对陆扬更加感兴趣了。

就这简简单单的两个问题，却让陆扬脑海中警铃大作，他一下子从那种过度放松的氛围里回过神，心生戒备，但神情间依然要保持绝对的平静。

邵总是个聪明的女人，她有着超强的洞察力。

陆扬知道，自己的一个不注意，就有可能让她产生怀疑。

“我是68号，名叫余留，我是负责运送补给的工作员，平时在甲板上干一点搬运的活儿。”他不敢说太多了，怕说的术语不专业，一下子便出了破绽。

于是，他逼着自己露出一抹自卑来：“我书读得少，根本没资格来到这里，但我真的好向往，亲眼去看一看，所以……邵总，谢谢您今天圆了我一个梦，谢谢。”

他说得感伤，还给邵总鞠了个躬。

戏演到这儿，陆扬知道，自己若是再不走，接下来的局面怕是要控制不住了。

于是，他像是有些失控，迅速地转身，朝着门外狂奔而去。

邵总在身后喊他：“68号！ 68号！”

陆扬头也不回，反而速度更快了些。

邵总咬牙，喃喃道：“怎么忘了，他是个自尊心很敏感的孩子呢，他不喜欢别人喊他代号的。”她迅速地改口，“余留，你的身份卡不见了，船上补办起来没那么快，你晚上可以到我这边来吃饭。”

陆扬站在了那里，耳朵竖得高高的，这一瞬间，他有了个很大胆的计划。

既然东躲西藏不是办法，那么索性堂而皇之地混在邵总身边，是不是反而更容易生存下去呢？

邵总见他停了，踩着高跟鞋急匆匆地追了过来：“好了，你这孩子，怎么自尊心那么强呢？学历的高低从来不是衡量一个人能力的标准。我是大学老师，我带的学生里，会读书、擅考试的人多了去了，可是把自己读成了个只会读书考试的榆木疙瘩的也不在少数。学历从来不是评价一个人真实能力的体系。善学习、爱学习、终身学习、学以致用，这些才是最重要的。”

不得不说，陆扬被这番话给感动了。

他没想到，外表凶巴巴，对外人不近人情、不假辞色的邵总，居然会对他说这一番话。

他垂下眸子，心里一阵内疚。若不是对这艘船以及船上所有的人都存着无法放下的戒备，加上经历了一系列事件，不然，他是真的很想直截了当地坦白一切，把来龙去脉告诉给邵总，再共同想出一个合适的办法，解决面前的危机。

“你等等。”邵总转回去，从抽屉里拿出一张备用卡，“这张卡可以临时使用，你去餐厅吃饭，或者在船上购买一些必要的生活用品，都先用这张卡挂着账。回头等你的卡补办完成了，再拿来还我。”

“邵总，您真好。”陆扬感激得不行。

他太明白这张临时卡对于自己的意义了，这代表着他可以堂堂正正地进入餐厅享受三餐，再不用像之前那样，因为刷了别人的卡吃饭，引来安保人员满船的抓捕。

“我女儿跟你差不多大，看见你，我总是想起她。”邵总的眉宇之间，划过了一抹思念，不过这些情绪只是突然出现，转瞬便又消失。

她不想过多地暴露自己的私事。

陆扬离开前，在邵总的再三要求之下，他还是拉下了口罩，让邵总看了看他的脸。

“真是年轻啊。”邵总感叹了一声，而后又补了一句：“若不是为了赚钱，谁会愿意跟船讨生活呢？孩子，你的岁数一看就不大，工作之余，还是要想想往后的路。”

她转身，指着远处的大海：“你不是很喜欢站在高处的感觉吗？那就努力试试，真正走到高处去。相信我，那会是一种与过往截然不同的风光，终有一天，你会对努力过的自己，感激又感恩地说：辛苦了，可一切很值得。”

“邵总，我不太懂。”陆扬手足无措。

说没听懂是假的，正是因为懂了，才会无所适从，不知如何做出一个正确的回应。

好在邵总从未期待过获得回应，或许，她的那些有感而发也不是对陆扬说的。

陆扬不会知道，此刻的邵总正想念着远在千里之外的女儿。因为整个项目的关系，她已经七个多月没和女儿联系过了，从冬天来到春天，过了盛夏……她一次次地承诺，又一次次地失言，以女儿的那个脾气，怕是早已决定将她列为拒绝往来户，等回去再见面，短时间内也不会搭理她。

可她依然无比想念她最挚爱的孩子。

这种情感，不适宜对任何人诉说。

她将之藏在心底，通过眼前这个年轻人，获得些许的慰藉。

陆扬从高处走下来时，感觉到一阵阵控制不住的心悸。他不停地捶打胸口，连连摇头。

疯狂！委实过于疯狂！

刚刚所经历的一切，他简直不敢回想。也无法理解，为什么自己反应速度会那么快，而做出了那样的回应。

不过，总算是平安过关了。

再找一个住处，说起来并不容易。陆扬转了一大圈，各种尝试后，有点绝望地发现，这艘船上除公共区域之外，供给船员和工作人员私人使用的房间是定额配给，除此之外，凡是没安排人休息的地方，全部内外反锁，若不用暴力，根本没办法进入。

换句话说，他其实没有更好的去处。

若不想去那间布满灰尘的餐厅凑合，他就得回昨晚和小可睡的底舱之内。

陆扬对住的环境其实并不挑剔，他烦躁的是神出鬼没不受控的小可——好的时候是真不错，肯冒死救人，也愿意在危急关头挺身而出，但他“狗”起来那是真的“狗”，今天，差点被他坑了一把。

而且，最不能原谅的是，小可居然还咬他。

到这会儿，陆扬手背上的伤口还在隐隐作痛着呢。

可无处可去，又能怎么样呢？

陆扬花了不少的力气，才绕回到那一处地点。

因为早晨离开时，迎面撞上了其他船员，陆扬便觉得这边也是人来人往，需要万分小心。

然而他再次失算了。回来的路上，这里变得安安静静，仿佛船上所有的船员都离奇地失踪了。

“这里还真适合拍摄海洋题材的恐怖片，不用打灯光，气氛感也够了。”陆扬叹了口气，“可怜的我，却不知要在这儿熬上几天，我那宝贵的暑假啊，还有无数的计划呢。谁能想到竟然一个都没完成，眼看着它们要长翅膀，全飞走了。”

打开舱门，他走进去。

小可也在，没睡觉，没吃东西，也没躲在上铺假装自己是一动不动的蘑菇。

他竟然坐在了书桌前，面前躺着一本羊皮日记，旁边还放着一本书。

小可看得正入神，手上捏着的圆珠笔送到了唇边。他张嘴就咬，迅速将那可怜的笔头给咬得变了形。

他来到小可的身后，想要悄悄看看他在研究什么秘密。

小可突然“啪”地合上了日记，再翻过来那本书，压在了上面。

发现陆扬靠近，他满眼的防备，还用两只手肘把书压住了。

“小可……”他轻喊，“我想家了。”

小可明显有一个停顿，过了一会儿，又继续翻书。这个情感不是很丰富的家伙，拒绝应对这种陌生的软弱时刻。

“我爷爷肯定担心得不得了。”

小可猛地站起身，拉开抽屉，拿出了什么。下一秒，他将一包食物塞进了陆扬手里，放手时满眼中恋恋不舍。陆扬这才明白过来，小可难受的是要分享给他食物，并不是因为咬了他而感到内疚。

就知道不能对这个混蛋家伙有什么特别的期待。

小可站到了陆扬的面前。他直勾勾地盯着陆扬的脖子，满是擦伤的手直接探了过来：“鲸。”

陆扬极其迅速地护住了自己，果然，他藏好的项链露了出来。每次小可见到它，都跟魔怔了似的，要么抢，要么夺，从不掩饰对它的兴趣。别的事还好说，对于这个，陆扬绝不可能割爱。

为了防止小可纠缠，他迅速把项链重新塞回领子里，宁可勒脖子，也要把脖领上的扣子扣好。

当陆扬做好这一切，抬眸望见的，果然是小可满是遗憾的表情。

只见他摇了摇头，回到桌边，耷拉着脑袋，一股浓郁的失落扩散开来。若不是这枚项链吊坠对自己来说有着十分重要的意义，陆扬甚至会考虑送给小可。

好在陆扬还是忍住了。

抱着小可给的零食，陆扬发了会儿呆。

他这才想起另外一件事：“吃饭的问题还是要想办法解决一下，你不能每一餐都去顺别人的身份卡，然后被那些人追得满船跑、四处躲。这样用不了一两次，他们肯定要起疑心的。虹日号就这么大，真的要找两个混上船的人，难度也不大。”

小可的耳朵轻轻动了动，明显是听进去了。

陆扬也习惯了他的听而不闻，不指望他回答，又继续说下去。

“这样吧，关于食物的问题我来解决，以后我带吃的回来，咱们就在这儿吃，尽量别出去，免得招惹到更多的关注。这艘船的目的地也不知道是哪里，但航行一段时间后，肯定是要停下，执行它承担的任务。到时候，船上的人全都要忙碌起来。你说说看，咱俩穿着他们的衣服，到时候被通知去做事，咱们是去还是不去呢？如果不去，肯定是要被不停地催；但要是去了，补给队里肯定会有个管理者，穿着冲锋衣的这些人可能彼此不认识，但这个管理者肯定对所有人的来历身份了然于心，到那时候，人家一眼就能把咱俩的身份给拆穿了。”

与陆扬的焦虑和担心不同，小可根本不理睬这些，只摊开日记本埋头在上面勾勾画画。

那本日记上，写满了各种复杂的公式，以及许多奇怪的图案。但其中最多的，还是各式各样的鲸鱼图案，几乎每一页都有。

陆扬讲那些事的时候，完全没有想到，此刻小可心里惦记的还是他脖子上的那条项链吊坠，并且还很无耻地在琢磨，要怎样才能把它搞到手。

陆扬的担心，很快得到了验证。

当天下午，虹日号停了下来，船舱广播有人吆喝着要一组、二组和三组去甲板上集合。

这三组是船上所有干重体力活、搬运和统计工作的中下层船员，自然也包括补给队了。

哪怕明知道这些事与自己无关，知道得太详细，反而可能会把自己置于可怕的境地当中去。但相比于危险，陆扬更受不了对某件重要的事一知半解的感觉。

他在船舱内走来走去，焦躁不安。

小可本来在看书，可陆扬的行为显然干扰到了他。他不满极了。

“小可，他们在做什么呢？”陆扬凑过来，好奇地问。

他心不在焉地答：“考察。”

“我知道他们是在考察，我想知道他们在考察些什么？本海域内的海洋物种？洋流变化？气候影响？还是研究鲸鱼？总得要有个目标吧。”

“黄金眼。”小可的眸子里，划过一丝丝暗沉沉的光。

陆扬来了兴致：“黄金眼？什么是黄金眼？黄金做的眼睛吗？在海底深处？那一定很值钱吧？”

小可嫌弃地一哂。大约是有种道不同不相为谋的情绪，小可好不容易才开启的一点点心扉，瞬间像蚌壳似的紧紧合上，怎么都不愿再开口了。

小可把他的书和日记本全收在了一起，绕开了陆扬，迅速地爬到了上铺，顺便还把那一层薄薄的布帘子给拉上。

拒绝得明明白白，彻彻底底。

陆扬碰了一鼻子灰，忽然不想和这个难以沟通的家伙共处一室了。

他抓着外套往身上一裹，决定出去遛一遛。

不去甲板，也可以找一个好一点的观察点，悄悄地看看那些人的动静，总好过待在这里，被小可气个半死吧。

赵卓娅给他取的名字就不贴切，什么小可爱？哪里可爱了！明明就是小矫情、小气鬼！

陆扬腹诽不已，开门走了出去。

虹日号上贴有不少局部的示意图，既能显示看图者在船上所处的位置，也会大概标注出整个船体的主要构造。

陆扬最终决定去之前进入的那间被封存起来的餐厅，悄悄地观察其他人。

八卦可以，但还是要保证自身安全的。

通往封存区域的路，陆扬虽然走过一遍，但第二次走的时候，仍然觉得半生半熟。

他努力地回想着，一点点地朝那个方向靠近。

但这一次，明显不那么顺利。

陆扬很肯定自己是走对了的，但就像是进入了一处迷宫，推开了同样的门，不代表就能到达自己所设想的位置。

当周围的环境越来越陌生时，陆扬陷入了另一种纠结之中：他明显走错了，那现在是继续往前走，通过绕行的方式到达目标区域，还是立即回头，到起点的位置重新出发呢?

还在犹豫的时候，陆扬突然听到了一阵凄厉的惨叫声，尖锐的声浪仿佛要将耳膜穿破，哪怕是隔着一面墙，仍是让人感到头皮发麻。

最重要的一点，陆扬觉得这一声惨叫，和昨晚他听到的那一声极其类似，应该是同一个人发出来的。

难以想象，此时此刻，这个人正承受着多大的痛苦，才会无法抑制地发出这样的痛苦哀号——

一股热血冲上脑门，明知自己也是处境艰难，陆扬仍是毫不犹豫地开门冲了进去。

第一道门内，是一个布置好的休息间，有软椅有小桌，还有一个小吧台，上面摆了不少茶水。

陆扬直接朝着正对面的另一道门走了过去。

他有预感，这道门内，应该就是他追索的一些真相了。

心脏不自觉地提到了嗓子眼，他给自己一个深呼吸，便小心翼翼地拉开了门。

门内与门外，宛若两个世界。

灰与白错落的冷色调装修，让这个房间显得格外的严肃庄重。

一排架子上，摆放着很多笼子，上面三层养的全是小白鼠，白白的身子，龇起了牙，在狭小的空间内跑来跑去。估计有几百只那么多。陆扬稍微靠近了些，就有几百双黄豆粒一样的黑眼睛，好奇地盯着他看。

原来，这是一间实验室。

看过了小白鼠，陆扬又走去了另一个地方。这边放着巨大的水族箱，里面养了很多大大小小的鱼，各式各样，游来游去。水族箱背后的灯光照射下，有点岁月静好的感觉。

办公区内，只有几张桌子。但操作台却是相当的大，周围摆着不少大大小小的设备和仪器，不少都在开启的状态。而一边的架子上，实验用的玻璃器皿摆得到处都是，玻璃试管中的液体，呈现着七彩的颜色，偶尔还会在灯光的映衬下散发出诡异的荧光。陆扬觉得它们很好看，但直觉却时时刻刻提醒他，这里很危险。

实验室内空间狭长，一块区域连着另一块区域，不同的功能区只用玻璃门来阻隔。陆扬一走近，玻璃门自动打开，竟然是电动的。

中间的这一处区域，养了许多兔子，有的已经长大，有的才出生没多久。整个区域收拾得很干净，没有半点凌乱感。

陆扬没有长时间停留，他的目光，着了魔似的盯着不远处的另一扇玻璃门。

这是一扇半透明质地的磨砂玻璃门，站远了能看到门那边的一切若隐若现，可越是走得近了，反而什么都看不清楚了。

陆扬咽了下口水。

他听得很清楚，门那边有呼噜噜的声音，像是成年的男人在打鼾，抑扬顿挫，一刻不停。偶尔还会有一两声痛苦的哀叫，似乎是受伤了。

来到跟前，陆扬站在门前的感应处，玻璃门并没有应声而开。

他拿双手轻轻一推，发现门已经锁上了。

“嗷呜……”

门内，又有声响了。

他开始琢磨要怎样才能进入这间锁起来的实验室，砸玻璃？撬开门锁？还是……

陆扬的目光，很快被刷卡器上闪动着的红色光芒所吸引。在这艘船上，有很多刷卡装置，进门要刷卡、吃饭要刷卡、购物要刷卡。身份卡是集银行卡、饭卡、身份证明等各种功能于一体的重要物品。若是能有一张身份卡就好了，只要轻轻地一刷，问题迎刃而解。

陆扬的脑子里才闪过这样的念头，他习惯性揣在衣兜里的手指就碰触到了一张坚硬的卡片。

那是——邵总借给他的临时卡，说是可以用这张卡去餐厅用餐或者去商店购物。虽然陆扬不知道邵总的身份，但从邵总发号施令的气势上几乎可以肯定，她在船上的地位必定是很高的。

她给的卡，即使只是一张临时卡，会不会也有相关的作用？

陆扬几乎是生出这个念头的同时，就拿出来那张卡。

鬼使神差一般，往上一按。

刷卡器上本来有红色的小灯一直在亮着，当卡片覆盖的一瞬间，绿色的小灯无声地将之取代。

一个机械的电子音清脆地响起："欢迎邵总。"

电动玻璃门朝着两边轻轻地分开，最内间的实验室内，灯光随之亮起，各种仪器陆续自动开启，在短短的一瞬，已进入了工作的模式。

陆扬站在门口处，已注意到了这里的秩序井然，比之前通过的区域还多了许多的拘谨感。

或许是因为这里的色系不是白便是深灰，每一件器具看上去安静而冰冷，任何一种更鲜艳的颜色来到此间，都会有种格格不入的感觉。

陆扬觉得，这里让他非常不舒服。但他想起邵总身上那种惯然的气质，又觉得此间非常适合她。

陆扬说服自己，冷静，必须冷静，不要忘记冒险来这里的目的。

那个惨叫的人在哪里？

邵总的实验室在陆扬面前一览无遗，这里也有操作台，但不像外间那样养很多实验用的小动物。

陈列架全是沿着墙壁而建，并且做了加固处理。

书桌那边空空如也，什么都没放，而抽屉全都锁死了。

陆扬的目光，最终定格在了那张约两米五乘两米的操作台。台面的上方还安装了很亮的灯，和医院手术台上方的那种灯一模一样。

他心情复杂，脚步沉重地走了过去。

就在这时，仿佛是感应到了他的靠近，那个声音又响了起来，呼噜噜呼噜噜，呼噜噜呼噜噜……

声音是从操作台的下方传来的，之前隔着一扇玻璃门，听起来像是一个粗犷的男人在打鼾，但进门后听起来却更像是一条海豚潜入了海底，然后朝海面吐泡泡。

“什么玩意？”陆扬少了许多恐惧，多了更多的疑惑。

要不要蹲下去查看，他其实犹豫了很久。

但在强烈好奇心的驱使下，他无法在最接近真相的时刻止步于此。

“看一眼，我就看一眼。”陆扬说服自己，慢慢地蹲下。

随着他这样的动作，操作台底部的感应灯忽地全亮，一个巨大的长方形海族箱，出现在了陆扬的面前。

海族箱一般是透明的玻璃箱体，方便喂养也方便观察。但这个放在操作台下的海族箱却给人雾气蒙蒙的感觉，外层玻璃明显做了磨砂处理，没办法一目了然。

呼噜噜呼噜噜……

那又像是打鼾又像是吐泡泡的声音，就是从海族箱内发出来的。

“喂？里面，有人吗？”陆扬抬起手，轻轻地敲了敲。

没想到，这样的行为碰触到了机关，海族箱内忽然也亮起了灯光，整个箱体都变亮了。因为内部的光线比外部的更加亮，所以此时的海族箱看起来就像是一个大号的灯笼，并且是注满了水的那种。

陆扬疑惑地抓了抓头发：“里面有水，就说明发出声音的不是人。”

他不由得松了口气，抬起手敲了自己一下：“想想也是，邵总是专门从事科研工作的正经人，没准就是哪个大学的教授，她怎么会把一个大活人给关在实验室里虐待呢？我肯定是恐怖电影看多了。”

自嘲完毕，陆扬发现趴在水族箱上的时候，就能隐隐约约地瞧见里面有什么东西。

准确地说，那是一双漆黑冰冷的眼睛，他在外，“它”在内，他在观察“它”，“它”也在注视着他。

“什么玩意儿？”陆扬贴得更近了些。

就在这时，耳边突然毫无预警地响起了巨大而尖锐的惨叫声，随即“咕咚”一声，陆扬晕倒在地。在昏倒之前，陆扬想到的是一个男人被困在了巨大的石柱上被凌迟的血腥画面，刽子手一刀一刀地割下去，男人双眼流血，面目扭曲，控制不住地发出那样的声响。

惨烈，可怕。

恐怖，窒息。

最后一幅画面，他好像看到有个人，正朝他快步走了过来。

陆扬做了一个很长的梦，梦里，他在高处俯瞰着一切的发生，能感受一切，却不能干涉阻止。

梦中，他看到年少时干瘦矮小的自己，从一艘大船上掉了下来，扑通一声，落入了大海。身体朝着大海的深处坠落，海水的强大浮力也无法阻止这样的下沉。周围逐渐变得安静，从海面上照射下来的光也变得越来越微弱，视线逐渐模糊。

深海处无声、冰冷和孤寂，小陆扬试图自救，只是手脚难以形容的沉重。他想，原来死是这种感觉。很快，他又琢磨，死在海中，身体可以喂鱼虾，也是一种很好的归宿。自然是个大循环，他生前，鱼虾蟹蚌，想吃什么便吃什么，无所顾忌；他死后，回馈大海，身体被人往海中一抛，对着那些来往的鱼群、虾群，他心中默默地邀请：来，吃吧，千万别客气，我请客！

陆扬心情复杂，盯着小陆扬的身影，感觉他随时可能会彻底失去踪影。

他清楚地感觉到，小陆扬就是他的一部分，现在，他已在海水深处奄奄一息。

而陆扬却只能在高高的地方，那是一个遥不可及的所在，他心里很着急，但完全不知道该怎么做。

一片深蓝色的水波纹下，小陆扬变成了一个黑色的圆点，马上就要完完全全地消失了。

“不行……救我……谁来救救我……”

陆扬突然能发出声音了，他嘶吼的声音，在天空与海面之间来回飘荡。

突然之间，陆扬听到了一声啼鸣，有点像小孩子发出的声音，只不过更加清脆，也更加撼动心灵。

这声音，触动了陆扬脑海中的某个记忆。

原本因为时光流逝，很多往事已逐渐成为脑海中的尘埃，被遗弃在了某个角落的那些片段，此刻却是悉数被唤醒。

一个名字，突然就那么喊了出来。

“小满！小满！”

一声空灵悠长的叫声，来自大海的深处。

陆扬喜形于色，继续大喊着：“小满，你来了？小满，救人啊！”

随着他焦急的呼喊，那空灵的叫声再次响起。

一道几乎与海水完全融合在一起的蓝色轮廓，正以不可思议的速度，朝着小陆扬消失的方向而去。

没过多久，小陆扬被那一抹蓝色宽厚的背驮着，从海水的深处浮了上来。

越离越近时，陆扬仿佛看到了那头鲸有一双温柔的眼睛，尽管它不会说话，却只在一个眼神之间，诉说了它想要表达的一切。

陆扬一高兴，他的身体忽然间就有了沉重感，脑子在“嗡嗡”地响，勉勉强强地睁开眼，发现自己不知什么时候又回到了船上。

船舱之外，阴云密布。

上午还是万里晴空，下午天气又变了。

陆扬才醒过来，还没能完全从那个古怪而真实的梦境里回神，他甚至还没反应过来自己现在是在哪里……

对了，蓝鲸。

他一激灵："小满。"

一个十分不满的冷哼声，从他身下传了过来。

接着便是一阵天旋地转，陆扬很快坠落在地。他毫无防备，结结实实地摔了个大马趴。

他迷迷糊糊地抬起头，看到的是小可气呼呼的一张脸。小可肯定是动了大怒，眼睛都在冒着光。

"你做什么？"陆扬的脑子依然在痛，虽然他不知道为什么小可会突然出现在自己的面前，但他清楚地反应过来，是小可把他摔在了地上。

"站起来！"小可咬牙切齿。

如果不是陆扬这会儿难受极了，瘫软在地，跟一摊烂泥似的动弹不得，小可绝对要凑过去，狠狠地咬上几口。

小可没动手，不过也没有放过他，抬手一揪，扯着陆扬的衣领子，硬是把他给拽了起来。

"起！走！"

陆扬晃晃荡荡，踉踉跄跄："小可，你轻点，我难受，还恶心。"

小可根本不予同情，速度更加快了。发现陆扬确实是有些支撑不住，他干脆把胳膊抓过来，搭在了自己的肩膀上，替他分担了许多重量。

也不知道他想把自己带去哪里，陆扬发现，此时所走的路全都非常陌生。

总算走到了一扇门前，小可拉开了门，先把他给塞进去，接着自己也跟着进来，再把门关紧，从内把门给锁紧了。

“做什么？”被塞进来前陆扬只来得及问一声。

小可的动作粗鲁，仿佛他是个破麻袋。

这个房间小得可怜，应是平时放拖把、扫帚和吸尘器用的，事实上也的确如此，大部分的清洁工具被拿走了，还剩小部分被小可塞到了一个角落，还叠了起来，这样勉强凑出来两个人能待着的空间。

“喂，你踩到我了。”陆扬不满地低吼。

“小声点。”小可一转身，就把他的嘴给捂住了。

杂物间内，空气不流通，昏暗，发闷，最不能忍的是还有股说不出来的霉味儿。

门外，很快传来了杂乱无章的脚步声。

听着像是三五个人一起走过，脚步急匆匆的。有人用力地推了一下杂物间的门，好像是要试一试那门能不能给推开。

“找到了吗？”

“没有！”

“继续找，一定要把人给找出来！”

“邵总很生气，她在大发雷霆！”

不经意间的对话，泄露出一些信息。

陆扬无辜地眨了眨眼。小可看见了，不爽地瞪了他一眼。就这么一个眼神交汇之间，陆扬便明白过来，一定是自己闯入实验室的行为，惊动了虹日号上的人。事件失控，不可收拾。若不是小可及时出现，他这会儿估计已经被堵在了实验室，被人五花大绑带去邵总面前了。

之前邵总对他和颜悦色，完全是出于信任，觉得他是船上的一分子。

可如果是在实验室内被堵了个现行，信任感轰然倒塌，依邵总的个性，再加上几分恼羞成怒的情绪作祟，当场撕了他的心都有吧。

陆扬屏住了呼吸。

“后怕了？”小可语带嘲讽。

“谢谢。”他道谢。

小可一愣，他还等着陆扬接口开怼呢，万万没想到，他居然直接表达谢意。

“你怎么知道我进了实验室？你跟踪我？”陆扬话锋一转，问起了另一件事。

情况通常是，小可自认为十分有道理的情况下，他话会多一些，也会更加理直气壮。而一旦他没有道理，不能解释的时候，眼神会发飘，耳朵会失灵，基本上处于不理不睬的状态。若是非要强迫他说什么，那一定是答非所问，绝对不会正面给予解答。

陆扬和小可的相处也不过是几十个小时，可对于他的这种习性，已然观察得十二分清楚。

“小可，我的问题请你正面回答，你这么做究竟是为什么？既然你一直都在悄悄帮我，关键时刻也愿意伸出援手，为什么你不能更加坦诚一些？”

陆扬一说完，就看见小可把脑袋扭到了另一边去，假装没听到这些话。

依然是这种态度。

哪怕许多事避无可避，逃无可逃。他也暴露得足够多，表现得足够明显。

小可依然会用闭口不言的方式，完全割裂与陆扬可能会产生的交集。

门外的脚步声，来来往往，嘈杂得不行。

为了避免被发现，陆扬每次都要等到门外出现短暂的安静时，才会跟小可聊上几句。有了这样一个缓冲的时间，小可理论上能无限次地回避下去，只要他不想说，陆扬拿他完全没有办法。

“我们要在这儿躲多久？”陆扬叹了口气，接着又在那儿自言自语地小声嘀咕，“早知道这样，我不该冲动地往里闯的。”

“有发现？”小可突然凑近，漆黑的深邃眸子里滑过一抹认真。

陆扬惊了一下，身体迅速地向后退了一下。

“你看到了？是什么？”小可根本不放过他。

陆扬眨巴眨巴眼，竖起了手指，比了个七的手势。

“什么？”小可紧紧地皱着眉，不解地问。

“你这不是能连贯地说话嘛，一口气能讲七个字呢，有进步了！”陆扬是一半夸，一半损。

这次，轮到小可气到翻白眼了。恰好这时，杂物间外有脚步声传来，过了好一会儿声音都没停，听起来好像是走过了很多人。

小可抿着唇，没有讲话。

陆扬没心没肺地咧着嘴，控制不住地想笑。

过了一会儿，等到门外再次变得安静的时候，小可冲着陆扬凶巴巴地龇起了牙，而陆扬像是抓住了和小可相处的关键，被气得直冒火的那个，终于不再只是他了。

“原来你也有正常人的情绪波动。”陆扬这话，像是发现了新大陆般的感慨。

小可气愤地瞪了他一眼，像是十分不满陆扬那种想说又不说，不想说还要故意诱惑人的做派，总之就是很生气，特别生气。

但最终，他克制了下来，挤着牙缝冒出来三个字：“很重要。”

陆扬懂他的意思：“你上船的目的，并不是混吃混喝吧？”

瞧见小可震惊的神情，仿佛是在说“你怎么知道的”，他便想到，自己可能是猜对了。

于是，陆扬把声音压得更低，凑近他耳边，故意用极神秘的语气说：“我在实验室内的确是看到了了不得的东西。”说到这里，他便止住了话语。

小可的眼神，满是疑虑，他的眼神转了几转，在一些话几乎脱口而出之前，他又转了转眼睛，硬是压制回去了。

看样子，是给出的诱惑不够啊。

陆扬又补了一句："最内间的实验室需要刷卡进入，在试验操作台下，有一个特别大的水族箱，那里面……"

他的语速极为缓慢，尤其是到了关键信息时，还得为了营造气氛而故意停顿一下。

小可竖起耳朵听，为了不错过关键信息，他整个人都贴在陆扬的身上，双手死死捏住了陆扬的手臂，仿佛很担心他没把话讲完就会逃开。为了防止这种事发生，他必须得想办法控制住陆扬。

可是，陆扬也没准备要逃走啊，他只不过是到了关键时刻就不说话了而已。

"继续说。"小可恼了。

"你的事，你都不打算告诉我；我的事，为什么要告诉你？"陆扬问得气人又欠揍。

哪怕把小可激得呼吸都急促了，他依然神情安然，打定了主意绝对不违反自己的原则。

"那些人还需要多久才能安静下来？总不能他们一直在外面跟无头苍蝇似的乱飞，咱俩就躲在这儿一动不动地等着吧？"

小可满是恼怒，当然不可能回答陆扬的这种问题。

陆扬更不可能去安慰小可，反正躲着也无聊，他自顾自地说下去："这里味儿真大，咱们不能换个更靠谱点的藏身地点吗？虹日号这么大，上下都好几层，大部分空间都没有人，咱们找一间没有人去的房间，等到一切平息了再说。"

小可嫌弃地推了他一把，硬生生在这一处空间之内，腾出了一个位置来。

他后悔冒险跑去救陆扬了。

“有什么好生气的？只要你把整件事给我说一下，让我知道发生了什么事，别让我困在其中，懵懵懂懂的不知道如何是好，我当然也会和你分享情报啊。毕竟，咱们现在是互帮互助的关系，在船上，咱们还是能够彼此依赖的。”

小可闭上了眼睛，长长的睫毛一直在颤，也不知道他是在思考，还是很单纯的在生气。

经过一段时间的相处，陆扬对于小可的一些情绪反应都有了很明确的了解。关系到原则方面的问题时，他要生气，也只能由着他去气。

又等了一会儿，陆扬觉得自己头疼的症状减轻了许多，双腿也不再瘫软无力，心思便更加活泛了。

“再在这儿躲下去，我都要患上幽闭空间恐惧症了。不行，我要想办法出去。”

小可一把抓住了他，使劲地摇了摇头。

“即使这里再隐蔽，迟早还是会被找到的。你要记住，树挪死，人挪活。都已经上了船，不用怕，就是干。”

陆扬一推门就走了出去。

按时间推算，现在应是傍晚时分，但周围却是一片漆黑。

此间连日常用的照明灯都关掉了，那种伸手不见五指的黑暗，总让人莫名地担心，仿佛是在视线无法到达的地方，有可怕的东西隐藏于其中，万分骇人。

一面铁墙，忽然拦住了去路。

陆扬的手碰触到它的存在时，感觉到十分诧异。

“这里怎么会有一面墙？我们应该还没走到船的中间位置，怎么会没路了？”

“是铁门。”小可冷冷地开口。

“手电筒，借给我用一下。”陆扬有气无力。

小可倒是很听话，手电筒直接送了过来，虽然只有很小的一支，但光束很亮，足够用了。

有了光源，便不用靠猜测和推断。

陆扬上看下看，慢慢地死了心。这一面铁门是整个船体的一部分，平时缩回到轨道深处，还有一些特别的装饰来遮挡。一般来说，除非早就知道这里有一扇隐藏的门，否则一般不会注意到这扇门的存在。

但在一些特殊的情况下，需要将整艘虹日号“割裂”为几处不同的独立空间，于是，这些铁门便派上了用场。

门分为正反两面，正面有控制用的大锁，反面则是一整片光滑的铁铸墙壁。

很不幸，经过判断，陆扬他们所处的位置，就是在门的反面。除非有人来开门，否则在赤手空拳的状态下，绝对突破不了。

“真狠。”陆扬意会了那些船员的用意之后，吐出了两个字。

小可在一旁，静静地站着，整个人仿佛成了这黑漆漆的暗色的一部分。

“喂，咱们被困在这里，还有办法出去吗？”陆扬很自然地问。

“水族箱！！”小可咬牙切齿，发出变了调的声音。

意思表达得也很明白，想要问他任何问题，陆扬必须把之前没讲完的话题给补充清楚。

实验室里的水族箱，这是小可此刻唯一关注的重点。

“水族箱里的是什么，等咱们从这儿离开以后，我再慢慢地仔细跟你讲，这件事的确是有些复杂，你懂的。”面前的路不通，陆扬决定另外寻找出路。

他从小可身边路过时，轻拍他的肩膀。

既是挑衅，也算安慰。

小可于是更加气呼呼，快走几步，一把将陆扬拿在手上的手电筒给抢了过来，关闭电源，塞进口袋里，整个动作一气呵成，陆扬想要阻止都来不及。

“你还真小气，不是一般的小气。”他服了。

小可不远不近地跟着他，任凭陆扬怎样嘲讽，他听而不闻。

整层楼的电源被关闭，上下楼之间的防火梯也锁上了，电梯更是漆黑且没有动静，不论走到哪里，状况全是一样的。

“遭了，真的困住了。”陆扬有些气馁。

他望向小可，小可回了三个字：“水族箱！”

陆扬气得瞪了他一眼：“你的脑子里就只剩下这么一件事吗？做人怎么就那么拗呢？你关心的点，不应该是怎样从这里顺利地离开吗？别忘了，被困住的人，不只是我，也还有你。”

这种对话，在小可面前等同于废话。

陆扬继续找寻出路的同时，心里犯起了嘀咕。

小可越是在乎，就越说明那间实验室内的某些事，很可能就是他来到这里的真正目的。

怎么可能轻易让他知道呢？

若是他得知了，接下来会发生什么样的事，陆扬没办法预测，更别提去干预或控制了。

他又不傻，好不容易拿捏到了一些事，绝对得要善加利用才行。

“算了，既然找不到出路，那就去找个住处吧，好像也很晚了。”陆扬把手插进口袋，捏到了一张硬硬的卡片。

他竟是有些惊喜的。

这卡，八成是邵总给他的那一张，没想到居然还在。

一张连机密实验室都能打开的备用卡，在这船上，用处可是相当大的。

但与此同时，陆扬又想到，邵总在知道实验室被人闯入之后，第一个怀疑的肯定就是他了。

真可惜啊，他跟邵总闲聊的时候，还是非常愉快的。他真的不该因为一时冲动，就闯进了实验室。

不过事情已经发生了，再懊恼也无济于事。

陆扬不再继续在走廊内漫无目的地走来走去，他开始尝试性地去推经过时所遇到的每一道门。

大部分的门是紧锁着的，封闭得非常彻底。

就在他不知道该怎么办的时候，突然从正前方，出现了一道强光。

那是有人拿着手电筒走了过来——

陆扬的反应速度，永远要比小可慢一些。

他甚至来不及心惊肉跳，他的手臂就已经被小可揪扯着，狠狠地拉到一边。

此时，他与那些人的距离，不超过二十米。若是被逮到，那可真是酸爽加倍。

这时的小可却很奇怪，只见他在黑暗里畅通无阻地前行，明明也是没有光源存在，却好像能看得清所有的障碍物，哪里应该直行，哪里可以转弯，他甚至还很清楚哪间房门是能推开的。在完全不需要试错的情况下，小可带着陆扬冲进了一间客房，并迅速地关上了房门。

陆扬的心都要跳出嗓子眼来了，可他现在也顾及不了那么多，捂着胸口，把耳朵小心地贴在了门板上，聆听着门外的动静。

倒是小可，他一进门便自然地放松了下来，依然是那种此处是我家，我爱住哪儿就住哪儿，再天经地义不过的样子。

细细碎碎的脚步声，从门外经过。

路过他们房间的时候，有人用力地推了下门，把陆扬给吓了一跳。

但这个行为只是确定房间的门是不是开着，得到的结果是门紧闭之后，也就没了后续，全都匆匆忙忙地走过去了。

"简直要疯了。"陆扬使劲地揉了一把胸口。

他在门口，转悠了几圈，又觉得哪里不对劲。

"那边的门不是锁着的吗？他们为什么还要急匆匆地走过去？难道还是在找我们？"

小可根本不搭理他。这间客房内除了一应生活设施，还有一个挺大的食品台，放了一些薯片、饼干、方便面、火腿肠等。

这些东西，向来是小可的最爱。

他只要看到，一定是一个不落，全部扫荡。

只不过这间房里忘了留饮料，小可翻了半天，只找到了两瓶他最不喜欢的矿泉水，脸顿时拉得老长。但不高兴归不高兴，零食还是一袋一袋地拆，动静闹得大一些也懒得理，更不担心会被门外的人发现。

"小可，咱们要是想出去，只要跟在这些人身后，应该就能找到机会吧？"陆扬来了主意。

"出去做什么？"小可反问。

"当然得出去，难不成要困在这里吗？没吃没喝的，而且我也觉得很不安全。"陆扬想都没想地回答。

"这儿，挺好。"小可并不认同陆扬的看法。

没吃没喝的借口，他也不信，毕竟这会儿他正在吃呢，虽然不是特别合胃口，倒也是吃得眉开眼笑，很是满足。

"你不是很关心水族箱里装着的是什么吗？只要咱俩能从这里走出去，我就告诉你，怎么样？"

小可稍微停了半秒，抬眸看了看他。

黑暗中，陆扬看不清他的表情，但能清晰地感觉到他的不信任。

他心想，这要是不加一点猛料，这小子是绝不会乖乖就范了。

陆扬微笑："那个水族箱里，有一双发亮的眼睛，就像是两颗蓝宝石一样。"

小可把手里的食物和水全扔在了一边，冲到了陆扬身旁，神情异常紧张："你，确定？"

"我是真的觉得这里很不安全。被封闭起来的区域，说句不好听的，还不是人家想怎么搞就怎么搞？这艘船上的气氛总是古古怪怪的，我还是希望待在人多一些的地方。哪怕需要费力地躲一躲，我也不在意。"陆扬确定自己透露得足够多了，并不愿在同一话题上和小可继续纠缠下去。

但小可并不肯放过他，挡在了他面前，脸凑得很近很近。

"陆扬！你真的看到了？"

陆扬嘀咕："算起来，这可是你第一次喊我的名字。"

"发亮的蓝色眼睛？"小可攥紧了拳头，整个人的注意力，高度集中过来。

以至于，陆扬竟有种错觉，若是他不把话给说清楚，这人下一秒八成会扑上来，狠狠地教训他一通的。

陆扬叹了口气："说真的，我也不是很确定自己看到的东西是不是真的存在。我在一个很近很近的位置，听到了高分贝的刺耳尖叫声，我当时真觉得自己的耳朵要被刺穿了。这声音，高亢到了能够直接把我给震晕的程度，太可怕了。"

"是他！是他！"小可突然兴奋得手舞足蹈。

他甚至毫不犹豫地给了陆扬一个巨大的拥抱，嘴里一直重复念着的，也只有那两个字。

"他是谁？"陆扬被晃得头晕眼花。

小可不答，坚定地宣布："去实验室。"

"还去实验室？你疯了？"陆扬使劲地摇晃着脑袋，"实验室那边肯定加派了更多的人手去看着，绝绝对对不会再轻易地让人钻空子闯进去了。而且，若是那个水族箱里藏着的东西是非常重要且不能被人知晓的存在，我觉得他们一定会采取措施，要么挪走，要么藏起来，要么 24 小时轮流守着。你这时候还要去，那就是自投罗网！”

可惜小可从来都不是听劝的人。

陆扬啰啰唆唆地讲出来的反对意见，他是左耳进右耳出，完全没过心。

他宣布：“现在就去。”

小可是说干就干的个性。

三下五除二，他把面前能吃的东西全塞进了嘴巴里，站起身来，直接走人。

陆扬冲过去拦着，但小可的力气比他大很多，他不只没挡住人，还被小可硬拖着出了门。

“外面到处都是人，他们是在抓我们，现在出去，根本是自投罗网。”

陆扬的手腕被勒得好紧，火辣辣的疼，心说小可究竟是吃什么长大的。身形修长，瘦削得几乎找不出半点赘肉，可就是这样子的一个人，力气极大，他铁了心要去做一件事的时候，陆扬根本抵抗不了。

“几个方向都被大铁门给堵死了，上下层的通道也全锁着，我们不是一路摸着走过来的吗？已经没办法离开了。”

“小点声！”小可呵斥。

陆扬虽然不高兴，但还是沉默了下来。

前行的方式，仍然是以小可为主导。

他的速度极快，耳力也好，往往前方一有声音出现，他便做出了闪躲，总有办法第一时间预判出对方的行动。

“你以前在虹日号上待了很久很久吧？”陆扬满脸的不可思议，“还是说，你从小就是在虹日号上长大的，闭着眼睛都能找到路？”

又走了几分钟，拐到了一处步梯间内，门照样是用铁链子锁了的，小可却直接去拽门一侧的合叶。本该是牢牢固定在上面的合叶早就松动了，小可一使劲，半扇门跟着掉了下来。

陆扬在一旁看得目瞪口呆。

小可通过之后，又把门安放在原处，松动的合叶被他用螺丝重新固定好，当然，一切都只是看起来没什么异样，用力推应该也没问题，足以以假乱真。

“你……你怎么做到的？”陆扬是心服口服了。

小可丢过来一个洋洋得意的眼神，本就是宛若花儿一般的盛世容颜，如此夺魂摄魄的一道眼神，陆扬险些没接住。

当然，他也没有被迷惑太久，便想起了另外一件事。

“你知道这儿有出路，为什么不早说。”

小可背着手，直接朝前走，只当是没听到陆扬说的话。

“喂，你给我说清楚，你肯定是故意的？对不对？”陆扬气急败坏。

每次都是如此，对小可才生出了一点点的感激，就立即被他的各种古怪的奇葩行径给打败。

“我算是发现了，你这个浓眉大眼的家伙一肚子坏水，话不多，但心眼贼多。对了，我连你的名字都不知道，你既然会说话，为什么一直都不告诉我名字？连名字都不肯透露的家伙，你让我怎么相信你？”陆扬炸毛了。

小可如往常一般，对不想理会的话，直接实行左耳进右耳出的原则。

“喂，我不走了。”陆扬决定要给他一点教训，“实验室那边，我可以为了我的朋友再走一次，我可以帮我的朋友多做一些，但是像你这种连名字都不知道的家伙，八成是不屑跟我做朋友的。”

小可走出老远，察觉陆扬真的没有跟上来，他扭头一看，发现陆扬抱着手臂，站在原地发脾气。

他露出很困惑的表情，不是很理解。

但看到陆扬真的很火大，并且比从前的每一次撂狠话都要认真。

小可能够感受到那种情绪上的转变，于是他露出了谨慎的表情，犹豫了一下，就又折返回来。

“陆扬。”他讨好地笑了。

“我不想跟你说话。”难得看到小可示好，陆扬决定牛气一把，一定要绷住这股劲儿，不要透露太多。

小可憋了半天，也没想出来很合适的安慰人的话。他的皮肤白皙，此时看上去红得特别的明显。

“别气了。”这是小可绞尽脑汁想出来的安慰。

陆扬转身要走，小可快速把去路拦住。他双手合十，眼睛瞪得又圆又大，以至于眼眸里的碎碎闪闪的星光，竟是特别亮。

陆扬一把推开了他。

第六章

编号 1007

小可锲而不舍，执拗地再次把路拦住："陆扬，别生气。"

"除了这句，你还有别的吗？"陆扬很是无语，有气无力地问。

"知道名字，你不生气了？"小可又眨了眨眼。

他像是一头初生的小鹿，那神情，那气质，男女老少通杀，要不然，赵卓娅怎么会在见到了他的脸后，立刻改变了主意呢。

"介绍彼此，知道姓名，本就是最最基本的一件事。"陆扬冷冷地说。

"1007。"小可突然开口。

"什么？"陆扬没懂。

"我的编号，1007。"小可的神情之中满是屈辱，见陆扬还是不太明白，他叹息着，"我没有名字。"

"一个人怎么可能没有名字？每个人都有名字！你别蒙我！"陆扬不信。

"1007，就是名字。"小可凝着神情，"每个人都这么叫我。"

陆扬快要炸毛之前，才听到小可轻声且简单地说："我没撒谎。"

陆扬不知该怎么接话了，他的大脑明明不信，但他的直觉却已经先一步接受了这样的说辞。

一阵长久的沉默之后，他才试探性地问："小可，你不会是……在这艘船上长大的吧？"

小可仍是摇头，更细节的东西，他不太想说了。

“实验室。”此刻，小可的脑袋里似乎就只剩下这一件事了。

“好吧，我陪你去。”陆扬下定了决心。

“陆扬，我们走。”小可高兴地抓起了他的胳膊。

陆扬摇头叹气，内心深处无数的念头闪过，宛若仲夏夜落在田野尽头的流星在眼前坠落，却没有一颗能够真正抓到。

实验室的位置很容易到达，但如陆扬所预料，这一次再想进到里面，明显没有那么容易了。

船上负责安全保卫的人员，每隔一米就站着一个，牢牢地将实验室给围住。

站在不远处，放眼过去，陆扬就看到了六个。

可以猜测，实验室内，人数怕是更多了。

这些安保员的身材高大，气质冷然，一瞧就有种不好惹的强大气势。陆扬的直觉猜测，他们应该是训练有素的保镖，他和小可若是这时候过去，明显就是给人家送菜呢。

瞧着小可依然跃跃欲试的模样，陆扬劝着：“咱们进不去了。”

“要去的。”小可不愿意，好不容易来到这里，不可能轻易放弃。

“那么多安保员，一见到咱俩，立即一手一个全捏住了，到时候想跑都跑不了。”陆扬一边说着，一边还朝着实验室的位置指了指，他得让小可认清楚现状。

“一定要去。”小可那股不讲理的执拗劲上来了。

“怎么去？那些人守着呢！”陆扬瞪着他。

“你想办法。”小可答得很干脆。

“我想办法？我能有什么办法？”

陆扬这会儿真想撬开小可的脑壳，看一看里面是个什么构造。要不然的话，他怎么能用那么天真烂漫的语气，把这么不切合实际的要求提出来呢？

两人正在小声地争论，陆扬眼尖，忽地发现实验室的门打开了。

一个身材高挑的女人，从里面走了出来。

打扮干练，套着白大褂，但脚下却是踩着一双细长的高跟鞋，加上她本来就十分出挑的身高，气势更加威严。

仿佛是感受到了陆扬和小可的注视，女人犀利的目光，忽然准确地投射过来。

"邵总出来了。"陆扬毫不犹豫，按住了小可的肩膀，直接把人给压了下去。

"做什么？"小可恼火地挣扎着，费了不少劲，才站了起来，"你怕什么？"

"怕什么？当然是怕邵总了！她很厉害的，你不知道吗？"陆扬说不出来那种畏惧又心虚的感觉是来自哪里，但的确是非常不好受。他并不想和邵总作对。

"他们走了。"小可突然说，"可以去了。"

陆扬也望了过去，果然实验室的门前已经空空荡荡的没人了。

"你别急啊。"他把小可拉住，劝了一句，"再等等看，万一还有人没走干净呢？万一他们不是离开，而是统统进了实验室呢？"

小可满是不耐烦，但陆扬说的也是有道理的。

此时距离晚餐时间，还有二十分钟左右。

因为船上的晚餐是集中供应的，时间一到，船上所有的人都会先去餐厅吃饭，如果错过了饭点，能吃的就只有一些充满了调料味的方便面了。出海久了，谁不想吃一口热乎的饭菜，蔬菜水果对于任何人来说，都是难以抵御的诱惑。

当有所期待时，时间就会变得特别难熬。

一分一秒都过得极其缓慢。

小可坐立不安，浑身跟长了虱子似的，扭来动去，没个老实。

陆扬拿出只剩下百分之十电量的手机，心情也很是不好。

他一直想打个电话给爷爷报平安的，可人算不如天算，从早到晚一整天，时间悄悄溜过，手机都快没电了，他还是没有机会。这部手机的款式太老了，大多数软件都下载不了，而且充电器也有些问题，等到电量耗尽的时候，就算是要找搭配的插头给手机充电都极为困难。

惨了，爷爷不知道要担心成什么样了，他身体不是很好，这么大岁数还得跟着他担惊受怕的。陆扬一想起这些，心里特别过意不去。

小可发现陆扬在看手机时，手快地一抓，直接把手机给抢了过去。

发现没什么特别的，小可又还了回来。

“这个，那里也有。”

他指的是实验室的方向。

陆扬惊讶了一会儿，才反应过来，他的意思是说：实验室里也有电话。

这个信息，令陆扬振奋了起来。

“电话能用吗？”

小可点头：“当然。”他还指了指头顶的正上方，“卫星电话。”

一听这话，陆扬顿时来了精神，之前的漫不经心一扫而空：“我们过去看看。”

小可从腰后拿出了一把锤子。天知道，他是什么时候把那种东西藏在了身后。

“你又打算做什么？”陆扬颇感窒息地问。

“砸门。”

门是有锁的。

这船上的每一道门都有锁。

要想通过，当然得用点特殊的方式。

无论是传统的暗锁，还是挂起来的明锁，抑或是感应开门的电子锁，小可拆起来全都得心应手。

他几乎就是半个开锁匠了，只会开，不会修那种。

“你一砸，不就被人发现又有人闯进实验室了吗？”陆扬十分之无语。

“我不怕。”一贯我行我素的小可，从来不去担心那种问题。

他不怕，可陆扬却是十分焦虑。

被人当成逃犯似的满船追着跑，这种滋味一点都不好受。少一次是一次，能没有那是最好。

“别别别，这里不用砸，我有办法进去。”陆扬努力地拦着。

小可奇怪地问：“什么？”

陆扬终于从口袋里拿出了邵总给的那张备用卡。

几乎是看到卡片的一瞬间，小可便认出了它。

他惊得在原地弹了起来，眼神顺势变得很奇怪，似乎是在生气，一双漆黑的眼睛里仿佛能看到火光在跳跃。

“你别想得太复杂，我在上午的时候遇到了邵总，闲聊了几句，大概是聊得比较投缘，她就把备用卡借给我了，说是可以凭着这张卡去餐厅吃饭，也可以赊账购买一些生活用品。我去实验室的时候，根本没想往里面闯，而且当时门锁着，我也闯不进去。”陆扬做了一个刷卡的动作，“我当时是鬼使神差地用这卡碰了一下电子感应器，没想到第三道门就那么打开了。坦白说，我是真的非常意外。只是一张备用卡而已，竟然还赋有这么多功能，最不可思议的是，邵总竟然随意地借出来了。她难道就不担心……”

说到这里，陆扬很自然地想到了另外一件事：“实验室被人闯入之后，邵总肯定第一个怀疑的就是我。她做的第一件事，恐怕就是将身份卡给停用掉，所以，或许等会儿还得用到你的锤子。”

小可冲他龇起了牙，眼神也充满了攻击性，再没有之前的和善。

“小可，你先别忙着发火，也要动动脑子想一想好吧？我在邵总的实验室里，差点被那道诡异的声音给送走了，一点防备都没有，耳膜都要震破了。如果我早就知道这些，怎么会直接晕倒在那里？我还是被你给背出来的呢！”

小可露出了思索的表情，仿佛是在回忆当时的情景。

的确如此吧？

他跟在陆扬的身后来到实验室时，陆扬像是个痴呆似的坐在那里，双眼都没有焦距了。他在陆扬眼前挥了挥手，陆扬直接翻了白眼，晕倒了过去。

有些事，装是装不来的。

小可背着他在船上跑了好一段的路，对于一些事，还是比较清楚的。

“把牙收回去，抿上嘴巴。你是大狼狗吗？一生气就龇牙，随时要咬人。”陆扬说完，还很不满地拍了下他的脑袋，像是在教训家里的熊孩子一样，丝毫不客气。

越是这样坦荡荡，小可的表情恢复得越迅速。

转眼间，他又变回那个人见人爱的花美男的模样，双手探了过去，想要拿走陆扬手上的卡片。

这东西虽然很有用，但陆扬既然拿出来了，也不怕小可取走。

小可顺利拿到，俊脸上又有了笑容。

“我拿着。”他宣布。

“好，你拿着。”陆扬完全是敷衍孩子的语气。

小可立即把手上的锤子递过来给陆扬，然后把备用卡放进了自己的口袋，还用手牢牢地攥紧了。

这艘船的装修完全可以用豪华来形容，却很少见电子化的东西。它处处透着优雅高贵，似乎是不屑于让一些现代化的东西破坏那种浑然一体的美。

“这真的是一艘用于科考的船只？”陆扬已经是第无数次提出疑问了。

“到了。”小可兴冲冲地来到实验室的门前。

他往那儿一站，不必刷卡，感应门自动打开了。

陆扬走到了小可的身边：“外间应该是做一些基础性试验的地方，放置的大多是一些实验用的器具器皿、小动物和分析的仪器，这些东西在每个实验室里都会有，没什么特别的。”

说完这些，陆扬下意识地看了眼远处那些存放着小动物的格子，还补了一句：“当然，可能是因为出海在外的关系，不能及时进行补给，所以他们带了很多出来。”

“坏透了。”小可情绪有点差，整个人像是晒蔫的花似的耷拉下来，看上去无精打采。

陆扬好像明白了他的意思，也跟着叹了口气：“人类的每一项重大实验，都需要牺牲许多小动物的生命来验证。在学校读书的时候，我有个师姐，已经读到研二了，她是个脆弱又敏感的女孩，平时非常喜欢小动物。为了完成学业，她的一些研究课题必须跟着老师进入实验室。在那边，每个学生都有自己的分工，她负责饲养和照顾那些小白鼠，但最后，为了验证实验的结果又要亲手杀掉它们。为此，师姐患有很严重的抑郁症。后来，她毕业了，但她也没办法再从事相关的研究工作，尽管她聪明又专心，可以继续读博，也能找到一份与所学专业相关的高薪工作，可她全都放弃了，回到了家乡的小城，开了一间小小的超市，甘心将自己从优秀到闪闪发光的样子，安放于平凡生活当中。”

小可认真地听着，似是懂了，但也可能什么都没明白。

“好了，咱们继续往前走吧，别在这儿闲聊，毕竟咱们时间不多，随时可能会有人进来。”陆扬朝着左手边的那扇门笔直地走了过去，然后他不忘解释：“另外两扇门，一间是实验室内的档案储存间，里面也就五六平方米，堆满了杂物；而另外一间是更衣室，可能也是休息室，里面空荡荡的，什么都没有。”

小可点了点头，跟在陆扬的身后，缓步前行。

内外两间实验室，并没有明显的区域划分。

虽然有一扇门在两者中央，但大概是为了进出方便，大多时候，门都是敞开着的。

越往里走，周围越是安静。

某一台开启的机器正在进行数据分析，每隔几秒就会发出清脆的滴答声。

固定在周围墙壁上的水族箱内，一些五彩斑斓的鱼儿，在缓缓地摆动着漂亮的鱼尾。据说鱼类的记忆只有七秒，或许正因为如此，它们才会迅速地忘掉远离大海的痛苦，在这么一个狭小的实验室内，安心地生活下来。

见小可盯着水族箱内的鱼儿发起了呆，陆扬连忙提醒：“我说的那只奇怪的水族箱，在最里面的那间实验室。之前可以用邵总的备用卡刷开门禁，但现在么——”他拖长了声音，不管小可愿不愿意接受，还是说出了自己的疑虑，“我觉得刷卡的风险非常大，怕是会触动警报系统。”

小可又露出了满脸的不高兴，似乎很不喜欢听到陆扬说这种话。

陆扬叹气，只能跟他耐心地解释：“外面两间实验室之所以没有门禁，来去自由，也没特地叫人守着，我认为最主要的原因是实验室内没有重要的东西。而邵总的那一间，就不太一样了。”

顿了顿，陆扬又说：“小可，你别抱太大希望，我觉得，你感兴趣的水族箱，大概率已经被转移了。因为咱们进来了这么久，周围一直是安安静静的，没有听到什么声音啊。”

“声音？”小可面露疑惑。

“之前，那个家伙……我是说，待在水族箱里的那一位，时不时地会发出尖叫声，那声音咱们昨晚上也听到过的，又刺耳又尖厉，隔着几面墙都能听得很清楚。可是，你发现了吗？咱们进来也有几分钟了，什么声音都没有。”

小可不再犹豫，拔腿就跑。

他掏卡、刷卡的动作毫不犹豫，显然并没有将陆扬的警告放在心上。

哔——

警铃大作。

整艘船上，到处都能听到刺耳的鸣叫声。

邵总果然下令开启了报警系统。

“要不要玩得这么刺激。”陆扬嘟囔了一声。

玻璃门没有应声开启，那张身份卡失效了。

小可望向陆扬，仿佛是在询问。陆扬哭笑不得：“我跟你说过的，在发现实验室有人闯入后，邵总做的第一件事肯定是停用那张卡，她怎么可能允许同一个错误重复第二次。”

“进不去？”小可不想听解释，他只关心目的能否达成。

“怕是进不去了，咱们还得立即离开，很快就会有人过来。”

小可扭头就跑。

陆扬正打算跟上，就看见他推着一把办公椅回来，到了跟前，直接举起，狠狠地朝着那扇门砸了过去。

玻璃门看起来很厚，实际上也只是普通的玻璃门罢了。

可以防君子，但防不住暴力。

小可有一身蛮力，再加上情绪激动，连砸了三下，门的框架已变了形，而正面玻璃也应声而碎了。

“喂！”陆扬真的要疯了。

小可的所作所为，直接将他们悄悄潜入虹日号的行为变成了居心叵测的暴行。这可是合法的科考船，他们偷进实验室还砸东西，到哪儿都说不过去呀。

回头等船靠了岸，他们被送去了派出所，到时候就算是长一百张嘴也解释不清楚。

陆扬还在纠结后续一系列令人头痛的问题，小可却在门被砸开的一瞬间，冲进了实验室。

那张大大的操作台，看上去无比显眼。

不用陆扬指挥，小可瞬间便确定了它的位置。

操作台下，果然有一个水族箱，如陆扬所描述的那样，狭长，巨大，但此时水族箱内并没有水，更没见什么活物。小可费力地找到了开关，打开后，他震惊地站在了那里。

陆扬跟过来时才发觉，小可为什么露出那副表情。

水族箱已空了。

箱子的底部，还残留着一层像血一样的红色液体。

“他们把它带走了，这也是意料之中的，不是吗？”陆扬安慰着，“不过，不管怎样，除非他们把它扔进大海里，不然它肯定还在虹日号上，只是被转移了地方而已。小可，咱们现在先走，然后找机会继续找，好不好？”

小可神情沮丧，双手死死地捏着水族箱的一角，不肯听，不愿走。

“船上的人已经赶过来了，再不走就来不及了，小可。”陆扬揪住小可的胳膊，想要拉起他，但问题是，小可身材高大，一身蛮力，他如果不愿意，陆扬根本就扯不动。

陆扬好像已经听到急促的脚步声朝着实验室的方向快速靠近，他知道，再不走，或许就真的要被按在现场，抓个“人赃并获”了。

“小可，我还知道有个地方，或许他们把那个家伙运到那边去了，走走走，我带你去。”

小可回过神，一把抓住了他的手臂，五根手指跟铁钩似的，牢牢地攥紧了陆扬的手腕。

陆扬完全明白他想要说什么，直截了当地说：“不骗你。”

“好。”小可重重地点头，终于答应走了。

外面全都是脚步声，初步估算，船上的人已经冲到了第一间实验室的位置，再往外跑，显然是不明智的决定，八成会撞个脸对脸，然后直接被按趴在地上。

“躲起来。”小可皱眉。

“往哪儿躲？”陆扬也在找地方。

实验室内，放眼望过去，空间也就那么大。可供两个成年男子藏身的地方，基本是没有的。

陆扬的目光最终落在了水族箱之内，没有水的情况下，这里可以蜷着蹲下两个人。

但踏入其中，实在是需要很多很多的勇气。那鲜红色的黏稠状液体，在水族箱的底部，厚厚的一层，单是看上去，都有种恐怖又黏腻的感觉，更别提去碰触了。

“进去。”小可推了陆扬一把。

“要进你进，我可不想进。”陆扬坚定拒绝。

为了防止小可在情急之下发疯，硬是把他往里面拖拽，他干脆远离水族箱，朝着另一个方向跑过去。

那个位置，是邵总的办公室。

陆扬第一次来的时候，办公室的门是关紧的，由于整个门体与墙面做了隐形化的处理，陆扬并没有注意到。而这一次，办公室与门体之间，挪开了一条缝隙，本来也没那么明显，但陆扬无意中瞥见了之后，盯着看了好几次，最终才敢确定那里还有一处空间。

他决定要躲进去。

才冲进办公室的一瞬间，小可也紧随其后跟了过来。他向来求生欲极强，再紧急的关头，也不会忘记冷静地作出最利于自己的选择。

两个人合力，抵住了门。

陆扬眼疾手快，从内将办公室的门反锁住了。

“这样也不过就是在拖延时间，他们迟早会找到这里。”陆扬在这间只有七八平方米的小办公室内走来走去。

船上空间有限，即使是供邵总使用的地方，也无法做到多么宽敞气派。

事实上，这里只有一张书桌，一排书架。

桌上摆着笔记本电脑，手写的日记本，以及一些英文、法文的书籍。

最重要的是，竟然还放着一部很老式的按键电话，电话上有电话线，顺着书桌后的墙壁，连接到了某个地方。

“这个能用。”小可笃定地说。

“你说的卫星电话指的就是这个？我怎么感觉它就是摆设呢？”

陆扬将信将疑地拿了起来，电话听筒的另外一边，竟然真的有信号。

“快点打吧。”小可催促一声，而后便走到了其他地方，静静地观察着这间办公室。

陆扬也决定试一试，他循着记忆里的电话号码，拨了出去。

嘟嘟嘟……

电话响了三声之后，陆远征疲惫沙哑的声音传了过来：“喂？谁呀？”

“爷爷！”陆扬差点哭了，“爷爷，是我，陆扬。”

陆远征那边急得声音都变了，他不想怒吼，但他就是控制不住自己的音量。

陆扬连哄带劝，一再解释，最终才把老人的情绪稍稍安抚了下来。但他并没有提起自己目前是在哪里，也没说与虹日号有关的任何事，只是谎称自己有几位大学同学来找他玩，他们租了一艘船，在附近几个岛转悠。大家玩得太开心了，他又喝了点酒，才会一醉不起，没来得及跟家里报备。他的手机没电，也没带充电器，因此暂时没法使用，过几天，他把同学送走，便会回家，让陆远征不要担心。

匆匆挂断了电话，心里的一块大石跟着落了地。

赵卓娅的名字，就陈列在陆扬手机最近拨出电话的列表之内，位于首位。在登上虹日号之前，陆扬最后一个拨打出去的电话，找的就是她。还不到 48 小时，陆扬觉得，仿佛过去了一生一世那么久。

他瞧了瞧座机，鬼使神差地，他给赵卓娅拨了个电话。

电话很快被接通，赵卓娅开口就是一句："妈，您今天心情不错啊，竟然想起来给您被抛弃在外的女儿主动打电话？"

陆扬酝酿了一会儿的话，全憋了回去，取而代之的是无限的诧异。

这间办公室是邵总的，电话也是属于邵总的。

赵卓娅张口就喊妈，难道——

"你居然是……邵总的女儿？"

赵卓娅在电话那边也吓了一跳："陆扬？怎么是你？你在虹日号上？你在我妈的办公室里？你认识我妈？"

一连串的问题，一个接一个地抛了过来。

陆扬照样答非所问："你怎么会是邵总的女儿？你不是说，你父母抛下你外出去旅行，你无聊才会一个人跑来这边玩吗？你又骗我！"

"我跟你又不熟，凭什么你问什么，我就老老实实地告诉你啊？"赵卓娅振振有词地反驳完毕，同样是十分不满地嚷嚷着，"倒是你，你是不是该给我解释一下，你和我妈是什么关系？那天你在船上突然接近我，是不是我妈派你来的？你有什么目的？"

"我能有什么目的？你以为我很想上船吗？完全是意外好不好？"陆扬气呼呼地嚷嚷了起来，"而且，你妈现在就派人在办公室外面等着堵我呢，等会儿被她抓到，没准一声令下，我就要被扔进海里去喂鱼了。"

赵卓娅是知道喂鱼的这个梗来自哪里的，本来还在生气，一听到陆扬郁闷的嘟囔声，她突然又咯咯咯地笑了起来。

“活该。”

“我就不该给你打这个电话，行了行了，我要挂了。”陆扬有些丧气。

“陆扬，你现在是个什么情况？不如，你跟我说说？”顿了顿，她诱惑着说，“或许，我有办法再救你一次呢。”

“怎么？你打算帮我跟你妈求个情？”提起这个，陆扬还真有点心动。

“求情？别闹了！我妈是什么脾气，你见过她，心里应该有数吧？别说是我，任何人求情都没用，她是个铁石心肠的女人，最喜欢一条道走到黑，不撞南墙不回头，撞上了南墙也不回头，非要把南墙给撞出个大窟窿，顺利地走过去。要不然，她为什么耗费了三年多的时间在海上漂着，家也不顾，女儿也不顾。”一提起这些，赵卓娅真是满腹的怨气，那并不是装出来的。

“那……”

察觉到陆扬还在纠缠细节，赵卓娅来了脾气，直接打断了他：“时间不多了，你到底想不想获救？现在被人堵死在办公室里的人是你不是我！”

陆扬立即用最言简意赅的语言把这48小时在船上所经历的一切，给赵卓娅讲了一遍。其实看似经历了许多，用语言表达出来也只是几句话而已。

听陆扬说，与他一起受困的人还有小可，赵卓娅明显来了精神。

“好看的小哥哥也在呀，你早说嘛。”赵卓娅捂着嘴偷笑了几声，“不看僧面看佛面，既然小可在，这个忙，我还真是必须帮一帮了。”

“喂，赵卓娅，你见色起意的样子有点可怕，麻烦你擦擦口水，毕竟是姑娘家，那么迷恋一个男人，多难看啊。”陆扬有些吃醋地嘟囔。

“没办法，他的颜，我的菜，这是小可的先天优势，你忌妒也忌妒不来。”

啰唆好了最后一句废话，赵卓娅不再浪费时间，直接归于正题，细细地给陆扬说了起来。

而门外，赶来的安保员仔细搜索了实验室而没有发现之后，在邵总的允许之下开启了水族箱。

水族箱内，空空如也。

邵总冷冷的目光，立即落在了自己的办公室那边。

她的手一指，马上有人冲了过去，准备破门而入。

而另一边，陆扬已经按照赵卓娅的指点，从角落里的那个铁皮柜内部钻到了墙的另一边。

谁能想到，这里竟然还会藏着一道只有几十厘米的暗门呢？铁皮柜的内部背板是一个可以上下推开的移动空间，正下方有两个液压槽，双手同时发力，向下按的同时，还要向左右两边一齐扭动，背部的钢板连同固定的墙体便会一起从轨道上划开缝隙，只要身体不是特别胖的类型，都能顺利从这里通过。

而过去之后，再轻轻地推回去，暗门就又能回到原本的位置，就像是从来没推开过一样。

这道门的设计，只能从办公室内开启，而无法从另一个位置进到办公室，也不知道当初在设计的时候，真正的目的是什么。

陆扬和小可站起来的时候，两个人都是一副恍惚如梦的神情。

但很快，周围来袭的恶臭，差点当场将陆扬放倒。

“天，又是这里。”

不用看周围的环境，陆扬也知道自己是在哪儿了。

他匆忙取了一只口罩出来，边往嘴上戴边干呕。

此地没有灯光，到处都昏昏暗暗，就和昨晚路过时的样子没有差别。

当时他的确是听到了一声凄厉的尖叫声，那时的陆扬还以为是自己的错觉，又或是某种巨大的机器发出来的声音，只是过于类似人类的声音，所以他才会理解错误。

现在经历了许多之后，陆扬已经彻底明白，那肯定是水族箱内的那个家伙发出来的声音，因为这边与邵总的办公室只隔着一面墙，所以才会那么清晰地传到这里。

想起办公室内低调大气的设计，再想想眼前破败得宛若垃圾场一般的恶劣环境，陆扬都不敢相信，两者之间的距离竟然如此之近。

陆扬递了个口罩过去给小可，提醒他赶紧戴上，免得中毒。然后又问小可拿来了手电筒，虽然接下来只需要打开开关，却先要进行巨大的心理建设。

周围飘散的那股恶臭，极像是尸体腐烂之后发出来的恶心气味，这味道与那些纸箱里装着的新鲜肉块不一样，无数的细菌产生的腐烂气味汇聚在一起，没有经历过的人，真的很难想象。

若是在灯光亮起来的瞬间，陆扬看到的是堆积起来的尸山，他都不觉得奇怪。

当然，会不会被吓死，那就另当别论了。

陆扬害怕得腿脚都发软了，如果有选择的余地，他也不想满足自己的这种好奇，去观察周围的真实状况。

只是已经是第二次来到这里了，若是不看一看，这个环境也许会化为恐怖的阴影，一辈子如影随形跟在他左右，陆扬并不想如此。

“我要打开了。”陆扬闷闷地提醒。

小可低沉清冽的声音传来：“别怕，我在。”

是啊，如果没有小可陪着他一起，陆扬此时怕是要疯了。

手电筒的光束，终于驱散了周围的黑暗。

陆扬眯着眼睛，从距离自己最近的地方看过去。

几条猫的尸体，几条狗的尸体，更多的还是鱼、虾、龟之类的海洋生物，大大小小，形状各异。

谢天谢地，没看到属于人类的躯体。陆扬尽管还是万分不自在，但他的心稍微安定了许多。

“这里应该是放置那些因实验而死亡的动物的躯体的地方，只是不知道为什么不立即将它们丢入海中，而是要用这样的方式储存在一起，是担心会污染海洋？又或是这样直接将动物尸体抛下去会引起过往船只的注意？谁知道呢，太古怪了。”

陆扬搞清楚了状况之后，就一刻都不愿意再继续待在这里了。

正前方不远的区域，就是那些堆积着纸箱的地方了。

巨大的传送带，一旦感应到纸箱里的尸块落下来，它会自动启动，将一切都扔进底舱里的那台粉碎机内。

“千万要小心。”陆扬提心吊胆。

“跟我来。”小可一到了这里，就又是如鱼得水一般，走在了最前面。

陆扬被熏得快要窒息了，但还是要分心出来，与小可闲聊：“你知不知道，邵总他们究竟是在做什么实验？”

小可不吭声。

可陆扬总是回忆起小可在船舱里借着昏暗的灯光阅读那些看起来就很高深的书籍的样子，在这艘虹日号上，他陆扬是不折不扣的闯入者，与整艘船的气质格格不入，但小可不一样，从一开始，小可就像是属于船的一部分，甚至极有可能，他就是这船上的一员。

陆扬心里有很多的猜测，他心乱如麻。

“等会儿咱们先绕出去吧，你回船舱休息，把这一身脏臭都处理一下，我要去虹日号的D区，去去就回来，咱们在昨晚睡的那间房会合。”

“去D区？做什么？”小可回过头，等着陆扬走近自己，再与他并肩慢慢走。

“D区的3102房间也有一部卫星电话，可以与外界联络。我和赵卓娅约好了，晚上十点的时候，再通一个电话。她会在这段时间内，帮我们想一想离开虹日号的办法。小可，我是误打误撞上的船，虽然我一直在问你关于虹日号上的事，但其实这些与我没什么太大的关系。能够有办法提前离开，对我来说，当然是好的。”

陆扬并不打算隐瞒小可这些事，刚才与赵卓娅通电话的时候，小可也一直在旁边听着。

虽然他全程都表现得毫不在意，仿佛更多的注意力是放在邵总的书本上，但陆扬敢肯定，自己和赵卓娅所说的一切，小可全都听得清清楚楚。

“我也没想到，赵卓娅竟然是邵总的女儿，她以前上过船好几次，对虹日号比较了解，对于邵总所拥有的一些私人区域就更为熟悉。虽然我也无法完全相信她，但此刻，她的确是唯一的希望。而我，真的不想放弃这份希望。”

说话间，他们来到了那些纸箱高堆的区域。

这边似乎是有加速空气流通的机器，所以巨大的臭味在此处，已经没那么明显了。

“小可，你自己要当心。”陆扬挥手道别。

小可站在原地，又在用那种可怜兮兮的眼神盯着他了。

陆扬心里有点不忍，但他这一次并没有回头。

逼着自己对那留恋的眼神视而不见，快步地朝着另一道门的方向走了过去。

距离和赵卓娅约定好的时间并不多了，他得赶快过去，接那一通重要的电话才行。

D 区的 3102 房间——

对了，D 区在哪里呢？

“我带你去。”小可忽然说道。

邵总办公室所在的位置是虹日号的B区，而D区是船尾的区域，同样是因为暂时用不到而被封存了起来，大铁门外还加了一条禁止靠近的警戒线。

“过不去了吧。”陆扬才说出了这句话，就看到小可冲着他招招手，然后顺着一旁的梯子，向上攀爬而去。

再有一层，就是甲板了。

陆扬有种很不好的预感，他觉得应该拦住小可，设定好行动路线，在彼此都清晰明了的前提下再出发。

可小可呢，简直是一路横冲直撞，就没有他不敢去做的事，也没有他无法到达的地方。

陆扬抬起头，看着那延伸到漆黑空间里的梯子，金属支架是固定在船体上的，有规律地排列好，一直向上爬的话，大概率会有一个出路。

但陆扬很自然地想起最近一次爬梯子的记忆，就是去爬那艘黑船丢下来的软梯了。坦白说，他并不喜欢登高，尤其不喜欢在没有保护措施的前提下，去冒这种险。

“快！”小可已爬了一小半，回头发现陆扬还在原地发呆，他有些不高兴地催了声。

“来了。”陆扬再是无奈，也没有更好的办法。

他双手把着那冰冷的铁梯，一级，两级，三级……

手和脚要一起发力，身体也要保持向上的姿态，控制着平衡。

“不要往下看。”陆扬提醒着自己。

但当他仰头看向正上方时，先看到了小可的脚，然后是他的大长腿，以及他挂在腰带上的刀子、锤子、斧子、钳子……

小可这家伙，只要看到称手的可以用作武器的工具，就下意识地顺走，别在腰间。

他还真是不嫌沉啊！

陆扬的大脑里又有些分神地担心着，小可随意挂在腰带上的那一堆玩意儿，也不知道稳不稳固，万一在这样左扭一下右扭一下，交替攀爬的过程当中，哪一样工具不受控地掉了下来，那可就……

由于非常关注这件事，陆扬慢慢地居然忘记了自己在爬梯子。

这条上升的通道越爬越窄，才到了三分之一的位置，感觉已经像是进入了一个烟囱里，四面全都是墙，只有一条梯子，笔直向上。

“小可，咱们不会是真的在爬烟囱吧？”陆扬开口问。

“检修口。”小可停下，喘了口气，“快到了。”

“从这里出去能直接到达D区？”陆扬期待地问。

小可想了想：“十米。”

一听这话，陆扬的情绪转为高涨，顿时就不太介意此刻的疲惫了。

他甚至还催促小可爬快一些，在这种非常幽闭的空间内待太久，还是很不舒服的。

手脚并用，全力以赴。

终于，小可一个用力，翻身而上，他转过身来，又拉了陆扬一把。

陆扬只觉得有一股很大的力气，将他整个人都提了起来，因此最难爬的这几个台阶，陆扬是一下子就上去了。

短暂的急促呼吸之后，陆扬回过神来，渐渐看清楚了周围的环境。

他们爬了那么长的梯子，此刻身在高处很正常。

但陆扬万万没想到的是，竟然会那么高。

他们站在了虹日号的最高处，这里原本是一处瞭望台的设计，但平时也不会有人爬那么长的梯子上来看什么，整个通道是一个巨大的检修口，无数线路分散在了那些墙体中。除了船只的维修员，一般也不会有人往上面来。

“小可，你不是说咱们爬到顶以后距离D区只有十米吗？”

小可的手指，直接指向了一边。

顺着他的手指望过去，陆扬看到了一排房间，每一间都有延伸出来的阳台，以及透明的玻璃门，那里明显是套房延伸出来的区域。到这里的直线距离的确只有十米左右。

但这个十米，是从高处到低处，周围没有任何可利用可倚靠的点。想要靠自身的力量去跨越这段距离，几乎是不可能完成的事。

“小可，你是在开玩笑的吗？这个就是你说的十米？你告诉我一下，这个十米咱们要怎么通过，像人猿泰山那样拴根绳子荡过去？”陆扬说完，还做了个很夸张的摆动的动作，整个人是哭笑不得。

小可被逗笑了，一双眼睛弯成了新月。

“你还笑！我都要被你气死了。”陆扬咕哝一声。

小可上前，把他拉到台子的边缘，手指点了点正下方的位置。原来，不只内部有攀爬而上的铁梯，外部也有。

只是外部的这一道梯子虽然与内部一样稳固，但完全暴露在外，视觉上有一个极大的冲击力，呼啸的海风也会将人吹得摇摇晃晃，看上去就十分危险。

“我真不知该说什么好了。”陆扬忍着头晕目眩，感觉等到自己从虹日号上平安回去后，这辈子再遇到任何艰难险阻都不会放在心上了。

毕竟，意想不到的艰难，一个个摆在眼前，更要鼓足勇气一个个地去克服。

别无选择时，人的爆发力是巨大的。

而一旦经历过，并顺利完成之后，便会生出满满的自信。

陆扬如此鼓励自己。

而小可满不在乎地翻过了护栏，灵敏地朝下爬去。

当陆扬在小可的带领之下，不停地在虹日号上移动，朝着目的地前进时，邵总也召集了各部门的主管开会。她阴沉着脸，虽然没有大发脾气，但所有人都畏惧于她的气场，并不敢去看她的表情。

“你们应该都知道虹日号是肩负着重要使命而来的，整个项目有着严肃的保密性，全程都要提高警惕，严肃纪律。可你们呢，无数次开会，认真部署，狠抓落实。口口声声地告诉我没问题，实际上却到处都是漏洞。我平时工作任务忙，没空天天盯着细枝末节，可你们也不能让个大活人混上虹日号而不自知吧？”

怒极时，音调没有抬高，却让全场所有的人都露出了紧张的表情。

“邵总，咱们虹日号一直是在海上的，平时也没机会接触外界，就连停靠补给，都不进码头，而是由冲锋艇运送补给物。这种情况下，外人能随随便便地上船几乎是完全不可能的事。”安保组组长声音低沉，却难掩困惑地说：“咱们这里上下船都有很严格的程序，而且也有人一直在盯着，我认为是外人混上来的可能性不大，最有可能的还是船上的某些人在装神弄鬼。”

其他人有的沉思，有的在跟着点头。

“在海上待得久了，不少人的心理或多或少有点问题，虽然科考船上的生活条件和设施都相当不错，但这种心理上的问题，始终是避免不了的。”

邵总抓起手边的杯子，重重地砸在了桌上。

“咚”的一声响，所有人都安静了下来。

“我与那个人，有面对面的接触，我已经确定过了，他一定不是船上的人，这一点毋庸置疑。”

这也是最让邵总感到愤怒的事，她与对方聊了好久，竟然获得了难得的舒适感，临走时还主动将自己的备用卡借给了他，这让对方可以顺利地进入了她的实验室，造成了一定程度的骚乱，以及一些破坏。邵总每想到这件事，那种受欺骗的感觉就会直冲脑门，愤怒的情绪不可抑制。她咬牙切齿，若是此刻那个胆敢欺骗她的人就在眼前，她一定要亲手撕了他。

“邵总，要不然，咱们还是将全船的监控系统打开吧。”安保组组长小心翼翼地提出了请求，“虹日号太大了，整个安保组不到二十人，分散到船的各处找人，根本做不到地毯式排查，到处都是漏洞，只要对方稍微懂得躲藏，很容易就能利用船上的各种设施避开咱们的追查。如果有了监控系统，定位他们的位置会简单很多，到时候再去抓人，那不就是简单多了吗？”

“你要我说多少次，虹日号所承载着的科研任务是高保密等级的，所以才会一直关闭监控系统，科研组和服务部门完全区别开来，互不打扰，这一直是船上的规矩，不是吗？现在只不过是出了一点小状况，你不去研究切实可靠的办法来解决问题，反而想为了自己的工作便利，而不顾保密原则，我看你这个组长做得也是十分不称职，需要好好反省。”邵总是高傲的，尤其是此刻，眼神里那冰冷的厌恶，实在是太刺激人了。

所有人都是脸颊闷红，敢怒不敢言的神情。

邵总不耐烦地摆摆手：“科研组有科研组的任务，工作第一，科研组不会因为任何事而中断正在进行的计划。而你们负责服务的部门，同样需要恪尽职守，把自己该做的事做好。”邵总屈指敲了敲桌面，“私自上船的人身份不明，目的不明，极有可能会对整个研究工作带来巨大的困扰，你们抓紧时间把这件事搞定。”

这一次，邵总没有说什么威胁的话，也没有像往常那样声称要向上边打报告。

但所有人反而面色沉重，如临大敌一般。

他们非常清楚，邵总的愤怒已濒临极限，所以她什么都不说了，也懒得提醒了，这一次若是还做不到让她满意，接下来邵总会毫不犹豫且不嫌麻烦地把所有人更换掉。

被赶下船并不是什么大不了的事。

但接踵而来的一系列问责，会影响每一个人的前途。

更别提，虹日号上虽然规矩多，也很麻烦，但待遇是真的非常好。在这艘船上干三个月，相当于在别的船上干一年，谁愿意放弃这么好的工作呢。

邵总将所有人都赶了出去。

科研组重新被召集进来。她一边喝着咖啡，一边安排下一阶段的研究工作。

无论如何，实验不能中断。

小可选择进入的房间，距离陆扬的目的地 D 区 3102 房间并不远，唯一的难点在于，所有的房间都是锁死的状态，想要进入，又得破坏人家的门锁。对于此，小可并无困扰，腰上一把锤子，兜里一把螺丝刀，叮叮咚咚，敲打几下，门锁就给打开了。

“人才。”陆扬竖起了大拇指，“回头等你下了船，也不愁没饭吃，可以去做职业开锁匠，这职业太适合你了。”

约定好的时间一到，电话铃声准时响起。

陆扬接起来以后，赵卓娅幸灾乐祸：“真没想到，你居然能准时到达这里。”

“九死一生，血槽就剩一格了。”陆扬长长地叹了口气，“赵小姐，你根本想不到我在船上经历了什么。”

“目前我这里有一个好消息，也有一个坏消息，你想先听哪一个？”

“耍我，很好玩吗？”陆扬冷冰冰地问。

赵卓娅也炸毛了：“你轻飘飘地从虹日号上打来一通电话，我可是为了你跑断了腿。你居然还跟爷爷说了个那么蹩脚的借口，说什么你同学来了，你正在带他们去周围的岛屿游玩，暂时回不了家，更没法接电话。你爷爷担心得要死，在家里跟九哥他们商量着要去报警呢。”

陆扬一听这个，便知道赵卓娅是真的去自己家里找陆远征了。

陆扬的心柔软了下来："你一定有帮我打掩护的，对吗？"

"我不是在帮你打掩护，我是担心爷爷的身体，他已经准备七十岁了，上了年纪的人不能受刺激，更不能天天愁容满面地担心。"

"对不起，是我误会你了。"

赵卓娅的性子爽朗，既然对方诚意道歉，她自然也不会揪着这件事不放。

"既然误会解除，咱们就不要再提了。还是刚才的那个选择，一个好消息，一个坏消息，你想先听哪个？"

陆扬听着她那兴致勃勃的声音，还真是哭笑不得。

"我喜欢吃西瓜，每次吃的时候，我都习惯把最甜最好吃的西瓜放在最后去品尝，所以，我还是先听一听你嘴里所说的坏消息吧。"

赵卓娅呵呵地笑，也不卖关子，直接宣布："我已经从某个特殊的渠道那里确定，虹日号这一次出海的时间，预计还有五十七天。当然，这是一切顺利的情况下，五十七天后，虹日号会按照原计划，回到港口，结束这次的科研考察任务。但还有一件事，我也得提前说一下，虹日号这已经是第三次更改结束任务的时间了，会不会有第四次，就很难说。有些人是狂热的科研爱好者，在她心里，没有什么事比她的科学研究更重要，连亲情、家人都要排到最靠后的位置，她更不会在意自己的身体能不能扛得住。总而言之，一切的决定唯结果论，只要最终的结果是好的，她会毫不犹豫地食言而肥。反正，这种事做得多了，便成了理所当然，她根本没有半分愧疚。"

陆扬听明白了，赵卓娅口中的"她"，指的自然是邵总。

任务时间是五十七天，已够让他感到窒息了，赵卓娅居然还说，也许还得再延期，无限次的那种。

这哪里是简单的坏消息，这是超级坏了。

他有些提不起力气，虚弱地问："那好消息呢？是什么？"

"好消息就是——有一位美丽善良、古道热肠的小仙女，即将出发，准备去营救你。"赵卓娅笑着问，"是不是超级治愈的好消息，有没有觉得眼前的天瞬间亮了起来，一切又有了新的期待，新的希望？"

陆扬哭笑不得："赵小姐，你的意思是，你要来到这茫茫大海，把我带回北月岛，像是救世主似的救我于水火之中？"

"可以开始表达你的感谢了。"赵卓娅毫不客气。

"你知不知道，我现在的位置，很可能已经出了国界线，到达了公海之上？"陆扬问道。

"从时间和虹日号的行进速度上来推算，这种可能性很大。"

陆扬忍住翻白眼的冲动："即使有准确的坐标，在大海上寻一艘科考船，也不亚于大海捞针。更别提，要实现这个计划，所需要动用的人力、物力、财力，简直不能想象。你来救我，心意我领了，可营救的成本委实是太高了些，与其如此，不如你跟你妈妈联系一下，试试看能不能把情况说明清楚，毕竟她是这艘游轮上的负责人，她……"

话还没说完，身后的小可已经摇头低喊："不行。"

而电话那边的赵卓娅几乎是同一时刻也在拒绝："不行！当然不行！"

"为什么？"陆扬先瞪了一眼小可，然而才问了出来。

当然这个疑问是同时针对两个人发出的，他不觉得邵总真是不可理喻的那种人，与她的短暂接触，让陆扬特别坚定自己的看法。

他讨厌一切鬼鬼祟祟的行为，尤其是有了这两天的经历之后，更是不喜欢了。

"陆扬，你的生活太单纯了，很多事远不是你所想的那么简单。我妈那个人，我要怎么跟你说呢，她真的是绝对的公私分明。私事是私事，私下里怎么都好说；可公事就是公事，她在办公的时候，也绝对不可以跟任何私人情感搅和在一起。我的意思是，你是用这样的方式上船，还造成了一定的骚乱，以我妈那种不近人情的个性，她抓到了你，必定是要狠狠地惩罚，谁说情都没用。”

小可的位置根本听不到赵卓娅说的这一番长长的话，但他一个劲儿地点头，大声地说：“她冷酷无情，无理取闹。”

能让小可一口气讲出那么多的话，可见小可对邵总是有多戒备。

“至于吗？”陆扬将信将疑。

“当然了！我跟你说，如果你现在跳到我妈面前，她第一件事是让人把你锁进船舱，一天只给你吃一顿饭，只要饿不死你就行。然后饿得你头昏眼花，连走路都没力气的时候，虹日号也快要靠岸了。到那时，你就等着一堆穿制服的人过来，把你接过去，严刑拷打，逼问出你的真实目的。”

“还严刑拷打？赵卓娅，你这讲得太瘆人了。”陆扬干巴巴地笑。

眼尾余光瞥向小可的时候，只见他面色严肃，一个劲儿地摇头，还不停地比画着手势，也不知道是想要表达些什么意思。

两个人都如此坚决地拒绝，陆扬的提议还是暂时搁置了下来。

“好了，什么都不用说了，你和小可找个地方先躲起来，十小时后，咱们虹日号上汇合。”电话那边，依稀能听到有人在喊赵卓娅的名字，她匆匆地回应了一句，然后就约定了明早八点，还是这个房间，他们汇合。

“十小时后，虹日号上汇合？有没有搞错？她当自己是女超人吗？上天入地，深海救援，无所不能的那一种？”陆扬干笑了一声，他完全不信。

可是，从认识赵卓娅以来，她的所作所为，总透着几分古怪。

这个家伙，似乎总是能带来一些非常意外的东西。

万一，她真的来了……

陆扬使劲地摇了摇头，甩飞这种不切实际又极度不靠谱的念头。

“她怎么可能会来呢？”自言自语还不够，陆扬还扭头望向了小可，像是求证似的，喃喃道，“你说没错吧，她根本不可能来。”

小可躺在床上，摸着肚子，轻声地说：“还是饿。”

得，鸡同鸭讲，大家的想法始终不是在一条线上。为了避免再气晕自己，陆扬决定放弃和小可交流。

“今晚上就这样了吧。”陆扬没有开灯，因为D区理论上是没有人住的，若是这边突然亮起一盏灯，一定会引起其他人的注意。

不想惹麻烦的陆扬，很能抵抗眼前的黑暗。

小可霸占了房间内的双人大床，陆扬干脆在地毯上盘腿坐了下来。那部座机是能够联系外界的唯一渠道，陆扬认真地琢磨，除了和赵卓娅求救，他是否能够凭借有限的资源，去多做一些事。

鸡蛋不能放在一个篮子里的道理，连幼儿园的小朋友都懂吧。

脑子里琢磨的都是些乱七八糟的念头，突然响起了小可的声音，打断了陆扬的思路。

“它还在船上。”

没头没脑的一句话，陆扬却是瞬间明白过来他说的是什么。

小可还在惦记着那个水族箱呢。

他是为了它而来，没亲眼瞧见，心里一定有很大的遗憾。

“肯定还在船上。”陆扬赞同地点头，“一发现有人接触过，立即不嫌麻烦地转移地点，这种态度本身已说明问题。不过，你有没有发现，他们转移的是水族箱内的神秘生物，而水族箱却留在了原地，这说明了一定的问题。”

“什么意思？”小可被吸引了注意力，迅速地凑近了过来，眼底全是求知的渴望。

陆扬也是随便猜测，但发现小可竟是那样认真，他也有些不好意思起来。

“我只是猜测。”他先申明了自己的观点之后，才说道，“我是在想，水族箱里的那个生物，会不会是既能在水里生存，又能在外界存活的生物？那句话怎么形容来的，对了！水陆两栖！！所以它可以在不依赖水族箱的情况之下，从那里离开？”

小可满脸蒙，仿佛是在说：你到底在讲什么啊。

陆扬不好意思地抓了抓后脑勺：“我仔细看过了，在邵总的实验室里，那个奇怪的水族箱，与外面那几个固定在墙体上的水族箱看上去完全不一样。它不只可以调节温度、亮度，给氧等，甚至可以控制水族箱的透明度。这种明显的特殊装置，必定是为了某种目的而定制的，换句话说，大概率是专属用品。但咱们去的时候，水族箱已经空了。那么，有两种可能：第一，他们换了个水族箱，把目标转移到了另一处地点，以保安全；第二，他们打开了水族箱，把里面装着的生物直接运走，而这个水族箱可能只是一种囚禁的工具，而非维持生存的必需品。”

“不懂。”小可很干脆，摇晃着脑袋，不愿意思考，全等着陆扬来解释。

“意思就是……”陆扬停顿了一下，满是好奇地问，“小可，你真的不知道水族箱里装着什么吗？”

小可的眼神清澈，只是他漆黑的眼睛里，藏了太多的宇宙星辰，每当他刻意要用这样的表情撇清关系时，反而更让陆扬断定，他的猜测无误。

“你继续。”小可见陆扬也在发呆，便推了他一把。

陆扬无奈极了：“小可，你的目的到底是什么？你什么都不说，只能靠我自己去猜，这种感觉非常不好，你知道吗？咱们一起经历了这么多，我已经把你当成推心置腹的朋友了。你呢？真的要对我隐瞒到底吗？”

小可露出沉思的表情，能看得出，陆扬所说的话对他仍是产生了一定的作用。他在很认真地考虑，只是如何表述，实在是个很让人纠结的问题。

迟疑再三，小可探出手，捏向了陆扬的脖子。

对于这样的举动，陆扬直觉想躲。

但他的理智又在强调，小可只是看起来比较凶罢了，他其实很友善，不会做出伤害人的事。所以，相信他，一定要相信他……

陆扬硬是一动不动，他倒是要看看，小可究竟要做什么。

小可的手指，骨节分明，指端细长，出奇的好看。他都可以去做手模了，任何人见了，都要忍不住赞叹一声。

唯有陆扬，他实在太明白小可的爆发力有多强，若是他真的存着什么坏心思，自己怕是没办法躲开这致命一击。

然而，小可做的，却只是拉低了些陆扬衣服上的拉链，小手指灵巧一勾，就把那枚不知道是什么材质打造的鲸鱼造型的项链吊坠给扯了出来。他用两根手指头捏着，仔细地摩挲，神情之中满是陶醉。

“它。”

陆扬疑惑不解：“它？鲸鱼吗？”

“是。”小可一改往昔的模糊，直截了当地点头，“鲸，蓝鲸。”

一个“蓝”字，把陆扬惊住了，他的眼皮在狂跳，必须奋力一些，才能遏制住那种莫名的心情。

“你的意思是，水族箱里关着的是一头蓝鲸，是这样子吗？”陆扬虽是这么问，心里却并不太相信。

一头幼年的鲸，也要比水族箱大上不少，除非已死去，否则根本不可能安安静静地被关在一处狭小逼仄的空间之内。更别提，他曾亲耳听见水族箱内的生物所发出来的尖锐叫声，刺耳的凶戾，能把一个健康的年轻人给震晕了过去，这怎么可能会是以温和、友善和智商高深受人类喜爱的鲸鱼所发出来的声音呢？

小可想了想，摇头道：“不是。”陆扬一口气还没松完，小可又点了点头，改了刚刚的说法：“就是。”

这种乱七八糟、逻辑混乱的对话，陆扬也分析不明白，便有些暴躁。

“你到底是什么意思？”

小可垂下眼眸，细密的睫毛始终颤抖得很厉害，但终究，他还是一言不发，绷紧了全身，像是在与某种神秘的力量死死地对抗着。

“算了，一直揪着你也没什么用，咱们还是先去找另一只水族箱吧——如果它真的存在的话，总是会找到的。”

小可听了这话，瞬间高兴。他猛地抬起了头，眼睛亮晶晶的，哪怕是夜的黑暗，也散不去那柔美之光。

“行了行了，你别这么看着我，我自己也非常好奇，不完全是为了你。”陆扬看了眼时间，开口说道：“现在才十点多，船上很多人都没睡呢，所以咱们现在还不能出去，免得跟那些在追查咱们的人撞了个正着。不如这样，咱们先休息一下，等到午夜没什么人的时候，咱们再一层一层地好好找一找。”

小可有点不情愿，但陆扬一说完，就已经脱掉了冲锋衣，准备去浴室冲凉了。身上这股又臭又馊的怪味，是一路艰辛地走过来时不小心沾到的，陆扬实在是忍不下去了，必须仔细打理一下才行。

D 区这边，没什么人过来。

隔着门板，外面也没什么声音。

虽然冲的是凉水澡，陆扬仍是心满意足。

当他的头一沾到枕头，便像是立即被某种神秘的力量给揪扯了过去，直接坠入黑暗的深处去。好像是做了几个细碎不连贯的梦吧，不过再醒来时，陆扬已经不记得了。

窗外还是深夜，他没睡够，有些不情愿。

小可拽着他的胳膊摇晃了几下，把那点仅存的睡意强行散了去。

“怎么了？”陆扬不满地问。

“时间到了。”小可双手比画着。

陆扬恍恍惚惚地明白过来，他是在这儿算计着时间，要一起出去找东西呢。

他知道自己是绝对没法睡下去了，因为小可等到现在，估计忍耐力到了极限。

于是他抹了一把脸，坐了起来：“你没休息吗？”

小可点了点头，又摇了摇头，就算是回答了。

“走，走……”

“好，咱们走。”陆扬去水龙头边，往自己的脸上扑了点凉水，这才彻底回过神来。

小可打开了门，先把脑袋探了出去。

长长的走廊，一眼不见尽头，像他们住的这样的套房，至少有几十间。

因为没什么人气，看上去竟然有些阴森森的。

“我们从这里离开后，可以去进军娱乐圈，去拍悬疑片、恐怖片，完全不在话下。”陆扬一路上都在碎碎念着。

小可跟在一旁，永远是沉默的样子。

“或者现在还有一种新兴职业，叫作凶宅试睡员，顾名思义就是要找那种胆子超级大的人，去发生过命案、有人横死的房子里住上一晚或者几晚，全程待在恐怖的气氛中，以此证明世界上根本没有魑魅魍魉妖魔鬼怪，听说工资是按照分钟来计费。哼哼，等从这里离开，我的胆量应该也锻炼出来了，到时候我闲暇的时候一定去兼职做这个，努力勤工俭学，养活自己。”

小可诧异地望向他，发觉陆扬所说的话，的确是出自真心，他摸了摸下巴，暧昧不明地笑了笑。

“将来等下了船，你打算去做什么？”闲来无事，陆扬又在变着花样地套小可说话了。

“下船？”小可鼓着脸颊，使劲地摇了摇脑袋，“不要下船。”

“你不下船？那怎么行？即使待在船上再习惯，总有一天也是要上岸的。小可，你的家人呢？我是说，就算没有爸爸妈妈，爷爷奶奶、姥姥姥爷、叔叔舅舅这些，也算是亲人吧？你可以去找他们啊。”

小可如往常一样，聊到他不想回答或是无法回答的话题时，会迷茫地低下头去，静静地听着，但也只是听着，仿佛并不是问他，仿佛一切与他无关。

“要不然，实在没处可去，你可以跟我回家呀。你不是去过我家嘛，我家里的亲人只有一个爷爷，我可以帮你收拾一个空房间出来，不一定有多舒服，但是你可以长久地住下来。我觉得我爷爷肯定很愿意多一个孙儿在身边。那个老头，脾气是火暴了点，可心眼也是真的好。从小到大，他总是无私地去帮助别人，天生的古道热肠，村里人都喜欢他。”

陆扬又聊起了之前在码头上，为了阻止黑船拉客坑人，他爷爷领着两个平均年龄近七十岁的老人去和一群壮小伙打群架的事。

“他对赵卓娅也非常好，每次见她来了，总要张罗着给她做很多好吃的。小可，以后你去我家，一定要学会多讨好老头一些，这样子，你就不用四处找方便面，饿的时候，把你的苦瓜脸往老头面前一摆，他分分钟给你做出一大桌好吃的，保你狼吞虎咽，吃嘛嘛香，撑得抱着肚子走来走去。”

“真的？”小可突然来了兴趣。

“你感受过一次我爷爷的热情就知道了，在我家，对待客人的最高礼仪标准一定是扶墙进，扶墙出。你喜欢吃海鲜，那就一桶一桶地拎回来，一盆一盆地端上来；你喜欢吃肉，一天三餐的标准是猪肉、牛肉、羊肉轮着换；你喜欢吃面食嘛……这个比较困难，我爷爷不是很会做面食，但他可以去小超市里买做好的馒头和包子。理论上你想要吃多少都有，最多就是味道上没那么好。”

小可很不争气地擦了下已经淌出来的口水，这一次，他用力地点了点头，答应了将来下船，就跟陆扬一起回家里去。

不知不觉间，走了很久。

搜索了船上的大部分区域之后，陆扬和小可在 B 区某处发现了一间上锁的门。相比其他地方，这里有一种独特的清冷之感，而且，侧耳细听，门后有极其轻微的仿似电流的声音传出。

彼此对视了一眼，陆扬小声地问："进去看看？"

"进去。"小可摸出了工具，试着撬门。

咔吧，又是一声脆响，大门应声而开。

小可无辜地笑了笑，把工具又塞回了原处去，从他淡然的表情里，绝对看不出来一丝异样。就仿佛刚才用一把小工具暴力破开了粗锁链的人根本不是他。

陆扬跟着小可进门以后才找回自己的心跳声，怦怦，怦怦，宛若战鼓一般密集、激烈。

这间房子里，门窗全都被厚厚的窗帘给遮挡住了，可以确定，哪怕是在白天，这里的自然光线也都是极其阴暗，不会有太多的光。

但此刻室内开着许多的灯，是那种实验室内最常见的白色长灯管，灯光将几十平方米的房间照得很亮，周围完全没有死角。

房间的正中央，放着一个极大的玻璃鱼缸。

四周全都用报纸糊住，硬是用这种手段，将周围的空间隔绝开来。

"我们……好像找到了。"陆扬一看到那个鱼缸，下意识就屏住了呼吸。

小可此刻就像是着了魔，一步一步地朝着那玻璃鱼缸走了过去。鱼缸之内，水流涌动，好像有什么在里面翻腾着。

陆扬见小可在动，习惯性地想要跟上前去。

"你别动。"小可疾言厉色地呵斥。

“好好好，我不动，凶什么凶嘛。”陆扬嘴里嘟囔，但还是听话地停在了那里，没有真的跟上去。

小可就这样一步一步地走向了大鱼缸，他的速度并不快，明显十分谨慎。

陆扬的心情跟着紧绷了起来，眼睛一眨不眨地盯着小可，生怕错过了任何一幕画面。但他的身体同样也做出了警惕的准备，随时可以冲过去救援。

忽地，陆扬听到小可哼起了歌，没有歌词，只有悠悠扬扬而又空灵的旋律。他唱歌的时候，会让人想到，这世界上所存在着的所有的美妙的事物——深邃的宇宙之中群星璀璨；不见底的蔚蓝大海的深处，多彩的鱼儿成群结队地游过，美丽的珊瑚随着海水轻轻地摇动……

陆扬恍惚中觉得自己正随着那歌声，朝着海的最深处而去，仿佛又看到了那头美丽的蓝鲸，那有着一双极致温柔的双眼，虽然不会说话，却也能用某种方式无声地表达着自己内心想法的蓝鲸。

小可弯下身，伸出了手，像是在抚摸着什么。

从陆扬的角度看不太清楚，即使他已经踮起了脚。

那种心底里突然生出来的好奇，一直在催促着他。

但陆扬才迈了一步，小可忽然察觉：“别过来。”

歌声因此而中断，那平静而安稳的大鱼缸里，忽地水花飞溅，一股可怕的尖叫声，陡然响起。

陆扬的记忆被唤起，他知道这叫声有多可怕，吃过了一次亏，双手下意识地就把耳朵给捂了起来。

“小心！”

善意的提醒，小可并不当一回事。

那些足以刺穿耳膜的叫喊声，也只是让小可轻轻地皱了皱眉。

紧跟着，他又把手伸了出去，仿佛是一种安抚。

蓦地，小可闷哼了一声，脸上露出了痛苦的神色。

陆扬一看就知道，他是被咬到了，而小可竟然没有要躲开的意思，还在哼着歌，试图继续安抚。

“真是疯了，你这是要学那些高僧，奉献了肉身来求道？”

他一个箭步冲了上去，直接把人给拖了下来。

小可的左手全都是血，滴答滴答不停地往下流。陆扬情急之下，解开了衣服，脱下了穿在最里面的 T 恤，使劲地缠在小可的手上。

幸好小可只是眼神茫然地在发呆，他的手还在，没有被大鱼缸里养着的凶猛家伙给啃掉。

但也因为有了鲜血的刺激，鱼缸内的家伙铆足了劲儿地在折腾。它尝试着，一次又一次，用头和身体撞击着鱼缸。巨大的声响，伴随着它发出的尖叫声，总叫人有种莫名的恐惧。偶尔，还会把头探出水面，那是一张怎样的脸！蓝黑的一张脸，如果那能称之为脸的话，凹凸不平的疙瘩，大大小小，布满了整张脸，有的泛着红，有的透着紫，好像是脓包，又好像什么也不是。

只看了一眼，陆扬就被吓傻在了原地。

那个家伙忽地张开了血盆大口，露出了内外三层牙齿的嘴，凶狠地瞪着陆扬，好像是要将他给撕碎了似的。

“这是个什么玩意。”陆扬怪叫了一声，他拉着小可就跑。

小可好像还有些不愿意，吱吱扭扭地摇晃着，抗拒着。最令人无语的是，他竟然还扭头回去，再去看那怪物，或许，他还想触碰它。

“你疯了是不是，它能把你嚼碎了，连骨头渣子都不剩！”

陆扬一把将人给带回来，为了防止小可往前冲，他将小可完全挡在了身后。

大鱼缸里的家伙不停地在翻腾，水花飞溅，到处都是扑腾出来的水。小可的血严重地刺激到了它，天知道下一秒，它会不会脱离大鱼缸的限制，直接朝他们扑过来。

陆扬一点都不想体会那样的惊险时刻，趁着这会儿还能走，他决定快点走。

小可不愿意，使劲地挣扎着。

陆扬一回头，看到的是一双通红的眼睛。小可仿佛也要疯掉了。

“你怎么回事啊？”陆扬恼了，“你知不知道现在是个什么情况？你不要命我还要呢！他们在鱼缸里养了一个很恐怖的家伙，它能吃了我们的！”

“不会的，不会的。”小可嘴里喃喃说着否定的话。

“你再胡闹，我就先走了！”陆扬低吼。

小可一把将陆扬给推开了，他的速度无比之快，一个跨步，直接来到了大鱼缸的附近，又把手给伸了进去。

“真是要命了。”嘴里喃喃念了一声，陆扬硬着头皮冲了上去。

此时的小可，双手完全没入水中，鲜血将鱼缸的水染红了一大片。

陆扬看得头皮发麻，他拉扯着小可，不抱希望地想着，或许他的双手已经被啃得只剩下骨头，拉出来时，已是极凄惨的一幅画面。

就在这时，大门“咚”地被打开。十几个人涌了进来。

陆扬回头望了一眼，他的目光隔空与邵总对了个正着。

这是他们的第二次见面。

仓皇，狼狈，不在意料之中。

而陆扬也没有戴上口罩，他的五官轮廓完全暴露在了所有人的目光之下，再想躲藏，已经来不及了。

他身后的小可却根本不在乎这些，小心翼翼地托举着什么，从大鱼缸里捞了出来。

“喂，别玩了，想想办法啊，咱们要被抓到了。”陆扬紧张得咬着牙齿，小心翼翼地说。

小可手上拖着的是一团水母一样的果冻状物体，像是人类的小婴儿那么大，身后的黏液尾巴拖出了老长老长。

“这又是什么啊？”陆扬惊了。

“妹妹。”小可喃喃地回答。

“妹妹？这是你妹妹？是你疯了，还是我眼睛有问题？”这种诡异的对话，以及比对话更恐怖的场景，真实地出现在了两个人的面前。

“她是！”小可情绪失控，冲着否认他的陆扬大声地咆哮。

邵总微微眯着眼睛，仿佛是再嘈杂混乱的场景，都尽在意料之中。

她的冷静和淡定是刻在了骨子里的，谁都没办法毁去。

“你是……编号 1007？原来，你在这里。”

邵总的一句话，就让陆扬察觉到了不妙。

他的第一反应是挡在了小可的面前，眼神戒备地盯着邵总，以及她身后的那些越来越多的涌进来的人。

“你果然是这船上的人。”陆扬感叹之后，又带着一丝恼火地说，“既然都已经跑下船了，为什么还要冒险回来？”

小可紧紧地抱着那坨水母果冻，目光低垂，一言不发。

“喂，你能不能先管一管眼前的事？先别发呆了，再待下去，咱们的下场就惨了。”

小可不只没吭声，还把水母给抱得更紧了一些，生怕谁会抢走了似的。

他的两只手上都有伤，血顺着手腕一滴滴地往下滑，怀里的水母果冻的表面仿佛裹着一层防水的物质，那血滴就顺着它的身子往下流，并没有浸染或是残留。水母果冻也不知道有没有生命，就静静地贴在小可的身上，拖长的尾部不知道什么时候缠住了小可的腰身，让他整个人像是戴上了一层华丽丽的蓝色腰带，忽明忽暗，真是奇异极了。

“1007，我命令你立即把编号 1009 放下。”邵总冷冷地命令。

小可听完，立即抱着水母果冻躲到了陆扬的身后，既不看邵总，也不愿意听从命令。

“怎么，这只水母也有编号吗？”陆扬震惊了。

一说完，小腿就挨了一脚，特别的痛。

他听见小可咬牙切齿的声音从身后传了过来：“我妹妹不是水母。”

“好好好，它不是水母，不是不是，我不说了还不行吗？别踢我，疼死了。”陆扬心里直骂小可。在外人面前，怎么能这样子对自己人呢。

“编号1007，立即放下1009。”催促了两次，仍是不见小可放下，邵总也不高兴了。

两个手上拿着捕捉工具的人虎视眈眈地直冲了过来，看样子是想直接暴力抓捕了。

“邵总，我认为你实在是太无礼了，你给小可怀里的那只……妹妹起了编号就算了，你怎么能给小可取编号呢？他是个大活人，他有最基本的权利，你不能这样对待他，你这是犯法！”

陆扬正想发挥实力，动之以情，晓之以理的时候，邵总已不耐地对安保员吩咐：“上去，按住，别再让人跑了。”

另外还有几位实验员也在一旁，邵总又命令：“你们去看一下编号1114，它的状况应该不怎么好，1007号的血对于它不亚于是剧毒，赶快准备解毒剂，1114还不能死。”

实验员点了点头，根本不理会大鱼缸旁边站着的陆扬和小可，以及那只会发光的水母。

他们的目标是大鱼缸，看样子里面还存在着其他的生物。或许就是陆扬先前看到的那只小怪物。所以，小可是为了救水母果冻，而故意让小怪物咬伤了他，用自己的血毒翻了它？那么他之前那么温柔地哼唱着属于大海的调子，其实也是不怀好意，想要先把小怪物给糊弄住，然后再去找机会？

陆扬在心中理清楚了这些纠纠缠缠的复杂关系之后，低声问小可：“喂，先别跟你妹妹玩了，现在要怎么办？再不想想办法，咱们就要被抓走了。”

顿了顿，陆扬改变了说法：“我觉得，即使想办法也没什么用，咱们已经被抓住了，也没啥更好的办法了。”

这么多人在，里三层外三层地围着，更别提他们的手上有各种各样的工具或武器。

想要插上翅膀飞走，都会被人拿标枪给射下来。

陆扬有些垂头丧气：“一般在电影里，遇到这种情况的时候，小可你会突然成了绝顶高手，之前一直隐藏着自己的实力，非要到了关键时刻才能展现出来。”说完，他顿了顿。

小可完全没有要展现自己的想法，他只是抱紧了好不容易才找到的水母果冻，恨不得把脸都埋进那只软绵绵、萌哒哒的水母果冻身上。

“好吧，在有的电影里，紧急时刻也会安排其他高手或者高高手出来，砸了场子，救主角于水火之中。”

陆扬才说完，已经有两个安保员到了跟前，上下打量了他一眼：“老实点，跟我们走一趟。”

他们试图想要给陆扬套上一种特制的塑料扣，是塑料做的，把手臂背过去，卡在大拇指上，就算是身高二米二的欧洲壮汉也甭想挣脱开。之前在保护区那边，他们控制九哥，用的就是这种塑料扣。东西不大，样子简单，但真的被扣住后，轻轻一动，便是剧痛，甭提多糟心了。

陆扬看见这玩意，心里已经有了戒备。

等到他们张罗着要给他扣死的时候，陆扬直接不愿意了。

“你们没资格禁锢我的人身自由。”他左摇右晃，奋力挣扎，就是不肯伸出自己的大拇指。

小可这一刻比往常任何时候都要老实，他眉目低敛，异常安静，好像自从邵总和那些研究员出现在面前之后，小可整个人都蔫了下来。

"喂，你说话呀，想想办法，出出主意。"陆扬紧挨着小可，急得脸色煞白。

一名研究员走了过来，她穿着白大褂，长头发束成了马尾，一张巴掌大的小脸，显得贵气又精致，但她的气质偏冷，几乎与邵总如出一辙，都是习惯性地扬起下巴，眼神轻蔑，满脸冷酷。

"1007，你把 1009 放回到水箱里去，然后跟我来。"研究员不客气地命令道。

小可收紧了手臂，反而把水母果冻抱得更紧了些，显然是不愿意听从命令的。

那研究员直接亮出了电击棍，毫不犹豫地朝着小可捅了过去。

她一定是经常做这种事，出手果断，明知道被电击棍捅中了会产生多么强烈的痛感，却还是直接做了。

那一秒，陆扬心想，瞧着这些人的架势，以前肯定没少欺负小可。

也不知道从哪儿冒出来那么大的一股火，陆扬从小可的身后拔出了一把工具钳，毫不客气地直接抽飞了电击棍。

"说话就说话，少拿那些玩意威胁人。"陆扬忽然就不怕了。

这些人，再怎么凶狠，那也是虹日号上的研究人员。

先不提下船以后会被怎样对待，单单是在船上来说，陆扬觉得自己强势一点，像个愣头青似的不管不顾，反而会让对方有所忌讳。

女研究员大概没想到忽然会被来这么一下子，明显被吓傻了，手上的电击棍直接落了地。陆扬的反应速度比谁都快，迅速一压身子，在她去捡之前，就把东西给拿在了手上。电击棍的手握处有开关，按一下棍头便噼啪作响，再按一下电压加大，噼啪的响声透着令人不安的感觉，但这东西在自己手上，陆扬反而吐了口浊气，觉得心里舒服多了。

小可歪过头，看了一眼陆扬。

陆扬晃了晃电击棍，嘚瑟地问：“哥厉害吧？”

“嗯，厉害。”小可极少会夸人吧。

“到我身后去，我来保护你。”陆扬晃了晃电击棍。

小可的速度那叫一个快，他完全没有犹豫，一个躲闪，人已到了陆扬的身后。

场面瞬间变得相当诡异，陆扬和小可带着水母果冻抵着大鱼缸，不服输地与所有人对峙。

那些奇怪的编号，无时无刻不在暗示着小可的过往。

陆扬心里想，事情已经到了这种程度，已经是最为恶劣的状况，那就索性拼到底吧。

有他在，谁也别想再伤害小可。

即使他的力量微乎其微，可能没办法真的做出任何改变，但那也没关系，他陆扬不服输，绝对不服输。

“麻醉枪呢？”一个助理低声问。

“已经去拿了。”有人回答。

陆扬耳尖，听到了这话，心里猛然一惊。

“小可，咱们真的要闪人了，别的还好说，麻醉枪是带瞄准镜的，我们谁也躲不了。”

小可抱紧了水母，他摇了摇头，意思是无路可逃。

的确，周围的空间如此的空旷，一眼都能看得很清楚，根本没有逃跑的余地。

陆扬眨了眨眼睛，看似面无表情，大脑实则在高速运转。

他的目光，迅速落在了邵总身上。

于是，他高高举起了手：“邵总，我能不能跟您谈一谈。”

邵总冷笑：“满嘴谎言的骗子，你有什么资格跟我谈。”

“我不是骗子，我也没想跟你说谎话……”

邵总打断了他："如果不是行骗，我的备用身份卡怎么会到你手里？"

陆扬哑然："那时候，情况比较特殊，而且我也没想到会突然巧遇你。邵总，我并不是受邀请上船，来路不明，当然会心虚，可是你一定相信我，我并没有要故意欺骗您的想法，一切都是不得已……"

邵总抬起手，轻轻地一勾手指："麻翻他们，先把人控制住。"

"等等！等等！我还有话说，最后一句！"陆扬豁出去了。

他吼得太大声，声音都已经破音了。

还别说，这下真的换回了短暂的时间，让他一口气将他想要说的话，全都讲了出来。

"我是赵卓娅的朋友！"

邵总的表情，果然有了变化。

"邵总，您看这情况？"一直在等待领导发话的实验员小声地问。

邵总略一思索："你如果不想挨麻醉枪，那就让工作人员把你们捆住，有什么话，等会儿再说，但在此之前，你们必须接受控制，不许挣扎。"

陆扬是发自内心的不想戴上那种塑料扣。

可如果挨了一麻醉枪，他就算是不想戴，他们也会给他戴，根本没有拒绝的余地。

思考衡量之后，陆扬小声地说："能不能用绳子捆？那个没那么疼。"

邵总点了下头，算是答应了。

船上有那种为了控制小动物而准备的铁手铐，如今拿过来给陆扬带上，刚刚好。

而陆扬被扣住之后，小可却没有受到类似的对待。

还有个圆脸的研究员来到小可的身边，温温柔柔地劝着："1007，你先把 1009 交给我好不好？它不能离开水太久。"

小可不愿意，圆脸的研究员也不生气："1009 如果缺水，就会干瘪，到时候它就受伤了。它虽然不会死，但它会陷入长久的冬眠之中，你想要见到它活生生的模样，可能得等很久呢。要不这样，我去找个塑料整理箱，放上水和营养液，你把 1009 放进去，然后抱着它走，你觉得怎么样？”

小可紧紧地抿着嘴唇，似乎还是很不情愿。

但他再次低头，看到缠在他身上的水母果冻的颜色，似乎真的没有刚出水时那么鲜艳了，便也知道研究员的话是真的。

这个圆脸的研究员显然与小可是旧识，对小可很是了解，见他犹豫，她立即转身跑去拿箱子。

没几秒的时间，她已经端着一小箱水跑了回来，眼巴巴地送到了小可的面前：“1007，这个给你。”

“笼笼？你要进去吗？”小可开口问水母果冻。他居然还给它取了名字。

更加诡异的是，水母果冻身上的蓝色光芒，忽明忽暗，似是回应。

而小可明显是理解了它要表达的意思，若有所思地应了声，然后接过了研究员手里的塑料整理箱。

“笼笼，你进去吧，哥哥抱着你走。”

水母果冻迅速地移动，滑过了小可的身体，最终一点点地把自己缩进了箱子里。

那只整理箱也变成了会发光的大灯箱，散发着美丽的湛蓝色光芒。

小可紧紧地将它抱在怀中，低着头，跟在陆扬的左右，始终一言不发。

第七章

邵总做局

邵总并没有把他们带去办公室对质。

时间已经很晚了，到处都是一塌糊涂，但在海上的日子漫长，时间非常充裕，倒也完全不必急着立即去理顺。

隔天一早，有人送来了早餐。

三明治、牛奶、一份水果、一份燕麦粥。还别说，比他们厚着脸皮去餐厅混吃混喝的时候，吃得还要好一些。

“小可，你的机灵劲儿去哪儿了？都被困住一晚上了，你还没想出来办法脱困吗？”陆扬惊讶于隔壁的安静，他还有些分心地在想，小可那家伙是不是已经妥协了？

反正，他都已经找到笼笼了，没准这会儿正抱着会发光的整理箱，一边吃早餐，一边自说自话呢，哪里会想起隔壁还有个陆扬正处于水深火热当中呢？

“长得好看的男人，果然是靠不住的。”陆扬发出了这样的感慨。

他泄愤似的开始吃那些早餐，一口接一口，反正现在除了吃吃喝喝，他也没有别的更好的事情可以做了。

就在这时，一个戏谑的声音突然从门口处传来。

“看样子胃口还不错嘛，陆扬，你真是个心大的家伙，跟邵总正面杠上之后，还能保持心态不崩，我真的敬你是一条汉子。”

陆扬惊喜地望了过去：“赵卓娅，你怎么来了？”

赵卓娅穿着修身的连衣裙，长发束成了高马尾，看上去利索又精神。她脚上踩着一双高跟鞋，愈发衬得双腿修长。这样的打扮，就好像是准备去参加朋友的聚会，整个人阳光而有朝气，任何人都要忍不住多看上几眼。

“我如果不来，陆爷爷以后就真的要变成孤寡老头，连个亲人都没有了。”赵卓娅一张口便是不客气的语气，怼得陆扬一口气没提上来。

他抬起手，晃了晃那副稀里哗啦乱响的“银手镯”：“我已经够惨的了，你的冷嘲热讽等会儿再进行吧！先帮我解决一下这个怎么样？实不相瞒，我想去个洗手间，有点急。”

赵卓娅没好气地瞪了他一眼：“我又没有钥匙，没法给你解开。再说，就算是有，没有邵总的同意，我也不能随随便便给你开锁，不然的话，邵总一发火，非冲着我来不可，这不是无妄之灾嘛。”

说到这里，赵卓娅又想起了一些别的事：“咱们电话里已经说好了，你不能跟邵总说认识我，咱们还是要保持距离，拉开关系。你倒好，邵总瞪你一眼，你可是什么都招了，直接出卖了我，一点义气都没有。”

“昨晚那种情况你是没看见，我要是不说出来，非挨一枪不可。你是邵总的女儿，我是你的朋友，这都是光明正大的事儿，说出来又怎样，也没什么见不得人的呀。”陆扬干巴巴地笑着。

赵卓娅倒也没真的为这事儿生气，她摇了摇头：“接下来的事，我只能是尽力而为，回头邵总再找你的时候，记得实话实说，千万别撒谎。”

叮嘱完了，她转身要走。

陆扬情急之下，直接追了上去。

但没走多远，锁链声声作响，他的手臂被拉扯着，停在了床的周围。没办法，那条锁链就那么长，也限制了他的活动范围，他根本挣脱不了。

“你干吗。”赵卓娅转身过来。

“你别走啊。”陆扬急得不行，“我不想一个人留在这里。”

“我不走？那可不行！邵总知道我上船了，等会儿她开完了会，肯定要来找我。陆扬，我可跟你说，真是为了你，我才跑这一趟，而且我也是担着很大的风险呢。我记得我在电话里跟你重复了好几次，邵总在家里的时候那是我妈，作为母亲，她可以容许女儿偶尔的任性和无理取闹。但是在工作场合，她就是邵总，她是一支团队的学术带头人，她需要绝对的权威以确保所发布的命令能得到彻底的执行。你懂吗？连我都不敢去挑衅这种严肃的工作状态呢。”赵卓娅轻轻地虚点着陆扬的鼻子，“也就是你，无知者无畏，居然还闯到邵总的眼前找不自在，我真是对你佩服得不行。”

“你是第一眼就认出了小可的来历，所以当时才会对小可那么温和吧？”陆扬冷不丁地提起了另外一件事。

赵卓娅来不及转换表情，在那一瞬间的震惊里，陆扬读懂了自己想要知道的一切。

果然如此。

他把刚才的所有急躁全收了起来，顺势往床边一坐：“我就知道是这样。”

“不懂你在说什么，别胡乱猜呀，我是站在你这边的哟。”转眼间，赵卓娅已经换上了浅浅的笑容，真诚，无辜，阳光。

但这种外在的刻意表现，早已没办法糊弄陆扬。

他镇定地坐在那儿，眼神里全是笃定，不见半分之前的慌张。

“我跟你并不熟，满打满算，认识不超过两星期，你为什么要站在我这边呢？”陆扬反问。

赵卓娅生气地抬高了声音：“陆扬，咱们也算是不打不相识吧，之前你救过我一次，我也救过你一次，这就是传说中的过命的交情了！时间长短是衡量一段友谊的标准吗？绝对不是！不要那么肤浅好不好？”

看着赵卓娅那义正词严的神情，陆扬差点就信了。

可问题是，他也不是个头脑简单的傻憨憨，各种疑点都摆在眼皮底下了，他要还装着视而不见，那连自己这一关都过不去。

“用我当借口，你能顺利登上虹日号，这算不算是意料之外的收获？”陆扬继续和赵卓娅玩着答非所问的游戏。

“我妈就是虹日号的负责人，我想上虹日号还需要拿你当借口？陆扬，你不觉得这种猜测过于自信了吗？”赵卓娅嗤之以鼻。

“是不是这么回事，你自己心里是最清楚的，何必掩饰呢？瞅着还怪心虚的。”

陆扬的强调，并没有刻意地表现出阴阳怪气，但听在赵卓娅的耳朵里，到底觉得不是滋味。

“行啦，你爱怎么猜全由着你好了，我还有事，就不陪你在这儿耗了。”她来到门口，手指按在门板上，忽地轻笑着说，“陆扬，不管你愿不愿意承认，你现在唯一的希望就是我。所以喽，咱俩就应该是一对好朋友，我为了你而来，想尽办法将你带离虹日号。你看，到那时，你还是陆扬，北月岛上快乐潇洒的渔三代，我也还是赵卓娅，能去你家蹭饭的好朋友。难道这样子，不好吗？”

陆扬已经听出了她话里的威胁，如果自己“不识相”，不停地追问，间接拆台，那么他们就不是什么朋友，回头在邵总面前一说，邵总肯定是要公事公办的，到那时，他的下场可能不会太好。

“当然好。”陆扬素来懂得识时务者为俊杰的道理，他放松地摊了摊手，“唯一的要求，希望你能快速地和邵总交涉好。作为赵卓娅同志最要好的朋友，被扣着锁链拴在了床头，实在是有点丢脸了。其实我上船以后，也没做什么天怒人怨的事，我一路都是懵懵懂懂，有几次小规模的破坏行为，出发点也是为了救人。这应该是可以被原谅的吧？”

赵卓娅笑眯眯道：“你居然在害怕？”

陆扬再次叹气，咕哝一声：“不怕就怪了，你别忘了，我只是个普通的大二学生。”

“普通的大二学生，居然会神不知鬼不觉地上了别人的船，陆扬，你觉得这种说法，邵总会相信吗？”

对于赵卓娅直击灵魂的质问，陆扬只能沉默以对。

赵卓娅去了整整一上午，陆扬百无聊赖地等着，耐心已耗尽，脾气渐渐涨起。他不停地晃动锁链，持续地制造噪音，心里想着，只要能引得隔壁来人看一看，也算是成功了。

然而郁闷的是，明明能听到门外来来回回的脚步声，但就是没人往里进。

也不知道是不是幻觉，隐约还能听到隔壁的门，一会儿被打开一会儿被关上。

那里住着的人是小可啊。

若是船上的人已经去接触他了，为什么没有来看看自己呢？

陆扬百思不得其解。

就在他已经反复琢磨赵卓娅是否可以信任时，门终于打开了。

一个服务员打扮的大姐，端着一碗炸酱面走了进来。她全程绷着面孔，一言不发，只是把盘子里的东西放到了陆扬面前，接着就要离开。

“等等，您等等。”总算是等来了一个人，陆扬哪里肯那么容易地放她离开，“您能不能帮我联系一下，我要找赵卓娅，或者您直接跟邵总联系，就说我有话要说。”

“不行。”大姐拒绝得直截了当，“我只负责送餐，其他的不管。”

“您只要帮我传个讯就行啊，如果您实在是觉得这事儿不方便，帮我喊一下外面的人也行。”

大姐依然不愿意，端着东西，绕着大床走，从始至终都与陆扬保持距离。

完全把他视若洪水猛兽一般。

“嘿，做得还真绝。”陆扬服气了，“你们至于跟防贼似的防我吗？我又没偷你们船上的东西，我也没有什么破坏性的行为，我只是一个不小心被卷上了船的无辜受害者……”

咚——陆扬的话还没说完，门就被当面摔上了。

半小时后，邵总推门而入。陆扬看着她铁青的面孔，便知道刚才赵卓娅回来后要睡觉时自己不嫌费事地坐在地上的行为，实在是英明的决定。

“她说她累了。”陆扬咧了咧嘴，干巴巴地解释，“这屋就一张床，我让给她睡了。”

邵总一进门，整个房间的温度仿佛都跟着下降了好几度。

陆扬清楚地感觉到自己手臂上的汗毛集体立正，一股股的寒流，蔓延至全身。他试图让氛围更轻松一些，然而没有用，他无法完美地控制脸上的表情，哪怕是假装出来的自然，此刻也无法持续。

邵总瞪了陆扬一眼，目光便轻飘飘地转向了被子里的女孩。

“赵卓娅，你为什么不回自己的房间去？谁让你又来这里的？”

赵卓娅一听到邵总的声音，人就立即清醒过来。不过她和邵总之间的“战斗经验”比较丰富，遇到这种场面是既不慌也不乱，更没看出半分心虚。她翻了个身，脸朝着床的内侧，背对着邵总，满是不耐烦地说：“我爱睡哪里就睡哪里，你管不着。”

“我是你妈，我怎么就管不着了。”邵总的双眼如在冒火。

“我在船下的时候，每天都在外面流浪，你怎么不来关心一下我睡在哪里，有没有危险，是不是跟坏朋友鬼混在一起？”

邵总被噎得一怔。

赵卓娅又继续说道：“现在才上了船一会儿，你就开始脑补许多不堪入目的情节，然后没办法接受了？拜托，这样子很无聊耶。该吵的话题，咱们都已经吵过了，我累了，不想再说话了，麻烦您现在出去，把门关上。我和陆扬一起关禁闭，回头虹日号靠岸的时候，你把我们一起交给警方，一了百了。”

陆扬是正对着邵总的，因此邵总的情绪变化，他感受得最是清楚。

在这期间，邵总用比刀锋还要锋利的眼神在凌迟着陆扬，但陆扬也只能无奈地笑了笑。因为正努力地激怒邵总的人是赵卓娅，不管不顾地与邵总死磕的人也是赵卓娅。这一场战争是她们母女之间的斗争，迁怒他人，不过是无能的表现罢了。

“你别以为我不敢。”邵总急了。

“你有什么不敢的？你当然什么都敢！反正，等到了警局，我就直接跟警察叔叔说，我是你邵恩静的女儿！我有身份证，一查就知道了。到那时，不管你愿意不愿意，作为母亲你还是得去警局和警察叔叔作出解释。你都不嫌麻烦，我怕什么！”赵卓娅的语气里竟然还有几分期待。

这可把邵总给气坏了，若是再补几句，下一秒或许她就会破功，直接掀开赵卓娅身上的被子，狠狠地揪着她的耳朵……

就在陆扬为之担心的时候，邵总收敛了脾气，冷静了下来。

这么快就控制住了情绪，邵总的自控力果然厉害。

“你叫陆扬？”

陆扬还没开口，赵卓娅猛地坐起来，不耐烦地说：“你有完没完了？在我这儿没有突破口，你又想去找他的麻烦？我告诉您，趁早绝了那种想法。陆扬是跟在1007号的身后上的虹日号，他只是个普普通通的大学生，家世清白，社会阅历简单，发生的一切只是意外。就算你把他交给警方又能怎样呢？误打误撞的误会罢了，难不成警方还会胡乱安个罪名在他身上？您别想着糊弄人！能吓得住没见过世面的他，您可吓不住我。”

陆扬的嘴唇抿了抿，尽管被赵卓娅鄙视没见过世面，可他一点都不生气。嗯，他只是不想搅进母女俩的战争里去，如此而已。

“你怎么知道他家世清白？社会阅历简单？你能替他背书，做一个保证？”邵总嘲讽地问。

“我当然能替他背书做保证。”赵卓娅不甘示弱。

“为什么？”邵总强忍着怒意。

“因为他是我男朋友，我去过他的家，我认识他所有的亲人。”

赵卓娅话音落下，陆扬的脑袋“咚”的一声，磕到了一旁的柜子上。他捂着脑门，痛叫了一声。

邵总冷哼：“他看起来就不是很聪明的样子。”

赵卓娅翻了个白眼：“你和我爸已经够聪明的了，咱家并不需要另一个聪明人加入，我最讨厌的就是聪明人，他傻一点，有什么不好？”

邵总还想反驳。

赵卓娅却突然收了声音，悠悠来了一句：“傻一点的人，才不会为了自己的理想，把作为闲杂人等存在的我抛弃到一旁吧。”

邵总瞬时收敛了所有的攻势，整个人绷紧了站在那里。

陆扬一边揉脑门，一边在心里头琢磨，母女战争，这是告一段落了？

邵总果然离开了，走的时候，不发一言，只是眉毛紧蹙，神情之间多了几分疲惫。

房间内只有他们两个人在的时候，陆扬小声问：“赵卓娅，我什么时候变成你男朋友了？我怎么不知道这事儿？”

赵卓娅瞪了他一眼，做了个不要说话的手势。

她朝门外的方向望了过去，好像是在等待着什么。

一分钟后，两个安保员走了进来，径直来到陆扬的身边，为他解开了手铐。

“哇唔。”重获自由，陆扬有点开心。

“邵总说，让你们收拾一下，稍后去餐厅用餐。”安保员宣布完毕，又走了出去。

赵卓娅利索地一翻身，直接冲过去把房门关起来，返回时，才叹了口气说道：“暂时混过去了。”

“什么意思？”陆扬完全不明白她葫芦里卖的是什么药。

“意思是接下来的日子，麻烦你在虹日号上安分一点，等到船靠岸，立即下船离开，不要再惹事了。”赵卓娅凶巴巴地说，“邵总的忍耐力是有限的，你要是再给她找麻烦，刚才那一招就不管用了。说真的，就算是我和我爸，若是真的妨碍到了我妈工作，她也会毫不犹豫地叫人把我俩丢海里去喂鱼，更别提是你了，她根本都不带眨眼的。”

“我被吓到了。”陆扬故意抱着手臂。

“我可没吓唬你。”赵卓娅强调完，就催着他赶紧去洗澡，不要耽误她在船上玩。

不用躲躲藏藏地走在虹日号的甲板上，这对于陆扬来说，是一种全新的体验。

换了个角度来看这艘巨大的游轮，也让他生出了一番感慨，这艘船就像是行驶在大海深处的钢铁巨兽，从上到下，透着壮观。

“邵总她们确实是在做什么科研项目吗？”陆扬想起了在船舱内所看到的那些画面，忍不住发出了这样的疑问。

赵卓娅的手抓着栏杆，任由海风吹散了她的长发，这样站在风里，让她很是自由畅快。

“你知不知道，邵总在研究什么啊？”陆扬又问。

赵卓娅扭头，看向了他：“你关心这个做什么？”

“小可的编号是1007。”陆扬说道。

赵卓娅挑了下眉：“怎么了？”

“他是一个人，却跟船上实验用的动物一样有自己的编号，你不觉得，这件事很奇怪吗？”

两个人从房间里出来的时候，隔壁的房间门是开着的，陆扬特意去看了一眼，发现房间已经打扫干净，小可和那一箱水母果冻全都不在了。

他心里空落落的，又担心，又疑惑。

明知道从现在开始，视而不见、听而不闻对他来说是最有利的，只要熬到虹日号回到岸边，他的冒险旅程也将结束，一切归于平静。但他怎么都放不下小可，总是很担心那些人会用粗暴的方式来对待他。

“喔。”

赵卓娅应了一声，便沉默下来，她迎着海风吹来的方向发起了呆，脸上再没有刚刚的放松和惬意。

“虹日号的实验非常神秘，小可似乎也是实验的一部分。”顿了顿，陆扬叹息，“我在船上，去过一间屋子，那里存放着许多小动物的尸体，堆积如山。那边还有一台巨大的粉碎机，传送带会将这些死在船上的小动物送去粉碎机，搅得一团模糊，然后丢弃掉。赵卓娅，你懂我说的是什么意思吗？”

“邵总是学者、研究员、科学家，她不是杀人犯。”赵卓娅突然起了火气，“许多实验室，在进行试验的过程之中，都会用到动物，我知道这很残忍，可是，有些牺牲也是没有办法的。理论研究部分若不经过反复的验证，那也只能是一种无法被证实的理论罢了。若不能应用于实践，这些东西研究出来也没有意义。”

“你说的我都懂。”陆扬放柔了声音，“但我还是担心小可。”

赵卓娅扭过脸去：“邵总的工作，从不允许任何人干扰，即使是我也不行。陆扬，我能保住你一个，已经耗费了极大的力气。”

“他跟我说，一直以来，他就只有 1007 这个编号，所以 1007 就是大家日常对他的称呼。小可是你给他取的名字，他很喜欢。”陆扬拍了拍赵卓娅的肩，“你继续吹风，我先回去了。”

在回去的路上，两个安保员突然从角落里出现，陆扬来不及反抗，已经被制服。

十分钟后，他被送到了邵总面前。

依然是上次正面相对的那间套房，邵总仍是那身利索的打扮，只是眼神里再没有了半点温度。

陆扬莫名地心虚。

“坐。”邵总一声令下，两个安保员一个去端椅子，另一个倒水。等把东西全放在他面前后，他们便退了出去。

陆扬更加不安，他根本不知道自己是否可以坐下。

“你在害怕，还是在内疚？”邵总不客气地问。

陆扬摇了摇头：“您找我来，是有什么事吗？”

“我想听一个解释。”邵总将右手搭在了左手之上，她的无名指上戴着一枚款式简单的黄金指环，应是戴了很多年了，指环的表面看起来已经花了，却像是变成了她身体的一部分，牢牢地镶嵌在了指根的位置。

“解释？您指的是——我悄悄上船的事？小可的事？还是与赵卓娅有关的部分？”

邵总哼了声：“一件一件慢慢说，我今天下午都没安排，你想讲多久都没关系。”

越是如此，陆扬越觉得艰难。

“您对我，天然不信任，即使我将整件事的经过，原原本本地讲一遍，不掺杂半个字的虚假谎言，我想，您依然会从其中找寻到很多的漏洞，然后再一一地反驳我。”陆扬坐直了，长长地叹了口气，“既然如此，我想我说什么都没有意义，还会惹您反感。”

“你不试试，就认怂了？”邵总根本不吃以退为进的这一套，她抿唇冷笑，眼神里有森寒的光芒。

“我想赵卓娅已经跟您解释过了，不如，您以她所讲的为准，如何？”陆扬继续慢悠悠地打着太极，绕来绕去，无非是想先打探出来一些事，免得自己在毫无准备的情况下，一个不小心，就说多了。

可邵总这种人精，在职场上摸爬滚打了几十年，还是整个项目组的带头人，更是虹日号上发号施令的领导，她哪里会被陆扬那点小把戏给糊弄过去？

只几眼，便已看出陆扬的心思。

她摸了摸手指上的戒指，慢条斯理地开口：“你说实话就行了，至于我信不信，自然是有办法判断。另外，我也要再提醒你一句，你在我面前偷奸耍滑，相当于自掘坟墓。看在赵卓娅的面子上，我给了你这次机会，希望你能够珍惜。”

陆扬还没开口表达什么，邵总继续说了下去：“这里是在大海的深处，你也不是虹日号上的受邀船员，真要是发生了什么事，后果难以预测，我想，即使你突然失踪了，这船上也不会有人刻意地去寻找你。人啊，还是要珍惜自己的生命，毕竟，命只有一条，没了也就没了，别人可以不拿你当回事，你若是也跟别人一样，自己不在乎自己的这条命，那之后无论遭遇到了多悲惨的际遇，也只能认命，而不要去怨恨不公。我说的，你懂吗？”

陆扬点了下头：“邵总的意思是，别不识抬举，不然就把你扔海里去喂鱼。”

邵总眼里有了笑意，似是赞许。

不过，陆扬却是在心里一个劲儿地叹气。他算是明白，为什么之前那些补给员会那么嚣张了，这绝对是要跟顶头上司的行事风格保持一致啊。

“其实整件事情本身，再是简单不过，事情要从十几天前说起，我才放暑假，坐了很久的火车，又换乘渡轮，回到了北月岛……”

陆扬是按照自己的时间线来诉说整件事的，他讲得不疾不徐，怎么认识的赵卓娅，怎样上了黑船，后来又是怎样被小可给盯上，最终跟在他身后，带了点莫名其妙的心情，悄悄登上了虹日号。

至于在虹日号上所经历的一切，陆扬都是拣着无关紧要的部分说，他可不想让邵总知道，那些隐藏在船舱底层的大机器，和那一箱箱的血肉，早已被自己看在了眼中。

何必去惹这个麻烦呢？他并不想因此就被邵总记恨上。

十几分钟后，陆扬长出一口气："事情的经过就是这样了。"

"你不是赵卓娅的男朋友？"邵总揪住了整件事里她最关心的一个点。

"赵卓娅长得那么好看，又是很有义气的性格，为人聪明，做事有条理，这么优秀的女孩子，我还真的很希望跟她是男女朋友关系。但希望是希望，我却不能撒谎。"停顿了一下，陆扬不忘替自己多说几句。

"你知道，你否认了这件事，会给自己带来多严重的危机吗？"邵总冷冷地问。

"大概能猜得到吧，您之所以暂时还我自由，是赵卓娅努力争取来的。可这并不代表，我能坦然地去靠一个个的谎言来瞒天过海。其实说开了又能怎么样呢？我相信您心里有自己的判断，绝不会……"

"来人，把他捆起来，扔进底舱去。"邵总喊了一声。

呼啦啦地冲进来四个安保员打扮的男人，不由分说，按住了陆扬。

陆扬直接傻眼了："您这是……"

邵总站起身，眼神高傲地落了过来："我刚刚也在疑惑，我的女儿，为什么眼光会突然那么差，看上了像你这样子的平凡男人。现在倒是解了惑，果然一切都是假的。"

"我只是不想欺骗。"陆扬的心都揪起来了。

"天真。"邵总摆摆手，"把他带走吧，别让我再看见，脑壳痛。"

于是，陆扬就被拖了出去。

两个壮汉架着他一个，跟拖小鸡仔差不多，轻而易举，陆扬没有任何反抗之力。

原来还有一部专属电梯，连接着所有的楼层。

陆扬只觉得眼前一花，他眼前的景象已从豪华套房，变成了阴森冰冷、闷不透气的底层船舱。空气中混合着各种奇怪的气味，哪怕只是待一会儿，都有种要窒息的感觉。

两边墙壁上挂着一盏盏昏黄的灯，如今全都打开了。

陆扬被人带着，从那台巨大的粉碎机旁经过，不知道为什么，他浑身的骨头都在闷闷的发痛，好像下一秒自己就要被丢进那恐怖的粉碎机里，和那些肉块一样，被碾成肉泥。

“陆扬。”小可的声音突然传来。

陆扬循声望了过去，在粉碎机的后方，摆着两只巨大的铁笼，足有两米那么高，栏杆细密地焊接好，看上去就非常结实。

小可抱着水母果冻，站在其中一只铁笼中。

而另一只铁笼，显然是给陆扬准备的。

安保员上前打开后，推推搡搡地把他推了进去，然后迅速锁紧了铁笼，原路离开。

昏黄的灯，随之熄灭。

整个空间被一片漆黑包围。

一团蓝光，陡然间出现在了眼前。

那是——

“小可？你怎么在这儿？”陆扬简直是哭笑不得。

小可抱着水母果冻，向前走了两步，然后学他说话：“陆扬，你怎么在这儿？”

“我跟邵总没谈拢，被她丢下来了呗。”说起这个，陆扬有点后悔，早知道邵总真是赵卓娅口中那种翻脸无情的个性，他就应该听赵卓娅的话，一直装她的男朋友。

“邵总要妹妹，我不给，她让我找个冷点的地方静一静。”小可自从找回了水母果冻以后，说话明显比之前利索了很多，长句子偶尔也可以很顺畅地说出来，甚至连嘴角都总是不自觉地勾起了笑容来。

虽然到现在还是搞不清楚那一箱子水母果冻是什么东西，但见到小可越来越像个正常人，陆扬心里也觉得很高兴。

当然，高兴不过三秒，陆扬就回到了现实当中，担心起了眼前的困窘局面。

他沿着铁笼子的内部走了一圈，周围实在太暗了，伸手不见五指，唯一的“光源”居然是那团水母，陆扬也是无奈透了。

“接下来该怎么办？”他问小可。

小可学他：“接下来该怎么办？”

“你能不能停止学我讲话，顺便给一个可以实行起来的建设性意见？”陆扬长叹了一声，“你也不想想这是哪里？粉碎机旁边呐，想想那台粉碎机一天到晚地运转，多少肉块都被它碾成了肉泥，就算那些肉块是动物，我也还是觉得阴森森的不舒服。小可，咱们想个办法逃走吧？”

小可摇摇头，来到了笼子边，他坐了下来：“逃不掉。”

“这话从你嘴里说出来，怎么听都觉得诧异，之前你都下了船了，如果你愿意，你完全可以不用回来的。世界那么大，去哪里不能活，何必要回到让你难受的地方呢？”陆扬的话里，透着几分小心，他怕刺激到小可。见他没反应，他才继续说：“不管怎样，咱们都不能真的坐以待毙。小可，你若是想不出逃走的办法，那么你至少要告诉我，邵总他们在做什么实验？”

小可一言不发。

陆扬索性也学他的样子，背对着栏杆与他坐在了一处。

他不着急催促，因为他很清楚，即使催促也没有用。

小可不傻，他的脑子里有着自己的思路，以及自己的判断。若是不能得到他的认可，即使陆扬磨破了嘴皮子，小可也绝不会给予哪怕一点点的回应。

一直以来，都是如此。

陆扬发觉自己竟然慢慢地习惯了。

“驱散，鱼群。”小可忽然说了这么一句话。

陆扬赶紧回头，望了过去：“你说什么？”

“鱼群，驱散。”小可在翻来覆去地说着同样的话，说完之后还像是做了错事的孩子似的，低头看着怀里的水母果冻发起了呆。

陆扬烦躁地抓了抓头发，拖长了声音喃喃：“天啊，天啊，天啊。”

小可吓了一跳，但他更在意的还是自己的那一箱水母果冻，赶紧抱走，去距离陆扬远一点的地方待着，哪怕是隔着铁笼子，他都很担心会吓到他的笼笼。

突然好半天都没人讲话，周围变得异常的安静。今天的海浪有点大，虹日号随着波涛翻滚，忽地向上，忽而向下。

就在这时，一束手电筒的强光从远处扫了过来。

好像还有人在喊他的名字：“陆扬！陆扬！”

陆扬坐直，诧异地望过去：“赵卓娅？”

果然是她。

得到了回应，赵卓娅迅速小跑过来。她用手电筒上上下下地扫了好几圈，确定陆扬没有什么问题之后，才松了一口气：“你没事，太好了。”

“现在是没事，将来就不好说了。待在虹日号上，每天都有新的刺激，说真的，不亲自经历这一切，我都很难相信，我目前所经历的一切居然是真的。”

陆扬的双手，紧紧地抓住栏杆。他认真地问：“赵卓娅，你这次还有办法救我出去吗？”

赵卓娅耸了耸肩：“不太想救。”

“我诚恳地向你道歉，你说得对，邵总真的很凶，她在工作状态之下，毫无人情味可言。”陆扬诚恳地说。

就这么小小的一句话，赵卓娅高兴了：“你看，我说得没有错吧，不听老人言吃亏在眼前。我都已经帮你把理由找得妥妥当当，你倒好，邵总追问你一句，你立即做个诚实的好孩子，原原本本地把真话讲出来了。又能怎样呢？还不是被丢到底舱来，狠狠给你个下马威。”

陆扬苦笑转深：“下马威也没什么，关键这里的气氛有点吓人，看见旁边那部机器了吗？那就是我跟你说起过的，用来处理纸箱里的那些东西的机器。它开启的时候，简直像是长满獠牙的野兽张开的血盆大口。”

“被你一说还真是阴森森的，陆扬，我是不是应该只带小可走，把你留在这里好好反省一下啊？”

陆扬把手一摊：“你要真想这样子，我也没办法，反正这一整天下来，我都已经习惯了各种被欺负。没办法，躺在砧板上的鱼肉，就该有任人宰割的觉悟。”

“体会很深，说得不错。”

赵卓娅说完，只去解开了小可那个笼子的锁头，看样子是真的打算言行一致，把陆扬留下来了。

幸好陆扬向来是能屈能伸的大男人，关键时刻，一个道歉，又劝服了赵卓娅。

十分钟后，三个人从底舱的小通道来到 D 区下方的某个小房间时，虽然依旧是非常逼仄的环境，陆扬却已经满足得不得了。

“我知道你现在充满了好奇，本来有些事是不该提起的，但事情到了这一步，再隐瞒也没什么意义。”没等陆扬绞尽脑汁地追问，赵卓娅直接开了口，“我简单地跟你说一下大概的情况吧。”

陆扬完全没有一丁点儿期待或是兴奋的神情，昏暗的灯光之下，他直盯着赵卓娅。

“你别用那种眼神来看我。”赵卓娅有点心虚地摆了摆手，“即使整个事件再混乱，难以预测，可那也是你陆扬自己一头撞上来的，不是吗？”

“我不想追究孰是孰非，你继续说吧，我只是想知道自己究竟是处于一个什么样的困境当中。”

赵卓娅对于很重要的事，大多时候喜欢用打太极的方式糊弄过去，尤其她心里始终认为陆扬是在旅途之中认识的过客，没必要产生过多的交集，更不能交心了。

可到了现在这个程度，她又不得不对目前的状况进行思考，进而重新做出决定。

“在我说出以下的故事之前，我想再强调一句，虹日号是正规且严谨的科考船，它所做出的一切行为，无论多么不合常理，它所进行的仍然是值得尊敬的科学探索研究。”

陆扬抱着手臂，抵墙而站。

小可把整理箱摆在床头，自己蜷成了一团，头抵着那只箱子。随着他的情绪平和，水母果冻似乎也安静了下来。它一动不动，只是静静地用身体释放着柔和的湛蓝色光芒，使小可原本白皙的肤色也染上了一层薄薄的蓝。

赵卓娅见两人如此，也知道他们早已不相信自己。

叹了口气，不再多言，便开始讲了起来。

邵总手下的科研团队一共分为三组，A 组主攻海洋生物群和海洋微生物群研究，B 组针对洋流、海洋水质进行研究，C 组负责的则是海洋与陆地之间的生态保护研究。三组各有研究重心，同时乘坐虹日号出海，也是为了各自手上的项目。但事情也不那么简单，这主要在于三组的共同负责人是邵总，而像邵总这般国内首屈一指的海洋专家，她的存在，注定让这一趟科研考察变得不平凡起来。

“邵总具体要利用三个科研组的调查数据来测算什么，这一点连我都不知道。”赵卓娅拧开了矿泉水瓶的盖子，借着这个动作，短暂地失了会儿神，“但是我能肯定的是，那件事对她来说非常非常的重要，她可以为了它，不顾亲人感受，不理家庭和睦，一离开就是几个月，然后所有的事情只用一句要遵守高保密协定不能透露来应付。”

“她做了很多动物实验。”陆扬说完，像是有些犹豫，扭头望向了小可，“或许，也会拿人做实验。”

“不可能，这是不被容许的行为，我妈绝不会那么做。”赵卓娅激动得站了起来，狠狠反驳。

“小可说，他在船上出生，也在船上长大，他没有名字，编号是1007，而他抱着的那箱蓝汪汪的水母果冻，编号是1009，小可管它叫妹妹。如果虹日号上没有拿人做实验，那你解释一下这是怎么回事。”

赵卓娅语塞，尽管她早料到陆扬一定会来问这件事，但她依然不知该从何讲起。

“小可的存在，本来就是意外。”她揉了揉自己的脸，“真的是意外。”

“像小可这样以编号为名字存在的人，这船上还有多少？被限制了自由的他们，现在又是被关在哪里？或者……那个存放着因实验而死去的动物的房间里，就有像小可这样的实验用人员？”

“你别说了！”赵卓娅捂住了耳朵，眼神惊慌。

她是真的被吓到了，并不是像过去那样悠闲自在的跟陆扬“你来我往”，在这一点细节上，陆扬看得非常清楚。

他所不解的是，赵卓娅为什么会如此。

她似乎知道些什么。

陆扬一把抓住了她的手腕，语气也比之前严肃了不少：“你现在还在替邵总隐瞒吗？这一次她是把我和小可关进底舱里，让我们自生自灭，下一次她觉得不耐烦了，也许会直接干掉我们。”

赵卓娅气急：“你什么都不知道，请你别胡说了好吗？邵总……我妈……我妈妈是个好人，她所做的一切全都是有理由的，她绝不会为了科学研究而去杀人，这不可能。”

“动物是生命，人类也是生命，成百上千的动物，为了验证她眼中尚不确定的数据而被用来做实验，经历的死亡多了，人的命，动物的命，还能有什么不一样呢？赵卓娅，你别把整件事情的道德水准想得太高，你在维护自己亲人的同时，先看一眼小可。你觉得，在一个正常的家庭中成长起来的男人，会像是他现在这个模样吗？”

小可本来蜷得好好的，没想到陆扬跟赵卓娅突然争执了起来，还将矛头转移到了自己的身上。他一脸蒙地看了过来，然后很自然地把他的水母果冻拉进了床铺的内部，用自己的身体挡得严严实实。

做完这一切后，他继续打盹儿睡觉，并没有兴趣参与对话。

“小可正不正常，跟我妈有什么关系，他们之间……”

陆扬不想再听这种完全没有意义的反驳，不耐烦地一挥手，打断了她：“敢打赌吗？”

赵卓娅瞪圆了眼睛，黑白分明的大眼睛里分明有雾气在凝聚，汇聚成水团之后，就那么摇摇欲坠地挂在那儿，随时都可能会崩溃落下。

这一刻，她是脆弱的。

但陆扬咬着牙根，根本不去理会这些，他非常清楚，事情发展到了这一步，根本不是几滴眼泪就能糊弄过去的。若是赵卓娅存着这样的念头，他和她还是早些分道扬镳为好，因为迟早会起大矛盾。

“赵卓娅，你怕了，对不对？你不敢跟我打这个赌，因为你虽然嘴硬不肯相信我说的话，可你心里还是跟明镜一样，知道我讲的话并不是信口胡说的。”

“我有什么不敢的？”赵卓娅被激得满是火气，“你说吧，赌什么！”

“从现在开始，你完全把自己放在旁观者的角度去看待整件事，然后你和我一起去调查虹日号和邵总的科研组，让我们一起来查清楚，她究竟是在搞些什么样的科学研究，又是否存在严重的违规行为。我们此刻就在虹日号上，身边全都是相关人员，即使他们隐藏得再深，也一定有蛛丝马迹露出来。等结果确定，如果邵总如你所说一般是堂堂正正地在做事，那就算你赢，到时候，我会郑重向你道歉，要我去邵总面前认错也可以。”陆扬步步紧逼，“怎么样，你敢应下吗？”

赵卓娅本就是天不怕地不怕的性子，要不然她也不会因为在黑船上吃了亏，隔天就过去找麻烦了。

陆扬稍稍一挑衅，她就火冒三丈地应下来。

两人击掌，定下赌约，小可作为见证。

“邵总很快会发现我们从底舱内逃走了，以她的性子，掘地三尺也一定要把我们挖出来才行。”陆扬摇了摇头，“所以，接下来我也得悄悄地去调查，尽量不被船上的人给抓到。至于小可——”

陆扬无奈地望向在床上直接躺平的小可：“他的状态很不对，好像整个人都没了活力。而且抱着那个大箱子，他会成为最醒目的目标，哪怕在黑暗里，他的水母也会发出很强的蓝光。我想，小可是不会同意单独把水母果冻留在房间里的，那等会儿最妥帖的做法，还是把他留在这儿休息，我们两个分开行动，你回到邵总身边去碰碰运气，我就随机应变吧。”

“也好。”赵卓娅答应了下来。

离开之前，两人也询问过小可的意见，不过小可就那么一动不动地蜷着，好像已经睡着了。

当陆扬踉踉跄跄地走在虹日号的甲板上时，已近深夜，天空与大海之间离得无比之近，一团团的深色乌云汇聚在了一起，一场大风雨正在酝酿中，不久之后就要到来。

甲板的另一侧，几十个穿着冲锋衣的补给员正在忙碌地工作着。陆扬起初还在躲躲藏藏，但很快，他发现根本就没人有空分心来注意他。大家都太忙了，一个接一个的整理箱从船舱内被运了出来，它们被拆开，放上传送带，再投进巨大的机器中，旋转的刀头将箱子里的肉块碾碎成肉泥，并将它与一种散发着浓烈香味的粉末搅在了一起。再经过另一台机器的简单挤压、定型，最终变成了一个个肉丸子。

这些肉丸又通过另一条传送带，被送上了高处，洋洋洒洒，落入了大海。

沿着船体栏杆而架设起来的探测器，延伸至海面，足足有七八米，有一些还探入了海里。甲板上摆满了仪器，发出单调而富有节奏的声响。

陆扬意识到邵总的试验正在进行中。

那些血肉块做出来的肉丸子，竟然是用来做诱饵？

他踮起脚尖，想要看看海面，只是那些巨大的强光探照灯，实在是太刺眼了，基本上什么都看不清楚。

“得凑近一些才行。”

陆扬咬了咬牙，把身上的衣服裹紧了一些，继续向前走去。之前顺来的冲锋衣已经被强制收回了，他身上穿的这件外套是船上的安保员临时找来给他替换的。船上所用的东西全是特殊供给，没有太差的物件，因此衣服的舒适性相当不错，但这件衣服唯一的缺点就是太醒目了，穿在身上，特别扎眼，离老远都能看得见，而且外部还贴了大片的反光条，即使在夜里，只要给一点光源，他便无所遁形。

这也是怕他再逃走而用上的手段。

陆扬此刻就深受其害，他从藏身的地点一冲出来，高处的邵总就已经发现了他的存在。

她的手指头一指，锁定了陆扬，立即有人朝着陆扬消失的方向冲了过去。

不远处，赵卓娅将这一幕全看在了眼中，她忍不住喃喃：“做事这么激进，实在是太冒险了，万一被抓到，邵总非撕了你不可。”

但此刻赵卓娅实在是帮不上陆扬什么忙，她不能让邵总知道她和陆扬已经结成了同盟，否则的话，谁也别想好好地从虹日号上下去了。

趁着看台上大部分人的注意力都被陆扬给吸引了过去，赵卓娅一个转身，朝着相反的方向而去。

她的目标是实验室，那里肯定有邵总藏起来的秘密。

陆扬跑得气喘吁吁，好不容易到了船舷边，他撑着身体朝下望去。

整个海面全被光芒覆盖了起来。

那些小丸子漂在海面上，吸引了某种生物的注意。这些诡异而奇怪的家伙们是从海的深处而来，像是鱼，但又比普通的海鱼更具有攻击性。小丸子落在海面上，就被它们争相追逐着，一刹那间，水面像是煮沸了似的，咕噜噜地冒着泡泡。

陆扬只看了一眼，便觉得头皮发麻，浑身说不出的难受。从高处看下去，那画面就好像生了绿豆眼的大苍蝇一个接一个趴在一起，有点密集恐惧症的人都没办法直视这一幕。

随着掉下的小丸子越来越多，海面上也变得越来越热闹。小丸子毕竟有限，往往是一颗就有十几二十条怪鱼在争夺。打昏了头的时候，它们竟开始同类厮杀，一条怪鱼见了血，它的身躯立即被一拥而上的同伴撕扯开来，成为它们的腹中餐。

“什么鬼。”陆扬咕咚咽了口唾沫，不知道为什么，他突然想到如果自己现在被丢下去的话，在短短的几分钟内，八成就会轻而易举地被这些凶悍的怪鱼给吃个干干净净，到时候，还真是生不见人死不见尸，想找都没处找去。

他脑海中警铃大作，警惕地看向四周，这一看不要紧，他立即发现有几个穿着安保员服饰的人从各个方向朝他包围了过来。很明显，他暴露了自己的位置，这些人就是来抓他的。

陆扬可不想被丢下海里去喂鱼！

他一边往昏暗处快跑，一边脱下了身上的外套。

看了一眼内衬，陆扬有了想法，手脚利索地把衣服给翻了过来，内衬朝外，又套回了身上。皮肤贴着冰冷潮湿的衣服，那滋味一点都不好受，可到了这个时候，哪里还管舒不舒服。陆扬咬牙忍了会，等身体慢慢适应了，也就不觉得怎么样了。

他绕了很远，尽量克制住回头看向高台的冲动，以免被锁定了目标。

很快，他到达了一处死角的位置，沿着墙根向前小跑了一会儿，终于又绕回到了人多的地方。

陆扬紧了紧身上的衣服，大大方方地走了过去。

他是算准了这些人有事在忙，没空在意自己的存在。

这也是一场豪赌，陆扬祈祷着，一切都要按照自己的判断来发展才好。

海洋无限广阔，视线所及的广阔空间仅仅是其中最不起眼的冰山一角，天知道这海底还有多少恐怖的怪鱼。它们长着锋利的牙齿，撕碎、咀嚼、吞噬，想必就算是一头大象，皮厚肉厚，它们也有办法将之咬碎，成为果腹之物。

“难道，就是为了来抓怪鱼的？”陆扬喃喃。

飘满雾气的海面上，能见度极差。可是在那雾气缭绕的远方，仿佛有灯光忽明忽暗。陆扬眯起眼睛，盯着看了好久，心中暗暗地琢磨，为什么他觉得东南、西南两个方向，好像还停着两艘船呢？

怪鱼聚集足够多的时候，在海面上铺了一层，小丸子落下去时已接触不到海水，而是直接落在这些怪鱼的身上。

“停！”有人吆喝。

粉碎机和传送带一起断了电，不再有小丸子被输出。

“人员避开，注意安全。”

“通电！”

一声令下，海面上泛起了一阵可怕的蓝色，一闪而过之后，所有的鱼都翻着肚皮，一动不动地浮在海上。

然而这还不够，因为受创的只是海水表面的那几千条鱼，它们一倒下，便被同伴们分食殆尽。

又有一层怪鱼取而代之，乌泱乌泱地聚集在了海水的表面。

“二次通电。”

“人员闪避，注意安全。”

高压电又一次化为蓝色的暗光，一闪而过之后，又一批怪鱼倒下了。

这暗蓝色的海水之下，藏着数量庞大的鱼群。虹日号的人连续使用了二十几次高强度电击，才不再有怪鱼浮上来。

“跟邵总报告，现场已经准备妥当。”有人在高呼。

同事接到了指令，赶紧去跟邵总汇报。

而第二步的计划，准时开始。

陆扬发现，几个身穿潜水服的人已经准备妥当，由吊篮护送，向船下而去。

海上冲锋艇早已准备妥当，一接到这几人，便立即破开了满是鱼尸的海面，朝着远处而去。

但并没有开出多远，冲锋艇停了下来，虹日号上的高频探照灯随之集中在了那一处水域。几名潜水员背负着仪器，陆续下了水，所有人都停住了动作，屏息等待着。

“这是深夜下海？温度那么低，搞不好是要出人命的！而且海下面一点光都没有，黑压压的一片，只靠电筒的光源根本不够，这不是胡闹嘛。”陆扬嘀咕着。

他虽然是不赞同的语气，但眼神却一直没办法挪开，始终盯着冲锋艇所在的位置。他的心情和实验组的成员一样紧张，也非常期待，或许在亲自观察试验进行的过程中，会有别的发现。

十几分钟后，第一个潜水员浮了上来，手里还提着什么东西。但陆扬的位置太远，他依稀只能看到那个潜水员把从海里取回来的东西往冲锋艇上一甩，自己抓着冲锋艇的边缘地带稍微休息了会儿，然后就打开头盔上的探照灯，又一次潜入海里去了。

他下去没多久，第二个、第三个、第四个潜水员陆续返回，他们几乎全都是一样的动作，先将从海底取回来的东西放在船上，短暂休息后，再返回海里去。

“海里有什么呢？”

陆扬喃喃，尽管他已经很努力地把身体探出了栏杆之外，但所能看到的东西，仍然非常有限。

他的好奇心被吊起了老高，这会儿真是恨不得也跳下虹日号，跟着一起坐上冲锋艇，近距离地好好观察。

陆扬所站的位置侧对着邵总所在的平台，他能看到她的身影，但对于邵总，这边应该是个视觉盲区。

邵总的手里始终拿着望远镜，没有错过海中作业的任何一幕。

而当两艘陌生的快艇钻出迷雾，突然出现在实验用冲锋艇的附近时，所有人都露出了警惕的神情。

“那帮海盗又来了！”

“速度回返，速度回返！”

“武器呢？瞄准他们，如果他们再敢抢劫，咱们立即开火！”

“绝对不能再放纵这帮孙子，咱们一做事，他们就来捣乱，天底下哪有那么便宜的道理。”

…………

甲板上，船员和实验员们群情激奋，而虹日号两边护航的几艘快艇直冲而出，迅速援驰。

而那两艘快艇的身后，竟然还有其他的同伴直冲而来。他们嘴里用英文大声地吼叫着，尖叫声、口哨声，以及噼里啪啦的枪响，瞬间打破了大海的平静。

“海上竟然真的有海盗？？”陆扬呆住了。据他所知，海盗虽然存在，却绝不会在这一片海域出没。更别提，这是一艘科考船只，船上除了实验所用的器具，没有更值钱的东西。

为了这么一艘科考船铤而走险，所承担的风险和所获得的利益严重不成正比，这帮人是脑子出了毛病吗？

不过陆扬很快就明白过来，虽然虹日号的船员称对方为海盗，但对方并不是图钱财的那一种。

看样子，虹日号来到这里做事也不是一次两次了。

每一次，都会遇到对方干扰和打劫。

如果是冲着考察船而来，那对方的目标必定是海底深处捞上来的那些东西。

虹日号派人下水取样之前，也需要经过一系列的复杂准备，对方不一定有那样的能力做到这一切，却一定有办法从虹日号的手中抢走他们的成果。

作为一艘合规合法，并且遵守一切法律约束的科考船只，虹日号上没有配备杀伤性武器。

他们反抗的办法是发出一种催泪弹。催泪弹一旦落入对方快艇上，会释放出呛人的紫色烟雾，让对方不停地打喷嚏，进而失去反抗能力。

在此过程中，满载而归的快艇并没有恋战，而是在大船的掩护之下，迅速地返回。

那几艘来抢劫的冲锋艇不愿放弃，快速地追赶。

但陆扬看得十分清楚，这几艘冲锋艇并不是一伙的，因为他们在往前冲的时候，居然还彼此开火，朝着对方不客气地攻击起来。

这种互殴行为，拖慢了追赶的进度。

而冲进了虹日号控制范围之内，立即有其他的护航快艇过来，拦住他们的去路。

几方打红了眼，从船上到海里，抄起家伙就开干。

好不容易，潜水员踏上了升降台带着东西回来了。

而那些冲过来抢劫的人，发现没有希望再抢到手，也不再恋战，拉上了同伴掉头就走。

雾气深处，两艘大船静静地停在海中，像是藏在大海深处的两只凶猛巨兽，瞪着凶恶的眼眸虎视眈眈，随时都要将虹日号吞噬殆尽。

在潜水研究员被拉上来时，陆扬真的很想冲到跟前去，认真地看一看具体的情况。

然而，他根本没这个机会，因为那几个人一上来，就立即被更多的披着白大褂的核心研究员给接走了。看台的正上方，邵总和她的助理早已不见，想必是做好了研究的准备吧。

“还真是让人好奇啊。”陆扬抓了抓脑袋，觉得自己对所观察到的这一切，起了无限的好奇心。

他每次打算说服自己不要再去关注太多时，往往事与愿违，反而被一步一步地拖拽入坑，更加沉浸其中。

甲板上只剩下那些身穿着冲锋衣的补给员了，他们手上拿着武器，与安保员一起守卫着虹日号的安全。

那些快艇就停在外围，隐约形成了包围的态势。

虹日号上的一个补给员拿着大喇叭冲着他们喊：“你们再不走，等会儿食人鱼全醒过来，直接把你们当宵夜。”

那些怪鱼很配合，这声音一落下，竟然真的有几条开始翻腾起来，跳了一下，又跳一下，接着便恢复了自如的游动。随着越来越多的食人鱼重新恢复了活力，海面再次变得热闹起来。这些怪鱼相当有力量，它们很容易便跳上了快艇，张开“血盆大口”，凶狠地朝着人开咬。

即使身在快艇上，在面对如此庞大数量的食人鱼群，人仍是极其不安全的。

那些不甘心的“抢劫犯”只好快速地离开了。

而当海面上只剩下几艘大船的时候，鱼群大约也觉得奈何不了它们，便非常干脆地潜游回到海里去了。

陆扬在很久之后才找回了自己呼吸的节奏，他的小腿不争气地一软，险些直接坐下去。

赵卓娅的声音突然在他身后出现，一把拉住了他的手臂，将整个人往后带了过去：“你在这儿发什么呆呢？”

“我……”陆扬苦笑，争辩的话迅速吞回口中，“你容我缓缓。”

她轻声问：“吓到了？”

“震撼。”陆扬选用了另一个词语来解释。

“还有更震撼的呢，你跟我来。”赵卓娅攥紧了他的手。

陆扬盯着两个人十指紧扣的手。

他才要开口，赵卓娅像是知道他想要说什么似的，直接说道：“你不用担心，邵总去底舱处理打捞物，暂时不会回来。但我也不确定中途会不会有人来取资料，所以我们的动作还是要快一点。”

“太冒险了吧？”陆扬嘴上是这么说，可赵卓娅一进入实验室，他便紧随其后，一点犹豫都没有。

因为来过几次了，陆扬对于这里已是相当熟悉了。

他们一直来到最里间，属于邵总的那一间办公室，门是锁着的，看样子也加强了戒备，不像以前那样随意敞开。

“得去找钥匙。”陆扬有些无奈地说。

赵卓娅白了他一眼："这种老式的锁，哪里需要那么麻烦，看我的……"

她在口袋里摸了摸，拿出了一张房卡，使劲推门，尽可能地让出一条缝隙来，然后将卡给塞了进去。

也没见多费劲，卡片往上一挑，再向前使劲地推。

一声脆响，门锁自动收了回去，门就那么打开了。

陆扬心服口服地竖起了大拇指："赵小姐，您真是全才，在下佩服。"

她推门而入，对办公室内的一切相当熟悉。

不翻箱，不翻柜。赵卓娅弯身，敲了敲门口处摆着的鱼缸。鱼缸内养的是一种蓝黄相间的小鱼，有着漂亮的尾巴，摇曳生姿。赵卓娅又朝着下方敲了敲，停顿片刻以后，她又敲……

陆扬皱眉："都什么时候了，你还在玩鱼。"

"谁跟你说我是在玩鱼的？"赵卓娅说完，又找了个角落，敲了三下。

这一次，就像是触动了某一种机关，鱼缸一分为二，原来外层养鱼的这一层竟然是保险柜的门。开保险柜的方式是敲击玻璃鱼缸上的隐藏屏幕，而速度与频率则是正确开启的暗号。这种天衣无缝的设计，任谁绞尽脑汁也想不到机关在此。

"虽然你这副没见过世面的样子挺好笑的，但请你不要发呆了，来看看这份东西。"

赵卓娅从中间抽出了一份不太起眼的文件，随意地放到了陆扬的手上。接着她开始看手表，并且给出了时间："你有五分钟阅读时间，读完之后，文件要原封不动地放回去。要知道，这份文件属于高保密等级，除邵总之外，其他人没有阅读权限，你就算是看到了，最好也把这件事永远烂在心里头，宣扬出去对你绝对没有一丁点好处，只会惹来你解决不了的大麻烦。"

“如果是不可以外泄的机密，而你又不信任我，完全可以不给我看嘛。”陆扬欠儿欠儿地回了一句，手却是老老实实地伸过去，把文件接了过来。

标准的心口不一。

“大家都在一条船上，若是要想办法自救，就得齐心合力。”赵卓娅的目光始终盯在了门口的方向，不耐烦地催促，“快点看。”

陆扬的阅读速度极快，一页接一页地看下去，一开始还面色平静，但才看到一小半，他的神情已经变得十分的凝重，空气中只能听到翻纸页的声响，哗啦啦……哗啦啦……

“外面好像有人来了。”赵卓娅只透过门缝看了一眼，便蹑手蹑脚，将办公室的门给锁死了。

“还差三页。”陆扬尽量保持精力集中，他的心脏飞快地在跳，可越是这种时候，越得沉住气，“这三页是结论，很重要。”

“我知道。”赵卓娅先一步阅读过了文件，里面内容是什么，她非常清楚。

她把耳朵贴在门板上，听着实验室内的动静。

那个研究员在实验室内翻翻找找，不时发出一些响声，但很快，脚步声朝着办公室的方向而来。赵卓娅的脑海中警铃响起，她快速地冲到暗门跟前，打开来，朝着陆扬一个劲儿地摆手：“该走了。”

“别急，还有点。”陆扬翻到了最后一页，看上去神情是如此的镇定，仿佛并不是处于危急之中。

几天时间内，他迅速地成长，不再是那个单纯无忧的大学生，神情之间多了几分睿智和沉稳。

“剩下的部分我可以告诉你，快走啦，如果被逮到了咱们就要惹上大麻烦了。”赵卓娅一路小跑着回来，一把从陆扬的手上抢回了文件塞进保险柜，关闭柜门后将一切调整回最原始的模样，她在慌乱之中也必须如此。

推搡着陆扬赶紧钻进了暗门，她跟着一翻身也跳了过去。

暗门关闭的一瞬间，办公室的门就打开了。

并没有离开的赵卓娅又贴在了门板上，听着里面的动静。

周围一股浓重的恶臭，几乎要熏晕了她，如果不是还有事，赵卓娅真是一刻都不想在这一处区域内停留。

快要窒息的时候，一只口罩被戴在了她的脸上。

她抬眸看向陆扬，水汪汪的大眼睛无声地表达着感激。

陆扬又掏出另一只口罩，帮她做了双层防护，接着指了指远处的门，意思是：还不走？

赵卓娅摇头，虚指着墙壁，意思是要听一听里面的人怎么说。

于是，陆扬也返了回来，和赵卓娅一个姿势，将耳朵虚贴在暗门的门板上，认真地听着里面的动静。

暗门的门板更多起到的是掩饰的作用，实际上是非常薄的，办公室内的对话可以清晰地听到。

进来的是两个实验室的助理研究员，说话时一板一眼的，不愧是邵总身边的人，工作的状态与邵总都一模一样。

“东西在柜子里。”

“还需要拿拍摄用具。”

“邵总说，这一次搞上来的比较多，咱们得做好收录工作。”

“也不知道实验用的数据能不能一次性收集齐，我们已经八个月没回家了，在海上漂着的感觉一点都不好，这几天也不知道怎么了，我一直在做噩梦。”

“梦到什么了？”

“梦到虹日号和外面的那几艘船正面交火了，不是互丢催泪弹和辣椒弹，而是真刀真枪，见了血的那种。太可怕了，咱们是学者，是科研人员，怎么还得承担如此大的风险呢？”

“嘘，小点声，这话要是让邵总听到了，准又得惹起大麻烦。咱们还是先把手头的工作给做好吧。邵总不是说了吗，迟早是可以回家的。”

“这个迟早，又具体到哪一天呢？最开始说的是只需要四十五天即可完成，谁知上船以后，每个月都要推迟一下，各种借口各种原因，希望大家支持，盼着大家配合。唉，这份工作看上去体面风光，个中辛苦，也只有自己明白了。”

…………

接下来就是更多的抱怨了，毕竟是二十多岁的女孩子，爱玩爱闹的年纪，哪怕做的是严肃的学术研究工作，但私底下还是更愿意过有生气有活力的生活。虹日号更像是漂移在海上的一座巨型监狱，以科学之名，困住了这一船的人。

过了一会儿，她们就拿了要找的东西离开了办公室，从始至终也没发现异样。

陆扬拉着赵卓娅赶紧离开了这片臭烘烘的空间。

一路快走，终于返回到负二层的正常生活区内，陆扬才长长地吐了口气：“邵总身边的助理好像并不知道真相，她们是真的把这一次出海当成是单纯的科学考察了。”

赵卓娅解下口罩，脸色惨白，看上去一点血色都没有。

“很不舒服吗？”陆扬敛起了眉眼，柔声问道。

赵卓娅摇了摇头，面前是长长的走廊，她却没什么心思继续赶路。

背靠着墙壁，慢慢地滑坐在了地上，她双手抬起，用力地按住了太阳穴。

陆扬蹲了下来：“你应该比我更早看到了保险柜里的档案，刚刚来找我的时候，你看起来还没什么问题，现在又是怎么了？”

赵卓娅苦笑，好半天，才像是勉强找回了自己的声音：“我不知道该怎么去面对我妈妈，也不知道该怎样才能装作若无其事的模样，瞒过她。”

“是啊，知道就是知道，不知道就是不知道，两者之间有着本质的差别，的确是很难混淆。”陆扬有点理解了，也学她的样子，顺着墙根滑落，并肩坐在一团漆黑之中。

他们久久没有说话。

赵卓娅回过神，拿手肘顶了他一下：“喂，你懂不懂得安慰人？明知道人家很郁闷，你就只干坐着，一句话都不说？”

陆扬无声地笑了笑：“这种时候，我说什么都不太对，如果言语的安慰有用，那我愿意对你花言巧语，可问题的关键是，你现在并不需要耳边出现任何噪音来扰乱你的思维。以你的聪明智慧，再复杂的状况也能想得清楚明白，你混乱一会儿，等冷静之后，也就好了。”

他拍了拍她的肩，语气亲切：“现在感觉好点了吗？”

“还是不太好，但是比刚刚要强。”

陆扬站了起来，伸出手，摆在了赵卓娅面前。

赵卓娅嘴里嘟囔了一声“直男”，才抓住他的手指，借力站了起来。

她散开了头发，抓得蓬松些，又再次卷成丸子固定在头顶。

“沮丧了几分钟，接下来还得振作。没事，我可以！我可以！我可以！”

陆扬见她迅速恢复了活力，笑了笑，正打算说什么，赵卓娅已先一步阻止：“刚才的事，咱们得找个安静的地方再讨论，虹日号上阴森森的，总感觉每个犄角旮旯都藏着人。”

她是玩笑的语气，但语气里要表达的意思再是认真不过。

隔墙有耳。

机密的事，哪怕是要聊，都得特别小心。

一不小心泄露了出去，后果不堪设想。

毕竟，这不只是关乎某一个人的事，谨慎如邵总，都始终用隐瞒的方式，牢牢地守护着这个秘密。

在一路疾走的过程当中，陆扬全程都有注意观察，赵卓娅对虹日号相当熟悉。不管船上的灯光是明是暗，也不管此处是哪个区域，她完全不需要看墙上的指示牌，该在哪里转弯，又该从哪里穿过，她一清二楚。

联想到之前，赵卓娅还没有上船，陆扬与她依靠卫星电话联系的时候，赵卓娅也是在轻描淡写之间，告诉他办公室内的密道，又指点他找到了 D 区。

这个女孩，年纪轻轻，胆识过人，似乎来历不凡。

她的身上肯定隐藏着很大的秘密——想到了这一点，陆扬眉宇间多了一抹疑虑，他真的可以完全相信她吗?

在赵卓娅的带领之下，他们回到了那一间位于甲板之上的宴会厅。金碧辉煌的装修，桌面上铺着金色的桌布，洁白如玉的餐具，闪闪发光的高脚杯，还有挽成了花样的餐布。

这里仿佛随时要举行一场几百人参加的盛大舞会。按理来说，虹日号上此刻并没有那么多人在，而且海上风大浪大，餐具在不使用的时候，并不适合长时间摆在桌面上。

而陆扬从上船那天，看到的摆设便是如此。

安静，空旷，华美，却透着一种令人讳莫如深的恐怖氛围。

在钢琴右侧的一个半开放的区域，赵卓娅先跑过去坐下，接下来又冲着陆扬招了招手，让他别再发呆，赶紧过来。

陆扬才来到跟前，就看到赵卓娅弯下身，从椅子底下拿了一个超大的旅行包出来。

“你的包？”陆扬奇怪地问。

“我上船的时候放在这儿的。”赵卓娅从包里摸出一根棒球棍，直接递给陆扬，“借你防身。”

“你带这个做什么？”陆扬接过来，放在手里掂了掂，还别说，真的挺称手，分量十足。

“以防万一。”赵卓娅说完，又掏出了一把匕首，她看了看，仍是送过去给陆扬，“带着防身。”

陆扬哭笑不得：“赵小姐，您这是要打仗吗？”

“算是吧。”赵卓娅把旅行包的所有拉链全扯开，等到袋口被扩到最大时，她才从里面拿出了自己的弓弩，以及十几支弩箭，一一检查之后，她背在了背上，全副武装的样子。

“那个文件里说的事，我认为是真的。”赵卓娅忽然说。

“喔？盖着大红印呢，当然是真的。”陆扬心不在焉，把棒球棍放在桌上，双手拿着那把寒气森森的匕首翻来覆去地看。

就算是再不识货的人，也能看得出这把匕首不太一样。该怎么形容，陆扬一时也说不好，总之就是令人感觉危险，相当危险。他握着匕首，鼻子里就好像已经闻到了血腥气息。

明知道有些话不该多问，他还是忍不住开口：“你一个女孩子家，出个门，身上还总带着这些东西？”

赵卓娅给了他一个波澜不惊的眼神，饱含深意。

“对了，你还没回答呢，怎么上的船？怎么在海上找到的虹日号？你不是说，跟邵总没有联系吗？”

赵卓娅又看了他一眼：“怎么？草木皆兵，疑神疑鬼，也开始怀疑我了？”

“感到疑惑，所以要问问。”陆扬讲得平淡，但语气里的认真，显然是不太允许赵卓娅再避讳这种关键问题。

共同进退的同伴之间，最基本的便是信任，赵卓娅那么聪明，不会不明白这一点。

“沈学兵，你知道是谁吧？”

陆扬点头：“从头发丝到脚后跟都金光闪闪，一身LV的那位？”

赵卓娅笑开了：“他最大的优点是足够浮夸，也足够有钱。”想了想，继续夸奖，“除此之外，手上的资源也很多，是我想办法锁定了虹日号的大概坐标，然后他联系了一架直升机，专程送我过来的。”

“你为什么要来？你明明知道，邵总在进入工作状态的时候会不近人情，你出现，她不一定会高兴，可能还会发脾气。”

陆扬的分析，直接让赵卓娅竖起了大拇指：“你可以的呀，跟邵总接触没多久，对于她的为人倒是非常清楚。没错，直升机靠近时，邵总通过电台喊话，让我们飞回去，不准降落。即使是我亲自跟她解释，她也是完全不近人情地拒绝。哼，凶巴巴、冷冰冰的，一点都不像亲妈。”

那耿耿于怀的委屈，简直要溢出来了，连眼眶里都晃动着泪花，可怜极了，摇摇欲坠。

“后来呢？”陆扬问。

赵卓娅深深看了一眼陆扬，声音轻缓地说：“虹日号上有停机坪，可是邵总命令手下在下面堆满了杂物，不允许直升机下降。我当时一生气，就让直升机把软梯放了下来，然后背着东西爬下来。”她无所谓地一摊手，“反正我是她女儿，唯一的女儿，哪怕她不愿意承认，这件事也是不争的事实。看不惯我的所作所为，可以让她的人抓住我，然后把我丢到海里去喂鱼啊，只要她舍得，我就不怕。”

不得不说，这种行为是相当的有效。

遇到这样不管不顾也不听话的熊孩子，即使是再铁石心肠的父母，也完全没有办法。

“邵总一定很生气。”陆扬忽然有点同情起赵卓娅了。

赵卓娅鼓着腮帮，不满地强调：“我也很生气。”

“于是你们杠上了。”陆扬点了点头。

“我都已经到这里了，总不能什么都不做，直接回去吧？再说，我们已经快一年没见了，之前的三年也是聚少离多，她对我的事总是不闻不问。人生中那么多重要的时刻全都错过了，这些事，最应该生气的人不应该是我吗？我都还没有表达自己的不满，她倒是好，听说我冒着风险，坐直升机来到船上后，第一反应居然是要直接撵走我。”

赵卓娅握紧了拳头，此时此刻，小脸上全都是愤怒：“我就是要让她知道，别想逃避作为母亲的责任。”

“你们见面之后，一直是这样剑拔弩张的状态？有没有坐下来好好地聊一聊？”陆扬忽地问起了另外一个问题。

赵卓娅眼神愈发地黯淡，她摇了摇头：“她给我安排了个房间，警告我不要乱来，然后给我爸打了个电话，大骂了他一顿。陆扬，他们最近这几年一直在闹离婚，我觉得如果不是我妈一直在船上，没什么机会返回到陆地上，要不然，怕是早就……”

“很害怕？”陆扬悄悄地攥住了她的手，用自己温暖的体温，包裹住了冰冷的她。

“谈不上是害怕，只能算是不安。从前，在我妈还没有成为虹日号上的这个项目负责人时，他们两个是很相亲相爱的，白天各自上班，傍晚回家的时候就一起下厨，而且必须是认认真真的三菜一汤。吃完饭，爸爸去收拾厨房，妈妈打扫房间，然后两个人再手拉手地出门去散步。那时候大家都说，结婚了二十多年，连出门都要手拉手地走在一起，他们的感情是真的很好很好的。大家都羡慕我有一个这么好的家庭，我自己也是非常庆幸，能够拥有像他们那么好的父母。”赵卓娅说完，又摇了摇头，“家庭和睦的消失，最根本的原因就在于邵总接受了虹日号上的工作。一开始说要出海两星期，接下来是两个月，两年……她完全沉迷其中，整个人也变得冷漠、坚硬，像是一块捂不热的石头，我爸想跟她沟通都不行，天知道她的人在哪里，什么时间能接个电话，又是在什么时候，能够返航归来。”

“现在，我们都清楚邵总是在做什么了。”陆扬叹息了一声，话题最终还是回了那一份藏在保险柜的文件上，尽管现在谈这些，或许并不合时宜。

赵卓娅失神：“是啊，如果不是亲眼看到那份文件的内容，并且再三确定了它的真实性，就算是邵总当面跟我解释，我想我也不会相信的。”

她头痛欲裂，使劲地揉了揉自己的太阳穴：“说真的，就算是看到了，我也还是不相信，所有一切都像是一场拙劣的谎言。”

“你发现了吗？虹日号的周围，停着至少两艘大船，他们的装备同样非常精良，甚至还携带着武器。在此之前，他们已与虹日号起过很多次的冲突。据我的观察，有可能是虹日号这边在海下打捞着什么重要的东西，而他们那些人在伺机抢夺。”

赵卓娅眼中的感伤散去，取而代之的是一抹认真：“你继续说。”

但陆扬却只是陷入了思考之中，好半天都一言不发，直到赵卓娅等得不耐烦，推了他一下，他才从发呆之中回过神：“那份文件上写的是，邵总率队出发，真正的目的是要打捞一艘沉在海底的古代沉船？”

赵卓娅点头，奇怪地问：“你不是看到了吗？又来问我做什么？”

陆扬苦笑：“坦白说，我一直到现在，都不太相信。”

“我也不信。”赵卓娅摊手，“如果真是古代沉船，怎么可能会派一艘全是海洋科学家组成的调查团来处理？既然邵总那边有文件指示，就说明有关部门是知道这件事的，正常的处理方式应该是高等级保密部门直接出手，将这件事的影响降到最低，悄无声息地直接完成。”

“我这一路上回忆起这件事，也是和你一样的想法。不过，我刚刚突然在想，如果虹日号的调查只是这一整件事中的一小部分，是否就可以解释了呢？”

赵卓娅顺着他的思路想了想：“你的意思是，打捞工作和善后处理部分其实都已经完成了，邵总他们过来，真的是为了科学考察和项目试验？”

“嗯。”陆扬点了点头，“相关内容的保密等级太高，我怀疑整艘船上，也只有邵总知晓所有的一切。但你看，小可在船上很多年，假设他是实验体，那么虹日号上的研究，应该已进行了很多年吧……”

就在这时，虹日号的船体发生了剧烈的摇晃，来得太突然，完全没有防备的赵卓娅翻滚了一百八十度，摔进了陆扬的怀抱里。

陆扬背靠着墙壁，揽紧了赵卓娅。而桌椅、钢琴这些没有固定在墙壁上的物件，也随之发生了不同程度的滑动。可想而知，虹日号此刻倾斜得多厉害。

餐厅内摆在桌面上的那些餐具，噼里啪啦地掉落在地。

好在，船体倾斜只持续了几秒，而后船便突然朝着另一边翻了过去，左摇右晃了好一会儿，慢慢稳定了下来。

“虹日号遭到了进攻！”陆扬扶正了赵卓娅。

“是外面那些来抢东西的船干的？”赵卓娅同时想到了某种可能性。

“邵总的人在海里好像捞到了了不得的东西，他们试图要抢，但当时虹日号这边准备得比较充分，所以没有成功。”陆扬当时是冒险到了船边去看，那些抢夺肉丸的怪鱼给他留下了深刻的印象，在一群怪鱼的围追堵截之下，得是耗费了多大的力气才能获得这些东西。现在目标物已到了邵总的手上，总比在海里要好拿得多。这个时候发起攻击，恐怕是担心虹日号随时返航，到那时再抢就更难了。

“该死的，他们的船上还装备了大炮？这也太离谱了吧。”陆扬才嘟囔了一声，又是轰然一声炸响，虹日号再次发生了倾斜。

赵卓娅才坐直的身体，重新栽倒了回来。

她的脑袋撞到陆扬的下巴上，身体则完全倾倒坐到了陆扬的腿上。没办法，她当时是打算找个更合适一点的观察点，瞧瞧外面发生了什么。

没想到，才一站起来，人就又倒下去了。

“这是一伙什么样的亡命之徒！”赵卓娅恼火极了。

“把东西带上，我们走。”陆扬冷静地说道。

赵卓娅咬着嘴唇，点了点头。

她的背包里还有一些小块的军粮、巧克力，以及药物等，把弩箭和棒球棍取出来，整体的重量就很轻了，只需要将包两侧的拉链拉上，背包的体积就变小了一半，背在背上，再将腰部的固定锁扣扣紧，可以保证背包随身而行，又不会占用太多的地方。

陆扬的手里拎着那根棒球棍，走在前面。

船上如今已是一片狼藉，桌椅、餐具摔得到处都是，他还得时不时地提醒赵卓娅小心脚下，那些玻璃碎片和餐具的瓷片，很容易刺破鞋底。

比较幸运的是，一直到他们冲到甲板上，船体都没有再次发生大幅度的倾斜。

几乎所有不必坚守岗位的人，此时全都来到了甲板。

邵总脸色铁青，站在人群的正中央。

她身边，几名中年男子肃穆而立，压低了声音，小声地交谈着。

当赵卓娅和陆扬一起出现时，隔着人群，邵总的视线准确地落在他们身上。那一刻，如果目光能杀人，陆扬相信，自己已被撕成碎片。

“好像是被发现了。”陆扬喃喃。

“没事，她没工夫搭理我们。陆扬，你瞧见了吗，虹日号有大麻烦了。”

顺着赵卓娅所指，三点钟和九点钟两个方向，两艘庞然大物驶出了黑夜的迷雾，逐渐现出了轮廓。那是两艘经过改装的游轮，黑洞洞的炮口经过巧妙的伪装，隐藏在船体内部。而此刻，在长久的潜伏等待之后，它们终于撕破了最后一层伪装，逼近至虹日号的面前。

三艘巨型轮船停靠得相距只有几十米的距离，那种视觉上的威慑感还是非常强的。

邵总果然只是隔空瞪了两人一眼之后，就不再关注这边。

她端着扩音器，正在安排船上的具体工作。虹日号上并没有携带杀伤性较强的武器，最多是在对抗时使用一些催泪弹、辣椒弹这样的东西来防身，而一旦遇上了真刀实枪，他们这边便明显无法抵抗。

“怎么会来得这么快呢？他们是疯了吗？这样无端地朝着科考船发起攻击与海盗何异？他们就不担心被送上国际法庭遭受制裁吗？”

“现在说这些能有什么用，那两边根本是杀红了眼，他们不会看着这么重要的东西被打捞出来，自己却只能远远地看着。”

“邵总为了水下的东西，在这片海域耗了两三年了，好不容易有了收获，怎么可能轻易放弃。你没瞧见吗？虹日号船舱底下藏着的武器全拿出来了，对方拿小炮轰这几下根本不顶用，邵总就算拿个拖把，也要把这些人拍下虹日号去。”

…………

第八章

深藏海底

赵卓娅与陆扬对视了一眼，两个人几乎同时向前，来到了船边。

三艘船将各自的强光灯全部打开，大剌剌地朝着对方开启了最强功率。深夜的大海被这灯光照得宛若白昼，就算是眯着眼也很难看清楚对面的船目前的状况。

“轰——”

一声炮响，宛若轰天的炸雷。

炮砸在了虹日号船体的一侧，致使整个船体发生了大幅度的倾斜。

幸好对方的土炮并不具备多大的威力，砸在船体上只暂时带来了巨大的冲击感，并没有对船体造成损坏。

邵总一个趔趄，手指迅速地抓住了扶杆。

“按照刚刚讨论好的计划，各部门立即进行。”她命令完毕，之后又连续发出几组指令。

一个研究员说道：“咱们偏离航线太远，空中救援队要赶过来，需要一小时的时间。而海上的救援船过来，时间需要得更久。”

“邵总，对方还有更具规模的大型武器，咱们还是迅速开船，离开这片海域再说吧？”另一个安保员面露凝重，他已经再三提出了自己的要求，无奈领导总是左耳进右耳出，根本不当回事。

“1007 和 1009 呢？”邵总问。

“藏在船上的某处。”寻找工作进展得不顺利。原来，在陆扬和赵卓娅离开房间后，小可带着水母果冻也逃了出来。但现在人手极度不足，要在这么大的空间内找到他们，难度是相当的大。

“实在不行，把 1007 和 1009 交给对方，暂时拖延一下。”邵总冷酷地做出了决定。

那边，赵卓娅本来也没站多远，她是根据邵总的口型，连猜带推测，一下明白了她的意思。

“你搞什么？不至于那么狠吧，小可是个人，水母果冻是他的命，你把他俩交出去，这不是‘一尸两命’吗？”

赵卓娅的手指，胡乱地指向了邵总那边，此时顾不得许多，她直接冲着邵总走过去。

有人想拦，但赵卓娅也不是吃素的，背上的弩顶上短箭，她瞄准了每个要拦着她的人，并且那种架势，分明是随时会出手。

“什么‘一尸两命’？你在说什么？”陆扬一直盯着对面，没关注邵总那边。

赵卓娅突然发飙，他还有些摸不着头脑呢。

“她，要拿小可和水母果冻去拖延时间。”

面对女儿的咬牙切齿，邵总依然是那种再冷淡不过的态度：“1007 和 1009 是虹日号上的财产，我有权处置他们。”

“财产？！小可是个人，有作为人的所有基本权利，他什么时候成了你们的财产了？邵总你说的这话，是不是太没有道理了？”陆扬也怒了。

“呵。”邵总冷笑，许久才开口，“你们两个，不要插手去管与你们无关的事，也不准随意给试验品取编号以外的名字。”

“你……”

邵总打断了赵卓娅：“这里是工作场合，如果你再任性，我会公事公办，对你们不客气。”

说完，直接手一挥，让安保员过来，先将两个人控制住。

“我也警告你们，别再随便靠近，否则的话，我真的对你们不客气。”此刻赵卓娅的不满情绪已经到达了顶点，她那股天不怕地不怕的劲儿一上来，就算是邵总也奈何不了她。

陆扬捏紧了棒球棍，这一次，他是坚定地站在赵卓娅的身边。

“轰——”对面又开了一炮。

虹日号这一次倒是没怎么晃动，可很快有人在低吼：“船被打坏了！”

“赵卓娅，你搞搞清楚场合，要疯回家去疯。”邵总面色阴沉，给手下使了个眼色，让他们过去把赵卓娅拉扯到一旁。

可赵卓娅的弩箭，始终瞄准着前方，谁往前凑，她就指着谁。眼睛里泛起的那股凶色，明显不是开玩笑而已。

陆扬紧张地攥紧了棒球棍，他站在赵卓娅的身旁，用自己的身体替她挡住来自其他方向的恶意。

“你是我妈，但并不代表你做的决定全都是正确的。我知道你现在是什么意思，就是想要牺牲掉小可，来换取逃离的时间。可他真的不是你实验室里养的那些小白鼠、小白兔，你也不是真的骨子里冷血的女人。你想过没有，你一时做出的决定可能会让你内疚一辈子的。为了一份工作，你牺牲了那么多，连自己的底线都不要了，这样子值得吗？”

有那么一瞬，陆扬分明看到了邵总的眼里滑过了一抹犹豫。

他立时激动地说：“有效果！”

就在这时，两个安保员从另一侧的门走了出来，他们居然找到了小可，并强行将他从船舱内带了出来。

小可一脸蒙，似乎还搞不清楚状况，不管身边人怎么推推搡搡，他都只是小心翼翼地抱着那个整理箱不离手。

夜色之下，水母果冻身上的蔚蓝色光芒迅速地转浓了几分，带着几分梦幻的感觉，忽明忽暗，即使是在强光的照射之下，那一抹醉人的蓝，仍不显黯淡。

小可自从找到水母果冻之后，整个人像是获得了奇异的安抚，变得安静、失神，他似是完全没了脾气，整个人蜷在一起，海天之间所有的一切都入不了他的眼，哪怕是自己的安危，也不放在心上。

这样的小可，与之前张牙舞爪的恣意模样，完全是两个极端。

陆扬也觉得非常奇怪，明明上船的时候还不是这样的……那个水母果冻，看起来古古怪怪的，但只是一只大号的“灯泡”，除了发光一无是处。

小可怎么就跟着了魔似的呢?

正想着，那个手不老实的安保员嫌弃小可走路慢，冷不丁地又推了他一下，力道用得有点大，小可整个人向前扑了出去，哪怕他抱得再紧，整理箱还是发生了倾斜，水母果冻直接翻了出去……

一股黏稠的液体拉长着落在地上，就像是一坨泛着蓝光的鼻涕。

海风吹过，水母果冻瞬间收缩，极快速地变得黯淡起来，变成了窄窄的一条，缠绕在了小可的腿上。

“笼笼，回来箱子里。”小可有点着急。

水母果冻并不肯听话，甚至还有些跃跃欲试地想要离开小可，朝着某个吸引起它的方向而去。

整理箱内放有水母果冻所需的营养液，离开营养液只几分钟，水母果冻就以肉眼可见的速度衰败下去，由此可知，这营养液对于水母果冻来说是多么的重要。

它显然应该明白这一点，要不然也不会一直乖乖地待在狭小的空间内，由着小可抱着它走来走去。

而现在它奋力想离开，显然是别有所图，哪怕变成干瘪的一片也顾不得了。

“笼笼，听话。”小可揪着水母果冻的尾部，想把它给拎回来。

但这样的举动显然是刺激到了水母果冻，它把身体拉成了长长的线，头部的位置奋力地向前冲，尾部被小可揪住也不在乎，眼看连身子都要被扯断了，小可先松了手，那一股惯性，出奇的大，嗖的一下，水母果冻弹出挺远，它的身子一时间没有收回去，整个是变了形的状态，但这并不妨碍它一路“小跑”。

“抓住编号 1009！”邵总冷声斥责。

“笼笼，回来！”小可飞快地跟了过去。

“赵卓娅？”陆扬望了过去。

一个眼神交汇，赵卓娅使劲地一点头：“保护好小可。”

他们两个人很自然地护在了小可的左右，眼神警惕地瞪着虹日号上围过来的人。

就在这时，对面的船只再次发动攻击。

轰——

天旋地转之间，陆扬奋力地从地上爬起来，感觉整个世界都在摇晃，耳朵里更是什么都听不到。

而一群穿着黑衣的人，通过绳索悄然地攀上了虹日号。

他们是什么来路？

他们又是什么时候开始了攀爬？

竟然完全没人注意到。

还在晕眩不止的赵卓娅，趴在地上动也不能动。

小可反倒是没受到多大影响，他一跃而起，反手一记手刀，劈开了那只伸向赵卓娅的黑手，紧跟着扬腿侧踢，踹飞了扑向赵卓娅的黑衣人。

这利索又漂亮的身手，着实令人大吃一惊。

陆扬还在旁边头晕脑胀，就算是看着有个黑衣人朝着自己这边冲过来，他也没办法弯下身去捡起近在脚边的棒球棍，身体极度不协调，他觉得自己可能是脑震荡了。

三米外的小可却突然跑了过来，他就地一滑，便握住了棒球棍，接着狠狠地打断了黑衣人的腿。

陆扬的听力恢复的瞬间，听到的是腿骨断裂的声音。

他扬起嘴角，想给小可一抹感激的笑容，但这个表情无论如何都做不出来。

此刻的小可，不亚于从动作电影里走出来的冷酷杀手，不管对面有多少人冲过来，他的表情始终是平静的。如果更仔细地观察，不难发现，他的呼吸和节奏全都没乱，也不见脸红和冒汗。他淡然得仿佛是局外人，但该出手的时候绝不含糊，精准、可怕，令人畏惧。

陆扬心里开始嘀咕，他刚刚和赵卓娅拼尽全力地想要去救小可，而小可真的需要别人来救吗？

“去找笼笼。”小可把整理箱放在了陆扬面前。

被那么一双黑白分明的大眼睛给盯着，陆扬心里暂时把所有的念头压了下去，他环顾四周，找到了那一抹已经由深蓝转为黑色的水母，它此刻已经干瘪得像是风干的海带，全无光泽可言。

陆扬回头看了一眼赵卓娅，确定她暂时没什么问题，便直奔水母果冻而去。

其间，虹日号上的安保员、补给员，以及冲上船来的黑衣人都在试图阻止他。

不过，小可威风凛凛地挡在了一旁，不论谁想要靠近陆扬，都得先过他那一关。

“这时候闹起脾气了？真是叫人生气。”邵总已经被眼前一系列的变故搞得头晕脑胀，“快点过去，恢复秩序。”

那些黑衣人，邵总并不怎么放在心上，即使对方来势汹汹，她也没觉得是多大的事。

反倒是女儿的不听话，以及小可的暴走，直接将邵总的邪火全激起来了。她推开了面前挡着她的几个人，气冲冲地来到了赵卓娅的面前：

“你是想气死我吗？还是用你手上的玩意，射穿亲妈的喉咙？”

“妈！你能不能别这么无理取闹！”赵卓娅急得直跺脚。

她手上的弩箭，可以气势汹汹地指向任何人，唯独不能瞄准自己的母亲。哪怕很多事，她并不认同，但眼前的这个面目冰冷的女人是生养她的母亲，这就决定了赵卓娅注定不可能肆无忌惮。

邵总显然也很明白这一点，她直接抬起手，一把抓住了那支弩箭。

赵卓娅下意识想躲开，邵总却是很干脆地猛然一夺，一把将弓弩抢到了手中。

“妈！”赵卓娅想要抢回来。

邵总直接把武器往身后的安保员手里一塞，一把抓住了赵卓娅的手腕：“妈什么妈？你再胡闹下去，我就不是你妈。再胡闹，我让人把你捆起来！”

两个安保员立即过来，控制住了赵卓娅。

邵总冷酷地瞥了一眼远处的陆扬，问向身边的人：“直升机还需要多久？”

“十分钟。”

邵总满意地点了点头：“把该准备的都准备好吧！”

“妈？你要弃船离开？”赵卓娅简直不敢相信自己的耳朵。

“虹日号有船长在，他会将船开回港口，这算什么弃船？最多算是先走一步。”邵总冲着安保员使了个眼色，那两人心领神会，拽着赵卓娅就往回走。

“我警告你们放开我，不然我对你们不客气。”赵卓娅尖叫。

可惜，根本没人搭理她。

见她闹腾得太厉害，后面的安保员掏出一块手帕，迅速地往上面倒了些药剂。他快走几步，来到赵卓娅的身后，就想往她的嘴和鼻子上捂。

某种刺鼻的味道才一出现，立即引起了赵卓娅的警觉。她非常确定，如果自己不想个什么办法，等会儿肯定是要被迷晕带走的。

不行，她不可以走。

陆扬和小可还在，她若抛下他们，或许就再也见不到了。

赵卓娅的脑子里闪过了千万种念头，她的条件性反射则更加快，蛮力推开左边那个安保员，躲过右边的钳制，长腿猛地一个高抬，脚尖越肩，直接踢飞了身后想要迷晕她的安保员。

等了好半天才等到的机会，她不断地提醒自己要抓住一瞬的机会，一击即中。幸好，水准还在，麻利的动作，力道足够，她脱困而出，向着陆扬和小可的方向跑了过去。

此时，邵总和几个研究员在一群人的簇拥之下，来到了远离纷争的船后侧的甲板位置。那里有一个备用的停机坪，一架直升机已缓缓降落，螺旋桨刮起了一道道强劲的海风，凑近的人都觉得皮肤生疼。

邵总先把两个厚重的铝合金箱子放了上去，然后被人搀扶着坐上了飞机。

不过很快，她就发现了不对劲。

前后左右的位置全是空的，她女儿不在。

邵总立时火了："赵卓娅呢？"

几个研究员面面相觑，她们一直负责运送试验材料，根本没去注意别的事。

听见邵总找人，他们才慌忙询问。周围人多口杂，漆黑的夜里，一眼望过去，什么都看不清楚。无线电对讲机内发出一阵嘈杂，这样的噪声并不正常，显然是被干扰了。

"联系不上任何人。"

"邵总，要不您稍微等等，我们去甲板上找一圈？"

"应该就在附近，等一等就来了吧。"

邵总抬起手腕，看了一眼时间。

“来不及了。”她的表情，连一丝异样都看不出，如同以往任何时刻一般的冷静，“关闭机舱门，立即出发。”

“可是您女儿还在船上呢，不带她一起走吗？”研究员不可置信地问。

“耳朵聋了吗？”邵总冷飕飕的眼神比刀子还要锋锐。一扫而过时，每个人都仿佛觉得浑身钝疼。

没人敢质疑邵总的权威，机舱门缓缓关闭之后，直升机腾空而起，绕过那两艘虎视眈眈的大船，朝着远处的天空飞去。

陆扬从地上将水母果冻捡起来，像是收粗绳似的，一股脑地扔进了整理箱内。

其间还不断地有黑衣人试图冲过来阻止他，陆扬并不喜欢动粗，但到了这种时候，为求自保，他还是得出手，努力让局面平稳下来。

“小心！”

赵卓娅的声音从身侧响起，她随之挥手，球棍抡起，直接把悄悄潜过来想要偷袭陆扬的那个人打到了一旁。

“谢谢！”陆扬擦了擦汗，他抬眸，恰好看到邵总等人上了直升机，便冲着那个方向一努嘴，“怎么没跟她一起走？”

“我走了，你怎么办？”赵卓娅不答反问。

“该怎么办就怎么办，人在船上，船在海上，保命不成问题，最多是想要回到陆地上时会费点劲罢了。”陆扬故意做出轻描淡写的语气，“倒是你，真应该一起撤。身为邵总的女儿，邵总不在的时候，容易替你妈妈拉满仇恨值。从现在开始，你真的要小心了，要知道邵总的人缘可不怎么好，船上的人不喜欢她，那两艘船上的人对她更不会友善。”

“能不能别那么刻薄。”赵卓娅虽然对亲妈有点失望，但也不允许陆扬在背地里说邵总的坏话。

“好好好，不说不说！赵小姐，麻烦你从现在开始紧紧跟着我，只要你别乱来，我尽量保护好你。”

牛皮才吹出去，四五个黑衣人已冲了过来，将赵卓娅和陆扬围在了正中央。

“好好保护我吧。”赵卓娅像个小兔子似的，刺溜一下就跳到了陆扬的身后。

陆扬抱着整理箱，低头看了看泡在营养液里已经干瘪掉的水母果冻。

黑衣人虎视眈眈，陆扬却是若有所思。赵卓娅恼火地问：“想什么呢？你不是要保护我吗？把笼笼放下呀！”

“不能放。”陆扬摇头，反而把怀里的整理箱抱得更紧一些，“他们的目标，好像就是笼笼。”

陆扬的话无意中触动了赵卓娅心里的某个点，她惊呼出声：“糟了，小可呢？”

“刚刚还在附近的，这会儿也不知道去哪儿了——我只顾着帮他抢回笼笼，没看到他去哪里了。”

而且他们现在也是自身难保的状态，陆扬心里真正想说的是，先琢磨脱身之计不行吗？先顾着自己，再去关心别人。

这几个黑衣人，一看就不好对付的呀。

“我妈刚才说，把1007和1009交出去暂时拖延时间，这说明黑衣人也想要他们。换句话说，笼笼和小可全都是目标。”赵卓娅急匆匆地说着，“陆扬，你来保护笼笼，我去帮小可。千万别撒手，笼笼出了事，小可是会发疯的。”

“它都已经干得只剩下一层皮了。”陆扬有点郁闷。

“研究员不是说过了吗？水母果冻是不会死的，它一脱水就会陷入假死的状态，但不至于没命，最多不太容易缓过来。咱们还是先找找小可……”赵卓娅试了两次要往外冲，但都被黑衣人给截了回来。几个黑衣人围成了一个圈，将赵卓娅和陆扬完全挡住。

而十几米外，船头的位置，十几个黑衣人正里三层外三层地围着一个人——正是小可。随着内层区域不断有人被抛出来，外围的人手上拿出了一些钢叉，末端设有锐利棱角的半月弧形叉子，隔着两米的距离就能将人给控制住，又不至于伤到人。

小可的功夫再好，动作再利索，也难以抵挡这么多人。

“麻醉枪！”有人高声呼喊，“绳子和网也预备好！”

“糟了，小可那边有危险，我们得过去帮帮他！”陆扬奋力地想扑过去，但这事儿非常难做到，因为他也是自身难保。

“虹日号上的人呢？他们去了哪里？”赵卓娅左右寻找，试图找到一些船上的安保员和补给员，但令她非常意外的是，原本在甲板上的那些人竟然一股脑儿地跑光了，没有人试图阻止那些不速之客的到来。空荡荡的虹日号正任由这些海盗般凶狠的家伙肆虐。

“邵总离开后，他们也躲进了船舱里，如果我猜得没错，他们应该是封死了所有出入口。你还记得船舱内部的那些大型舱门吗？普通的游轮根本不会配备那种厚且笨重的铁门，如今想想，或许它就是用来防止……”

陆扬的话还没说完，就被不远处的欢呼声打断了。

“射中了！射中了！”

“小心，先不要靠近他，等药劲儿上来，他会彻底地倒下。”

赵卓娅咬着嘴唇：“小可中招了，我们得……”

她的话也没说完，便跟着轻呼了一声，身体随之软软地倒了下去。陆扬低头一看，赵卓娅的腿上扎着一根针，她也被麻醉枪打中了。

“糟了，他对麻醉不敏感，怎么中了两针还不倒下，这个药剂量都够麻翻一头大象了！”

陆扬抱着水母果冻，心里慌张，一时间不知是要放下，还是直接奔过去帮助小可。

还在纠结时，陆扬突然看到不远处有个黑衣人藏在了阴影处，正悄悄地朝着他的方向抬起手臂，好像是在做出瞄准的动作。

“该死。”陆扬反应迅速，躲开了。

一支麻醉针几乎擦着他飞过去了，险之又险，差点就钉在了他的身上。但陆扬来不及做出更多的反应，那人便又射出了一针。

这一次，陆扬直接抬高手上的整理箱，用厚重的外壳挡住了麻醉针的攻击。

他还有点担心麻醉针会刺穿整理箱，低头仔细看了看，确定箱体的厚度足以抵抗麻醉针所带来的冲击力，这才放了心。

“喂，咱们能不能好好坐下来谈谈，你们别忙着动手。”陆扬努力地拖延时间。

当他看到那个端着麻醉枪的黑衣人因为他的话而慢慢放下了手中的武器时，陆扬的心禁不住一松。

可就在这时，他身后的不远处，另一支麻醉枪已悄悄地瞄准了他……

陆扬中针昏迷前，在内心深处狠狠地骂了一句脏话。

但他拼尽了全力，在倒地之前，死命地护住了整理箱，没让水母果冻和箱子里仅存不多的营养液再倾倒出去。

一双擦得锃亮的皮鞋停在了陆扬的身边，这也是陆扬被黑暗吞噬前所见到的最后的画面。他努力地向上望去，看到了一张棱角分明的面孔，他的眼睛是深邃的蓝色，杀气腾腾。

半小时后。

起重机将陆扬、赵卓娅、小可以及一些物品从虹日号上送到了下面的快艇，而后，快艇破开海面，朝着远处的另一艘大船驶去。

海水是什么颜色？

蓝？黑？

不！都不是！

海水是透明的，它清澈干净，哪怕只是想起，都令人觉得心中安宁，有种舒展轻盈的感觉。

只是越近深海，越觉寂寥。

那是一种难以言喻的孤独和绝望，充满着死亡的压抑和窒息，无论想不想坠落，海底深处都仿佛有一种无形的力量，让人不由自主地朝着那个方向而去，直至彻底被吞噬。

一头蓝鲸，轻舞着巨大的尾巴，从海底深处缓缓而来。

它美得不可思议，那双温柔的眼睛仿佛能读懂人类的悲喜。

它有一个属于自己的名字，当然这是人类给它取的，只不过它听了以后也觉得很喜欢，每当有人唤它，它便有所反应，高兴极了。

陆扬从小到大，经常做着类似的梦。以至到后来，他也搞不太清楚究竟是他在梦里给蓝鲸取了名字，还是在现实中的确是遇到过蓝鲸，他通过某种方式才知道它叫小满。

这头蓝鲸，对他来说一定很重要。哪怕是在梦里见到，陆扬也觉得很开心，他在不知不觉间挑起嘴角，甚至还想抬起手去摸摸自己的脖子……

一摸之下，手指抓了个空。那枚从不离身的项链吊坠，并不在它应该在的位置。

陆扬浑身一激灵，身体随之有了沉重感，一下子从梦境里脱了身。

他此刻正躺在一张双人大床上，身上还盖着被子，但被子之下嘛，是一丝不挂的状态，全身都是光溜溜的。

“什么情况？”他按住了太阳穴，以缓解一下那一股一股的疼痛感。他想要坐起来，但只要一动就觉得天旋地转。

舒缓了一会儿，他也就渐渐地想起了昏迷之前发生的事。

两艘神秘的大船突然出现，左右夹击拦住了虹日号逃离的路线，邵总被一架直升机接走，虹日号的其他船员则一起躲进了船舱中。小可和赵卓娅先后中了麻醉针，他坚持到最后，试图想要去谈判，但这一切最终只是徒劳。他躲过了明针，却没逃过“暗箭”。

啧，这麻醉针的滋味是真难受，他到现在还隐约有种想呕吐的感觉，浑身难受。

“这是在哪儿？”陆扬撑着身体，小心地坐了起来，被子顺势滑落，露出了精干的身躯。

他朝着窗子的方向望过去，碧波大海，蓝天白云。海风徐徐，海浪滔滔，他这还是在海上了。

房间内的装饰简约，以白和蓝两种色调为主，一看就跟虹日号上的整体感觉不一样。

一位五官立体的西方美人站在床边，一头金色波浪长发，配上她白皙的皮肤，明媚耀眼，让人眼前一亮。

“陆扬先生，你醒了，真是太好了！”

陆扬被吓了一跳：“你是谁？”

“你可以叫我瑞希，我是这艘船上的管家。”瑞希每隔几秒钟便会变换一个姿势，不吝惜地展示着自己的好身材，时不时还要俏皮地眨一眨眼，电力十足。

陆扬哪里见识过这样的场面，脸红心跳是自然的反应，就连讲话都不那么清晰了。

“这里是哪里？”

瑞希回答：“亲爱的，你现在是在拦截号上，船长普西先生将你带了回来，并且叮嘱让我好好地照顾你。你现在感觉怎么样？要不要吃点什么？或者，喝一杯？”

别看陆扬瘦瘦高高，脱下衣服后却绝不是瘦排骨的身材，他身上随便用白色的床单围了几圈，就有一种暧昧撩人的感觉。他的这种独特魅力，或许同龄或年纪比较小的女孩没什么感觉，但非常容易引起姐姐们的好感，连邵总在见到陆扬第一面的时候，都下意识地对他产生了些许好感，要不然也不会慷慨得连备用的身份卡都借给他了。

这会儿陆扬对瑞希的吸引力，有过之而无不及，她笑吟吟的表情里竟全是满满的善意。

“拦截号。”陆扬若有所思，他果然是被带到之前隐在暗处的那两艘船的其中一艘上了吗？

普西船长又是谁？陆扬想起了被麻翻之前所看到的最后一幅画面，他竭尽全力也没能记起那个人的脸，却是对那双擦得亮闪闪的皮鞋特别有印象。

难道，就是他？

“陆扬先生，你需要一套新衣服吗？”瑞希的手指，轻轻地捏着床单，她一使劲儿，陆扬的腰间就露出了一小片肌肤，泛着小麦色的紧致感，怪好看的。

她的大胆举动，直接让陆扬闹了个大红脸。毕竟，纯情大男孩还从没遇到过这种场面，他的脑子轰隆隆地作响，万万没想到，他竟然会遭遇到调戏，对方还是个金发碧眼的外国大美女！每一道眼神，都仿佛带着电，他整个人都麻酥酥的。

陆扬果断地抓住了瑞希的手腕：“小姐姐，我的确需要一套衣服，最好是我原本穿着的那一套……”

他又习惯性地摸了一把脖子，手指抓了个空，瞬时被惊出一身冷汗。

“我的项链呢？”所有的旖旎和浪漫，全都消失得无影无踪，陆扬惊呼出声，整个人差点跳了起来。

“项链？什么项链？”瑞希不解地问。

“就是挂在我脖子上的，鲸鱼造型的，用一条跟皮子一样油光锃亮的草绳编的带子拴着的。”说到这里，陆扬突然震惊地瞪大了眼睛，“你们是怎么把项链取下来的？该死，你们怎么可以这样做？那条项链绳弄坏了就接不上了！这几年，会编这种草结绳的婆婆几乎全都去世了，你们叫我怎么办！”

瑞希更加懵懂：“陆扬先生，你先别激动，我完全听不懂你在说什么，你先冷静下来，告诉我发生了什么事。”

“项链啊！鲸鱼项链！那是我的护身符！！”陆扬烦躁得直抓头发，眼神阴沉沉的。

“我不知道什么项链，我想是你弄错了。”

陆扬挥手打断了瑞希：“我戴了近二十年的东西，怎么会弄错？我问你，你们把我的衣服换下来以后，放到哪里去了？”

“这件事是重要的秘密，我无权透露。”瑞希依然面带笑容，只是脸上暧昧的笑容瞬时散了很多，她快步走出门外，但又很快返回，“陆扬先生，这是你的衣服。稍后普西船长将邀请你共进午餐，午餐前请你待在自己的房间里，不要在船上随便走动，以免造成不必要的麻烦。”

美女一翻脸，之前的和善也消失得干干净净。

陆扬还想说点什么，瑞希已经再次打开了房门，回头冲着陆扬做了一个警告的表情，然后扭头，很快消失在门外。

“那条项链是我最最重要的东西，我绝对不能失去它，无论如何，我都会想办法把它拿回来。至于与普西船长共进午餐这件事，我并没有收到邀约，恕不奉陪。”陆扬摆出一副不屑的表情，大声朝门外喊道。

“砰”地关上了房门，他按住咚咚乱跳的心脏，长舒了一口气。

“我刚才的模样，肯定是有点小酷。”他摸了摸脸颊，颇有些得意。

但也不能一直乐呵，房门一关上，陆扬顾不上穿衣服，立即冲到了阳台——这里也是除门口之外，唯一通向外界的出口。

不过，让他有点失望的是，拦截号的船体并不是传统游轮设计，外面既没有悬挂空调，也无装饰用的物品，就那么光秃秃的一条悬直平面，除非是从十几米的高度一跃而下，否则根本不可能通过阳台离开这个房间。

陆扬又看向隔壁，与虹日号的设计类似，隔壁同样是客房，两个阳台相隔最少五米，中间没有任何可借力的点，除非他是壁虎，或者是背上长了翅膀的鸟人，否则他不可能过得去。

“还真是……人生大坑套小坑，踩到哪里都是坑，我最近运气有些差啊。”陆扬才说完，赵卓娅的声音就传了过来。

她说：“是啊，自从遇到了你，我也是人生大坑套小坑，坑坑环环相套，想躲也躲不掉。”

不得不说，陆扬一听到熟悉的声音，心情瞬间就变好了许多。

他将身体倾斜探出，努力想看看隔壁。而在隔壁房间的赵卓娅，也在做同样的动作。

于是，一秒钟后，陆扬看到了裹着白床单的赵卓娅，赵卓娅同样也看到了缠着白床单的陆扬。不管多紧张的气氛，在这奇特的装扮之下都一扫而空。

普西船长已经五十岁了，头秃了，胡子倒是很浓密，他有一双炯炯有神的蓝眼睛，穿着一套传统的老式制服，腰板挺得笔直。

“你猜，这些人的葫芦里卖的是什么药？”陆扬边吃边不自然地扯了扯身上的衣服。瑞希给他送的是一套西服，他穿上后哪儿都觉得别扭。

“事出反常必有妖。”赵卓娅一身长裙，显得优雅而美丽，和餐厅风格倒是契合，只是跟她的用餐风格很违和。只见她又挖了一大块鱼，用最快的速度往嘴里送。

他俩本来也不是来这儿做客的，没吃饱便直接继续要吃的。时不时还要观察一下隔壁桌吃的是什么主菜，挨个试了一遍之后，还稍稍作出些评判。

叠起来的盘子，转眼便有十几只，看上去颇为壮观。

普西船长的演奏，终于停了下来。

他站起身，全场响起了雷鸣般的掌声。

“我有预感，他要冲着咱们来了。”赵卓娅吃饱了，她把刀叉放下，挺了挺身子。

“我觉得你的预感有道理。”陆扬把最后一口意面塞进嘴里，颇有些恋恋不舍地盯着空掉的盘子。

陆扬其实并没有吃饱，花里胡哨的西餐看上去不错，但吃完之后满足感却不强。如果没有人打扰的话，他觉得自己还能再吃一些。

普西船长已经到了跟前，他友好地行了一个绅士礼，用夹着不协调腔调的中国话说：“陆扬先生，赵卓娅小姐，欢迎你们登上拦截号，希望你们能在船上度过一段愉快的时光。我是船长普西，如果在船上有任何困难，你们可以直接打电话到船长室，我会尽力解决。”

这些当然是客套话，但普西船长的表情太真诚了，仿佛真的是在迎接老朋友上船，方方面面都照顾得无比周到。

陆扬望向赵卓娅，一种默契令赵卓娅秒懂了他的意思。

“普西船长，既然您如此和善又慷慨，我刚好有件难办的事，需要您来帮忙解决。”赵卓娅笑容灿烂，眼睛里全是真诚。

普西船长瞬间愣住，大约是没想到赵卓娅当场便提了出来，一时场面有些诡异的尴尬。

许多双眼睛注视着这边。

在那种掺杂着各种情绪的眼神里，普西也只能硬撑着僵硬的表情说道：“请说。”

“我有个朋友，他长得很好看，是与我们一起被带到拦截号上的。还有一个箱子，里面装了一只蓝色的水母，水母的质地有点像果冻，离开水会变干。我和陆扬找遍了全场都没见到他和水母果冻，我想，船长一定知道他们在哪儿吧？”

普西船长一愣神，随即脸上的笑容转深，仿佛是在掩饰什么。他的微表情变化，赵卓娅并没有错过，本来还只是怀疑，这下直接确定了小可和水母果冻一定在船上。

“这件事……”

“您一定知道他们在哪里吧？请您务必告知。他是我们的朋友，我们必须找到他们。”

赵卓娅知道他是想要推脱了，直接把话题给接了过去。

“我想，你们搞错了。”普西船长开始组织起了语言，准备说服赵卓娅。

谁知，赵卓娅像是能猜出他的想法，完全不给他继续讲下去的机会：“我们三个人原本都待在虹日号上，是你们的人上了船，用麻醉针将我们麻倒，强行带到了拦截号。不管普西船长您如何努力地表达善意，这种行为依然算得上是绑架。”

周围的音乐声早就停了下来，因为船长是拦截号上绝对的主角，大家的注意力都在他身上。连带着赵卓娅所说的话，也响彻全场，吸引了所有人的注意力。

陆扬一心二用，有些分神地想着别的事。这间宴会厅有几十张桌子，每张桌子上都坐着两到四位客人，算起来就有一两百人在场了。除了陆扬和赵卓娅，宴会厅全是外国人的面孔，有男有女，年纪也不一样，但他们似乎都能听明白赵卓娅在说什么，尤其是当赵卓娅火力全开，朝着普西船长发飙的时候，每一张面孔上都露出了愤怒的神情，很明显他们完全能够理解赵卓娅的意思。

陆扬摸了下鼻尖。中文多难学啊，方块字各有各的含义，读、说、写都是不同的难题，极难学会。

船上这么多外国人，竟然都掌握了使用中文流利沟通的本领。

这绝对不是巧合，必定是早就有所图谋。

所以，拦截号上的这些人，是为了进入中国海域而专门组织起来的吗？

陆扬的脑子里才闪过这个念头，赵卓娅在那边已经跟普西船长激烈地辩论了起来。

一个坚称自己的朋友小可就在船上。

而另一个神色不对，顾左右而言他，倒是颇有些心虚的意味。

争执不下时，一阵铿锵有力的钢琴声飘扬而起，正是那一首中国人都会唱的《义勇军进行曲》。

“噗……”前一秒还在生气的赵卓娅，后一秒破除防备，笑出了声。

陆扬侧身望了过去，一眼瞧见穿着白衬衫黑长裤的小可，绷着脸，端坐在了钢琴前。他弹奏得极好，手指有力，将曲子的雄厚悲壮与激昂展现得淋漓尽致。

水母果冻此刻换了一个更大的箱子，浸泡着的液体也比之前多了很多，显然是上了拦截号以后得到的补充。

小可将它摆在钢琴的顶部，在他弹奏时，水母果冻竟然撑着触角，努力贴着箱子的边缘处“站”了起来，探着半透明的大脑袋来听，好像是能听得懂似的，随着节奏轻轻摇晃着。

“小可！”

陆扬率先跑了过去，赵卓娅紧随其后。

到了跟前，赵卓娅上上下下打量了一番，看他整个人的精神状态还不错，身上也不见明显的外伤，才松了口气。

“没事就好。”

小可停下了演奏，对待赵卓娅仍是那副不冷不热的样子，可当他的目光与陆扬对上时，瞬间变得柔和了许多，很显然，他非常信任陆扬。

普西船长来到跟前，拍了拍手："找到朋友了吗？恭喜。"

赵卓娅一手一个，把两个比她明显高出许多的大男人拉到自己的身后去，就像是保护欲爆棚的老母鸡，即使面对的是天上飞过的老鹰，即使对方来势凶猛，她依然不退半步，因为她的身后还有她想要保护的人。

她冷淡地客气道："非常感谢船长先生没有囚禁我们，现在大家齐聚在此，我们也不打算再分开，还请船长先生不要强迫我们。"

"强迫？赵小姐为什么要说出那么可怕的话，你和你的朋友是拦截号上最最尊贵的客人，我们会好好地招待，也希望你们能在此度过一段美好的时光。为了友谊，干杯！"

船长举起了酒杯，被邀请而来的宾客整齐划一，共同起身举杯："为了友谊！"

赵卓娅眼神诡异，陆扬觉得手臂上的汗毛齐刷刷立了起来。

什么情况？

是他们的脑筋错乱，还是眼前这些人都有问题？

若不然的话，这些人怎么可以选择性地忽视最关键的问题：他们是被人用麻醉针放倒后带上船的，这是绑架，这不是"友谊"。

他们这一群人怎么能那么淡定自若地把最关键的问题忽略掉，然后以宴会、美酒和音乐去粉饰太平？

赵卓娅努力保持着冷静："走了，回去。"

他们三人加一只水母果冻，朝着出口的方向移动，每走一步，都能感觉到从四周投过来的眼神，死死地盯着，没有温度，落在那里，带着几分没办法用言语来形容的意味。

刚出宴会厅，赵卓娅就迫不及待地大口呼吸起来。

"咱们先回去。"她走在前，还不忘提醒陆扬多照看一下小可。

从宴会厅去往客房的电梯处于维护的状态，不能使用，便只能选择步梯。

旋转向上的步梯并不算长，走了一小会儿，竟然直接来到了甲板上。

推开门，一股强劲的海风迎面吹来，瞬间就让赵卓娅摇晃了一下。

幸好陆扬和小可就在身后，一左一右，扶住了她。

赵卓娅低声道了谢，接着提议："我们出去看看吧。"

"为什么他们一点都不限制我们在拦截号上的进进出出，难道他们就不担心吗？"陆扬终于将疑惑说出了口。

"插翅难飞。"小可嘟囔。

大实话总是刺耳的，没心没肺的小可一说出口，立即招来两道不满的眼神。

"就算是知道咱们在海上不容易逃跑，那也不至于这么放任吧？说真的，我被麻醉枪放倒的时候还没来得及担心，但到了此刻，情况不明，我倒真有些担心了。"陆扬摇了摇头，接着问赵卓娅，"你觉不觉得刚才那些人盯着咱们看的感觉，就好像是在盯着一盘菜，垂涎欲滴，满眼渴望，根本不带克制的？"

"当务之急还是要搞清楚他们的目的是什么。"赵卓娅冷着脸，"除此之外，咱们还要想办法离开拦截号。不知道为什么，他们越是表现得友善仁爱，我越觉得他们骨子里都在憋着坏呢。而且我觉得他们的目标是……我。"

"是你。"

听到陆扬也作出了同样的判断，赵卓娅惊讶地望向了他。

"尽管他们故意表现出的关注点都在小可那边，但其实不是，每个人面部的细微表情是做不得假的。每当你说话或有所动作时，从那些集中过来的目光，还是很容易看出一些东西的。"陆扬皱眉，"我觉得，或许他们清楚你和邵总的关系，真正的目的还是想通过你来要求邵总做一些事。"

“呵，还真是看得起我，他们也不想想，如果邵总真的那么看重我，她会丢下我，一个人乘坐直升机离开吗？”

尽管赵卓娅从来没提这事儿，但真的讲起来，她的嘴角仍是耷拉下去的，整个人无精打采的。

陆扬想要安慰她，可想了半天，却找不到合适的言辞。

最后也只是抬起手，摸了摸赵卓娅的头发。

小可有样学样，也去摸赵卓娅的头发。

一瞬间，她梳理得精致的头发，便在两个男人的大手之下变得乱糟糟。

“好了好了，我已经被安慰到了，不要破坏我的发型啦。”赵卓娅笑着躲开。

大约是之前紧绷的氛围持续得有些久，忽地放松下来，两个大男孩的玩心便怎么都压制不下去了。他们弄乱她的长发，赵卓娅也想去揉他们的脑袋。无奈陆扬和小可都高出她许多，即使今天穿的是高跟鞋，赵卓娅依然够不到。她不甘心地追过去，非得给自己讨回些公道不可。

三个人在甲板上打打闹闹的一幕，落在某人的眼中，可就不是单纯的轻松愉快了。带了几分不解，他若有所思地注视着，陷入自己的思绪当中。

小可拥有着宛若野兽一般敏锐的直觉，他是最先有所察觉的人。

他突然停止追逐打闹，准确地朝着那个方向望过去。

隔着遥远的距离，小可的目光，与男人对撞在了一起。

“怎么了？”陆扬问。

小可的手，指着那个方向：“那个人……”

“有人吗？在哪里？我怎么没看见。”赵卓娅踮起了脚尖，极目远眺，但她的视线只落在了几米之外，那里有一栋比较高的建筑，不少窗户正对着太阳，但玻璃还是蛮特别的，裸眼望去是一种奇异的渐变色，既能防住紫外线，又可以挡住窥探的视线。

不过，像这样的设计，实在是稀松平常。

至于比较可疑的人，她倒是没发现。

陆扬同样没有发现，他正想问小可是怎么回事，却瞧见小可忽地收了攻击的姿态，弯身又把方才放在地上的水母果冻的箱子给抱了起来。

“他走了。”

“他是谁？”陆扬对小可向来是比较信任的，虽然自己没发现异样，但依然愿意相信小可的直觉。

“不知道。”小可先是摇头。停顿了一会儿，才忽然又补充：“他开枪打我们。”

“开枪打我们？”赵卓娅瞬间就懂了小可的意思，“你是说，是昨天那伙闯上了虹日号的人？”

小可重重地一点头。

“在哪里？你再给我指一指？”赵卓娅来了兴趣。

“走了。”说完，小可便直接躲到了陆扬的背后，以陆扬为中心绕圈圈，以此躲避赵卓娅的追问。

赵卓娅追了两圈没追上，只得停下来。她皱着眉头低头看了一眼，脚下穿着的名牌高跟鞋的确很好看，但活动起来就是没有运动鞋舒适和方便。稍后必定是要仔仔细细地探索一下这艘船，她得找一双合适的鞋子。

两个人的你追我赶并没有打扰到陆扬的好心情，他懒洋洋地伸了个懒腰，目光掠了一圈，定格在了甲板上摆着的那几把蓝白相间的太阳椅上。

“我几乎都要忘记出海是为了什么了。此时此刻，阳光炽热，海风徐徐，碧波蓝天，咱们三个人穿得精致体面，就像是跑出来度假的。”他摇了摇头，“如果真是度假就好了。”

“喂，你们两个怎么一回事？”赵卓娅急得抬高了声音，“现在可不是没精打采的时候，咱们困在了这里，难道不是应该想办法先从这里离开吗？度假，亏你想得出来，这哪里是度假了？”

她说着，还懊恼地拉了一下身上的礼服，下摆处缀满了闪闪发光的水钻，将她婀娜的身材衬得极美。赵卓娅第一次如此盛装打扮，她当然也很高兴，但越是如此，越觉得诡异感浓重。这种矛盾又复杂的心情，让她明显感觉到自己变得越来越暴躁了。

“好了，咱们现在先回房间去，把这身衣服给换下来。”赵卓娅攥紧了拳头，瞪着陆扬，“你美滋滋地想什么呢？摸摸你的脖子，鲸鱼项链都被人顺走了！”

这一句提醒，不亚于拎着一桶冰水，直接从陆扬的头顶劈头盖脸地浇了下来。

他神情里的慵懒，如潮水一般退去。

取而代之的是一抹阴沉沉的表情：“那条项链，我必须找回来。”

“你的那条项链是怎么回事？小可见到以后就一直惦记着，现在到了拦截号上，人家第一件事也是拿走你的项链。这条项链是有什么特别之处吗？你从哪儿弄来的？”

小可听了这话，仿佛没听到似的，直接装傻。

陆扬无辜地摇了摇头：“项链就是项链，非金非银非玉，也不是什么值钱的宝石。至于是从哪儿弄来的，这个时间太久了，我还真的想不起来了。好像是从有记忆起，它就戴在我的脖子上。我爷爷说过，这是开过光的护身符，不能随便摘下来，否则会有不好的事情发生。”

“那么迷信吗？”赵卓娅是受过高等教育的，对于这种怪力乱神的说法接受度很低。

“岛上长大的岛民都有自己的信仰，一时半会儿的也说不清楚。爷爷要我戴着，那我就戴着呗，反正早就习惯了。”陆扬说着，还习惯性地去摸了一下脖子，手指触摸到的是空荡荡的一片，他非常别扭，忍不住使劲地搓了几下。“我总觉得，咱们担心的问题都不是问题，很快它们会自己浮出水面，主动找上门来的。”

赵卓娅抬起头，愣愣地看着陆扬。

“不会很久的。”

不出陆扬所料，瑞希很快带来了普西船长的邀请：去品尝普西船长珍藏的名酒。

“这可是不多的好机会呢，要知道，普西船长平时工作繁忙，每一周也只会安排一两次这样的品酒会。能够接到船长的邀请，那可是相当荣幸的事，船上的每一位成员都十分羡慕呢。”瑞希卖力地夸着。

她一个人说不停，房间内的另外三人没一个有反应的。

瑞希正在腹诽他们的无礼，就见陆扬清冷开口：“感谢普西船长的邀请，我们必将准时赴约。”

“你们，答应了？”已经准备了一堆劝说的话语，全部没能说出口，瑞希一下子就愣住了。

“对，答应了，现在就去，你在前边带路吧。”陆扬的话，可以作为代表。

赵卓娅和小可面无表情，但神情之间分明是赞同的。

“那就最好了。”

瑞希管家扯出一抹笑，她打开了房门，示意三人可以走了。

五分钟后，瑞希轻轻敲了三下船长休息室的木门，听到里面传来一声低沉的允许声后，她面容恭敬地把门打开了。

普西船长身形挺直，好像是在站军姿一样，端正地立在那里。

不远处的落地窗前还有一道人影，静静眺望着远方。

陆扬三人走进来时，普西船长迎了上来，颇为客气地引着他们来到沙发边坐下。

至于瑞希管家，此刻正履行管家的职责，恭敬有礼，在几人落座之后，迅速端来了酒杯。

因为普西船长约人过来，用的是品酒会的名义，因此瑞希还特地去酒柜里取了一瓶不错的红酒，送到了船长面前，请他过目。

“这一瓶很是不错，就它吧。”

瑞希当着大家的面儿，开了那支红酒。

按理说，她服务完毕，也该识相地退出去，把空间留让出来，给大家闲聊。

然而并没有，瑞希的眼神有点发痴，迷恋地落在了始终背对着众人、站在窗口的那位男士的身上，怎么也舍不得离开。

赵卓娅：“我不会喝酒。”

陆扬：“我也不会。”

小可好奇地伸出手去，他是无所顾忌，只要给了就敢喝。

但此刻这种情况，赵卓娅和陆扬怎么会允许小可去喝酒？干脆一人一边，把小可按住。

“乖，这个味道是苦的，不能喝。”

“喝了会生病，拉肚子拉个不停，你就没力气爬起来了。”

普西船长本来已经举杯，正酝酿着词句，准备和大家共享美酒呢。突然听到了这种话，不免有些尴尬，他的酒杯停顿在了半空中，好几秒，都是沉默的。

就在这时，一直背对着众人的男人，缓缓地转过了身体。他有着东西方混血儿独有的外形轮廓，眼睛大，眼眶深邃，皮肤白皙，但他的头发和双瞳全都是黑色，俊美得像是从油画里走出来的一般。

但相貌问题并不是让赵卓娅和陆扬感到最惊讶的，他们之所以双双瞪圆了眼睛，主要原因是面前的这个男人与小可竟然有六七分相似。

只是小可的眼神更纯净无辜，他从来没有什么特别的心思，内心世界纯粹单一，因而看上去宛若初生的婴儿似的，让人看着他时不自知地跟着安静下来。反观这一位，他成熟而世故，每一个动作，每一个表情，仿佛都带着些许特别的意味。

陆扬下意识地攥住了小可的手腕，他警惕地盯着来人，口中却是对身旁的小可说："你坐着不要动，等会儿咱们去餐厅，让厨师帮你做一顿大餐，好不好？"

"当然好。"小可低下头，过了一小会儿，当所有人的注意力都没再放到他的身上时，他才轻轻地抬起头，与那个和自己长得十分相似的男人目光对在一起。

"我姓萧，单名一个敬，是拦截号的投资人。"他的手，自然而然地放在了小可的面前。

仿佛一直沉默寡言的他，才是陆扬三人的代表，有资格与自己平等对话。

萧敬的右手尾指上，佩戴着一枚蓝宝石戒指，随着他的手指移动，戒面蓝宝石发出璀璨的光芒，实在是太吸引人了。

"我是小可——陆小可。"小可说完，还特意瞥了一眼陆扬，见他嘴角泛起了浅浅的笑容，并没有要生气的样子，小可放下心来。

没想到，萧敬摇头，否定了他的说法。

"别胡乱给自己起新名字，你很清楚你不是什么陆小可，你的名字是秦鸣。"

小可的神情愈发懵懂，也不知道是真的不知道这事儿，还是演技足够好，足以骗过所有人。

他微微歪着头，把整理箱抱紧了些。

"你是我弟弟，我当然知道你是谁。"萧敬的手，始终停留在半空，依然等着他来握。

小可显然并不懂这些礼节性的暗示，他只是看着，根本没打算做任何动作。

倒是陆扬和赵卓娅，显然已经被眼前诡异的一幕给惊住了。

“弟弟？我听错了？小可怎么会有哥哥，他不是邵总的试验……”陆扬说到了一半，醒悟过来，赶紧刹车。

赵卓娅抿了抿唇：“开什么玩笑？”

萧敬轻轻地收回了手，目光始终如一，落在了小可那边：“我从来不开玩笑。秦鸣，你和我拥有同样的基因，最明显的特征便是我们的外貌极度相似，这一点就算不经过科学检测，也很容易看出来。”

“外貌相似的人多了去了，人嘛，两只眼睛一只鼻子一张嘴，千百人里，类似的轮廓、弧度聚集在不同的面孔上那也是非常正常的，若是仅凭长相，就不知所谓地说别人是自己的亲人，未免太过武断了。”赵卓娅想也不想，立即反驳。

“小可的利用价值还蛮高的嘛，要不然，也不会有人想尽办法往上贴。”陆扬望向小可，认真地说，“若是亲人，真的是从亲情的角度出发跳出来认这个亲，我当然是要替小可高兴。可问题是，萧敬先生，你摸着自己的良心讲一讲，你几乎是用绑架的方式将小可带上船来的，现在又提出来认亲，你凭什么让人相信你的目的是出于血缘的亲情？你又拿什么来证明这种真诚？大炮轰船？还是射过来的麻醉针？”

寻常人若是经历了这样的当面斥责，肯定要恼羞成怒。但萧敬没有，他脸上挂着的表情甚至不曾有半分变化，连对陆扬和赵卓娅生出的恼火都未有表现。

他平静地说：“虹日号与拦截号之间的问题由来已久，三言两语说不清楚，而且我也没有义务去解释两艘船之间的矛盾。的确是我带人找寻机会上了虹日号，而这么做的原因正是为了寻找我弟弟秦鸣。当时情况紧急，误会极深，如果不用麻醉针制服你们，我们连和平对话的机会都没有。若是诸位对我的莽撞行为感到不适，那么我在此正式向诸位表达歉意。”

他举起酒杯，转了一圈，而后一饮而尽。

房间内，死一般的寂静。

普西船长别过脸去，瑞希管家眼睛里都要冒出粉红泡泡了。

而赵卓娅呢，大白眼已翻了起来。对于萧敬的这种顾左右而言他的解释，她是一个字都不信的。

当然，她和陆扬信不信，这都不是问题，因为萧敬说的所有话，都只针对小可一个人。

也就是说，只要说动了小可，他便成功了。

“你怎么想的？”陆扬拽了下小可的衣角，发现他一直置身事外，不管谁说话都只是在听，好像一切都跟他无关似的。

这种态度，令所有人不知所措。

陆扬虽然打心眼里看不惯萧敬那副皮笑肉不笑的虚伪表情，但他依然得先弄明白小可的想法，这样才能决定接下来的基调。

“我是小可，陆小可！等到船靠岸时，你要带我回去住，把爷爷分给我一半，对吗？”

在虹日号上时，陆扬的确是这样答应过。

于是，他点头：“你会喜欢咱爷爷的，他煮的饭很好吃，对自己的孙子也非常好。”

小可得到了满意的答案后，整个人像是得到了某种信念的支持，神采奕奕地坐直了身体。

他突然抬起长长的手臂，搭在了陆扬的肩膀上：“他才是我哥哥，你不是。”

陆扬想笑，又有点困窘：“喂，小可，你好像比我大。”

“那我来做哥哥，你做弟弟，没关系，我不介意。”小可迅速改口。

好吧，陆扬稍微琢磨了下，觉得他讲的话还是很有道理的。他也的确实打算收留无家可归的小可，回头具体要怎么安排还在考虑中，但绝不会是置之不理。那么，被他喊一声弟弟，陆扬完全能接受。

想清楚了其中的关键问题，陆扬的反应也特别快，反手也搭在了小可的肩膀上，一副哥俩好的模样。

萧敬身上的气势明显转冷了许多，就连最基本的礼貌他都已经维持不下去了。

“瑞希，你为什么还在这里？”普西船长突然没了优雅淡定，暴怒开口。

瑞希被吓得一哆嗦，眼神里全是幽怨，但这股威压完全压住了她所有的念头，她抱紧了托盘，一路小碎步，飞快地跑了出去。

第九章

大隐之家

清退房间内唯一的闲杂人士，普西船长的神情更加阴沉，他站起身，冷冷地提醒："诸位，你们虽然是船上最尊贵的客人，但也请你们注意最起码的礼貌和态度。萧敬先生是拦截号的投资人，更是我最好的朋友，因为他，我可以对诸位另眼相看，并且很乐意在拦截号上给诸位提供方便。不过，这件事的前提，是萧先生认可你们。恕我直言，你们目前的行为举止，很没有绅士风度，我非常看不惯，请你们立即收敛，对萧先生保持礼貌。"

"呦，咱们在这儿谈判呢，船长先生倒是先替金主爸爸打抱不平了。"赵卓娅可不惯着任何人的毛病，她脾气本来就火暴，这会儿无缘无故被带到了这里，心情已是十分的差。

就算是陆扬和小可惹到了她，她也一定是照怼不误。更别说是她已经视作敌人的普西船长了，更是毫不客气："只可惜，他是你的金主爸爸，拿钱养的是你和你的拦截号，但他和我们没有半毛钱的关系。礼貌和教养什么的，我们可是犯不着。"

"你这个黄皮狗崽子……"普西船长一急，嘴里便开骂了。

他用的是法语，并且自认为这房间里不会有人听得懂他在说什么。

没想到，赵卓娅直接用一口流利的法语继续开怼："你喊谁黄皮狗崽子呢？看你阴阳怪气的就知道不是个好人，真是没想到，你竟然还下作的乱骂人，这就是你所谓的礼貌？所谓的教养？人前一套人后一套的把戏，你不觉得自己太虚伪了吗？”

“你……你居然会法语？”普西船长一时间竟然不知道该怎么回话了。

“我不只会法语，会英语，我还会日语、拉丁语，当然汉语也说得非常不错。”赵卓娅流利地在五种语言之间切换，眼神里写满了轻蔑。

“这就……”

萧敬轻轻摆了摆手，本来有些恼羞成怒的普西船长竟然瞬间收敛了脾气，又变回了那个低眉顺目的大胡子模样。

这种画面，委实有些诡异。

要知道，大胡子船长的身高比萧敬高出很多，是典型的北欧血统，高大且强壮，站在那儿，从外形上就具有十足的压迫感。

哪里想到，他竟然因为萧敬一个轻描淡写的动作，便敛去了所有冲动的情绪，像是一头被驯服的北极熊，只剩外貌优势所带来的压迫感。

萧敬止住了普西，又望向赵卓娅："你就是邵女士的女儿吧？"

“你们倒是对我妈妈调查得很清楚。”赵卓娅说完，又自己摇摇头，纠正了不恰当的说法，“准确地说，你对虹日号上的每一个人都调查得非常清楚，像邵总这样的重点人物，更是连祖宗十八代都调查一遍了吧？所以，你才会知道我们的信息，只除了——”

赵卓娅的目光，转向了陆扬："这里头，你最不了解的人，便只有他了吧。"

“他姓陆，名叫陆扬。”

赵卓娅冷笑："知道他的名字又有什么特别的？除此之外呢？你还知道什么？他的身份来历？还是他背后的陆家所代表的庞大势力？又或是他突然出现在虹日号上，所代表的特殊目的？"

萧敬缓缓摇头："若真是有背景的公子哥，又怎会被留在虹日号上？"

赵卓娅指着自己的鼻子："我，赵卓娅，邵总唯一的女儿，她的掌上明珠，连她办公桌上摆着的照片都是我的单人照，但与她的科研课题相比较，我算得了什么呢？还不是被扔在船上自生自灭，最后挨了你一针，被带到了这里来。”

她的大拇指不屑地一指陆扬：“连亲女儿都懒得搭理，他又能算得了什么？想要带走却带不走的时候，当然是先丢在船上喽。理论上来讲，只要虹日号不沉，船上的所有人都不会出事，既然如此，当然是要选她心里更重要的事来做。”

萧敬忽然把眼睛一眯：“什么事？”

赵卓娅瞧着他的这个神情，就知道自己是真的触及对方最关注的要点了。

她转了转眼睛：“她从深海捞出来了什么东西，耗费了好大的力气，失败了一次又一次，终于，她见到了成果，所以就迫不及待地先走喽。”

“什么成果？”萧敬努力让声音听起来没有波澜。

但他下意识屏住的呼吸，反而就是另一种情绪的外泄。

赵卓娅假装没看到，顺从地继续说下去：“应该是与海底沉船有关的……”

“赵卓娅，你说出来的话是要负责的，绝对不可以胡说，知道吗？”陆扬着急地打断了她。

“那东西打捞上来的时候，最少有一百双眼睛在盯着看，我不说，难道他就不知道吗？”赵卓娅极是不服气，“人家都已经把咱们绑过来了，肯定是早有准备。陆扬，你越是试图隐藏真相，反而越是欲盖弥彰。”

她放松地往沙发靠背倚靠而去，整个人慵懒又放松：“明人面前不说暗话，不就是那么点事，索性坦诚说开了吧。这片海域之下，有沉船，明代永乐年间的官船，据说船上有大量的珍宝，这件事你们是知道的吧？”

萧敬点了下头，答得很干脆：“沉船附近的水域发生明显变化，吸引了数以千万计的海底食人鱼。这种鱼体型极小，生命力顽强，喜食血肉，往往是成群结队地出现，确定目标后统一发动攻击，闻到血腥味必会将目标啃噬得干干净净才肯罢休。食人鱼本身已是极难对付，更别提鱼群数量庞大，周围的一片海域已是‘寸草不生’，完全无法阻挡。”

他摊了摊手，一副无可奈何的样子：“有它们在，想要靠近沉船几乎不可能。就算是一些深海探测仪器，在下潜到一定程度时，也会被那些鱼疯狂推搡，根本没办法准确送到预定的观察区域。至于真人下潜，那就更是难以实现，潜水员只要下了水，等同于是送外卖给这些鱼。”

“你们试过了？”赵卓娅紧跟着问。

这一次，萧敬保持了沉默，仿佛没有听到赵卓娅的问题。

“不是吧。”赵卓娅真正地吃惊了起来，“你们居然真的派人下去送死？天，怎么可以这样，你们怎么可以拿活生生的人命去开玩笑，你们这是犯罪。”

普西船长一听这话，语气又一次激动了：“不准你胡乱说话。船上高薪聘请船员，不是让他们过来海上度假的。这一片是深海，下去之后本来就可能会遇到这样或者那样的危险，这一点本来也是属于这份高薪需要承担的一部分。况且，在得知船下有吃人的怪鱼之后，我们再没尝试着派人下去。”

“因此，邵总取上来的物件，才会让你们那么重视，连明抢的手段都用上了。”陆扬一下子明白了其中的关键。

普西船长禁不住老脸一红，不过幸好他长着一脸的大胡子，皮肤颜色的变化，外人看不清楚。

至于萧敬，他本来就情绪起伏较低，赵卓娅与陆扬的一唱一和，对他根本起不到任何影响。

“邵总取上来的物品，我只需要一份。”萧敬终于提出了自己的要求，“我相信，这件事对于邵总来说，也只是举手之劳罢了。我已经和邵总联系上了，等她派人将我要的物品送过来，我派直升机将你和陆扬先生，平安送回去。”

“什么？你和邵总联络上了？”赵卓娅有些不淡定了，她猛地站了起来，失声问道，“她绝对不会同意的，你根本是白费心思。”

萧敬摇头：“她同意了。”

“不可能！”赵卓娅还是不信，“她讨厌别人影响她的事业，为了事业，她连自己的生活都完全放下。她漂在海上，辛苦至极，又怎么会为了我，献出自己好不容易获得的成果？不可能的，你是骗我的，我不相信。”

“你毕竟是她的女儿。”萧敬简单地阐述完毕，便不再理会赵卓娅了。

他的目光，转向了陆扬：“至于你，不管你是什么样的身份来历，我和拦截号上的诸位并未有所怠慢，等会儿直升机到了，你可以随赵小姐离开。”

陆扬下意识地攥住了小可的手臂，刚想要发问。

萧敬却直接摇头：“你可以走，秦鸣不能走，他是我弟弟，理所当然的要与亲人待在一起。”

“我不是！”

“他不是！”

小可与陆扬异口同声，坚决否认。

萧敬却只是平缓地笑了：“究竟是不是，你们说了不算。”

那谁能说了算呢？自然是他了。

“我绝不会放弃小可。”陆扬心口的一股邪火都被激起来了。

“总之，在邵总将我要的物品送来之前，各位请好好地享受船上的时光，有任何需求可以向瑞希管家提出，她会尽力让大家感到愉快。”

萧敬轻眯双眼，望向了某个角落。

一队黑衣人快步走出，从他们的穿着打扮可以确定他们就是当时闯上虹日号将陆扬三人放倒的那些人。

有了之前的冲突在，这会儿一见，颇有些仇人见面分外眼红的感觉。

但黑衣人根本不在乎这些，到了跟前，做出“请”的手势，可以预见，若是陆扬他们不听话，他们肯定是要直接动粗，武力驱赶。

陆扬按住了想要站起来与他们理论的赵卓娅：“我们会离开，但在走之前，我还想要问一句，我们换下来的私人物品被放在了哪里？那里面放着很重要的东西，若是要我离开，我的私人物品必须还回来。”

一个黑衣人迅速来到萧敬的身旁，快速地耳语了几句，意思大概是说，所有的物品已经查验过了，并没有特别的发现，本来打算要销毁的，所以就存放在船后部底舱的储物间内。

萧敬点了点头：“瑞希管家会送回你想要的东西，现在，可以走了吗？”

“小可，我们走。”赵卓娅仍在生气，她抓住了小可的另一只手，与陆扬一起，将他护在了正中间。

“秦鸣，你留下，我们好好谈一谈，好吗？”萧敬的目光，掠过了所有阻挡在中间的人，落在小可的身上，“我知道你的心里肯定有很多疑问，只要你想听，我都可以告诉你。”

“谈什么谈？有什么好谈的？你这人，一开始就是不怀好意，小可那么单纯，难保不会中了你的暗招。对付你这种人，最简单的办法就是不靠近、不交流、不给你胡言乱语的机会，我说得对不对？小可！”

小可配合地点了点头。

赵卓娅瞬间特别高兴，觉得自己替小可出头，还算不白费。

“那好吧，你先回去休息，也好好想一想，等想明白了，你再联系我，我房间的电话号是 1111，很容易记。”

“你还是别再枉费心机，在小可身上白白浪费时间了。首先他自己能分得清好坏，其次他的身边还有我们在，像一些居心叵测的家伙的阴谋，我们是绝对不允许它在眼皮子底下实施成功的。”赵卓娅气呼呼地抬起下巴，骄傲地说，“小可，我们走。”

小可抱起了他的箱子，乖乖跟在一旁。

萧敬也不跟着，只是用一脸笃定的表情，目送着三人离开。

普西船长着急地凑上前，他有很多话要说，却被萧敬抬手一挡，拦下来了。

“萧先生，您的态度应该更加强硬一些，否则这些人不会乖乖听从的。您真的没必要为了一些不相干的人，而去忍受这份委屈。”

“无妨。”萧敬慢慢地走向桌边，拿起了一直没有动过的红酒，送到了殷红赛血的唇边。

“但是，您的弟弟……”

“拦截号航行在海的深处，外界的人想进来，或是船上的人要离开，这一切全都要经过我的同意。”萧敬不在意地勾起嘴角，“他们迟早会明白这一点。”

普西船长这才露出满是惊喜的笑容来：“是是是，您说得非常正确。那三个年轻人还是太过单纯，他们根本不明白自己面对的是谁。”顿了顿，他又问：“还要像之前一样对他们礼遇有加吗？”

“24 小时之内，邵总若是乖乖地将我要的东西送来，我们还是要按照约定，将她的女儿看护好。”

至于 24 小时之后，对方若没有就范，或是试图想要耍些什么花招，接下来要怎么对待邵总的宝贝女儿，那也是萧敬一句话的事。

“那个陆扬，依您所见，他真的是有什么大来历？”见萧敬不答话，普西船长又在一旁自言自语地喃喃，“赵卓娅说他是陆家的人，陆家？又是哪个陆家？难道是——北京那个？”

“不要胡乱猜测。”萧敬冷色制止。

普西船长整个人的神情都跟着振奋了起来，但随即，他的肩膀耷拉了下来："如果真的是……萧先生，陆家的面子还是要给的，要不然，咱们这边以后的一些事，就都不好处理了。"

萧敬被普西船长叨叨得一阵心烦，他的眼神一冷，普西船长立即缩了缩脖子，退出去了。

房间内空无一人时，他将杯中酒一饮而尽，心底的烦躁再也按捺不住。

"绝不放弃。"他握拳，砸在了桌面上，"绝不。"

回房间的路上，瑞希管家走在了最前，一双细高跟的鞋子踩在地毯上，留下了一个又一个小小的印记，再无声地回弹回来。

跟在她身后的三个人，手拉手并肩而行。

小可就是被赵卓娅和陆扬护在正中的那一个。

到了门前，瑞希不顾其他两个人的戒备，凑上来说："秦鸣先生，等会儿我会将萧先生特别为您准备好的衣物用品送过来。"

"还有我的私人物品，你的萧先生说了，可以还给我。"陆扬插嘴。

结果，却是得了瑞希一个大大的白眼，她冷冰冰地说："萧先生吩咐的事，我自然是会去做。"

没多久，门铃声又响，依旧是瑞希管家，这次她送来了陆扬等人的旧衣服，每一套都叠整齐了，配饰首饰也全都在。陆扬急忙翻找，当他终于看到离身很久的项链时，便如获至宝，一把抓住，好半天过去，除了心脏狂跳的感觉，大脑陷入了一片空白当中。

小可凑了过来，把手一伸："我看看。"

陆扬顺手递了过去。

当鲸鱼项链落入了小可的手中时，他忽然动作极快，直接将项链往脖子上套去。

与此同时身体向后退，利索地翻滚过了大床，躲到另一边去，闪出了老远。

“喂，你做什么？”

陆扬哭笑不得地追了过去，见他过来，小可撒腿就跑，边跑还边整理衣服，硬是把项链塞到了最里面，再扣好衬衫的扣子，藏得牢牢的。

“小可，别闹了，这个对我来说很重要，真的不能给你。”

“我帮你保管。”小可不答应，好不容易到手的东西，绝对没有再让出去的道理。

在这个想法的控制下，小可使出了浑身解数，闪躲腾挪，跳上翻下，比松鼠还灵活，比脱缰的野马还闹腾。

赵卓娅洗澡完毕，一边擦头发一边走出来时，看到的正是这样一幅画面。两个男人已经将屋子里的东西打翻了大半，小可嗷嗷叫，陆扬嗷嗷喊。

看到赵卓娅，小可第一时间躲到了她身后，利用她来躲避陆扬的攻击。

“他把我项链给骗走了！”陆扬嚷嚷。

“我的！我的！”小可不甘示弱地反驳。

“我随身带了十几年的东西，怎么就成了你的了？”陆扬气炸了。

“就是我的！我的！”小可不甘示弱，完全没有半分心虚，陆扬抗议，他反驳，一句不相让。

“你这就是明抢了。”陆扬抓了一把，没抓到人，手指落了个空。

赵卓娅见双方情绪那么激动，连忙把小可护好，反过来劝陆扬。

“你明知道小可是在认死理，跟他一般见识做什么？先消消气，别冲动，反正项链就在这儿，又不会丢掉。慢慢跟小可解释，他会愿意还回来的。”

陆扬还没回答，就见躲在后方的小可竟然在冲他做鬼脸，太气人了，他根本不是认死理，他就是故意的。

正当陆扬又要冲上去时，赵卓娅揽着小可，把人送进了浴室：“你先进去洗个澡，我跟陆扬聊一聊。”

小可乖巧点头，进去后还不忘反锁住门。水声响起，小可哼着不成调的曲子，心情相当不错。

赵卓娅叹了口气，拉着满脸不高兴的陆扬，一直走到了套房的阳台。

这里距离浴室足够远，哪怕小可的耳朵再灵，也很难听得清楚。

“你的项链，除了装饰和纪念，还有什么其他特别的意义吗？”

这种问题，赵卓娅之前明里暗里地问了好几次，陆扬已经有点烦躁了：“不就是一条普通得不能再普通的项链，既不特别也不值钱，能有什么别的意义呢？”

“你没发现小可特别在意吗？”赵卓娅眼神里多了几分怀疑。

“他对那盆水母果冻也特别在意，走到哪里都要拿着，冒尽风险也得护着，你觉得有啥意义吗？那小子分明就是任性。偏偏，还有人就肯毫无原则地宠着让着，让他越来越无法无天，以为自己想什么就能干什么，无所顾忌。”

望着陆扬一脸的抗拒，赵卓娅只能小声地提醒，让他先消消气，冷静下来，再听她的分析。

“有什么好分析的？最靠谱的办法就是把他按在地上，直接抢回来。他只有被粗暴对待之后，才能明白这世界上有些事可以做，有些事坚决不能做。”停顿了一下，陆扬重复，“就跟小孩子不听话时，打一顿比讲理十分钟的效果要好一样的道理。”

“你这是什么可怕的歪理邪说。”赵卓娅失笑出声，“好了好了，先冷静一会儿吧，小可毕竟不是你家里的小朋友，他是有自己思想的成年人，虽然一直处在脱离大社会的环境当中而显得比较单纯，但这并不能说明他真的什么都不懂。我还是觉得，他非要抢你的项链，一定是出于一些特别的原因。反正现在也拿不回来，你就先等一等，侧面观察一下。好不容易才有这样子的机会，其实不必太着急。或许通过这个小契机，咱们能搞清楚更多的真相。”

“什么真相？”陆扬似懂非懂。

赵卓娅叹了口气：“难道你从来都没想过，他们为什么会把小可当作实验体养在虹日号上？如果他存在的目的真的跟实验室里的小白鼠、小白兔差不多，那为什么他又会有自己的哥哥？而且，除了实验编号1007，他还有自己的名字。”

陆扬的脑子“嗡”一下巨响。

赵卓娅似乎知道他要说什么，提前便讲了出来：“咱们嘴上说不相信萧敬是小可的哥哥，可你也看到了他们的相貌，相似度那么高，这怎么可能是巧合？”

陆扬的心里存着几千句反驳的话语，但此时此刻，突然堵在嗓子眼里，什么也讲不出来了。

赵卓娅叹了口气：“萧敬是拦截号的投资人，从这个信息上可以判断出，他不仅财力丰厚，其家世身份、个人能力也相当不错。这么一个人，他会闲着无聊，跑到这大海上，冒认小可的哥哥吗？生活毕竟不是电影，排除了无厘头的情节，剩下的很可能就是真相。”

“小可是否认的。”陆扬心情复杂地说。

“不，他从头到尾都没有否认，他只是不接受、不承认。你回想看看，小可有没有直截了当地否认过萧敬所说的话？”

经过赵卓娅的提醒，陆扬也了悟了。

“你都有了这么多的怀疑，为什么不直接当面问他？”

“我问了，小可就会回答吗？”赵卓娅叹了口气，“从你在北月岛上捡到他时起，他就没有认真的回应过任何一件事，最起码的名字，他都没有说起过。一直以来，你和我都以为他是没名字的，尤其到了虹日号上，邵总喊他编号1007，咱们便顺理成章地认为，他真的是以编号来命名。我们自作主张地喊他小可，他也只是简单地接受了，不是吗？”

陆扬已经完全不知道该说什么好了。

赵卓娅的目的，显然也不是非要把他给说到哑口无言。

“而现在，咱们都知道了，他的真名叫秦鸣。”

“你把我弄糊涂了。”陆扬抓了抓头发，烦恼得一张俊脸全皱在了一起，“你竟然相信了那个暗算我们的男人所说的话。”

“我信不信不重要，客观存在的事实若是如此，我们除了接受，也没有别的办法。”赵卓娅朝着浴室的方向望了过去，“你猜，小可的目的是什么呢？”

“他……”

“陆扬，你还记得自己为什么会冒险上了虹日号吗？”

陆扬沉默了下来。

是啊，他在家里待得好好的，并且在此之前已经亲眼见识过虹日号上的补给员有多凶多狠，以此类推，很容易便知道，虹日号实在是个特别危险的地方，他理应远离，又怎么会冒险跑上去呢？

想起来了，他是跟在小可的身后，悄悄上了船。而那时候的小可，表现出来的利索和睿智，与此刻在身边相处的模样，完全是天差地别，两个极端。

初见小可时，他双眼防备，满是心思，一看就不太好惹。

只不过，在虹日号上共同经历了那么多之后，在潜移默化之间，小可完成了角色上的转变，哪怕是陆扬自己，也很容易就下意识地忽略掉不久前才发生的那些事。

“想明白了？”赵卓娅轻声问。

“是。”陆扬郑重点头，“小可，他的确有问题。”

“我一直觉得，无形之中好像有点什么东西，在推着咱们向前走。但这个想法只是偶然间闪过罢了，怎么也捕捉不到，所以我不太确定问题出在哪里。直到刚刚，你说小可抢了你的鲸鱼项链，我才敢确定，一切的根源就是在小可的身上。”

“我没觉得小可心怀恶意。”陆扬赶紧申明。

“我也是这么想。”赵卓娅眼神冰冷，落向浴室的方向，“现在，他已经拿到了他想要的东西，接下来就看看他要做什么吧。”

简单沟通之后，两人达成了共识。

等小可从浴室里走出来，就瞧见赵卓娅和陆扬正在齐心合力将之前弄得乱七八糟的客房恢复原状。

他有些不解地看着两个人有说有笑，你帮我助。

赵卓娅冲他摆摆手：“小可，快点过来，咱们要出去了。”

等小可来到跟前，赵卓娅小心地捧着水母果冻，放到了他怀里：“来，抱着你妹妹，咱们走。”

“为什么？”小可迷糊地站着，然后又疑惑地问，“去哪里？”

“去拦截号最热闹的地方。”赵卓娅抓过外套，套在了那件华丽的长裙之外，又催着小可赶紧跟上来。

“去做什么？”小可又转头问陆扬。

可陆扬还在因为他抢走项链的事生气呢，他把手摊在小可的面前，那是索要的意思。

小可一见，立即拔腿开溜，问题什么的没有答案也不要紧，但是好不容易弄到手的项链绝对不可能还。

“算你狠。”陆扬摇了摇拳头。

不过，小可一贯是不搭理这种程度的威胁，他迅速地跟在赵卓娅的身后，乐呵呵地走了。

在拦截号上，三个人的自由不受限制，可以随意去任何想去的地方。当然，主要原因还是在于拦截号上并没有什么秘密可言，一切坦荡大方地摆在那儿，想看便看，反正看了也不会有任何影响，更不怕他们掌握了什么信息，从而造成多大的破坏。

船的中心区域，是船员们的活动区。正是工作时间，工作人员各司其职，闲着的人不多。有人看到陆扬等人经过，也只是投过来一些好奇的目光，并没有给予特别的关注。

“看来，我们真的要在拦截号上等着了。”赵卓娅站在窗前，看着远处的大海，长长地吐出了一口气，“其实我还是有点迷茫，不知道我妈会不会派人来，很期待，也很害怕失望。”

陆扬轻轻拍了拍她的肩膀，算是无言的安慰。

小可突然指着不远处问:“他们在做什么？”

顺着他的手指望过去，甲板上能看到二三十个船员，围着两台较大的机器，正在做一些紧张的处理工作。

那两台机器全都是锥形设计，看上去就像是两座小房子，有窗，也有门，还有单手捧着电脑的工程师在进进出出，不时地做出一些调整。

“这是目前国际上最新型的潜水艇，用于深海探测，造价昂贵，可以承载极强的水压，最高纪录可以潜入一万多米的海底。听说，有个大导演就是乘坐了这种潜水艇，抵达了马里亚纳海沟的底部，距离海面有10898米深，经历了一趟真正的海底冒险。我也只是在纪录片上看过这种潜水艇，没想到拦截号上也有，而且还是两台。”

赵卓娅整个人都趴在了玻璃上，努力倾身，试着向前去看。

她喃喃:“真想凑近一些，亲眼看一看它的构造，天，我真的是太好奇了。”

“想看咱们就去看，反正闲着也是闲着，而且普西船长也说过，咱们可以随意去任何想去的地方，不必客气。”陆扬眨了眨眼，“船长先生都如此慷慨了，你又何必按捺着渴望呢？”

“那就去看看？”赵卓娅兴奋了。

三人一拍即合，立刻出发。

绕了一圈楼梯，就来到了甲板上。

第一道门是锁着的，没关系，换第二道、第三道。

终于，在最角落的一个小门，他们顺畅通过，直接迎着狂肆的海风，一步步地走到了潜水艇附近。

有人迎了上来："你们来做什么？"

"随便瞧瞧。"赵卓娅笑起来的时候，整个人仿佛是在发着光，那种年轻而有朝气的感觉，似乎没什么人能够抵御得了。

此刻，她正不吝惜地展示着自己的这份美好。

拦路的船员显然有些招架不住，他很是不自在，以至于接下来的话全都磕磕巴巴地："前边不能过去，在安装重要的仪器，未经允许不能过去的。"

"普西船长说我们可以过去，怎么，你连船长的话都不听了吗？"赵卓娅最会拿着鸡毛当令箭了，凡是能够帮助她渡过难关的人、事、物，她全都不吝惜去使用。

"船长……船长没跟我说过呀……"

赵卓娅已经推开了他："船长很忙，没时间跟你交代，你也可以打电话过去询问他一下。去吧，现在就过去问问，如果船长不同意，我们立即离开，绝不会为难你，好吗？"

陆扬跟小可一左一右，直接向前走去。

一个船员想挡住三个人，的确是相当困难。

赵卓娅趁着船员打电话的时候，快步走了过去。

"他们是在测试两艘潜水艇的性能，还有人往里面搬东西，吃的用的，电脑仪器，全安排妥当了，看样子是打算要入海试一试。"

陆扬说完，小可也跟着补充："他们在改造潜水艇，之前只能下潜，现在可以放电。"

尽管海底的那艘沉船周围有许多可怕的生物在守着，拦截号仍在试图穿越而过，哪怕耗费巨资，并且要承受着可怕的风险，也依然要再去试一试。

“沉船里难道真的藏着宝藏？值得他们一而再再而三，挖空心思地扑上去？”

赵卓娅才说完，已见那个联系船长的船员怒气冲冲，脸色铁青地冲了过来。

“看来普西船长并没有同意咱们近距离围观，他派人来赶咱们了。”赵卓娅麻溜地躲到了陆扬和小可的身后去，冲锋陷阵的事她已经做过一遍了，接下来抵御危机和麻烦，当然得男士们大显身手喽。

“你们并没有得到进入的允许，请立即离开，否则我们将采取强制措施。”

“不让看就不看呗，你们普西船长也真是神人，三点多跟投资人在一起的时候，口口声声地保证要将我们视作贵宾，绝不约束我们在船上的行动，并且有任何需求都可以找瑞希管家或是他来解决；才过去不到四十分钟，他就食言了，把之前讲过的话全忘了。”赵卓娅气呼呼地说。

陆扬和小可则负责护着她，远离那些眼神凶狠，仿佛随时可能要动手的可怕船员。

好在，赵卓娅一直强调的普西船长的承诺似乎是有作用的，无数道目光集中在他们这边，但没有人真的冲上来找麻烦。

终于远远地离开了那些人，回到船舱内，赵卓娅忽地觉得双腿一软，整个人直接坐了下去。

“吓……吓死我了。”她拍了拍胸口，满是后怕地说，“我看见那些人的身上全都带着武器，他们简直是海盗。”

陆扬也看到了，他深吸了一口气：“那艘船里的东西，价值得是多么巨大，值得他们豁出命去了？”

“直升机来了。”小可突然来了一句。

天与海相接的远方，一个小黑点逐渐靠近，在视线中逐渐变大。小可的眼神委实太好，离那么远居然已经看出来是直升机的轮廓。

“等会儿它落到船上，你们就先走吧。”

令人不敢相信，这居然会是一向懵懂天真的小可会说出来的话。

他的侧颜，仍是美丽天真。真像是不小心坠入凡间的天使，五官轮廓精致得宛若一尊精心雕琢出来的艺术品。

可此刻，他突然懒得再披着那一层因为外表而生出的保护色，坦坦荡荡，说出了自己的要求。

“小可？”陆扬有点蒙，“你是什么意思？”

“直升机是邵总派来的，你跟赵卓娅一起走。”小可歪过头，冲他一笑，“回到北月岛去，恢复平静的生活，这不是你一直想要的吗？”

“你也跟我们一起走！”陆扬要求。

“我走不了。”小可摇了摇头，“我还有事。”

赵卓娅捏了捏鼻骨上方隐隐作痛的位置：“我怎么一点都不意外会是这种回答呢？小可，你现在也装不下去了吧。”

小可不吭声。

陆扬轻推了她一下：“你去一边待着，让我们单独谈谈。”

“谈能谈出来什么结果吗？他一直没信任过你，你以为他会对你说什么实话？怎么到了这个时候你还存着那么天真的幻想呢？”赵卓娅嗤之以鼻。

陆扬心有不耐，又强调了一句，她才不甘心地转身离开了。

只剩下了陆扬和小可两个人，小可不敢再跟陆扬眼神相对了，他把头扭到了一旁去。

“或许赵卓娅说得没错，你的确没有信任过我。”陆扬叹了口气，“但我其实能够理解并接受这种不信任。我们一同在虹日号上经历过那么多事，有几次我差点死掉，都是你及时出手救了我。我会对自己的救命恩人无条件信任，这是很自然的一种情感依赖；而你不信任我，只能说明我做得还不够。”

“陆扬……”

陆扬微笑：“你在船长室的时候，理直气壮地说你叫陆小可的时候，我其实很高兴。我爸去世得早，我妈至今下落不明，她是自己离家出走的，十几年没回家来看过一次，想来这辈子应该也不会再回来了。我和爷爷相依为命，从小到大，家里经常就只有我一个，若是能有你这样的一个哥哥或弟弟，每次我回忆起过去，一定会觉得更加幸福。”

久久之后，小可“嗯”了一声，不评价，更不再接话。

陆扬也没打算要通过感情上的羁绊来触动他，便径自说了下去：“你打算留下来，肯定是经过认真考虑了，你不愿意说出与萧敬的关系，也必定是有你自己的考虑。这些事，我虽然好奇，但不会逼迫你坦白。每个人都有自己不想告诉给别人的秘密，即使是血脉相连的亲人，也无法做到百分百坦诚。因此，我能做的，也只是尊重你的决定。”

早已准备好去应对质问、责难，甚至歇斯底里的咆哮，小可最终获得的却是陆扬的理解，他十分诧异。不知不觉间已经与陆扬对上了眼神，就那么震惊地看着他。

“我和赵卓娅离开之前，必须得确定一件事，你留在拦截号上，安全可以保证吗？”陆扬出手，一把抓住了小可的胳膊，五指收紧用力，以此来表达他的重视，“这件事，你不能撒谎，我要听真话。”

小可叹了口气，此时神情里的天真无辜已全都散了去，他变回了在北月岛时初见的气质，虽不谙世事，却也掩不住锋芒外露。

“无法保证。”

陆扬的心，一阵收紧：“我能帮到你什么？”

小可摇头：“他会拿你和赵卓娅威胁我。”

陆扬心想，这个他，应该指的是萧敬吧。

陆扬还想问，难道真的可以威胁得到吗？

小可喃喃："你们是我的朋友。"

陆扬的心底里蹿过一阵热流，太烫太热，他的鼻子泛酸，那汹涌的泪意竟直奔眼眶而去。

"你先回家，好吗？" 小可恳求着，"我会去找你的。" 这是他立下的承诺，虽然非常艰难，但他会尽力去做到。

陆扬答应了。

直升机在拦截号的停机坪上稳稳降落。

下来的是两个穿着白大褂的年轻人，手上拎着特制的恒温银箱，手腕上戴着银铐，将自己的手腕与箱子完全绑定在一起。

"请让赵卓娅小姐来到直升机跟前。"

拦截号上同样派了人去交涉："你们把箱子打开，我们要查验里面的东西。"

"抱歉，在没有确定赵小姐平安之前，我们不会交出箱子。" 年轻人抬起了手臂，让所有人看清楚有一条电线，一端连着箱子，另一边则与他手中的一个小开关相连，"箱子里放了微型自爆装置，只要我按下开关，箱体发生自爆，箱子里的实验品也会直接毁坏。"

言外之意，便是警告对方不要妄想着胡来，硬抢这一招根本没用。

拦截号的人立即生出警惕之色："你们不要冲动，在这里等着，我立即去把人带过来。"

赵卓娅与陆扬很快来到了直升机附近，见到了她的人，直升机上立即又跳下来三个人。为首的那一个全身是中国红的西装，连皮鞋都是同款的亮眼颜色，在有些阴沉的大海深处，这一抹红色着实耀眼。

陆扬一眼就认出，这吸引人眼球的家伙，便是在北月岛时陪在赵卓娅身边的那只"花孔雀"。

花孔雀风骚地抛了个飞吻过来："娅娅不要怕，你的王子来救你喽。"

赵卓娅的太阳穴直接不自然地跳了两下："沈学兵，你怎么来了？"

"意不意外？惊不惊喜？"沈学兵张开了手臂，暗示着渴望能够看到赵卓娅如电影女主角那样，朝着自己的方向飞奔过来。

"我能不能假装不认识你？"赵卓娅深深地感受到了无力。

"淘气。"沈学兵的兰花指，轻轻地虚点赵卓娅。

下一瞬，他突然发现，站在赵卓娅身边的清瘦身影好像是那个他非常讨厌的渔三代陆扬。

沈学兵眯起眼睛，这次确定了，没错，的确是陆扬，他竟然也在拦截号上，还和赵卓娅相当亲密地并肩站在一起。

"为什么他也在？"单是一想到赵卓娅和陆扬在海上相处了好几天，沈学兵就感觉到自己忌妒得快要炸开了。

"他一直都在啊。"赵卓娅满不在乎地说。

沈学兵顿时捂住心口，夸张地表演着心碎欲裂："臭小子，我要敲碎你的骨头，直接扔海里去喂鱼。"

陆扬本来心情就不大好，这会儿莫名躺枪，脾气一下子就上来了："来啊，动手啊，看看是谁先变成鱼食。"

看着陆扬满脸怒意的模样，沈学兵还真的很难将眼前的这个发狂的家伙与当初在北月岛上时隐忍退让的年轻人给重叠在一起。那晚他派人去砸了陆扬家的玻璃，陆扬都能保持冷静与他交涉，而现在，只不过是简单的一句话，怎么他就发疯地想来干一架呢。

陆扬的气质完全改变了。

在海上的这几天究竟发生了什么？

沈学兵的穿着浮夸、举止轻浮，但他并不是真的没有脑子的富二代。

他在一瞬间已完成了许多思考，并且迅速地调整了心情，不怒反笑："娅娅，他的躁狂症怎么犯了呢？在拦截号上被人给打了？哈，快给我描述一下细节，我已经迫不及待地想知道了。"

“沈学兵，你这人就是招人烦，也不看看现在是什么场合，赶紧琢磨点正事儿，有闲话回去再说不行吗？”赵卓娅怼起人来，那是不由分说。

沈学兵笑呵呵地：“是是是，你说了算，我全听你的还不行吗？”

紧接着，他又开始挑事儿。

“不过我接到的指令是只接你一个人回去，现在多一个人，也不知道咱们的直升机上还有没有空位。”

陆扬的怒火都快溢出来了，赵卓娅拦下他，低声说了一句“我来处理”，跟着就冷冷地冲着沈学兵说：“没有位置也不要紧，你让出来就好。”

“我让？我凭什么让？娅娅，你是被这个臭小子灌了什么迷魂汤了？怎么连我都不顾了？”

“我和陆扬回去后，会立即让直升机回来接你，放心吧，耽误不了多长时间。”赵卓娅继续冷笑。

沈学兵一眼就看出来，她是当真的了。交往这么多年，实在是太清楚她是个什么脾气，真惹恼了这位姑奶奶，她脾气一起，在场怕是没人能按得住。

于是，他连忙改口，换成了调侃的语气：“瞧你，怎的都不会开玩笑了呢。咱们的直升机那么大，多坐五个人都还宽敞。你想带谁走，咱们就带谁走，我不讲话，这总行了吧？”

生怕赵卓娅的小傲娇劲又上来，沈学兵连忙吩咐人快点进行交换。

先让赵卓娅走过来，拦截号这边开箱验货，确定无误，完成交换，然后再把陆扬放过来。

“不，交换的顺序需要调整，先让陆扬过去，我最后走。”赵卓娅俨然已经看穿了沈学兵的心思，她坚决不容许意料之外的状况发生。

“喂，你什么时候变得这么大公无私了？就不能先保证自己的安全吗？”沈学兵不乐意了。

“你每一句废话，都是在浪费时间。”赵卓娅没好气地回怼，“要想大家快速安全地撤离，就请按照我说的去做。”

拦截号的人，显然没有真的要去为难人的意思。

拿到了交换用的银箱子后，果然就不再阻止赵卓娅和陆扬的离去。当他们在直升机上坐稳后，拦截号所有的船员全都让开了空间，让直升机缓缓地升空，朝着天际而去。

“我们就要这样子走了吗？”陆扬问。

赵卓娅无声地叹息：“我们的力量不够强，留在这里，也帮不上什么忙，而且我们根本不知道那些人的目的是什么，就连小可自己，也不愿意透露，在这种情况之下，我们即使留下来，又有什么意义呢？”

“可是，小可一个人，遇到了困难的时候，又有谁会帮助他呢？”陆扬自言自语，“指望那个不知道从哪儿冒出来的哥哥，他靠得住吗？”

无法回答这个问题的赵卓娅悄悄地把手搭在了陆扬的手背上，好半晌，两个人十指紧扣，纾解着那种突然迸发出来的内疚感。

“我们本来没打算要离开。是小可要求我们必须离开的，不是吗？”赵卓娅明明是在开解陆扬和自己，可越这么说，她反而更加不是滋味。

“赵卓娅，你能不能让飞机掉头，我要回拦截号。”陆扬趴在飞机窗口的玻璃上。

越是远离，他心底的某一处空洞便越深，似乎逐渐形成了一处难以愈合的伤口，往皮肉里腐蚀下去，连心脏都跟着一起钝疼起来了。

陆扬陡然间明白，自己的离开，要得到的不该是小可的允许，而是自己内心深处的那份责任感的同意。

诚然，跟着直升机抵达陆地，从此以后，他的生活就会回归正常，这一段冒险的经历终将变成回忆，藏于心底深处，可那种抛弃了朋友的罪恶感呢，他该如何面对？

陆扬抬手，摸了摸空荡荡的脖子。

他咬牙：“我的项链还在小可的手里，走的时候他没有还回来，我必须得回去找他……”

沈学兵听了这话，气呼呼地转过头，满是不耐烦地说：“你小子知不知道把你从拦截号上救出来耗费了多大的力气？好不容易能走了，你还要回去找他？你是不是疯了？要疯你一个人疯，我们不陪着。直升机是来接娅娅的，顺便带上你罢了，你要是不珍惜这个活命的机会，你可以打开门自己跳下去，反正也没离开多远，你一路游，还是能游到拦截号上的。”

陆扬默不作声，开始解安全带。

“你做什么？”赵卓娅想要按住他，但是陆扬的力气很大，她根本按不住。

“回去，拿项链。”陆扬咬死了这个借口。

赵卓娅哭笑不得：“回去？怎么回去？这里离拦截号很远了。”

“游回去。”

陆扬是这么说的，也是准备这样子做的。

他直接冲到了机舱门口，尝试着要打开门。

沈学兵嘴里骂了一声什么，冲上去想要阻止他：“你真是疯了吧，能不能消停会儿？”

“你按照刚才的说法，把舱门打开就行了。”陆扬非常清楚自己在做什么。

他不是一时起意，他已想得非常清楚。

“好，你想死，那我就成全你。飞行员，把舱门打开。”沈学兵眼底滑过了一抹凶色。

“陆扬，我陪你回去。”赵卓娅跟了过来，她拿着自己的双肩包，一边往自己身上背，一边调节着带子。

也不像是在开玩笑，而是真的做好了准备。

“娅娅，你也跟着一起疯，这里是大海，你跳下去也游不了多远，很快就没力气了。”

赵卓娅越过了大喊大叫的沈学兵，握住了陆扬的手。

陆扬疑惑地看向她。

赵卓娅甜甜地一笑：“没有我在，你一个人怎么行。”

“但是……”

“没有什么但是，小可也是我的朋友，我们不能放弃他。”

陆扬的眼眶瞬间红了，他使劲地点头：“你说得对。”

两个人沟通完毕，有了共同的决定。

赵卓娅就不客气地朝着沈学兵发起了飙：“还不开机舱的门？”

沈学兵的脸色青红交错：“你怎么也跟着疯起来了？”

“沈学兵，你再不打开，我就拿东西砸了。到时候，内外气压不稳，一个不小心，大家一起完蛋。”赵卓娅的刁蛮劲儿一上来，那是谁都招惹不起的。

沈学兵是陪着赵卓娅一起长大的，对她的性子是再了解不过，她已经下定了决心，那就一定会想方设法地去达到。

“你啊！”他叹气。

“你帮不帮忙？”赵卓娅问得理直气壮。

“帮帮帮，我不帮你还能帮谁，没良心的丫头。”

沈学兵一声交代，直升机调转了个方向，又飞了回去。

但远远地能看到拦截号的时候，沈学兵突然再次下令直升机高空盘旋，并且开启低耗模式，尽可能地拖延时间。

“你又在搞什么鬼。”赵卓娅不高兴地问，“再这么绕下去，天要黑了，直升机的油耗尽的时候，怕是连返航都做不到，到时候这一直升机上的人都要交代在大海上了。”

沈学兵勾起嘴角：“放心吧，把别人交代了可以，你还在飞机上呢，我怎么会拿你开玩笑。”

“沈哥是在等咱们的援助。”跟在沈学兵身边的小乙嘴快地解释，“来的时候，就预备好了，只是不能距离拦截号太近，怕打草惊蛇。”

另一个同伴四丁看了眼手表的时间：“还需要五分钟左右，瞧，在那边呢，已经能看到他们了。”

顺着他指的方向望过去，一艘中型游艇马力全开，直冲了过来。

在游艇之后，还有四艘快艇为其保驾护航。快艇上的人很快找到了直升机的位置，也快速地摇旗致敬起来。

“怎么样，哥牛不牛？”沈学兵忍不住又嘚瑟起来了。

“一群虾兵蟹将，平时开开玩笑还可以，真的到了动真格的时候怕是指望不上。”赵卓娅不吃那一套，“你想过吗？等会儿咱们怎么登上拦截号？”

沈学兵一脸奇怪：“是陆扬想回拦截号上去折腾，我们只需要把他送到附近即可，为什么变成‘咱们’来考虑如何登上去？”

“算了，我们自己想办法，不劳烦你沈大少了。”赵卓娅是分分钟要翻脸的。

于是，沈学兵更加卖力地讨好：“娅娅，我就只是问一问目前的状况，我也没说不管，你有点耐心，别那么急着发火好不好？”

“都什么时候了，大家在一条船上，除了同舟共济，难道还有别的更好的办法吗？”

赵卓娅是把沈学兵给拿捏得死死的了：“再说，留在拦截号上的人，是我的好朋友，你不是说过，只要是我的朋友，也都是你的朋友。怎么？我那群漂亮的小闺蜜是你放在心上的朋友，我的好兄弟，你就不认了吗？”

若是外人来自己面前讲这种歪理邪说，沈学兵怕是要一个大嘴巴子抽过去，坚决拒绝道德绑架。

可说这些的是赵卓娅，他是里里外外的熨帖，一点脾气都没有。

“娅娅，你知道窦娥怎么死的吗？跟我一样，就是冤死的，简直要六月飞雪了。我什么时候把你的那些小闺蜜当成放在心上的朋友了？明明是她们打着你的旗号过来混吃混喝，我也是给你争面子才每次抢着买单，并且安排人送她们回家的，现在倒好，好心变成驴肝肺，你又要给我安上海王的罪名了吗？”

赵卓娅不接茬，一张小脸冷冰冰的，双臂抱怀，就那么瞪着他。

直把沈学兵瞪得心里发慌，他叹了口气，迅速败下阵来。

“好了，我都已经跟着来了，哪怕看在你的面子上，接下来的事也不会不管。你们不就是想把落在拦截号上的另一个朋友给接出来吗？这事儿咱们一起想想办法，努力试一试吧。”他双手合十，温柔恳求，“娅娅，别生气了好吗？咱们走一步看一步，你想做的事，我一定尽力。”

赵卓娅终于褪去了脸上的寒霜，抿了抿嘴：“你说的喔，我可都记下了。”

“从小到大，我答应你的事，哪样没有完成？你得信我，知道吗？”沈学兵放松了下来。

直升机开始降低高度，下面的游艇没有停靠的空间，所以几个人只能踩着软梯下去。

机上大部分人还是原路返回，只有陆扬、赵卓娅、沈学兵和小乙、四丁顺着软梯爬了下来。

“沈公子，您把女朋友接回来了？太好了，今晚上必须得开派对庆祝，咱们游艇上还有几支很不错的香槟呢。”

赵卓娅一听见“女朋友”三个字，立时又要发作。

沈学兵把起哄的朋友都轰了进去，转过头来拍着胸口保证回头一定严肃提醒这群人管住嘴巴别乱讲话。

陆扬冷冷地看着。

沈学兵抽空出来，冲着陆扬一龇牙：“青梅竹马的感情，你看着是不是羡慕忌妒恨呐？”

“我只看到了天道好轮回，一物降一物。”

沈学兵嘴角的笑容僵住了，因为他一时分辨不出来陆扬说的是好话还是坏话。

直觉是坏的，但为什么，那个“一物降一物”，听着还有种般配感，莫名的甜蜜呢。

“先进去商量一下怎么办吧。”赵卓娅没心思斗嘴，她快步走在前。

陆扬和沈学兵走得慢一些，完全不同的两种风格，放在同一画面时产生了无比强烈的对比感。

夜，如往常一般，准时将黑色的薄纱披在了大海之上。

海水拍打在游艇上，发出了哗啦啦的声响。

赵卓娅与陆扬并肩站在围栏前，从手上端着的望远镜镜头里，能够看到拦截号上发生的一切。

“还好他们的目标就在附近这片海域，所以船一直停在了那里。要不然啊，以这艘游艇的速度想要追上，还真是有点困难。”

“他们的人一直在甲板上做准备，看起来比之前更加忙碌了。”陆扬喃喃，“难道真的是想坐在那两个潜水艇里，下到沉船处？”

“下去容易上来难，这么简单的道理不会不懂吧？而且如果没有潜水员的帮忙，单是下去看一看，即使成功了，也是什么都做不了啊。”赵卓娅嘟囔着，“邵总没这么做，那就说明肯定是评估过可能性了。在工作这件事上，邵总是十分靠谱的，我觉得他们啊，全都是白费劲，没戏。”

“可是他们不这么认为。”这恰恰是陆扬最担心的事，“你觉得，他们把小可困在船上，真正的目的是不是和这次下潜有关？”

“你的意思是他们想把小可扔进潜水艇，然后放到海里去？”赵卓娅说完，咂巴咂巴嘴，“也不是没有这种可能，但小可除了爱吃就是爱睡，他下去了又能怎么样？让他抓几条食人鱼上来做烧烤？他那身细皮嫩肉，还没伸手，鱼就已经先把他吃干净了吧。”

这个玩笑，其实挺好笑的。

但陆扬发现自己根本就笑不出来，因为在望远镜的镜头里，小可和萧敬同时出现，两个人来到了潜水艇的旁边，看样子是一起进去试了试。

陆扬抿了抿嘴唇：“他们是真的打算下潜。”

“这个世界太疯狂，我已经完全看不懂了。”赵卓娅看得郁闷，索性把望远镜丢在一边，不再去看对面的动静，“陆扬，咱们上赶着去救人，你说小可会领情吗？我怎么觉得，他们兄弟俩已经和好了，咱们冲上去，好像是坏了人家的好事呢。”

陆扬屏息了一会儿：“一开始我也是这样考虑的，但我总是忘不了小可斩钉截铁地说他自己姓陆，他跟我是兄弟。”

赵卓娅想说，在那种情况之下，他说的话不一定能作数。但看着陆扬的表情，她突然顿悟，到嘴边的话又咽了回去。

“我只想确定他平安。”陆扬的眼里，有一种坚定。

“会的，一定会的。”赵卓娅犹豫了一下，但还是抬起手，轻轻拍了拍他的背。

沈学兵极度不高兴的声音划破长空，打破了此间的宁静。

“你们两个干什么呢？”他冲了上来，红皮鞋踩着甲板噼啪作响。到了跟前，发现是赵卓娅的胳膊搭着陆扬的肩，他气炸了肺，一把将陆扬推开，然后冲着陆扬直嚷嚷，“男女授受不亲懂不懂？你离那么近做什么？”

陆扬一脸蒙。

赵卓娅的脸颊飞红，有些恼羞成怒：“沈学兵你胡说八道些什么？”转身向船舱走去。

“娅娅你只是被坏人给骗了，你年纪还小识人不清，这事儿我不怪你。别担心，有我在呢，我绝对不允许别人欺负你。”沈学兵冲着赵卓娅的背影喊道。

一转身，他抡起了拳头，直接朝着陆扬的脸砸了过去，嘴里还小声地念着：“老子想揍你很久了。”

陆扬反应慢了半拍，愣了下，没躲开。不过挨了一下子，什么伤感什么阴郁，什么前途未卜，什么彷徨无措，都被这突如其来的剧痛给打散了。

人家都打过来了，不打回去，绝不是北月岛渔三代的性子！不过几个回合后，他还是很快冷静下来，用手挡住沈学兵后，狠狠地瞪了他一眼。

“你发什么神经？！我只要把留在拦截号上的朋友给带出来就好，其他的事，我什么都没想！”陆扬的脸很疼，刚才沈学兵发疯的时候，一拳接一拳，瞄准的全都是他的脸。

当然，沈学兵也没好到哪里去。

陆扬反手还击的时候，瞄准的也是对方同样的位置。

“你的意思是，你对赵卓娅没有兴趣？”沈学兵来了精神。

“我不想跟你说话。”陆扬摇摇晃晃地往边上走，打算离这只花孔雀远一些，免得沾上了他的憨气。

“喂，兄弟，你真的不打算追求赵卓娅吗？不如，你当面给我个保证怎么样？只要你别对我家娅娅没有什么坏心思，我什么都可以答应你。”

赵卓娅听到动静走出来，听到的就是这么一句话，顿时便炸开了。

陆扬摊开手臂，意思是沈学兵自己一个人在闹腾，与他无关。

赵卓娅立即火力全开，直奔沈学兵而去。

陆扬也不进船舱，直接走到游艇的边缘处，慢慢滑落坐在了甲板上。

不远处是赵卓娅随手挂在那儿的望远镜，他拿过来，再次朝着拦截号望了过去。

天色暗沉沉的，镜头里的画面也跟着灰暗下来。

甲板上的潜水艇周围，又多了许多人，估计已进入了最后的测试阶段。

下一瞬，他寻到了小可。

小可正捧着一个杯子，站在船舷边，目光长久地望向某个方向，整个人宛若一座石化的雕像。这样的小可，与以往大不相同，他身上属于人类独有的情绪似乎全部消失掉了，那么长的一段时间里，他维持着一动不动的姿态。装着水母果冻的箱子就放在他的脚边，从水母果冻身上散出的蔚蓝薄光，成为这深海处的一抹特别的颜色。

“陆扬，邵总的电话打过来了，她说，要我们一起接听。”赵卓娅不知什么时候来到了身旁，语气里带着几分恳求，试探性地问。

陆扬缓缓地放下了望远镜。

赵卓娅还在解释：“我也不知道邵总为什么非要这样，如果你不想去，你可以拒绝。”

“你如果真的想我拒绝，就不会来告诉我这些。”陆扬哪里会看不懂赵卓娅的那点小心思。

赵卓娅叹了口气：“我其实，真的有点怕。陆扬，邵总这次肯定是非常非常的生气，气到要爆炸的那种。坦白说，短时间内我不太敢独自去面对她。”

“抱歉，是我连累了你。”

陆扬这么说也是有道理的，原本赵卓娅并不在虹日号上，是接到了他的电话才选择冒险上去的。后面所发生的每一件事，其根源，都在他这里。

若是当时，赵卓娅选择不理不睬，她便与后续的一系列麻烦不相干。

“说什么连累不连累，我也没做什么。”赵卓娅在他身边坐了下来，抱紧了双膝，她把脸埋了下去，“说真的，你只是我下定决心去虹日号的一个借口罢了。我的真正目的，也是想亲眼看看邵总在海上一直忙些什么，可以让她抛弃掉、牺牲掉那么多，哪怕失去家庭、失去家人也不会放弃的事业，究竟是什么。”

陆扬突然站起来，他的手伸到了她的面前：“走了。”

“什么？”赵卓娅一时没懂。

“邵总不是打电话过来了吗？我陪你一起去接。顺便搞搞清楚，虹日号、拦截号，还有那艘总是不远不近地跟在两艘船旁边的第三艘大船，究竟做的是什么打算。”陆扬勾了勾手指，“越是到这种时候，越应该避免让自己沮丧和感伤，负面情绪除了消磨人的斗志，并没有其他什么用，不是吗？”

“是。”赵卓娅咬住了嘴唇。

陆扬笑了起来：“好了，别再担心了，天塌下来有沈学兵顶着，他的个子最高，不是吗？”

这神来的一句，倒直接把赵卓娅给逗笑了。

她终于攥住了陆扬放在自己面前多时的手指，被他带着，人已跟着站了起来。

船舱内的某个安装有卫星电话的房间之内，邵总打过来的是视频电话，她盯着空荡荡的房间足有十分钟，脸上的不耐烦已经快遮掩不住了。

终于，房门打开，赵卓娅走了进来，在她身后，跟着陆扬。

在邵总眼里，陆扬只是路人甲，标准的闲杂人等，所以，他哪怕站在那里，邵总也完全可以做到视而不见，而专注地朝着赵卓娅撒气。

“你是想要气死我吗？”

“妈，您其实也没必要生那么大的气……”赵卓娅在对上邵总时，气势还是弱了下去的。

怂是真的怂，隔着视频，她眼神都不敢落在邵总那边。

“第一次有机会走，你不走；第二次我为你换回来的机会，你还是不走。赵卓娅，你以为这是一场绝地求生的冒险游戏吗？幼稚！大大的幼稚！”

赵卓娅被骂得低下头去，连呼吸都屏住了。

“你现在，不准再任性，哪里都不准去，赶紧让沈学兵带你回来。”邵总不管不顾，直接下达了命令。

“妈！我不能回去，小可还在拦截号上，我要去把他带回来。”赵卓娅强顶着压力，大声地说。

“什么小可？你是说编号 1007？赵卓娅，你最好听我的话，离实验体越远越好，你根本什么都不知道，卷入这件事里，对你一点好处都没有，你知道吗？”如果说，刚才邵总还是在和赵卓娅简单沟通，这会儿就已经是绷不住情绪，随时要爆开来。

“我不知道，您可以直接告诉我呀。”赵卓娅嚷嚷。

“保密条例。”邵总绷紧了表情，如同过去一样，当每次提起一些不想说的事时，总是要用这个理由来堵住接下来所有的问题。

赵卓娅一口气差点没提上来。

“保密！保密！只要这两个字一出，我们就都得体贴你的不容易，更要将所有的疑惑全吞回到肚子里去，对吗？”

邵总一言不发，并不想再在这件事上说太多。

“我在虹日号上时，很多话已讲得非常透彻，你有你的无奈，我也有我的想法，我尊重你，不去追问你不愿透露的秘密，也请你尊重我的想法。因为我也有非常想要做的事，就算是您要阻拦，我也绝不会放弃。”赵卓娅愤恨地说完，无视邵总的一脸错愕，“在你眼里他是编号 1007 实验体，在我和陆扬眼里，他是陆小可，我们的朋友。接下来我们要做的事，请您不要阻拦。”赵卓娅讲到最后时，嘴角一时抑制不住地轻轻颤抖着，陆扬看得有点心疼。

正当他打算走上前一步，去替赵卓娅分担一些压力时，邵总已经先一步将矛头调转了过来："所以，就是你这个骗子在背后挑唆我女儿跟我对抗了？"

"我……"

陆扬还没把辩解的话说出，赵卓娅已将话题接了过来："妈，你能不能在聊事情的时候，别发散思维，把话题扯到别处去？"

"我完全想不出我的女儿，为什么要那么任性地去做一件母亲不允许她去做的危险事！娅娅，从前的你是很乖巧懂事的，也很体恤妈妈的不容易，可现在，为什么你变了呢？我想来想去，会让你变得这么刁蛮任性的原因，就只有一个。"

"妈！你占用了卫星信号，打这一通电话过来，目的就只是教训我吗？如果是这样的话，你可以暂时收一收了，等我办完了该办的事，还能活着回家时，你再指责我也不迟。"赵卓娅冷笑了一下，"我现在忙的是正事，即使您不认可，那也没关系，只要我觉得这件事是对的，我就一定会坚持到底。"

"你！"

赵卓娅不管邵总还想说什么，迅速地截断了她的话："您每次出门之前，我和爸爸也是一样地在挽留，希望您能稍微顾及一下家人的心情，可是您是怎么做出决定的？有些事，是正确的，是必要的，那就值得去全力以赴，哪怕暂时牺牲与家人相处的时光。您就是这样做出表率的，我不过是在跟随着邵总的脚步，在做正确而必要的事。"

停顿了一下，赵卓娅的眼神越发冷锐，一字一句地说："当初，我没有阻止邵总的理想，也希望您此刻报以同样的支持，不要再来阻止我。"

邵总整个人一趔趄，差点栽倒在地。

视频电话随之中断，是赵卓娅直接关闭了信号源。

陆扬本来想劝一句的，但想了半天也找不到措辞。他的确是整件事的起因，但母女俩之间的负面情绪，爆发到了如此不可收拾的程度，主要还是因为多年来积累下来的矛盾在此刻集中爆发。

赵卓娅的心情极度不好，她还坐在屏幕的对面，抬起手抹了好几下眼睛。

好像是在哭呢。

陆扬也知道她自尊心很强。一路接触过来，赵卓娅是无法无天的小魔女性子，但她讲义气，为了朋友可以两肋插刀，顺便插别人两刀。见过她阴险狡诈，见过她睚眦必报，但是哭泣这种软弱的动作，还真是头一次见。

要怎么安慰好呢？

不擅长与女孩子相处的陆扬绞尽脑汁想了又想，最后还是拿了纸巾送到她面前，接着又去给她倒了一杯水。

“想哭就哭吧，女孩子不能一直窝火，适当发泄对健康有好处。”

赵卓娅没吭声，陆扬就离开房间走了出去。

她还在心里怨念这个男人实在是太直男，居然连劝也不劝，直接就这么走了。

门打开，陆扬又返回来了，他的左手和右手各托着一个托盘，托盘上有几只碟子，分别装着水果、蔬菜、烤串、海鲜，种类相当多，看上去相当有吸引力。

“等会儿你舒服了，肚子肯定就饿了，我先给你准备上。”陆扬拉过桌子，慢条斯理地开始摆盘。

烧烤还是热的，海鲜也新鲜。最绝的是，他还给她装了一盘樱桃，鲜艳欲滴，个头均匀，洒了一层薄薄的水雾，甭提多诱人了。

赵卓娅的难受，刹那间全被冲淡：“你这是……”

陆扬回话：“沈学兵领着人在游艇上开派对呢，吃吃喝喝的准备了好些。咱俩上了虹日号之后就一直凑合着三餐，我一看他们准备得那么丰盛，当然不能客气。”

“然后？”

“然后就挑好的拿了一些，你吃吃看，喜欢哪个就告诉我，我再去拿。”陆扬讲得理所当然。

赵卓娅直接被逗笑了：“没人拦着你？”

“花孔雀还是很大度的，知道是给你吃，他气得脸色发青，但还是帮你加了两只大螃蟹在托盘里，说是你喜欢。”

陆扬说着顺手把蒸得红彤彤的螃蟹递了过去，摸着还烫手，看着就有食欲。

“他脸色发青也是被你打的吧？陆扬，真是看不出来，你下手可够狠的了。人长得瘦，力气却那么大。另外，你到底是跟谁学的打架？出手就奔要害过去，一点都不含糊。”赵卓娅一边吃，一边八卦。

第十章

再接再厉

美食能够治愈一切不开心。

随着胃部得到满足，赵卓娅终于放松了许多。

“我是在北月岛上长大的，岛民有岛民的习惯，与外界的不太一样。”他微笑，点到为止，没有讲得更加仔细。

其实，换成更容易接受的大白话来讲，就是岛上的小社会还处于相对落后的状态，强的没人敢招惹，弱的就得受欺负。陆扬家里的情况本来就比较特殊，家庭成员少，一老一小相依为命地过日子，但凡哪个怂包一些，都不会好过。陆远征的那个炮仗脾气，一点就炸。他的儿子去世得早，陆扬作为家里唯一的独苗苗，陆远征看得比眼珠子还重要。他不只把一身的本事全教给了陆扬，也把倔强不服输的脾气“言传身教”了过去。

出去读书以后，陆扬才慢慢把骨血里深藏的那份野性给“藏”了起来。可这“藏”，是有意识地掩饰，并不是消失。

他最近一个月内就失控了两次，第一次是回岛时看见黑渔船上的船员打爷爷，第二次就是沈学兵找茬生事，陆扬先挨了一下，火气直接被打出来了。

这会儿赵卓娅突然提起他的失控，陆扬一时间也不知怎么解释，干脆闭口，只是微笑。

没过五分钟，沈学兵也推门而入，手上也端着吃的，直接送到了赵卓娅的面前。

“想着你和阿姨通过电话以后再喊你出去吃的，没想到有人倒是殷勤得很，先给你送来了。”沈学兵在另一边坐下，把陆扬拿来的食物给挪开，然后把自己的摆到更靠近赵卓娅的位置，“外面很热闹，朋友们都在，而且烧烤就是边烤边吃才好玩，走吧，出去吹吹风，就不会那么闷了。”

赵卓娅和邵总的关系怎样，沈学兵再清楚不过。

母女俩杠上，通常就是两败俱伤的局面，没一次例外的。

他刚刚之所以没跟进来，实在是不想被搅和进那种左右为难的斗争。

本想着吵完架，等赵卓娅走出去，他再化身暖心的王子，好好安慰她的。

没想到，陆扬是哪儿事哪儿到，一个没注意，就把本属于他的工作给做了。

瞧着赵卓娅已经恢复平静的小脸，沈学兵心里懊恼不已。

自从这个叫陆扬的家伙出现以后，事情便朝着某种不可控的方向发展。以往他和赵卓娅的无话不谈，现在轻易地被取代了。

沈学兵发现自己越是着急，这种状况便越是严重。而且赵卓娅在劝架的时候，撂给他的那些威胁，可一点不像是一时气愤而已。这么多年来，他和赵卓娅之间的羁绊，既重，也轻，虽然是非常不错的朋友，但其实他也明白，自己从未真正走进她心里。

陆扬的出现，让沈学兵感觉到了真正的威胁。

尽管目前为止，陆扬和赵卓娅之间并没有暧昧的氛围展露出来，但从男人的角度来考虑，像赵卓娅这样年轻好看又极富有魅力的女孩子，陆扬的沦陷也是迟早的事。

焦虑啊！真的焦虑！

沈学兵后悔极了，那天赵卓娅冒险乘坐直升机出海的时候，他应该当机立断先把她拦下，等自己从北京赶过来的时候再陪她一同出发，这样，至少不会给陆扬和赵卓娅患难与共、单独相处的机会。

吃一堑长一智。

他要永远记住这个教训，并且不会再犯。

赵卓娅的眼眶泛红，眼窝里还有泪痕，她把一只螃蟹啃完，就抽纸巾擦手，表示自己吃饱了。

“陆扬，我想好了，等会儿还是要和邵总再通个电话。”

“也好。”陆扬毫不意外。

“不是才通过吗？又要通？”沈学兵咕哝一声，见赵卓娅没听清，赶紧解释，“你和阿姨每次都要吵几句，本来就分隔两地，不经常见面，好不容易通话聊天，还不能和和气气的，实在是太伤感情了。娅娅，听我一句劝，她毕竟是你妈妈，有时候做女儿的要退让一些，两个固执的人凑到一起不亚于一场彗星撞地球的灾难，通常还是要有人先退让半步，才能获得更好的沟通效果。”

沈学兵说完，还在心里默默地加了一句：比如我对你，就是这样。

赵卓娅好像没听到沈学兵说的话，她继续和陆扬沟通：“我这次会控制好脾气，坚决不会跟她吵。我得把虹日号和拦截号之间的那些事搞搞清楚，一无所知的状态不利于我们接下来的计划。”

陆扬点头，表示同意。

沈学兵觉得自己一股邪火攻心，接近于原地爆炸。

他大嚷：“你们背着我在搞什么？喂，别胡来，我得负责盯好你，确保你在绝对的安全状态之下才行。”

“沈学兵，你别在我耳边吼，我又不聋，能听得见你说话。”赵卓娅满是不耐烦，“我这会儿没心情也没精力跟你解释，我更不需要做每件事都先跟你讲清楚。非常感激你能为了我来海上冒险，但如果你想借机来掌控我的行动，我劝你还是谨慎。咱俩十几年的交情，我的脾气你是非常清楚的，为了这些事，咱俩意见不合可以各行其是，哪怕看不惯也要当作没看见，但如果你受不了，非得评价几句，回头我忍不了，跟你发火的时候，你也不要怪我。”

沈学兵一脸受伤，哪怕身上穿的衣服再鲜艳，也遮掩不住他脸上的难过。

“好了，你们都先出去，给我个安静的空间，让我和邵总好好聊聊。”这件事对于赵卓娅来说，并不容易，她快速地深呼吸了几次，调整好状态之后，才开始做拨打视频电话之前的准备。

陆扬麻溜地抱着碗就走。

沈学兵气得不行，原地站了半分钟，还想说上几句。

赵卓娅满脸不耐烦：“你能不能动作快点。”

于是，沈学兵灰溜溜地也跟着走了出去。

一出门，就看到陆扬捧着盘子，蹲在门口，笑呵呵地享受着美食。

两个人之前干了一架，脸上都还带着伤，这会儿沈学兵心里火气再大也不能说上手就上手了。

不过心里闷得厉害，若是没有地方发泄一下，又总觉得心里憋得难受。一口气憋在那儿，吐不出咽不下，甭提多难受了。

陆扬也是欠扁，摇头晃脑地来了一句：“舔狗舔狗，一无所有。”

沈学兵攥起拳头使劲地摇了摇：“胡说八道，明明是舔狗舔狗，舔到极致，全部拥有。”

于是，陆扬往一旁挪挪，给他让出个位置，跟着把另一盘还没动过的食物递过去：“哥们，要不要边吃边等？”

陆扬给了个台阶，沈学兵心里也不想离开赵卓娅太远，顺势坐下来。

“赵卓娅年轻漂亮，以后身边还会出现许许多多的男人，你不能每出现一个年纪相仿的，都直接列为竞争者，立即紧张得冲上去咬死人家。这种草木皆兵的心态，你不累，赵卓娅也会嫌累。”

听了陆扬的话，沈学兵直接给了他一个堪称哀怨的眼神："她对你，跟对别人不一样。"

陆扬心思一动："哪里不一样？"

沈学兵翻了个大白眼："不一样就是不一样，我才懒得跟你解释，我跟你又不熟。"

于是，两个男人便各自盘着腿，坐在那儿默默吃着东西。

海风拂动着游艇，有点凉，但已是海上难得的平静。

陆扬的胃口不错，这游艇上带过来的食材全都属于上品，简简单单地一烹饪，滋味鲜美，哪怕微凉，也很是适口。

沈学兵依然是坐立难安，眼神从来没离开过那扇门。此时此刻，再好吃的东西塞进嘴巴里也没有味道。

等了好一会儿，终于看到赵卓娅打开了门。

沈学兵连忙迎上去："娅娅，聊得怎么样？"

赵卓娅满脸疲惫："邵总仍是要求我立即回去，她不准我再上拦截号。唉，邵总真是越来越固执了，怎么都讲不通，我有时候看着她就特别陌生，人还是那个人，但心怎么就变得那么冷。"

"她毕竟是你妈妈……"沈学兵想继续做老好人，混在其中和稀泥。

"你闭嘴。"赵卓娅本就烦闷，最讨厌听到这种话。

沈学兵吃了个瘪，一脸委屈。

陆扬把吃空的盘子收拾到一边，抹了抹嘴巴，直截了当地问："邵总送到拦截号上的是什么东西？"

"海底沉船里活着的一种小怪兽，繁殖力强，攻击力强，那些在外围游来游去的食人鱼跟他们比起来只能算是弟弟。"赵卓娅忧心忡忡地望向了拦截号，"如果他们想用潜水艇把人放下去，七成是有去无回。邵总说，他们曾经试着将一个放着猪肉的钢制潜水器下沉到沉船的深度，只停留了二十分钟，捞上来的时候，潜水器已经损坏，藏在其中的猪肉也从破洞口被强行拽出去。那钢板厚度三十公分左右，就算是人力蓄意破坏，也需要借助大型设备才能在那么短的时间将之击穿。而下沉的时间如此之短便造成了这种程度的破坏，可以想象海底沉船里藏着的东西是有多可怕。”

“如果真的是这样，我想我们得抓紧时间了。”陆扬脸色一正，“你刚才和邵总联络的时候，我看到小可跟在萧敬身边，时不时地进潜水艇里试坐。”

“萧敬是想让小可陪着，潜到海底去。”赵卓娅叹了口气，“邵总说，那艘沉船是从国外满载返航的明朝货船，到那边海域时触到了暗礁，导致沉没。海底有一条大海沟，船体就卡在海沟边缘。时间已久，船体腐朽，摇摇欲坠，贸然下去可能会毁掉沉船的支撑点，最终导致船体崩塌，坠入海沟深处。如果恰好是他们沉下去时，发生这件事，那么深的海底，上面根本无法救援，能不能活着，只能看天意。更别提外围还有无数条小食人鱼。”

“沉船上有什么东西，值得所有人这样冒险？”沈学兵入了神。

“宋朝以来，对外商贸增多，从国内出发的船上装载着瓷器、丝绸、茶、药物等货品，而返回时，则会在沿线经过的国家，带回宝石、香料、黄金等昂贵的物品。因此，落水的沉船价值难以衡量，尤其是这些落在公海上的船只。若是能想办法打捞出来，没准是一笔惊人的财富，十分有诱惑力。”家在广西，陆扬有段时间很关注“一带一路”倡议的相关政策，看材料的时候，顺便研究了不少周边信息，元、明、清的海上商贸是其中一个重要的组成部分。遥想数百年以前，大批航船浩浩荡荡，整装待发，海上往来，空前繁荣，那是何等的威风。

海上航运的发达，不仅将国与国联系到了一起，更让财富实现了原始的积累与流动。

而在此过程中，落入海中的沉船，经过了时间的洗礼，逐渐变成了留给后人发掘的宝藏。

此刻在深海处发现的这一艘，就是最典型的例子。确定了具体的坐标之后，虹日号打着考察的目的，拦截号和另一艘大船也围在一旁虎视眈眈，费了那么大的力气才集中在这里，对于还没影儿的利益，却是谁都不想放弃。

“那两艘可载人潜下深海的小型潜水艇，每一艘的价值都超过两百万元，而且是美元！耗费那么大的劲儿，搞来最先进的设备，若那沉船里没有足够的利益，他们可是要等着破产吧。”沈学兵摇了摇头，嘴上说的是这个意思，想要表达的却是他不太信考察沉船的目的只是寻宝。

“如果船上装了 20 箱黄金、20 箱宝石，每个箱子都有三百斤重，你觉得，下一次水值不值？”陆扬绝对是故意在跟沈学兵对呛，张口就来，有模有样。

“你有准确的数据？你有确切的情报？胡说八道可是不行的。深海打捞沉船对于现代人来说其实就是一项投资，既是投资就必然要求一个收益，但同时必然存在较大的风险。用了那么多的力量，若是扑了个空，那么大的损失可是受不了的。”沈学兵依然不认可这样的“豪赌”。

“若是没有一个简单的预判，像邵总和萧敬那样精明的人，会愿意把大把的时间，全浪费在船上吗？”陆扬再次反问。

这一次，沈学兵不吭声了。

诚如陆扬所说，有些人是不会愿意浪费时间去做无用功的。

他们对这件事过度的感兴趣，本来就是变相的证明。

其实在这边争执要不要去海底走一遭，并没有什么意义。毕竟，准备要入海的人，并不是他们，而是拦截号上的萧敬等人。

“实在是吃饱了撑的。”沈学兵恶狠狠地叨念了一声。

“邵总说，根据史料判断，的确能够看得出海底的沉船有不小的价值。她说，拦截号的目标大概率是冲着沉船上运载的货物去的，这种行为在公海上不违法，我们没权阻止。”赵卓娅面露沉思之色，“不过，她这么解释，其实也有一个难以自圆其说的漏洞，她本身是科学家，从海底沉船捞上来的东西肯定是有科研方面的价值，在派人过来拿东西交换的时候，萧敬只经过简单的交涉便痛快地答应了下来。那么，由此可知，那艘沉船上绝不仅仅只有巨额的财富而已。我自己的妈妈我最了解，那是个只会为理想而奋斗向前冲的女人，单纯为了获得金钱，她是不会耗费那么大的心劲儿在海上的。甚至在关键时刻连我都放弃掉了。”

直到此刻，她仍是耿耿于怀，心里总忘不了邵总小心翼翼地护着手提箱，坐上直升机离去的样子。那种被遗弃的感觉，可能会伴随她很多很多年吧。

“你没问一问箱子里装的是什么？”陆扬挑着更重要的问题，问了起来。

“邵总避重就轻，不肯答。”赵卓娅深吸了一口气，“算了，管她答不答，该做的事还是要做的。”

“我突然觉得上拦截号实在不是个好主意。”沈学兵喃喃，“危险，非常危险。”

“的确是很危险。”陆扬跟着点了下头，他突然抓拽住了赵卓娅的手臂，“今晚上，你和沈学兵一起待在游艇上，我一个人上拦截号。”

“你胡说些什么呢？”赵卓娅急得站了起来。

她以为陆扬是在开玩笑，但仔细盯着他看，发现他一点开玩笑的意思都没有，眼里是纯然的认真。

“我们的目的是把小可从拦截号上带走，不让他参与萧敬的冒险行为，并不是冲上去打打杀杀，所以不需要靠人数取胜。”

沈学兵跟着猛点头，觉得认识陆扬到现在，就属此刻看他最顺眼：“是啊，娅娅，陆扬说得有道理，他上船去办正事，总是需要人在下面接应着。”

陆扬笑了笑："赵卓娅，你在船下等着，我才能放心地去船上救人。坦白说，让花孔雀来负责救援接应，我真的担心他公报私仇，把我扔下不管。"

沈学兵的眼睛跟着转了转，仿佛是小心思被击中，整个人竟是有点心虚。

"你一个人，能行吗？"赵卓娅左右为难。

"可以试试。"陆扬神情沉稳。

空气中一阵难以形容的窒息感在酝酿当中。

"好了，我不会太过冒险，一切还是以自身平安为考虑。你也别忘了，小可他一点也不弱，平时装得跟只单纯无知的小白兔似的，可他着急的时候，可是会咬人的。上船之后最大的难关，就是怎样在惊动拦截号的船员之前先一步找到他，这的确需要些运气。"

"我觉得，我们两个人一起去，彼此配合，在前期阶段，应该更有保证吧。"赵卓娅依然不死心，但话语里的主张，已经没有之前那样坚定了。

"好了，不要再争执这个了。我们接下来还要商量一下撤离的路线，没有直升机来接应，就只有从海上走。天越来越黑了，此时落入海中，若是得不到及时准确的救援，那才是最危险的事。"陆扬抓住了赵卓娅的手，"我不得不坦诚一件事，只有你在，我才能放手一搏。"

赵卓娅立即没了迟疑，整个人麻酥酥、晕乎乎的，好像灌了一大杯烈酒，那种微醺的感觉，令她的心脏狂跳不已。

沈学兵极其不满地将两人交握在一起的手给强拉开了。

他给了陆扬一个极其凶狠的警告眼神。

再望向赵卓娅时又换上了春风和煦的浅笑："既然都说明白了，那就准备起来，咱们一起送陆扬上路。"

瞬间，沈学兵收获了两道冷酷的眼神。

他表面上一副我说错话了，你们别见怪的模样，但心里真是乐开了花。

“我就是个直男，怎么总是讲不明白话呢？我要表达的意思是送陆扬上船！对，他不是要去拦截号吗？我们立即护送他上去吧。”

赵卓娅气愤至极，但还是被陆扬给拉到了一边去。他小声地说：“咱们还是先办正事，别生气，要冷静，小可还等着咱们呢。”

“我真不是故意的。”沈学兵可无辜了。

赵卓娅与沈学兵算是发小，相处十几年了，对彼此的脾气秉性再清楚不过。沈学兵心里揣着什么恶趣味的念头，瞒得过别人，可是瞒不过她。

当然，如陆扬所说，现在不是纠结这些事的时候，还是要以正事为主。

对于具体执行的计划，其中最关键的问题在于陆扬怎样上船。

从下向上爬，显然是最安全的，但这需要耗费极大的体力和耐力，对个人身体素质的要求较高，其间若是有个体力不支，很容易发生滑落，没有救援，陆扬将陷入极大的危机当中。

即使外围有赵卓娅和沈学兵等人，仍是无法保证陆扬百分百的安全。

“那换个思路，趁着深夜，用直升机把人送过去。”沈学兵提议，“现在调来直升机还有时间，为了娅娅，我愿意帮一把。”

“直升机一到附近，船上的雷达就有显示了，咱们是要秘密地潜入，不能大张旗鼓啊。”赵卓娅都不知道多少次强调这件事了，沈学兵总像是记不住似的。

“这也不行，那也不行，又要上船，又要防着人，更别提拦截号现在是行驶在深海之上，他陆扬又不是神仙，没那种飞天遁地的本事，咱们再着急能有什么用？他不给力，也是瞎着急。”一般来说，有踩陆扬的好机会，沈学兵是不会放过的，见赵卓娅仍是对他怒目而视，他嘟囔道：

“你和陆扬都对自己有着不切实际的认识，关键还不让别人说，总把善意的提醒当成是恶意的打压。我当然知道救人很重要，但问题是连第一步的登船都难以实现，后来的事该怎么办呢？”

“他们的目的地，最终还是那一片水域。”陆扬的手指沾了沾茶杯，利用水渍在桌上画出一张简单的地图，“我们不一定非要上船，在这个沉船落水点的坐标附近等着，他们总是会出现。”

“你疯了吗？那个地方好多食人鱼，乘坐小游艇过去根本不安全，一旦见了血，那些鱼跳起来都得咬一口才罢休，三下五除二，你就被活剥了。”沈学兵说着这些，后脊背还觉得浑身凉飕飕的，各种不舒服。

“食人鱼的问题的确是另一层阻碍，但我觉得，既然拦截号打算放微型潜水艇下去，大概率会像邵总那样，先对这一片海域进行简单的‘清理’，以此避免各种仪器的损坏。清理完毕的那几分钟，就是机会。”陆扬眯了眯眼睛，有着势在必得的决心。

“你这不是冒险，是玩命。”沈学兵擦了擦冷汗，一时间不知道该说什么好。

疯子！

实在是疯子！

怪不得赵卓娅跟陆扬对脾气，才认识没多久就能顺利打成一片。

此刻沈学兵好像是有点明白了，那种藏在骨子里的疯狂，不顾一切的决心，那两个人竟是如此的相似。

午夜来临。

拦截号上的灯光熄灭了大半，整艘船仿佛进入了沉睡。

陆扬却了无睡意，他将要使用到的物品重新做了整理，分类之后，再进行精减。最终，确保带在身上的物品都是必需品。他在心中一遍遍地演练着计划，构想每一个步骤，设想每一种可能，他以为自己会焦虑、烦躁、不安，但事实上，通过一次次在心底设定好构想，再一一去实施，他增添了许多的信心。

是什么时候昏沉沉地睡过去的，陆扬已经不知道了。再醒来时，他的身边站着赵卓娅。

她小声地说："拦截号已经调整方向，朝着沉船所在的坐标出发，预计一小时后会到达附近。"

"这么快？"陆扬一激灵，完全清醒过来了。

"凌晨三点多，拦截号上的船员已经忙碌起来。他们架设起了传送带和高台，和虹日号上的装备很类似。你的推断是正确的，他们也计划像邵总那样投食血肉丸子，再电击食人鱼群，寻找最妥当的下潜时机。"赵卓娅没有提担心，但字字句句里透出来的全都是担心，"等下，你一定要注意，千万别勉强。即使错失了时机，小可也不一定有事，萧敬和小可的面孔十分相似，或许他们真的存在着血缘上的关系，那么小可的生命，可能……"

她是想说，可能不用特别担心。

但当她对上了陆扬平静而温暖的目光时，最后的猜测却怎么也讲不出来了。

"我没有要阻止你去的意思，我想表达的是，不能因为要去救一个人，就搭上自己的性命。"

陆扬点头："我理解。"

理解之后呢？

他抹了一把脸，站起身来："我先去看看拦截号那边的状况。"

赵卓娅立时明白了。

这个结果，其实在她的预料当中。

陆扬，他是下定决心便不会回头的硬脾气。

他必将出发。

清晨七点。

海上的阳光早已透破了云层，化为万道霞光，条条坠落于碧蓝的大海之上。

小可抱着水母果冻，整个人恹恹的，明显是没睡醒。

萧敬倒是衣着笔挺，和普西船长不厌其烦地商量着，确定每一步准备工作。

准备工作完毕，普西船长旧事重提："复仇女神号一直跟在咱们身后，他们肯定是想搞点事情。我很担心，一旦计划开始进行，他们突然发动攻击，会极大地增加不确定性。或许，我们应该再试着与他们取得联系，做出沟通之后再进行下潜计划。"

萧敬摇头："你在上面多盯着点，对方胆敢有异动，准许你使用船上的杀伤性武器进行反击。由此产生的一切后果，我来负责。"

普西船长大喜过望，他等的就是萧敬的授权，如此一来，心中大为安稳。

"秦鸣，走了，咱们去吃早餐。"萧敬温柔地说。

"我是陆小可。"如往常一样，小可不厌其烦地纠正。

"不，你不是陆小可，你是秦鸣，我弟弟。"萧敬也是个执拗的家伙。

两人的这种对话，昨天一天之中至少重复了上百次，普西船长单是听着都觉得无聊至极。

偏偏他们还不厌其烦地重复着，谁也说服不了谁，谁都不愿意让步。

"等会儿，咱们要下潜到海底五百五十米左右的深度，你和我各使用一艘潜水艇，然后我们一起配合，把那件东西找出来。"

面前摆满了丰盛的早餐，色、香、味俱全，萧敬却没什么食欲，他只是将小可喜欢的食物都挪到他的面前，连同自己的那一份也送给他吃。

小可不搭理他，耐心地把面前的一大盘鸡蛋全剥开，蛋黄分离，碾碎撒入塑料箱内，水母果冻开始变得活跃，显然是十分喜欢，一口气吃了十几个蛋黄，还要用小触角轻轻地碰触着小可的脸，意思大概是还要。

萧敬皱眉："你不要把这种实验室里培育出来的奇怪物种带在身边，那个姓邵的女人和她所带领的团队一直在做违规的操作，不该存在于世上的东西，或许早些送走了，才是最安全恰当的选择。"

小可蓦地抬眸："比如，我？"

萧敬顿时一阵窒息："我不是说你。"

小可轻笑着提醒："别忘了，我也来自邵总的实验室。"

"你是被她偷走的！那是偷窃，违法的偷窃！"萧敬被激得眼睛里都充斥着血丝，急躁与狂怒虏获了他。

"是吗？"小可却没有感染到那种情绪，只是轻飘飘地叹气，"是吧。"

餐桌上，便再也没有人讲话。

显然沟通又失败了。

萧敬的神情里全是懊恼，仿佛十分心疼小可所遭遇到的一切，并且深深地后悔自己没有及时出现，将他从那个烂泥坑里拉出来。

只是小可根本不吃这一套，萧敬爱怎么演就怎么演，爱说什么便说什么，他左耳进右耳出，充耳不闻，不予理会。

"等下去到那艘船上，咱们兄弟俩必须配合默契，才能够把东西带出来。"萧敬的嘴皮子都快磨破了，他以为一遍遍地重复，就可能取得大概的效果，但看小可这种油盐不进的冷淡样子，似乎他还是没搞明白即将要发生的事情。

专注地照顾那只水母果冻，在小可眼中，这才是最重要的事。

"秦鸣，你有没有在听我说话？"与之前一样，萧敬再次忍耐不住地暴躁起来。

"我是陆小可，不是秦鸣。"

别的事反应不大，但这个话题，小可总是第一时间给出纠正。

盯着那双黑亮的眸子，萧敬一股怒火在翻腾，他忍着想翻桌子骂人的冲动，终于还是在脾气濒临决堤之前，拂袖而去。

小可的表情，依然没有半分变化。

这人世间的所有一切，仿佛都与他无关似的。

他是不折不扣的局外人。

萧敬一路快走，来到走廊尽头的某间房间之内。

他推门而入，房间内几位穿着白大褂的男女，赶紧一起站起来，尊敬地问好："萧先生！"

"你们全都是心理学领域的顶尖专家，在连续观察了十几个小时之后，我希望能从你们的口中得知一些不一样的东西。"萧敬落座，盯着桌面上摆着的几部电脑。

而电脑画面上，高清摄像头从各个角度拍摄着小可的一举一动，他的每个细微表情，从每一个角度，近景远景交错，最终落在电脑屏幕上，被一帧一帧地定格，放大，反复播放，仔细研究。

若是小可有一点点的异常，哪怕只是偶尔一闪而逝的表情变化，都难逃那么多双探寻的眼睛。

专家们一个接一个地开了口。

"秦鸣先生的智力发育明显受到了阻碍，他的行为举止也与目前的智力水平相匹配。之所以会造成这样的后果，药物、外伤撞击、心理因素都有可能，具体为何，需要我们更近距离地与他接触，才能得出一个更加准确的判断。"

"从目前的表现来看，秦鸣非常排斥萧先生的靠近，或许是已经认识到了无法抵御萧先生所带来的压迫感，便很干脆地选择了逃避。这类似于十岁以下的儿童在面对无法反抗的强大力量时，会下意识地选择消极怠慢的行为。"

"想要改善，并不是一朝一夕能够做到的。"

“换句话说，信任感这个东西，它的建立其实是需要基础的。比如说之前在拦截号上和秦鸣先生同进同出的陆扬，他就得到秦鸣先生绝对的信任。秦鸣与他待在一起时，整个人完全放松，哪怕是将身体最脆弱的部位不加防备地转向陆扬，他也完成得很自然。但在萧先生面前，他的身体紧绷，并将最重视的物件始终放在了最靠近自己的位置，身体微侧，半是遮挡。这都充分地说明，他随时在做好准备，面对不可预知的危险。”

…………

“啪”的一声巨响，距离萧敬最近的那一部笔记本电脑遭了殃，键盘中间都被捶得凹陷下去了，原本正在播放的监控视频的画面，迅速花屏，几秒钟后变成了一片灰暗。

在场的心理学专家们齐刷刷地立直了身体，眼神畏惧地落在了地面上，从畅所欲言到完全止住声音，此刻竟然没有一个人敢直接与萧敬对视。

“他怕我？”萧敬冷笑着站起身，来回在室内游荡，“我费了多大的力气，才把他从虹日号上抢回来，他怕我？他为什么要怕我？”

这种不加克制而释放的怒火，压迫感十足。

房间内站着那么多人，可他们的呼吸声全压抑着，尽量减少存在感，并且动作整齐地向正后方的墙壁躲了过去，最终在角落里，挤成了一团。

唯有那个最先开口讲话的心理专家，他年纪最长，定力也足，勉强支撑着站在原处。

萧敬冷森森的眼神落在了他身上：“翟医生认为，你与你同事刚刚的判断，是否还有需要纠正的地方。”

翟医生拿出手帕，哆哆嗦嗦地擦了擦脑门上密布的汗水。

他那花白的头发已经打了卷，自从被人胁迫着带上拦截号以后，他满是焦虑，更显苍老了几分。

对于萧敬的问题，翟医生是经过谨慎思考之后，才开始作答的。

“我能理解萧先生很想与令弟迅速消弭陌生感，产生源于亲情的信任与羁绊，但欲速则不达，有些事并不能一蹴而就，尤其是在秦鸣的智力不是很正常的情况之下，逼得越狠，反而会退得越远。”发现萧敬的半边脸都黑掉了，翟医生也只能强忍着，继续把观点表达清楚，“萧先生，您不能以秦先生目前的外表来判断与他的相处方式是否恰当，而是要依赖于现状做出恰当的选择，才能事半功倍啊。”

萧敬冷笑：“继续说。”

翟医生才要开口，萧敬又补充：“我不想听你的分析，告诉我，最有效的方式。”

这几句话轻飘飘的，听不出威胁，但实际上比任何的威胁都恐怖。

翟医生又忍不住擦汗：“你想靠近他，就要像陆扬那样，从内心深处真的把他当成弟弟，宠爱他，温暖他，多为他考虑。像秦鸣先生这样的人，他的智力没有跟随身体成长而发育，他的心思也最为单纯，比成年人的感知更加敏锐，只要是发自内心的善意，他便能接收得到。”

萧敬抓起手边的茶杯，直接砸向翟医生的脑袋。

翟医生完全没有防备，一下子就被砸中了额头，瞬时头破血流，半张脸都染红了。

“你是在讽刺我吗？”萧敬欺身而上。

翟医生连连摆手后退：“萧先生，您误会了，真的误会了，我从来没有嘲讽的意思，我也不敢有那种行为。是您想要一个方法啊，我能想出来的，就只有这个法子。”

“我要一个更快速的办法，你知道的，我这个人耐心不是很好，也没有时间去慢慢与谁拉近距离。我需要服从，绝对的服从。”萧敬勾起了嘴角，露出两排紧咬在一起的整齐牙齿。

翟医生终于还是崩溃了，他大叫一声，冲进了墙角那一群心理专家之中，与他们紧紧挤在一起。

或许只有通过这种方式，才能短暂地获得喘息之机，利用群体来对抗萧敬所带来的无法抗拒的可怕威胁感。

“我的拦截号上不养废物。”萧敬的眼神，从高处轻蔑地落下，“距离出发，还有三小时，这也是你们最后的时间，别让我失望。”

说完，萧敬便打开门走了出去，连一丁点借口都懒得听了。

在拦截号上，小可的行动完全不受限制，他想去哪里就去哪里，不会有人阻止，更不会有人跟随在身边。

那是萧敬所许诺的绝对自由。

反正茫茫大海之上，他也无处能去。

“笼笼，你想回家吗？”小可温柔地问。

水母果冻似是有所感应，它那有荧光闪动的触角轻轻抬高，不动声色地卷住了小可的手腕。

惹得小可笑了起来：“别急，很快会平安送你回去。”

他弯身，把箱子抱了起来。

水母果冻最近一直浸泡在营养液内，时不时还能吃到一些食物，它的体积足足变大了一倍。

就算是小可力气很大，抱起这个箱子也变得越来越费劲。

偏偏他就是很执拗，坚持走到哪里抱到哪里，亲力亲为，不允许别人插手。哪怕瑞希管家送来了小推车，小可也不领情，随手丢在一边，看都不看。

太阳逐渐爬上了天空的正中，海上的寒意缓缓退散。

甲板上，有一排长椅。

小可走过去，给水母果冻占住了一张，紧接着他又脱下了自己的衣服，盖在了箱体的上方，保护着它不被阳光直接照射。

无意之间，他看到了藏在外套内部的一小块隆起，拿手一摸，硬邦邦的，他生出了好奇心，在口袋里翻了翻，竟然找出了一部手机。

超古老的款式，连智能机都算不上，大约也只有打电话、发短信这些最基础的功能。手机的四个角，已经磨损掉了漆，不过也能看出主人平时肯定十分爱惜，才能一直使用到现在。

那是，陆扬的手机。

小可绞尽脑汁也想不起来，这部老古董什么时候到了自己的身上。

别看这玩意又破又旧，陆扬却珍惜得很，上次不小心摔了一下，他的眼睛都瞪起来了，叨叨咕咕地念了好久，还控制不住地发脾气。

而现在，他视之如命的古董级手机，居然放在他这里。

小可按住了开关键，给手机开了机。

蔚蓝色的大海之上，手机本来不该有信号，但就是此时此刻，万分奇怪，信号居然满格。

小可完全不明白是怎么回事，更懒得去寻找信号基站所在的位置。

手机只剩下半格电，随时可能自动关机，小可毫不犹豫地拨通了标注赵卓娅名字的电话号码。

嘟嘟嘟声过了好久，赵卓娅的声音竟然真的传了过来："陆扬？你的电话怎么还能用？奇怪，哪儿来的信号？这里居然有卫星基站？"

"我不是陆扬，我是陆小可。"小可像是录音机一样，机械而执拗地回答。

很快，他听到了赵卓娅的尖叫声，紧接着是一连串的脚步声。赵卓娅发疯似的喊："陆扬陆扬，小可打电话过来了，用的是你的电话，你先别问，我不确定信号能支撑多久，快点接起来，有话速说。"

下一瞬，陆扬的声音也传了过来："喂，小可吗？"

小可被一种从未感受过的情绪控制住了。他的鼻子在发酸，他的眼睛变得湿润，他整个人不受控制地激动了起来。

就连声音，也变得颤抖："陆扬，能再次跟你道别，真的很好。"

陆扬的脑瓜子嗡嗡响，想都没想，立即反驳："道什么别，很快就能再见，我还没打算跟你道别呢。"

电话里，突然没了声音。

小可着急地摇了摇，发现屏幕已经黯淡下去。

电量耗尽，彻底关机了。

小可盯着手机，呆呆地盯着，他的手指不停在重复开机的动作，然而电量耗尽，手机彻底无法使用。他反复尝试之后，终于绝望，小心翼翼地将手机放回到内侧的口袋，无论如何都不会再离身了。

游艇上。陆扬本来已经坐上了快艇，准备要出发了。临时被赵卓娅给叫了回来，完全不在预料当中的与小可通上了话。

虽然只有短短的两三句，他依然察觉到了什么。

"该死。"陆扬咬紧了牙根，疾步前行，翻身就跳过了围栏，直接落在下方的快艇上。

"什么情况？小可跟你说什么了？你别着急走啊，把话说清楚。"赵卓娅一脸蒙，单是从陆扬脸上的表情也能看得出，这一通电话非比寻常，肯定是传递了极为关键的信息。

"他跟我道别。"

赵卓娅愣了："什么道别？好不容易通上话了，就为了说句再见？"

这也太扯了，简直是无法理解。

"你还没明白吗？他跟着萧敬下海，根本没打算活着回来。"留下这么一句，陆扬启动快艇，直接出发。

陆扬戴上了蓝色的头盔，身上穿着与大海同样颜色的紧身衣，这种衣服是特殊材料制作而成，既能防止海上强烈的紫外线灼伤皮肤，又能在入海后当泳衣来使用，维持体温。它还有一定的韧性，不易断裂。陆扬希望它能防得住十几条小食人鱼的进攻。

这是沈学兵奉献出来的特殊装备，因为他非常感激陆扬把赵卓娅劝留在游艇上，没让她跟着他一起去送死。

不得不说，好的装备对于应对海上所遭遇的种种复杂情况，有着相当不错的防护力。

陆扬穿戴整齐之后，好像更加有底气了。

拦截号就在正前方。

另一艘不知来历的大船，在九点钟方向。

陆扬只犹豫了一下，便确定了暂停的位置。九点钟附近的位置，有一处视觉盲区，他绕一个大的圈过去，希望可以在那些人没注意到海面上的状况时，绕行到最佳的潜伏位置。

接下来，全靠自己了。

“加油啊，你可以的。”陆扬一遍遍地给自己打气。

两艘大船在视线内越来越近了。

而陆扬和他的快艇一起，凭借着涂在外层的保护色，仿佛与整片大海融为一体。

一切，即将开始。

十点整。

拦截号上的传送带，向着大海的方向远远探出。

电源接通，传送带滚动，将一堆带着臭味的肉丸，噼里啪啦地撒了下来。

那呛人的味道，船员即使戴着防毒面具，仍是被熏得直呕。他们还在坚持，不过是因为有人在身后监视着，迫使他们不可以随随便便地停下来。

不过，拦截号出海时毕竟没有像虹日号那样经过细致的准备，肉块是临时捕捞，好不容易才凑出来的，不加添加剂，不打碎混合，并没有那种对小食人鱼有致命诱惑的气味，而单纯的只是很臭很臭。

萧敬和普西船长站得远远的，脸上戴了三层口罩，但还是用手帕捂住了口鼻部位。

他们用望远镜观察着海面上的动静，这一刻，每个人的心都揪了起来。

“希望管用。”普西船长在胸前虚画了一个十字，虔诚地祈祷。

十分钟过去。

海面上铺了一层血肉块，随着海水的涌动而浮浮沉沉。

两艘船上的几百号人，正紧张而期待地看着这一片海面。

虹日号在邵总的指挥下进行同样操作的时候，几乎是那些小肉丸一落下，海里便迅速有了反应。食人鱼根本无法抗拒“美味”的诱惑，几分钟的时间里便争先而出，疯狂夺食。

但现在，一点动静都没有。

“好像不行。”普西船长震惊了。

这是最让人郁闷的情况，大大地耽误了原计划。

萧敬一言不发，普西船长小心地问：“萧先生，要不要再和邵总通个电话，设法打探出虹日号上撒下去的饵料是如何制作的？”

“即使知道了，拦截号上也没有现成的材料。”萧敬淡淡地说。

“咱们可以推迟下海的时间，先回去补给，等一切准备妥当，然后再过来……”

普西船长的建议，直接被萧敬给否定了。

“没有那么多时间来来回回地浪费了，今天，必须下潜。”

一听这话，普西船长整张脸垮了下来：“萧先生，您是亲眼见识过那些食人鱼群的可怕的，若是不消灭一大拨食人鱼而贸然入海，微型潜水艇极有可能会被损坏。这两艘潜水艇都是特别定制的，每一艘都用了五年才制造完成，若是坏了，可再没办法寻到其他替代品，到时候，耽误的时间可不是十天半个月，而真有可能要再耗费另一个五年才能确定时机。”

“倒也不需要那么麻烦。”萧敬的笑容转得更冷。

他拍了拍手，随着清脆的巴掌声落下，那几位心理专家，就被推搡着走到传送带附近。

“上去。”有人命令。

“不……不不……”

然而，到了这种时候，拒绝根本没用。

其中一个心理专家直接被捆住丢了上去，他抓住传送带的边缘，想要翻身而下。在附近看守的船员毫不客气地就是一刀，手掌被划开了一道口子，心理专家惨叫着迅速被传送带给送到了最高处，然后一道弧线，人已坠落入海。

几秒钟过去。

在海里疯狂扑腾的心理专家开始惨叫着大喊救命。

看台上，有很多人露出不忍的表情。

但更多的是一张张冷漠到极致的面孔，比石头人还要冰冷，冷漠地看着这一幕的发生。

“有反应了。”普西船长低叫，示意萧敬快使用望远镜。

果然，在落水者的附近，无数水花在翻滚着，仿佛是整片大海被高温烘烤，迅速地开了锅。

水泡的中心点，就是那个在水中挣扎的活人。

之前那些丢弃下去的鱼块也神秘地摆脱了浮力，直坠入海里。

“它们……来了。”普西船长也不知道是兴奋还是害怕，说话时，嘴角都直哆嗦，好半天才拼凑出一句完整的话来。

待在视觉盲区里的陆扬，近距离地看着这一幕，整个人头皮发麻，浑身上下各种不自在。他想尖叫，却发现自己根本发不出任何声音。

调整着快艇的方向，陆扬冲动地想要过去救人。然而时间上根本来不及，小食人鱼太多太多了，就像是捅了马蜂窝似的，一瞬间就把活人给覆盖住，连头发上都有带着锋利牙齿的食人鱼。它们拼尽全力撕扯着，啃咬着。

短短几秒之后，那人不再挣扎了，身体随着海浪一翻一动，等到第一拨啃噬够了血肉的鱼离开时，就只剩下白森森的骨架。

那场面无法用人间的词句去确切形容，因为任何词句都无法形容出它的血腥、惨烈，以及深深的绝望。

“开始吧，尊敬的普西船长。”萧敬宛若高高在上的神祇，神情间没有半分温度。

普西船长仍处于心惊肉跳当中，面对着身边这个可怕的男人，他眼神里的敬畏又多了几分。

之前丢下去的烂鱼臭虾，也被蜂拥赶来的小食人鱼全数吞噬，传送带继续运送着血肉。而就站在周围，完全不知道自己何时会厄运临头的心理专家们早已吓得尿湿了裤子。

幸好只用一人的血肉做引，便已让鱼群陷入疯狂的躁动狂欢当中。

几吨的肉块一丢下去，萧敬注意到，整个视线范围内，全都是鱼。无数的小鱼在白日里，身上的鳞片呈现出银白色的光泽。

好美，好耀眼。

却充斥着极致的危险。

“放电。”萧敬摆摆手。

海面上一阵轻飘飘的金光，从各方滑过。

千万条小鱼翻起了肚皮，再被从下方涌上来的同伴给拽下去，当作食物撕咬。

高压电是无差别地在攻击，只要在电量能够集聚的范围内，上来一拨，电翻一拨。

这种操作，就和邵总当日所做的一模一样，拦截号上的人虽然模仿得不算到位，最终却还是达成了目的。

原本打算在下方守株待兔的陆扬，无意中瞥见了那个用吊篮放下来的船员，他是负责在海面上布置高压电网的，一起下来的同伴完成了任务后，已先一步返回船上。而他还得留在靠近海面两三米的地方，负责摁开关来电鱼。

陆扬的心里，突然有了新的念头。

他很快做出决定，并迅速地调整着快艇的方向，等待着时机。

电击一次、二次、三次……

虹日号上电鱼的时候，是十几次后，需要再次蓄能。他坚信，在拦截号上也是一样。

果然不出所料，连续电击之后，电池自动蓄能，吊篮上的船员背过身去，检查电脑里的数据指标。他并没有发现，一艘快艇缓慢靠了过来，很快到了跟前。一根锁了结扣的绳子从下飞上，恰好那么准，直接套住了他的脖子。

“下来吧。”

船员应声而落，重重地摔在快艇上。

趁着他被摔蒙了，陆扬直接冲上去，又是一记肘击，砸在他的颈部。

船员头一歪，昏死过去。陆扬赶紧掏出小绳，把他的手背在身后捆住，接着也不忘用一块胶布封住他的嘴。这些手段，全是昨晚制订计划时，沈学兵教给他的，玩的就是一个阴招。还别说，关键时刻来了个出其不意，还是很管用的。

做完了这一切，陆扬已是一身的汗，但他也顾不得许多，直接扒掉船员的外套和裤子，毫不客气地套在了自己身上。

等坐进了吊篮里，随着起重机的作用，他缓缓地向上而去时，陆扬真是觉得一切恍然若梦。

“下面都弄好了吗？”负责拉人上来的船员奇怪地问。

陆扬压低了盖在头顶的工作帽，答了声：“是。”

于是，那船员便唠唠叨叨地说：“你抓紧上来吧，高压电太危险了，一个不小心命都没了。咱们这些船员，说是拿的高薪，实际上却是在拿命去搏，顺顺利利地度过这几个月，带着钱回去找老婆孩子那才是好的……”

陆扬算着时间，吊篮一卡到位置，立即翻身而过。

他佯装忙碌，始终背对着其他船员。

这次的成功闯入，又让他想到了那次冲到黑船上的经历，或许是有过那样的经验，他才能将一切动作做得行云流水。

等到守在附近的其他船员发现他朝着一个方向跑过去时，便着急地问：“你去哪儿？”

陆扬随手一指，那是厕所的方向。

同伴也只是骂上一句，便不再关注他了。

再次登上拦截号，显然打乱了陆扬的计划。可总体来说，一切都朝着好的方向发展。

他在厕所门前的水池那边，一边洗手，一边偷窥着周围。

摆在甲板正中央的两只小型潜水艇最显眼，虽说是小型，实际上并不会太小，内部空间有两平方米左右，从外部来看，就是一座封闭严实的小房子。

小可，他在哪里？

几乎是这个念头才冒出来的一瞬间，陆扬就锁定了他的位置。

其中一部潜水艇的旁边，摆着一把长椅，小可稳稳当当地坐在那儿，旁边放着他轻易不离身的塑料箱。不用想，水母果冻肯定也在。

“萧敬那个疯子，他居然真的要把小可沉到海底去？”陆扬早有预料，但亲眼看到这一幕，依然觉得不可思议。他试着往那边靠近，嘴里一直在嘀咕：“小可那么蠢，他下到海底去能做什么？”

周围的人忙忙碌碌，不停地将一些物件搬到了跟前。

陆扬找了个时机，跟着也扛起了一个箱子。

他混在人群里，随着与小可的距离越来越近，心脏禁不住狂跳起来。

就在这时，一道笔挺的身影，大踏步朝着潜水艇而来。

那个人长了一张和小可极其相像的面孔，只是眉宇之间多了几分不近人情的冷漠。

陆扬一眼就认出他是萧敬。

不过此时的萧敬，身上穿着一套特制的衣服，一眼望过去有点像是宇航员穿的那种航天服，极其有质感。

“秦鸣，你怎么还不换衣服？时间快到了。”

一套与萧敬身上一模一样的衣服，就丢在小可的身后，不用想也知道是他干的，因为小可的眼神掠过去的时候，满眼不屑。

“不喜欢。”他固执地强调，“我不换。”

在所有人里，萧敬只对小可有耐心。

即使小可当着所有人的面让他下不来台。可萧敬总能保持住好兄长的人设，纵容着弟弟的一切情绪：“咱们到达海底一定深度后，外部的压力会非常的大，这套衣服能够缓解不适感。万一咱们乘坐的潜水艇出现问题，也有一线逃生的机会。秦鸣，你不要任性，这是保命的装备，你穿上，哥哥才能放心。”

小可满脸不屑：“你不是我哥哥，陆扬才是，我是陆小可。”

萧敬的冷静面具，在小可没完没了的喋喋不休之下，濒临土崩瓦解。

他心底里的怒火，蹿得越来越高，尤其是对上小可那倔强的眼神，他下意识地高高扬起了手，一巴掌就要挥下去。

小可的性子原本就是又倔又拧，他会怕才怪。

“怎么？装不下去了？”小可跟着耸了耸肩，“你明明很讨厌我，何必非要装出兄弟情深的假象来。你这么虚伪，不觉得恶心吗？”

萧敬忽地微笑了起来：“同样的话，我也可以用在你的身上。怎么不装下去了，傻白甜的弱智模样，你不是用起来得心应手吗？这会儿你倒是愿意用正常的语句来沟通交流了？”

“我只是不想搭理你。”小可白了他一眼，“从始至终，我已经把态度表达得非常清楚。”

“有些事，天注定，你的任性只会让你吃更多苦头，完全由不得你。我亲爱的弟弟，真希望你能早些认清这一点。”

小可按照惯例，一定要强调他哥是陆扬，不是他萧敬。

类似的话，萧敬实在听了太多太多次，一笑置之的心情忽然就坚持不下去了，他恶狠狠地咆哮：“你再提陆扬，我就对你不客气。”

小可抿了抿嘴唇，浓密的长睫毛垂下去，遮挡住复杂的眼神，最终落在萧敬那只掐住他脖子的手上。

“陆扬！”他不怕死地念出那个足以让萧敬崩溃发狂的名字。

念了一遍还不够，还要挑衅地再念一次，又念一次。

萧敬的所有冷静，全部消失不见了。

他收紧了手指，眼睛里全是腾腾杀气。

小可发出“嗷呜”一声咆哮，就像是受伤的孤狼，在血和死亡的刺激之下，反而迸发出了无穷无尽的力量来。

他一个反扑，将萧敬推倒在地。

这动作干脆利索，手脚灵活，异常敏捷。

站在不远处的陆扬，仿佛见到了那一日在岛上的家里，因为抢几袋方便面就上蹿下跳，谁也制止不住的野性男人。

他摇了摇脑袋，有点不敢置信，心说自己怎么那么容易就忘记了小可其实也是可以杀伤力十足的。

萧敬显然也十分意外，没有防备，被小可扑了个正着。而蓄力已久的小可也是耐心蛰伏许久才获得这样的机会，他才不管三七二十一，每一拳都冲萧敬的脸狠狠地捶下去。

让他长得跟自己一样。

让他冒充自己的亲人。

让他心怀恶意，以为能够糊弄住他。

该打！

给他打出屎来！

小可是忍了很久，才找到这么好的机会，他要的正是一击必中的效果，总算逮住了，那还不是撒了欢地可劲儿揍上去。

萧敬看上去高大威猛，孔武有力，实际上这些年来进行的所有运动的目的，都只为强身健体而已，真正需要他自己动手的时候几乎没有。即使兴致来了，和手下的保镖比画几招，保镖们也是合起伙来，想尽办法地输给他，这就给萧敬制造出一种“天下我独强”的错觉。

更别提他穿着特制的服饰，本来在陆地上的活动就没那么灵活。小可按着他揍的同时，还不忘用眼神警告那些已经傻住的船员们，谁敢过来，他就掐死萧敬。

不要怀疑，他绝对有那个实力。

“你们……还……愣着……做什么！拉……开……他。”短短一句话，萧敬得呼吸好几次才能说完整。

可他的那些手下竟然还有点发愣，也不知道是被小可给吓到了，还是被这种混乱的场面给惊住了。

“快！”萧敬把吃奶的力气都用上了，这一声咆哮，震耳欲聋，但作用也是有的。

船员和保镖们总算如解了魔咒，直冲而上。

陆扬一看他们手上都拿着武器，也知道自己这时候是绝对不能再坐视不理了。

他肩膀上的箱子，直接砸在了地上。

轰的一声巨响，里面装的乱七八糟的金属零件四分五裂，撒得到处都是。

他用身体，挡在小可的面前，手上拎着一根随手捡起的钢条。

“谁敢上来，对你们不客气。”

一听到陆扬的声音，小可忽然愣住了。

身下的萧敬看准时机，想要翻身而起，小可抓紧时间给他补了两拳，每一下都打在了鼻梁上，两管鼻血瞬时就喷了出来。

萧敬挨了这两下，已是头晕眼花，整个人都不好了。

“小可，行了，别把人打死了。”陆扬心里都有点同情萧敬了，几分钟前，还是风度翩翩的贵公子形象呢，可现在，愣是被小可揍得满脸发青。

前后反差太大了些，陆扬本来心里很烦躁，这会儿也气不起来了。

不仅如此，还有点想笑。

“你怎么在这儿？”小可按着萧敬不让他动，抽出时间来，与陆扬闲聊，“我明明看见你，坐着直升机，飞走了。”

“想来想去都不放心，所以回来看看你这儿需不需要帮助。”陆扬避重就轻，没有讲他是怎么样才爬到拦截号的甲板上来的。

他头疼的还是如何善后。

眼前小可把萧敬打倒了，他也暴露了行踪。

对面有那么多人虎视眈眈地盯着，一步一步，聚拢过来。即使把萧敬揪起来当人质，那也解决不了根本的问题。

“冲动了！”陆扬有点后悔。

就在这时，萧敬迷迷糊糊地说："时间……时间到了……"

察觉到没人搭理自己说的话，萧敬又指着不远处的潜水设备说："船……要沉了。"

普西船长得到了消息，一路小跑着冲了过来，到了跟前一看，顿时傻眼了。

"秦鸣先生，您不能这样对待萧敬先生，他是您的哥哥！"

"他不是！他不是！他不是！"这个提醒，触发了小可的暴躁情绪，他忽然抡起拳头，又朝着萧敬砸了下去。

可怜的萧敬，此刻哪里还有贵公子的气度，整个人躺在那儿，眼冒金星，浑身无力，身上坐着小可，就像是压了一座恐怖的五指山，沉重得让他没办法翻身。

"别打了，别打了。"普西船长急得不行，"您先听我解释一下，有重要的事，真是有重要的事。"

很快，他看到了陆扬，也认出了他的身份。

普西船长拖长声音发出一阵惊呼："喔，陆扬先生，原来你还在。太好了，真的是太好了。"

他兴冲冲地朝着陆扬走过去，小可瞪圆了眼睛，满是戒备："陆扬，过来。"

陆扬瞬时向后挪了几步，让普西船长扑了个空。

大胡子船长见他明显是误会了，连忙摆了摆手："我没有恶意，我真的没有恶意，我只是想要告知你们一些事，这事非常重要，而且时间不多了。"

"你站在那儿说也是一样。"陆扬冷淡地提醒。

"这是严格保密的内容，不适合让很多人知道。"

小可很自然地接话："那也不用跟我们说，完全没兴趣。"

普西船长瞬间被噎得讲不出话来。他深呼吸几次，又和萧敬隔空进行了眼神交流，最终，得到授意的他，摆手让围在附近的船员退后，全集中到船两侧的位置去。

人群散开之后，普西船长反而向前走了两步。

“想必两位已经很清楚，我们的主要目标是去到海底沉船，取一样极其重要的东西回来。经过极其精密的计算，卡在海沟之间的沉船，此时已发生松垮，且之前虹日号的不当行为，更加大了对沉船的破坏，一旦崩塌发生，整艘船都会坠落入下方的海沟，到达一个人类科技无法到达的深度。也就是说，这一次的下潜，很可能是我们到达沉船最后的机会。”

对普西船长的忧心忡忡，陆扬深感奇怪：“这跟我们有什么关系吗？”

“秦鸣先生和萧敬先生必须同时到沉船之内，共同协力，才能将我们需要的东西取出来。”普西船长直接说道。

“如果我没听错的话，你说的是‘你们需要的东西’，而非是‘我和小可’需要的东西，既然如此，谁需要谁就下去捞，凭什么强迫别人跟着一起去冒险？”若说起辩论，陆扬那也是有些心得的，他抓住了这个点，立时开口，不客气地向普西船长发出质问。

“这个……这是属于秦氏家族的丰厚遗产，总不能由着它坠落入海沟的深处。”普西船长念念有词。

“我姓陆，陆小可。”

场面一度非常混乱，你一言我一语，越是想把事情说清楚，反而越是没机会说明白。

更别提小可是那么的执拗，他不肯接受那个强行安在他身上的名字，更不愿承担起名字背后所隐藏起来的一切。

“时间不够了啊。”萧敬拼尽全力，撑起半边身体，盯着小可的眼睛，一字一字地说：“秦……小可，小可，你愿意叫什么就叫什么，我不强迫你了，只希望你能好好地听我说一些事，等我说完，你如果还不肯答应，那我立即取消这一次的下潜计划，并且把你和你的朋友平安送回到陆地上去。这样，可以了吗？”

小可立即望向陆扬，等到看到陆扬轻之又轻的点头时，他还有些不情愿，无比嫌弃地说：“说吧。”

秦家是一个国内传承时间极长的大家族，因为每一代人都有族谱在记载，哪怕经历了天灾、战火的洗礼，也见证过无数朝代的更迭，这个家族并没有泯灭在时间的长河里，而是顽强地传承到了今天。

世代的财富积累，再加上一些宛若命中注定一般的运气，秦家每一代都会出现一到两位能力极强的掌舵人，带领着整个秦家开枝散叶，留存血脉，却也要在一定的时间，将像种子一样洒落出去的秦家血脉，引领回到家族之中效力。

萧敬就是这一代的接引人，他的任务就是将弟弟秦鸣带回秦家去。

当然，家有家法，族有族规，秦鸣的回归，不仅仅是人要回去，他还得完成回归之前家族交托的任务，如此才能算是有价值有意义的完成仪式，而此举，也决定了秦鸣未来在整个家族中的地位。

“而我，作为血脉没那么纯正的秦家人，也会因此而受到嘉奖，改回秦姓。”萧敬的眼底泛起了一抹恐怖的狂热。

在讲述这一切的时候，在场的人都能明显地感觉到他的认真。

而普西船长，虽然是个不折不扣的外国人，却也流露出向往和羡慕，仿佛能与之共情。

陆扬与小可对视了一眼，他们却是相似的茫然。

“拍电影？”

“听不懂。”

萧敬气结，咬紧了牙根继续说：“海底下的那艘沉船，属于秦家商号旗下的货船，船只往来于海上丝绸之路上的数个国家之间，做的是海运和贩卖的生意。船上不仅仅有从国外带回来的大笔的财富，更有秦家人非常重视的珍宝。其中的一样，就是我们的任务目标，也是小可能否顺利返回家族的关键。”

他越讲越慷慨激昂。

相比之下，小可的反应就平淡多了，显然他并不是第一次听萧敬说这些。

其实不论听了多少遍，他都是一样的回应。

“没兴趣。”完全发自内心的那种没兴趣。

第十一章

海底沉船

陆扬听出了一些关键信息，他瞥了一眼小可，带着几分不可置信的音调问道：“你的意思是说，小可是你说的那个什么秦氏家族的十分重要的人物？”

萧敬用力点头，动作牵动了伤口，瞬时疼得龇牙咧嘴。

“他既然那么重要，之前的日子还过得那么惨？”陆扬不解地问。

“天将降大任于是人也，必先苦其心志，劳其筋骨，饿其体肤，空乏其身。秦家子孙众多，传承只择其优。不管是直系还是旁系，每个人都必须证明自己的价值，尔后才会被家族完全接纳，成为最优秀的那一批。”

又来了，又来了，只是提起与之相关的这些，萧敬那种骄傲得不可一世的神情，就端了出来。

“喔。”陆扬若有所思地点了点头，转头就问普西船长，“他是哪个医院放出来的？”

“什么医院？”外国人果然接不住中国人的梗，普西船长一愣一愣的。

“精神病医院啊，他这不是得了幻想症、抑郁症、躁狂症了吗？富家子弟果真是跟普通人不一样，犯病的时候，单凭脑子里设想出的一幕幕，他就真能弄条船来海上，摆出这么大的一场龙门阵。”陆扬说着，人已来到了小可的身边，与他合力一起控制住了萧敬。

普西船长继续在心口画十字："萧敬先生是业界十分有名的投资人，他没有得精神类疾病，你们快点放开他，这样的冒犯实在是太无礼了。"

再打下去，真的不知该如何收场了。

"已经给过你们解释的时间了，而现在听了所谓的解释之后，我和小可一致不接受为了这种小说里才能编出来的情节，就下海去冒险。"陆扬无聊地耸了耸肩，"普西船长，如果你想保护你的投资人周全，最好把路让开，并且不要试图去阻拦，否则的话，万一一个不小心，我们两个粗手粗脚，又弄伤了萧先生，那可就不太好了。"

"距离那些鱼醒过来的时间，只剩几分钟了。"普西船长着急地说。

萧敬喃喃："我们带来的物资并不足以支撑另一次投食，如果不抓紧时间下潜到指定地点，将错失这一次的好机会。小可，你一定无法想象，你会因此而错失什么。"

"小可，咱们回去吧，赵卓娅还在下面等着呢。她本来想一起来接你，但我嫌她碍手碍脚，就让她在附近等。我们得快一点去与她会合。"陆扬现在已经没有耐心再与拦截号上的这些疯狂的人进行交涉，他只觉得快速撤离，才是最佳的选择。

萧敬知道拦不下他们，情急之下，忽然大声地问："小可，你还有个妹妹，她叫笼笼，她还活着，你不想见到她吗？"

这话，比任何阻拦都管用。

小可一直散漫的表情，瞬时一僵。

他整个人的气质，陡然一变，气冲冲地揪住了萧敬的衣领，把人提拽到跟前。

"笼笼还活着，还有你母亲，也活着，世界上只有我知道她们在哪里。你今天如果走了，以后就再也见不到她们了。"萧敬深呼吸着，一切已然脱离原有的轨道，平添了许多变数。

原本这是最大的底牌，找寻时机去要挟秦鸣，没想到在这轻易亮了出来。

哪怕今天能够逼着他就范，也不值得高兴。

“在哪？”小可的手，转为掐着萧敬的脖颈。

同样的动作，萧敬也对小可做过，当然那时只是意思意思罢了。

如今，萧敬成了承受方，那滋味可是没那么好受了。

“在哪里？”小可又问。

萧敬几乎要窒息了，他已完全说不出话来，掰着他的手，眼珠泛白。

“说！”小可愤怒咆哮。

陆扬看不下去了：“小可，你要掐死他了，冷静下来，先把手松松，这样他才能回答你的问题。”

小可哪怕是在暴怒之下，还是本能地听从最信任的人的命令。

手指松开的瞬间，萧敬摔落在地。

小可居高临下问：“妈妈和笼笼在哪里？”

鬼门关前走了一遭，萧敬想要对抗的念头，少了许多。

时间真的不够了，他干脆长话短说：“她们全被安置在秦家村，目前也被好好地对待着。你妈妈在村里的工厂上工，你妹妹在村里的学校读书。她们之所以会生活无忧，全因为秦家的人在你身上寄予了厚望。如果你完不成秦家交代下来的回归任务，你妈妈和妹妹也会被你连累，再次变成家族最底层的不被需要的人，她们对于秦家来说可有可无，难说不会随随便便地就被处置了。”

见小可又要暴怒，萧敬大吼：“我是在跟你陈述事实，并不是以此作为威胁，你爱信便信，不信拉倒，随你自己。”

说完，他喊瑞希管家过来，将一样东西扔到了小可脚下。

陆扬捡起来打开，他是想先检查一下是否有问题，然后交到小可的手上，谁知只看了一眼，眼神便再也挪不开了。

那是一条项链，黑色的皮绳拴挂着一枚银色的牌子，牌子中间的部分镂空，是鲸鱼的形状。

而最令陆扬感到惊讶的是，这块银牌他是越看越觉得熟悉，那种熟悉的感觉，令他立即去摸脖子上挂着的项链。

一手摸了个空，陆扬才想起，自己的项链还在小可那边，上次被他抢走之后，小可便藏得严严实实，从来不给他机会拿回来。

而现在，万万没想到，萧敬居然给出了这个。

“小可？”陆扬心情复杂，把东西递给他。

小可接过项链，就直接撒开了萧敬。

普西船长瞅准时机，一把就将人给拽了过来，并且用高大的身体牢牢地护在了前面。

等到陆扬回过神来打算阻止，已经来不及了。

一大群守候在附近的保镖，迅速地聚集到了跟前，随时可能会发动攻击。萧敬却只是摆摆手，阻止了他们，他盯着面色大变的小可轻声说：“这是我出来时，你妈妈交给我的。她说，只要看了这个，你就一定会相信我。”

“这个是？”陆扬定定看向小可。

小可把手伸进脖子里摸了摸，很快，他拿出了陆扬的那枚鲸鱼项链吊坠，轻轻一拽，绳子脱离，他单手一捏，就把那条带子扯开丢到了一旁。手心里剩下的是那一尾小小的鲸，静静躺在小可白皙的手掌之上。明明是死物，却不难看出这一尾小鲸的眼底似乎泛起了相当温柔的眸色，它对这世间的一切都充满了慈爱，并且不吝惜地向世人展示出来。

小可异常小心地将鲸鱼吊坠与新拿到手的鲸鱼挂牌重叠在了一起。

周围的所有人，清晰地听到了一声“咔嚓”。

两样东西就这样合二为一，成为牢不可分的一个整体。

“我眼花了吗？”陆扬嘟囔了一声，“为什么……”

他的疑问，也是在场所有人的疑惑。

小可垂眸，静静地看着那块牌子。他在牌子的正、反两面分别施力，轻推中间部位的鲸鱼，然而变成牌子上的一个图案的鲸鱼，极为坚固，哪怕连一丝松动感都没有，仿佛这两样东西原本就是一件。经历了漫长的时光，它们终于在此刻重逢，再也没人可以将它们分开。

“你是从哪里得到的？”萧敬愕然地注视着这一幕的发生，从他的表情能够看出，他同样非常意外。

瑞希管家最先反应过来：“那条鲸鱼项链，原本是陆扬先生的。”

无数道目光同时转向了陆扬。

“你怎么会有秦家人的信物？”萧敬大声质问。

“什么信物？听不懂你是什么意思。那项链本来就是我的护身符，我从小戴到大都没离过身。”要说蒙，陆扬绝对是最蒙的那一个，他发现所有人的注意力全转移到了自己这里，也禁不住有些无语。

萧敬愤怒地瞪着瑞希，瑞希被吓得一激灵，连连摆手，不停地解释：“萧先生，我真的不知道这条项链那么重要，它太普通了，看起来也不值钱，所以……”当从陆扬身上取走的时候，她还差点把它和陆扬身上穿着的衣服一起销毁掉。

一直低着头的小可，却突然将那块牌子挂到了脖子上，接着把它塞到了衣服的最里面，遮挡得严严实实。

紧接着，他望向萧敬，之前坚持不参与的态度彻底转变了。

“走吧。”

萧敬惊喜地瞪大了眼睛，哪怕因为这个动作牵扯到了伤口，疼得他面目扭曲，也完全抑制不住那份欣喜的心情。

“你，愿意跟我去了？”

小可点了点头，他没有跟萧敬多说什么，而是将捧着水母果冻的箱子，郑重地交到了陆扬的手上：“我去海底的这段时间，你帮我照顾笼笼。”

“不行，你不能去。”陆扬说什么也不愿意答应。

海底深处究竟有什么，谁都不清楚。在完全无法判断的情况下，贸然而行，跟送死没有区别。怎么可以仅凭萧敬的三言两语，便冲动地做出决定，去做这么冒险的事？

小可瞪着萧敬：“不准伤害陆扬。”

萧敬赶紧保证：“他如果想要待在拦截号上，依然会像之前一样被视为最尊贵的客人；他如果想要离开，普西船长会帮忙做出安排。你放心，我会确保你朋友的安全的。”

“嗯。”小可对此显然比较满意。

他转而望向了陆扬：“我要走了。”

“你……”

“别阻止我。”小可眼神干净，“我必须去。”

那么坚定的语气，那么不容置疑的态度。

陆扬的心脏，随着这铿锵的字句而跟着揪紧。

小可弯下身，捡起了丢弃在地上的下潜装备，默默地穿戴起来。

“愣着做什么，还不快点帮忙。”萧敬一声斥责，所有人都仿佛从梦中惊醒，技术员们冲上来，七手八脚地帮忙。

很快，小可穿戴整齐，萧敬那边的下潜装备也被重新整理完毕。

小型潜水艇的内部，只有容纳一人的空间。

小可、萧敬作为操纵员分别进入两艘潜水艇内部，立即有几个伸缩管与他们身上的潜水服连接起来，它们的功用是提供氧气，也能调节潜水艇内部的压力。但碍于空间有限，操纵员进入后，整个人可移动的空间并不大，他的所有动作，都只能通过操纵仪表盘上的仪器来完成。

像是看出了陆扬的担心，普西船长大声地说：“等会儿这两艘潜水艇会在地面技术人员的帮助下顺利抵达指定区域，他们两位什么都不用做，只要耐心等待即可。到达后的具体操作办法，萧敬先生负责完成，到那时就是他们兄弟俩的事了，咱们也不用跟着操心。”

陆扬一记凶神恶煞的眼神瞪了过去。

普西船长止住了喋喋不休，随便找了个借口，去忙自己的事了。

小型潜水艇的舱门关闭之前，小可还故作轻松地朝着陆扬猛挥手。这样的道别，会不会再次迎来重逢，还是一个难以预料的未知数。

一切准备就绪，第二次高压电击开始。

那些被电得迷迷糊糊的小食人鱼又受重创，噼里啪啦的一阵火花带闪电之后，一股焦煳的味道弥漫开来。

起重机分别将两艘潜水艇送入了海中，松去绳索之后，潜水艇摇摇晃晃，漂浮在海面，再慢慢地朝着海的深处坠落。

陆扬不知道此刻小可的心里在想什么，他只是默默地捏紧了手心里攥着的那一块牌子，仿佛要将它彻底攥成属于自己的一部分。

这是小可在告别前，以极快的速度强塞给他的。

陆扬明明亲眼看到小可将它视作珍宝地贴身藏好了，他是怎么避开所有人的视线将项链取出的，怕是只有小可自己知晓了。

此去一别，他做出这样子的举动，分明是已经做好了某种最坏的打算。

陆扬浑身都觉得不舒服，但他硬是要佯装平静，假装什么都不知道。

“等你回来，我就还给你。”他望着潜水艇在海面消失的位置喃喃，“你知道的，那条项链对我来说意义非凡，我愿意给你，也是忍痛割爱，所以在我没有反悔之前，你可一定要回来，平安地回来。”

一个由十二人组成的小团队占据了拦截号上的一间大房子，两排桌子并在了一起，这些人面对面而坐，面前摆了三十面屏幕，从各个方向观察着两艘潜水艇的下潜。

最初的十几米深度，视线完全被遮挡。

周围是密密麻麻的鱼尸，无论多少个摄像头都被彻底地堵严实了。

这种完全没有任何感知的下潜，本就令人不安。

海水深处有一些小食人鱼还活着，它们追逐着潜水艇外部的微弱灯光，时不时不怕死地冲上去，在那坚硬的圆弧状物体表面上留下了深浅不一的咬痕。像这样的小型潜水艇，都是选用特殊材质制造，就算是拿尖锐物用力划，也不一定能对其造成损坏。但这些鱼通过一次又一次的撕咬，在成千上万次的撞击中，用极短的时间留下了深深的痕迹。

因为小食人鱼的攻击，两艘潜水艇都发出“咯吱咯吱”的异响，那响声从四面八方传来，因为空间较小，反而更显清晰。

观察室这边，普西船长紧张地屏住呼吸：“水下还有这么多？这与我们最初的判断不相符。”

没人答话，所有人全都紧张地看着监控器传递回的画面，尽管在长久的时间之内，监控上能看到的只是那些面相丑陋，嘴里生了獠牙的小食人鱼，一群一群地结队游过，密密麻麻得令人感到窒息。

“这边能不能和潜水艇内部取得联系？”陆扬关心地问。

普西船长看了他一眼：“可以联系，但潜水艇上的能源有限，传递信息需要用上顶部安装的大频率信号发射器，每使用一次都会有所消耗，如果全都消耗完了，在海底根本无法补充。所以，在下潜的过程中，若无紧急和必要情况，一般不会开启连接。”说完之后，才又来了一句，“怎么？你有事？”

“闲聊着问问。”陆扬送上了一个大大的笑脸。

普西船长严肃地强调：“从现在开始已经进入了危险性极强的调研阶段，我们所有人都在为保障两位先生的潜艇而付出百分之百的努力，陆扬先生可以在一旁看着，但请不要影响我们的工作。”

陆扬心说，我就问了一句，这就被冠上了“影响工作”的大帽子了？

潜水艇下潜到五十米左右时，视频画面内一阵凌乱，而后鱼群散去，一切变得逐渐清晰。

陆扬又问："潜水器外面的视频画面一直开着，怎么看不到内部的画面？"

普西船长还没回答，陆扬像是猜到他要说什么，先一步堵住了他的话："别又拿费电当借口，外围的跟踪摄像头你们开了十六个，就是再费，也不怕再多潜水器内部的两个吧？"

见他已被自己挤兑得哑口无言，陆扬仍是不打算放过他。

"画面和声音的流量相差并不大，你也说了这次的下潜任务十分重要，不能出一分一毫的差错，怎么？为了省一点，就可以把所有最关键的信息全屏蔽掉吗？船长倒是真的很节省。"

连讽带刺，陆扬火力全开。

普西船长的表情十分精彩，脸色一阵青红交接之后，他愤愤地冷哼："这是流程规定的。"

"什么流程？你们又不是科学考察，还有严格的流程要遵守？这话说出来我才不信呢。"陆扬耸了耸肩，丝毫不留余地地开怼，"你们跟邵总的虹日号完全不一样，人家那是真的搞科学，至于你们的目的是什么，大概也只有你们自己心里清楚。"

"你……你怎么可以这样说！"

陆扬背着手，直接走开，根本不听普西船长想要说什么。

那种无视的姿态，令普西船长等人纷纷露出了愤怒的神情。他们齐齐瞪着他，只是陆扬根本不回头搭理他们。

"诸位要将注意力全放在星空号和银河号上面，不可以出任何的差错，请大家提起十二分的小心。"普西船长在这边稳定局面。

陆扬走到房间的一角，那里摆着一部座机，他拿起来，毫不犹豫地拨通了先前刻意背得滚瓜烂熟的号码。

只几秒后，赵卓娅的声音传了过来："是谁？"

“我，陆扬。”他稳住了心情，没有废话，迅速将目前的状况说了一遍。

那语速，又急又快，事情讲清楚了，普西船长才发现他在打电话，赶紧冲过来阻止：“你在做什么？”

“我会在拦截号上等小可返回，就这样，找机会再联系。”他说完最后一句话，就将电话挂断了。

而后，他眼神无辜地望向了普西船长：“这儿不是有个电话吗？我好久没跟家里联系了，顺手打一个电话回去报平安，怎么了？不行吗？”

“当然不行，未经允许，你不可以使用拦截号上的任何通信设备。”普西船长低声咆哮。

“萧敬下水之前说过，我在拦截号上享受的是贵宾待遇。”陆扬不慌不忙地抱住手臂，“你们所谓的贵宾，怎么连用一下电话都会遭到责备呢？”

“那是两码事。”普西船长简直要气晕了。

“不，这就是一件事。”陆扬嫌弃地把电话推远了些，“算了，不让就不让吧，我也不稀罕。”

“等等，你刚才那通电话是打给了谁？你对他说了什么？”普西船长拦住了去路，此时已是眼神不善，恶狠狠地逼近了过来。

“身为贵宾，还要被你追着逼问隐私内容，啧啧，这待遇还真是令人耳目一新。”

陆扬的脾气也上来了，从来到拦截号上开始，所有的事全被对方牵着鼻子走，连小可都下去海底冒险了，他已经憋了一肚子火气了。

这个大胡子普西要是还看不出眼色，故意过来找茬，那他也不介意有个地方泄一泄邪火。

“你不要总拿萧先生的话来压我。”

普西船长话音刚落下，忽然身后有技术人员呼喊：“船长，银河号的对讲系统开启，萧先生要跟您说话。”

丢给陆扬一个“等着瞧”的眼神，普西冲回到监控器前，迅速戴上了耳机。

陆扬慢悠悠地踱着步子走回去，他也不愿意放弃每一个从海底返回的信息。拦截号上的这些人对他怒目而视也不会影响什么，他并不关注那些不善的眼神。

“已经顺利下潜到了三百米，越往下，水压越大，两艘潜水艇目前运转正常。”

“光线较低，小食人鱼群已不在这一带的水域生存，阻力减小。再下潜五十米后，打开探照灯。”

“正朝着沉船的方向出发，目前还未能准确锁定目标。”

“银河号、星空号数据正常。”

…………

技术员一直在报告，但陆扬的注意力，大半还是落在了普西船长那里。

大胡子戴着耳机，眉头紧锁，只听不讲，也不知萧敬在与他说什么。

陆扬心浮气躁起来，他忍不住朝着那两台始终朝内摆放的电脑屏幕望过去，如果猜得没错，这两台电脑连接的应该是两艘潜水艇，此时电话能连线，没准视频也开着，只不过故意不给他看罢了。

“得想个办法控制一下局面。”陆扬转了转眼睛，直接来到桌子的边缘处，拉了一把椅子坐了下来。

挨着坐的技术员疑惑地看了他一眼，仿佛是不太明白他凑过来是想要干嘛。

“星空号和银河号到达海底沉船还需要多久？”陆扬装作不经意地问。

“大概，十五分钟。”技术员不假思索地直接给出了回答，“不过，这只是原计划所需要的时间，刚刚出现了一些问题。”

“什么？”陆扬紧张地问。

“它不见了。”

这种回答，委实令人感到不安。

陆扬听得似懂非懂，他又问了一遍，技术员才悄悄地看向了不远处的普西船长，用更小的声音对陆扬说道：“沉船，不见了。”

“那是什么意思？为什么它会不见了？已经沉到海沟下边去了吗？”陆扬急了。

“如果发生船体下沉，我们也会收到相关数据波动，可什么都没有。”技术员摇了摇头。

就在这时，普西船长摘下耳机，有些气急败坏地低吼：“还没找到吗？你们都是干什么吃的？星空号和银河号已经在附近行驶，如果再不找到，让我怎么跟萧先生交代？”

“船长，会不会真的已经沉下去了？”另一个技术员壮着胆子问，接到了普西船长一记极其凶悍的眼刀后，他慌忙改口，“我是说，那艘沉船，不会真的无声无息地掉进了海沟里去了吧。”

海沟下方的深度，粗略测算也有一千五百米，目前凭借着拦截号上的技术，根本没法到达。若真是如此，这一次的海上之行，真算得上是白费劲了。

“船长，星空号和银河号旁边，有什么东西游过去了！”刚刚和陆扬在讲话的那个技术员最先发现了不对劲。

“开启所有灯光，调整亮度。”普西船长大声下令。

几个沉默的技术员分工合作，迅速下达指令。桌上所有暗着的屏幕全亮了起来，陆扬也看到了坐在星空号里的小可，他此刻整个人的身体向前倾，正在认真盯着窗外的动静。

不是每个人都能有机会去海底深处体验，即使是在海上漂泊了很多年的小可，也禁不住被海底深处的景色吸引住了。

只可惜摄像机拍摄的视频并不高清，在拦截号上围观的人，无法生出身临其境之感。

“小可？”陆扬试探性地喊了一声。

小可听到了，迅速回头，在周围急切地找寻着。

“我现在还在拦截号上，是通过潜水艇上的传声装置在与你保持实时联系的。”陆扬迅速解释完，才问出了他最关心的问题，“你现在觉得怎么样？有没有气闷？”

小可摇了摇头，忽地露出孩子气的笑容，指着窗外的一大片海水让陆扬看：“很美，对吧？”

陆扬轻叹了一声：“是啊，的确是很美。海上海下，简直是两个世界。”

“我曾经来过这里，但记不起是什么时候了，就跟眼前的景象一模一样。”小可露出痴迷的表情。

陆扬在此刻忽地与他有所共情，堵在心口里的那么多话，突然一个字都讲不出来了。

好半天过去，两个人静静地观看深海处的风景。

一道阴影，正缓缓地覆盖了过来，遮住了灯光。

那种难以描述的压迫感，仿佛是渺小的人类站在巍峨的高山面前，当他仰望入云的山峰时，却愕然发现，自己在高山的视角之中，与地上爬行的蚂蚁没什么区别。

“那是什么？大鱼吗？”

“这一片海域没听说过有鲨鱼，而且鲨鱼也不会那么大啊。”

“有人拍到它的正面了吗？它要走远了！”

“距离太远了，什么都看不清楚。”

…………

“那是一头鲸。”有个声音，轻轻地说。

陆扬好不容易和小可联系上，他一直很专注地在观察着星空号内的一切，所以，在别人还没搞清楚是谁发出的声音时，陆扬倒是最先听清楚了这句话。

“鲸？在哪里？”

“游走了。”小可遗憾地指着一个方向。

而在他所指的位置，陆扬看到的只是一片深蓝色的海水。

那种孤独压抑的感觉，很容易让人产生一种源自灵魂的疲惫感。

陆扬此刻竟然有些心疼起来。

“小可，我会一直陪着你。”他郑重地承诺。

小可轻笑，回了声“好”，但其实只是想要安慰陆扬，不让他跟着担心。

就在这时，两个技术员同时跳了起来。

“找到了！”

“沉船还在！”

星空号的镜头随之一转，就见视线的尽头，海深处最黑最暗，也最令人心生恐惧的地方，一艘已被海水侵蚀得只剩下主体骨架的大船，静静地冻结在时光的深处。

“奇怪，刚刚这个位置明明什么都没有的，怎么一下子就突然出现了呢？”有人迟疑。

带着同样的疑问，另一个技术员去查看之前拍摄的海底照片，但这些照片都是模糊的，同样的坐标位置仿佛有一层暗色的薄雾，无法看穿背后藏着的是什么。

“超出预定时间很久，加快速度。”

久未开口的萧敬，才一发声，所有人便都听出了他话语里浓重的不悦。

瞬间，全场屏息，大家各就各位，继续刚刚被打断的工作状态。

“喂，陆扬。”萧敬的目光，定格成了监控视频画面里的一个特写镜头。

陆扬的关注点只在星空号上，若不是萧敬喊人，他根本不想分神去看银河号。

“陆扬，我有话对你说。”萧敬再次开口，他还做了个手势，命令技术员将星空号上的联络暂时切断，意思显然就是要单独谈谈。

“你想说什么？”陆扬满眼都是戒备。

对于他并不掩饰的敌意，以及言语里的厌恶，萧敬也只当没发现。

他只是强调说：“陆扬，船上还有一套装备。”

“什么意思？”

“可以下潜到沉船位置的抗压潜水服，船上还有一套。”萧敬眨了眨眼睛，“如果有必要时，你敢不敢为了秦鸣，潜入深海？”

陆扬听得一头雾水，这一刻，他不由得怀疑萧敬是不是疯了。

但萧敬似乎很享受此刻的感觉。他脸上还带着青青紫紫的伤，那是在下水之前，被小可打的。肿起来的眼眶让他完全失去了平日里的优雅贵气，此时此刻，平添了几分狰狞。

“怎么，怕了吗？”萧敬挑衅地问。

被人一激，陆扬脱口而出：“有什么好怕的？我从小在海边长大，乘风破浪，下海捉鱼，这就是我人生的日常。”

萧敬笑容转深：“你愿意这么做，真的是为了秦鸣？”

陆扬一愣，随即回答：“他叫小可，陆小可。”

类似这种没营养的对话，几乎变成了一种日常。

萧敬的冷静轻易被打破了，他咆哮：“这世界上根本不存在什么陆小可，他在逃避，你跟着起什么哄？你什么都不知道，你什么都不了解，仅凭着一段时间的相处，你便以为自己是能够拯救别人绝望生活的英雄吗？我告诉你，错了！大错特错！你不是在帮他救他，你是在坑他害他，你若是一直这样纵容着，你知道会给他的生活带来多大的灾难吗？不只是他，还有他的妈妈和妹妹，甚至是我，大家全都会被你所谓的善良给坑到极致。”

陆扬没说话。

萧敬一个劲儿地在喘息，他的双手压在内壁上，放大的脸紧贴着摄像机，那一刻，他面目狰狞，令人畏惧得不敢直视。

“你的意思是说，一个无关紧要的我，替小可多想一些，多帮着小可做一些事，便会把你们全都给害死？”陆扬觉得自己都要被气笑了，他还是第一次见到有人能把一些有的没的，如此振振有词地讲出来。

哪怕思考稍微慢一些，他都要被萧敬主导了思维的方向。

这果然是个相当厉害的男人，和他聊天，不提起十二分的小心是不行的。

萧敬表达完所想表达的后，丢下了一句“记住我刚刚说的话”便单方面停止了通话。

普西船长不知什么时候站在了一旁，他开口说道：“萧先生提起的潜水服是从 M 国定制回来的高端科技产品，有着相当不错的保护作用，完全可以支撑潜水员到四百米深的水下。”

“水下四百米？”陆扬皱眉，“那艘沉船所在的位置，应该比这个深度更加深一些。”

“准确地说，沉船是在水下五百五十米的深度，因此这套潜水服虽然是高价定制，但拿回来以后根本没有办法使用。”普西船长一脸遗憾。

“既然不能有效利用，还拿出来告诉我？你的萧敬先生，似乎没安好心啊。”陆扬就算是个傻的，这么明显的陷阱挖在他的眼皮底下，他想要假装看不见都难。

“每个人的人生都在面临着不同的选择，而每一个人都有做选择的权利。陆扬先生，你已经知晓了一切，至于最后你会如何决定，那是你的事，没有人会干涉。”

从陆扬来到船上起，拦截号上的秩序便有被破坏的趋势。

他们的计划，进展缓慢，且每一步都不能如计划那般顺利完成。

普西船长心里早已窝了一股大火，这会儿看到陆扬纠结，他的心情竟是十分愉悦。

银河号与星空号已在缓慢地下沉中朝着指定的位置而去。

沉船在视野之内越变越大，跟它相比，两艘小型潜水艇不过是微不足道的一部分。这一处水域之内，有许多种类的大鱼小鱼，其中有一种发出橘红色柔光的鱼在摆动身体的时候，就像一只只生长在海底的萤火虫，将此间衬托得十分漂亮。

“终于，还是来到了这里。”萧敬发出一声叹息。

小可默不作声，只是静静地看着面前的一切，整个人又一次震撼了。

“接下来，星空号和银河号都将转为自动操作模式，还记得我教过你该怎样控制它吗？”萧敬柔声问。

“记得。”小可应了声。

“你跟我来。”

银河号一个缓冲，行进在了前面。

整艘沉船上有着许多墨绿色的海藻，百年间无人打扰，海藻便漫无目的地生长，一棵棵长长之后，裹住了船体，这艘船本来的样子，已看不太清了。

银河号强行破开了那一道海藻屏障之后，数千条躲在沉船内部的小鱼受到了惊扰，慌乱地游走了。

有一些慌不择路的，直接撞到两艘潜水艇上，在内部的萧敬和小可，全都感受到了轻微的晃动。

萧敬提醒：“我们测算过，这船的底部与两侧都已发生了强烈的腐蚀，松动得十分厉害，哪怕一点点小小的碰撞，都有可能令整艘船发生坍塌。我再强调一次，船的两侧卡在了海沟的狭窄处，只靠海水的浮力和船身与海沟的一点点接触面在勉强支撑。你我的操作务必小心再小心，若是发生坠落，银河号和星空号很可能摆脱不掉坠势而随之沉入海沟的深处，拦截号的人将无法对我们实施有效救援。”

“废话真多。”小可咕哝一声。

类似的话，来时已经讲了一次又一次。

一条足有一米长的鱼儿，悠然地在两艘潜水艇的中间游过。它的鱼鳞是那么的五彩斑斓，从不同的角度看过去，每一片鳞片都显出不同的颜色。

“大鱼。”小可惊喜低呼。

“那有什么好惊喜的，这是在海里，最多的就是鱼。”萧敬小心驾驶着潜水艇向前行，他的速度极慢，尽量避开了所有的障碍，努力不让潜水艇与沉船的船体有任何的接触，并且还要时时刻刻提醒小可，一定要同样小心。

“鱼和鱼，也是不一样的。”

萧敬听不明白小可在说什么，不过相处这段时间之后，他也逐渐习惯了小可的神神道道。

仪表盘上显示的坐标与地图上预定的地点发生重叠，萧敬给拦截号发出一条指令后，便切断了联络。

“注意点，我们要下到船舱下面了，跟我来。”

萧敬对于附近的一切无比熟悉，哪里有通道可以下去，哪里需要转弯，他十分清楚。

除了要费心盯着小可，其他事也还算好。

但小可并没有让他操心，在监控视频里可以看到，小可的操作格外的顺畅，虽然是第一次操控潜水艇，可也是在一开始左摇右晃了几下后便找到了窍门，稳稳地开着。银河号和星空号之间隔着有两米左右，不会太近，也不至于太远。

公共频道里的其他声音早已消失，除了彼此的呼吸声。

萧敬低哑的声音悠悠传来：“你知道吗？为了等到这一天，我花费了十几年的时间。”

“你对于回到秦家的渴望还真是很深呢。”小可冷然。

“等你回到秦家，就知道这一切全都非常值得，相信我，你绝对不会后悔。”萧敬似乎听不出从公共频道传过来的浓浓讽刺，他执拗而笃定，哪怕需要一千次一万次去说服小可，直到小可认可这件事。

但小可的坚持，并不输给他。

“我不会回秦家。”

这是一种信念，从不曾改变。

“你妈妈和你妹妹都在，哪怕是要接她们离开，你也一定会回去。”这便是牢牢捏在萧敬手里的底牌。

小可说不过他时，通常会选择沉默，这一次也不例外。

“你怎么不问，我们来船上是找什么？难道你不好奇吗？”萧敬继续没话找话。

“我问了，你就会说吗？”小可见招拆招。

萧敬一口气噎在了那里，心说还好从小到大小可都没跟在他身边长大，若不然的话，就是这个难搞的性子，真是让人忍不住想要对他动粗。

萧敬咬紧牙根，决定不自虐了。

沉船的内部空间有限，哪怕潜水艇再小，在通过那些狭窄的通道时，仍不可避免地碰触到船体。

果真如萧敬提醒的那样，稍微出现一点碰撞，便是碎屑横飞。船体早就被海水侵蚀得不成模样，稍稍遭受一点外力，都会造成小面积的坍塌。最恐怖的是，整艘船也会跟随着这细微的动作而摇摇晃晃，仿佛下一秒便会分崩离析。

萧敬的神情，愈发谨慎。

在第二层到第三层之间，无数碎屑漂浮在水中，周围一片阴暗，藻类茂密，越向前行，越有鬼屋的既视感，令人的心脏忍不住提起了老高。

唰——

什么东西在眼前一滑而过，速度极快，像是一道银色的闪电，根本无法捕捉。

“啊。”萧敬吓到了。

“只是鱼。”小可神情淡定，“那种带电的鱼。”

“电鳗？不可能吧，这个深度，不该有电鳗才对。”萧敬咕哝。

小可哼了声，显然是不想讨论这个问题。

“啊啊啊！”萧敬又尖叫了起来。

小可皱眉，望了过去：“你做什么？”

“脸！前面有一张人脸！”萧敬语无伦次，“我看见了，我发誓我看得很清楚。”

小可调整着摄像机的角度，转了个 360 度，没什么发现。

他判定：“你眼花了。”

“怎么可能是眼花，那张脸还在，明明就在银河号和星空号的正前方。”萧敬气急败坏地狂吼。

潜水艇在错误的操作之下，撞到了船壁的狭窄处，船舱内间的厚木与外面的船体一样被冲碎了，这样的撞击带来了严重的破坏，一时间本来还清澈的海水，瞬间一团混浊。

“萧敬，你冷静……”小可的声音，冷冷地传来。

可萧敬所在的银河号突然像是发了疯似的急速前行，一路上撞飞了不知道多少东西，转眼间就没了踪影。

沉船随着海水上下左右摇晃着，即使是隔着潜水艇，也能听到那种令人极其不安的咯吱声。

“萧敬？萧敬！”小可一直在呼唤对方的名字，然而并没有什么用，在通信频道里只有一阵嗞嗞啦啦的响声，很快通信关闭，萧敬重重的喘息声随之完全消失了。

“喂？喂！喂喂！”

小可尝试性地喊了好几声，他按着通信声音的按钮，开、关、开、关地反复尝试之后，最终什么也没发现。

“哪儿来的人脸？吓得尿了裤子。”小可嘟嘟囔囔，试着想要追上去，但很快他发现这并不容易。这么昏暗的环境里，视线有限，也听不到声音，盲目地寻找，不亚于是大海捞针。

当然，现在就是在大海之中捞人，难如登天。

“胆小鬼。”小可叹了口气。

他停下了星空号，原地漂浮，决定先等一等，看看萧敬能不能找回来。

毕竟与人失散后最好的处理办法，其实就是原地等候。

陆扬教过他的，他记得。

而与沉船直线距离只隔着几百米的海面之上，陆扬正脸色铁青地和普西船长对峙着，所有技术人员虽然还坚守在各自的电脑前，但不难看出，他们基本是在一心二用，边处理工作边听着两个人的争执。

“什么叫失联？这么重要的水下活动，为什么会有失联的现象发生？预案呢？紧急处理方式呢？这些东西不应该是早就准备好的吗？非要等到事情出了，才现场想办法吗？你们的这种行为，根本是不把去海底深处的那两条人命当一回事！”

普西船长的中文讲得比较流利，但仅限于日常沟通，到了语速极快的吵架现场，他便慢了半拍。

“萧敬先生是拦截号的投资人，我怎么会不把他当一回事？失联是一个意外，我们正在想办法解决。”

“办法？你们乱得跟热锅上的蚂蚁似的，除了团团打转，一问三不知，还有什么解决办法？”

普西船长也急了：“既然你那么担心，你可以下去救他们啊。”

偌大的空间忽地陷入了一种诡异的死寂之中。

之所以说是诡异，主要原因是陆扬突然换了种表情，那种“我已经看穿了一切”“就知道你们没憋好屁”的笃定神情。

“我要是一时冲动决定下海了，你是不是想说这里刚好还有一件抗压潜水服？它可以扛住水下三四百米的深度产生的压力，但是到达不了沉船所在的位置，想去的话就得豁出命去冒险？”

普西船长的表情更加怪异了，他想要说的话全被陆扬先一步说了出来，先前准备好的说辞就全用不上了。

接下来应该说点什么？

又或者，如何在最短时间内，想出更好的借口来说服他？

“你们把小可骗下海去找沉船，现在又想故技重施骗我下去，你们的目的是什么？”陆扬眼里放着冷冷的寒芒。

“所有的选择只是摆在了你们的面前，要如何选择，全由你们自己来决定，没人逼迫过你们，不是吗？”普西船长的手指捻着胡子末端，脸上终于露出了一种令人极其不安的浅笑。

“老狐狸，不戴着面具做人，感觉就好轻松了吧。”陆扬不客气地开口问。

“你们中国人不是将计谋分为两种，一种是阴谋，另一种叫作阳谋。我想，我们所做的，不过是将实实在在的计策放在你的面前。你呢，只需要告诉我要如何做，我必定会给出最大的便利来配合你。”普西船长把手一摊，拖长了声音强调，“毕竟你是拦截号上的贵宾，不是吗？”

“你的那套潜水服在哪里？”陆扬问。

普西船长立即竖起大拇指：“陆，你果然够义气，怪不得秦鸣先生那么信任你。”

夸赞了一句，便立即叫人去准备。

说是准备，其实潜水服早放在了甲板上，陆扬能够随时使用。

“这块表与星空号的信号相连，看见屏幕上的红点了吗？那是星空号的位置，绿点则代表着你所在的位置，当两个点重合的时候，你就找到星空号了。怎么样，贴心的设计吧？”

普西船长将东西递过来，陆扬立即不客气地接过，并且直接戴在手腕上。虽然他垂下眼眸认真地观察着表盘，眼尾余光却也没有错过船长嘴角绽放的那一抹笑。

“还有什么要说的吗？”陆扬问。

“祝你此行顺利。”普西船长挥了挥手。

陆扬弯下身，检查着那件潜水服。

不难发现，这潜水服与小可和萧敬坐上潜水艇时所穿的那一套几乎完全一样。当时陆扬还在想，为什么要穿得那么臃肿呢？虽说是为了安全考虑，但在那么狭窄的空间里坐着，再加上这个，必然是活动不便。需要手动操作各项仪器的时候，潜水服会成为极大的阻碍，在危急关头，这种阻碍可能会造成不可预估的风险。

但萧敬依然坚持必须得穿。

那么，他的目的其实并不是要预防风险，而是做好了走出潜水艇的准备。

陆扬越琢磨，眼皮越是跳得厉害。

他觉得自己好像正在触及真相，但掌握的信息太少，单纯靠猜测、靠推断，依然找不到清晰的方向。

“你说什么？还有什么要求吗？”见陆扬嘀嘀咕咕，普西船长没听清楚，忍不住又问了一遍。

陆扬反应足够快，立即顺势问："既然有定位器，那么还有没有通信设备？可以让我和海下的人联络上？"

"你当这是去海底旅游吗？居然还想实施联络？陆先生，刚才在总控室的时候，技术人员已经一再地尝试过了，星空号和银河号的信号受到了干扰，无法联系上。当然，我们这边仍会做出进一步的努力，如果有结果，我们会负责告知那边，你已经下海去和他们会合。"

陆扬微笑，诚恳道谢。

普西船长行了个英式的绅士礼，目送着陆扬穿着那件笨拙的潜水服走到了高台之上。

他刚想下令让人"下料"引鱼，再放高压电，尽可能地为陆扬清理出一条安全通道——哪怕只是装装样子，但这点付出还是有必要的。

令普西船长极为吃惊的是，陆扬翻身就上了传送器并迅速按下按钮，到达了高台的顶端之后，马上做了一个弯身跳跃的姿势，随即化为一道银色的残影，消失在了视线之内。

"喂，你……"普西船长愣了几秒之后才冲了过去。

船舷附近的水手，在面对这突如其来之举时，也都无法在第一时间内做出反应。

等到大家探出身体去看的时候，海上只留下了一圈圈扩散开的涟漪，以及随之涌上来的密密麻麻的小食人鱼。

之前电翻了好几拨，但鱼群的数量并不见少。漂浮在海面上的鱼尸再次被同类拉扯到海的深处去，一大片海域全都沸腾着，好像是有人在海底烧了一把柴，咕咚咕咚的，让海面翻腾出了朵朵白色的浪花。

"人呢？"普西船长问。

"好像是被食人鱼给拖走了。"船员们如是回答，脸色怪异。

"他傻的吗？明明知道下面有食人鱼，怎么直接往海里跳？这不可能！”普西船长几乎要当场昏厥。

接下来的计划中的关键，与陆扬密切相关。好不容易又哄又骗，又威胁又利诱，他终于愿意穿上潜水服下潜到海底深处去了。

现在倒好，人是下去了，直接就被鱼给啃成骨头了？

这也太草率了。

“你们怎么不拦着他一下！”普西船长暴怒。

“谁知道他连命都不要了。”船员们也有点蒙。

不过，看着船长已经处于暴走的疯狂状态，所有人都敢怒不敢言，静静地看着他发飙。

拦截号的另一边，一艘快艇卷起了浪花，在水雾的掩饰之下，绕了个半圈，之后迅速驶远了。

赵卓娅和沈学兵合力将陆扬给拉上来时，他身上还被几十条小食人鱼死死咬着呢。

“这玩意儿看上去小小一条，真想不到杀伤力这么大。”沈学兵捏着其中一条的尾部，好奇地看着那条把身体弯曲成了弓形，努力地朝着他的手指咬过来的小鱼。

别看个头不大，约是一岁婴儿的半个手掌左右，可只看这血盆小口，根根锋利的牙齿，突出来的眼珠子露出来的凶色，便知进食与攻击就是它与生俱来的本能。只要感受到血肉的气息，它便毫不犹豫地一口咬上去，嘴巴和鼻孔里会发出呜呜呜的细微响声，再配上牙齿发出来的咯吱声响，听起来令人毛骨悚然。

一条已是如此恐怖，成千上万条一起涌过来会发生什么事，完全不敢想象。

“不愧是海里的小霸主，所过之处，一条鱼都不会留下，简直是万物大灭绝。”沈学兵感叹完毕，随手就给扔进了准备好的玻璃瓶子里，里面事先装好了海水，他是要带些小霸主回去研究的。

“你怎么样？”赵卓娅担心地问向陆扬。

陆扬抹了一把脸上的水，摇摇头，顺便把咬在小腿上的几条鱼给摘了下去。

“小可还在海底，我们得把他救上来。”

沈学兵不解：“救？怎么救？要装备没装备，要救援人员没救援人员。我可先说清楚，你们再逼迫我也没用，我是人，不是神，临时做一些事已经耗费了不少的力气，但如果想要往深海中去，还需要很多特殊的装备，这个可不是说想要就能有的。许多都得去定制，一旦牵扯上这俩字，最少几个月，多的得几年。到那个时候，黄花菜都凉了。没戏，真的没戏。”

陆扬深吸一口气，吐出：“我身上的这套装备，可以下潜到水下四百米左右，或许那不是它的极限。”

“你疯了，这样冒险下去，根本是在送死，到时候不只小可救不到，连你自己也得搭进去。”赵卓娅坚决不同意这种做法。她发现陆扬有些失神，似乎并没有认真在听自己讲话，便使劲地拽了一下他的袖子，“你难道没发现吗？这一切都是阴谋，拦截号上的那些人合伙做了个局，就等你往里跳呢。”

陆扬问：“我一个北月岛上的渔三代，他们给我挖坑做什么？”

赵卓娅哑住，事实上这也是她百思不得其解的一个大疑问。

陆扬的来历，她是清楚的，整个陆家也是最最最普通的家庭，这样的陆扬与拦截号上的那些人，完全生活在两个世界，他们有什么必要去找陆扬的麻烦？

或者说，陆扬身上有什么值得他们感兴趣的东西？

赵卓娅望向了陆扬，发现他也处于沉思之中。

“小可也是，这种时候跟着下水凑什么热闹？如果不跟着去沉船，难不成他们还能硬塞他进去？自找麻烦！”

“沈学兵，你能不能闭嘴？叨叨叨个不停，真的烦死人了。”赵卓娅不高兴地呵斥。

“我说的本来就是大实话，就算你不爱听，那也是客观存在的事实。”沈学兵没有像以往那样纵容着赵卓娅，他的脑海中有警铃声在响，拦截号停留在不远处，另一艘复仇女神号也始终停留在更远处，若隐若现的船身仿佛是要吞噬一切的庞然大物。

这一切，都令人费解，且不安。

“或许……他们是想要这个。”陆扬摊开了手。

他的掌心，放着那块吊牌，平平无奇的材质，牌子的中间是原本属于他的鲸鱼吊坠。

“这个，哪儿来的？”赵卓娅诧异地问。

“你认不出来吗？”陆扬不答反问。

赵卓娅把吊牌接了过来，翻来覆去，看了又看，还用手指抠了几下牌子中间的鲸鱼，见它纹丝不动，根本抠不下来，禁不住对自己的判断生出了许多怀疑。

“好像跟你的那条项链很像。”

“不是很像，它就是。”陆扬拿回，翻过来，让赵卓娅看牌子的背部。

从此处能稍微看出来一些细小的接口，但做了装饰的处理，看上去就像是牌子本身所具有的花纹。

“怎么回事？”一听这话，赵卓娅又把吊牌拿过来，凑近了仔细看。

陆扬把这吊牌的来历简单讲了一遍。

赵卓娅更加疑惑：“你的意思是，萧敬拿了这个牌子过来作为信物，他想吸引小可回秦家去，但是没想到这块牌子与你的鲸鱼吊坠原本就是一体的，扣上了机关，两件合二为一，直接变成了一件？”

看着陆扬认真点头，赵卓娅不解地问：“你和小可，不对，我是说，你跟萧敬口中所说的秦家有什么关系？”

“能有什么关系？我现在都不知道秦家是什么。”

赵卓娅戳了戳那枚吊牌上的鲸鱼图案：“那它呢，你从哪得到的？”

“我不是说过很多次了嘛，从小到大，它一直挂在我的脖子上，好像从我有记忆起，它就在了。你要问我从哪里得的，我根本没办法回答你，因为我从来没问过爷爷，我也从没想过要去问它的来历。”陆扬抬起了右手，手指蜷缩，攥成了拳，“就好像是这只手，你会四处去问，手是怎么来的吗？它明明一直都在那里，平凡普通，就像我身体的一部分……”

此时此刻，充满疑惑的人，并不只是其他人，也包括他自己。

一切的一切，都令他百思不得其解。

“那这条项链呢？你不是才讲过，这对于小可来说是非常重要的东西，是他回家去见妈妈和妹妹的关键。按照他的习惯，越是觉得重要的东西就越不会离身，它怎么到了你的身上？”赵卓娅没有放过任何疑点。

陆扬的双眼里泛起了一丝强光，唰地抬起头来。

“小可坐进潜水艇之前，将它交给了我。他说，要我替他保管好。”

对了，这便是小可下海前两个人最后的交流。

当时一切都发生得太快太快，陆扬甚至来不及反应，星空号和银河号的舱门便同时关闭住了。

“看来，一切疑问都得等到再次见到小可才有答案了。”赵卓娅顿了一下，她抓紧了陆扬的手，“我有预感，你和小可之间一定存在着更深层次的关系。”

“更深层次的关系？”陆扬再次出神，他在思考，认真地去回想。

然而很快，他摇了摇头：“我完全想不起来与之有关系的任何事。”

“还是要从小鲸鱼的身上找方向。你不是说小时候曾经有一次弄丢了它，为此还生了一场大病，你认真地回想一下看看，这是为什么？”

陆扬瞬间觉得自己的脑袋好像要爆掉了似的。

他无法顺着赵卓娅所给出的方向去思考。小时候丢了项链的记忆，仿佛是心灵的一段缺口，从小到大，他一直避讳去想起。

太痛苦了。

一旦去想，整个人要窒息似的，五脏六腑都一起牵扯着疼。

赵卓娅看着陆扬清秀的五官都移了位，也似乎能感受到他正承受着什么样的煎熬。

她与沈学兵对视了一眼，很显然，两个人都发现了事情的不对劲。

沈学兵忽然说："就算是丢了很重要的东西，哪怕是承载着思念的亲人的遗物，你也不至于会难受成这样吧。"他平静地对上了陆扬的愤怒，"你冷静地、认真地想一想，除了这条项链，你在生活里对其他的人、事、物会产生如此强烈的羁绊感吗？"

当然是，没有的！

陆扬一愣之后，就明白过来沈学兵的意思了。

他皱起了眉，不再去试图回忆，而是思考起了疼痛本身。

赵卓娅分析："要么，你真的十分在意小鲸鱼，在潜意识的最深处种下了执念的种子，所以你不能接受它离开自己，更无法承受失去。但这种可能性极低，你那时还是个小孩子，哪怕再喜欢一样东西，情感上也不会深刻到离开就要死的程度。我不是说没有这种可能，不过从概率上分析，可能性比较低。那么我们是否可以去考虑另外一种可能，那就是有人用催眠暗示之类的手段，人为地将一些烙印打在你的意识深处，你的脑海里总是有个声音在暗示，它要你保护好小鲸鱼吊坠，绝对不能丢掉它，若是触犯这一条预先设计好的规则，或者试图去回忆与之相关的事，你就会很难受，身体自然抗拒，不准你再去碰触。"

"催眠暗示？"陆扬听着，好似天方夜谭，"我不过是北月岛上的一个普通的渔三代，谁会对我做这么高端的事啊？"

赵卓娅摊手："只是一种合理的猜测，供你参考。"

“我觉得不太可能，绝对不可能。”陆扬还是摇头，他打心眼里无法接受赵卓娅的说法，但不知道为什么，他却下意识地朝着那个方向思考起来。

陆扬记事较早，他最早的记忆在三四岁，早逝的父亲，离家的母亲，家人的争吵，还有那种惶恐感，虽然已过去了很多年，可很多事仿佛昨天才发生过。

“项链吊坠和挂牌的事，等到小可返回时，再去找他问清楚。当务之急，是必须先把人给带回来。”陆扬话锋一转。

赵卓娅点头：“我觉得你说得很对，但摆在面前的事实是，沉船位于绝对的深海，我们一没有坐标，二没有合适的装备，三没有援助，咱们要怎样才能将小可带回来？”

说到这里，赵卓娅和陆扬不约而同地，一起将目光转向了沈学兵。

这下气得沈学兵竖起了妖娆的兰花指：“你们别看我！看我也没用！我强调了一百次了，做不到就是做不到！”

“谁看你了。”赵卓娅没好气地白了他一眼。

陆扬随之点头。

沈学兵这才意识到，他们的目光已越过了自己，朝着远处的神秘大船望了过去。

“你们不会是把主意打到那艘船身上了吧？甭想这种美事，我总觉得那艘船一直停在那里，肯定是别有目的，没安好心啊。”说着，沈学兵连连摆手，“别病急乱投医，自己给人家送菜。”

“那艘船的名字叫复仇女神号，注册地是在太平洋的一个小岛国，实际控制人是一位意大利的美人，红发，碧眼，手段很不一般。”陆扬点出了关键的信息，接收到赵卓娅疑惑的目光，他笑笑，“萧敬曾与普西船长讨论起复仇女神号，我也是无意之中听到的。”

“我得去探探对方的底。”沈学兵说完，就操纵着快艇加快了速度。

很快，陆扬他们返回到了沈学兵的游艇上。一上船，沈学兵立即钻进船舱，把几个朋友都喊了过去，认真地合计起来。

陆扬抬头，仰望着天空。

海上升起了大雾，他其实什么都看不见。

“你先别急。”赵卓娅小声地劝着，“萧敬和小可是一起到沉船处的，而萧敬又是拦截号的投资人，对于普西船长来说，他是至关重要的人物，我觉得拦截号上的人绝对不会让萧敬出事。”

“十分钟后，如果还没有更有效的办法，我就尝试一下，潜下去看看。”他抬起手腕，亮出了那一块手表。

红点和绿点相差的距离，便是他与小可此刻的间隔。

看上去并不远，但真正想要靠近，却是千难万难。

陆扬眼神复杂，盯着看了许久。

不久之后，沈学兵兴冲冲地小跑着出来：“查到了！全都查到了！陆扬所说的全都是真的，那艘船真的是复仇女神号，意大利红发美人名叫琼，她是一位超级海洋环保主义者，复仇女神号是她的富豪爸爸送给她的生日礼物。之所以命名为复仇女神，主要目的是向那些污染海洋、破坏生态的坏人们宣战。”

“超级英雄现实版？”赵卓娅笑了起来。

“是的是的，这位美人在国外极其有名，很多报纸都曾报道过她的故事。据说她一年三百六十五天，至少有三百天会待在海上，她和她的复仇女神号会沿着航线慢慢走。而在她的船上，聚集起了许多志同道合的朋友，他们一直在朝着共同的方向而努力。”

沈学兵停顿了一下，继续大声嚷嚷：“琼在去年的一次采访中曾透露，她收藏了不少有意思的潜水装备在游轮的展示厅内，其中有一艘小型的潜水器，曾经创下过纪录，携带着一个人直达马里亚纳海沟的最底部。我敢打赌，复仇女神号上肯定有潜水艇！”

陆扬眼中的希望之光完全被点燃了。

“我们得想办法与复仇女神号取得联系。”赵卓娅兴奋地搓搓手，“沈学兵，你有门路的，对不对？”

面对心目中的女神如此期待的注视，沈学兵垮了嘴角：“娅娅，我哪有那个能力把门路布到海外去？刚刚陆扬提供了足够的信息，因此能查出相关联的信息。但在短时间内，如果想要与对方搭上线，并且求得援助，拿走那么贵重的潜水器——这几乎是不可能完成的任务，对方是海洋环保主义者，但并不是慈善家。”

“不去尝试，那必定是没有一点希望。”陆扬多了几分坚毅，“我过去，找他们聊一聊。”

说干就干，陆扬直接跳上了快艇，赵卓娅想要跟上，他却控制着快艇玩了一道神龙摆尾，快艇掀起来的浪花直接喷了赵卓娅一脸。

“你疯什么啊！”

望着赵卓娅愤怒的脸，陆扬温柔且坚定：“你在船上做后援，你在这儿，我才能放手去做。”

“可是……”赵卓娅承认，这一刻，她的心猛然间一紧，那是一种莫名被揪住的感觉。

“好了，没时间可以浪费，我去去就回。”

沈学兵一把抓住了赵卓娅的手臂：“这种时候不要感情用事，让他去吧，碰了一鼻子灰就知道回来了，复仇女神号上的人是绝对不会答应借潜水器给他的。”

赵卓娅气得使劲地甩开了沈学兵的手臂，气急大吼：“喂，你究竟是站在哪一边的啊？”

“我不过是就事论事，客观评价而已。从小可答应下水开始，就已经注定了结局。他受困的位置，靠人类现有的海底救援能力很难在短时间内实施有效的救援。”沈学兵收了嬉皮笑脸，轻轻地摇着头，“娅娅，你心里很清楚，我所讲的全都是实话，若是给我几天的时间去筹划准备，或许还可以。但小可可能在海底存活几天吗？如果他真有那个能力，就不需要咱们救援了吧？”

赵卓娅几次想要说什么，可话到嘴边，却根本讲不出来，她涨红了脸，眼眶里蓄满了水意。

沈学兵自嘲：“到了现在这种时候，有能力出手救人，并且有希望获得成功的，大概也只有——”

表达到关键信息的时候，沈学兵止住了话语。

赵卓娅没好气地瞪了一眼，换回来的却是沈学兵的挤眉弄眼，她好像一下子就明白了他的意思了。

“你指的是，她？”

沈学兵苦笑：“只有邵总有这方面的人脉，只有邵总有这个实力。”

“我给她惹了那么大的麻烦，她恨不得立即与我断绝母女关系，怎么可能愿意出手帮忙呢？更别提是帮小可了。邵总的心里一直都把小可当成试验品，平时连名字都懒得叫，一直喊他的实验编号。”

赵卓娅忧虑地朝着陆扬离开的方向望去。苍茫大海，浓雾弥漫，连复仇女神号都在这雾的深处若隐若现，更别提一艘小小的快艇的踪迹。

虽然他怀着一腔孤勇而去，赵卓娅却没有多大的信心。

有些事，并不是竭尽全力，便能得到好结果的。

她想了想，还是返回船舱之内，决定先和邵总聊聊再说。

大家都在努力，她也不能气馁啊。

海底深处，小可眼神平静。他操纵着星空号在沉船中巡查着，每一处布局，每一个房间，每一个区域，他就那么慢悠悠地看着。

此时此刻，此情此景，他并不感到担忧和恐惧，甚至也不怎么关心萧敬的去向。

走走停停，星空号又撞破了一处船板，到达了船舱尾部的一间房内。

海水宛若有吸光的作用，星空号船体上的几处灯光一起打开，能见度也不足三米。

在某个转角处，小可看到了什么。

他不嫌麻烦地小心靠近，那一处已沉寂了一百多年的角落里，一个人的侧脸，孤寂而飘忽。

小可猛然一激灵，显然是被吓到了。

这么深的海底，怎么会有人？不穿潜水服，没有潜水艇，甚至连保护措施都没有，就那样漂着站在了水中，三分似仙，三分似人，剩下四分则是森森鬼气，甭提多瘆人了。

“我不怕你。”小可咬住了嘴唇，操纵着星空号靠得更近了些。

到达相隔两米的位置，他终于看得更加清楚些，原来那竟然是一只真人大小的陶俑，面部轮廓栩栩如生，头部布满水草，仿佛细密的长发。

“水底下怎么会有这种东西？”小可喃喃。

出不了潜水艇，他只能操纵摄像探头继续靠近。

就在这时，那个陶俑竟然缓慢地扭过头来，冲着小可的方向，咧开了大嘴，露出獠牙。

那张脸，分明就是萧敬。

小可被吓得一激灵，接着身体向前探，想要透过厚厚的窗户，仔细地看一看。

无奈在这海底深处，一切光源仿佛都被无边无际的海水给吸收了。

若想要看清，还是必须靠得更近。

若是换成了其他人，遭遇如此恐怖的一幕，怕是早就吓得腿脚发软，缩在潜水艇的角落里动弹不得了。

偏偏小可的个性与普通人不一样，他受到惊吓后，第一反应并不是逃离，而是愤怒。他才不管对面是什么不可预测的诡异东西，既然敢吓他，就要付出代价。

小可操控着星空号径直向前，轰的一下，什么东西倒塌了。

他降低高度，再次观察，这次看到的只是一地陶瓷制品的碎片。

“就这点本事还敢跑出来吓人？”小可嗤之以鼻，紧接着，又有些疑惑地喃喃，“刚才那个，是幻觉吗？”

如果是幻觉的话，未免太过于真实了些。

小可这才想起来去找一下失踪了好一会儿的萧敬。

公共联络频道内，小可试着呼叫：“喂，你在吗？”

好似受到某种奇异的力量干扰，整个频道都在发出咝咝啦啦的响声，这种噪声听上去就令人不适，手臂上的汗毛都根根竖了起来。

“喂？喂喂？”小可又尝试性地喊了两声。

频道之内，噪声还在继续，不知道是不是错觉，频率和音量明显比之前要大一些。

“真的没人在听吗？我是与你们失去联系了吗？”小可不死心地又问了一遍。

等待几秒，依旧没有答复。

小可嘿嘿地笑了几声：“联系不上，星空号就是我的了？我想做什么就做什么，哈哈。”

他控制着推进器，让星空号向前进、向后退，在原地转了几个圈之后，小可左手捏右手，把骨节捏得清脆作响。

“星空号，出发。”

小可一声令下，星空号朝着正前方冲了过去。

那原本是一堵墙，用厚重的木板打造而成，作为船体的一部分而存在。

星空号撞了过去，轻松地在船体上留下了一个巨大的洞，周围的一切仿佛都随之摇摇晃晃，这艘沉船距离再次坠落，已是一线之隔。

船体在破裂、坍塌，原本清澈的海水已变得浑浊一片，一大群集居在此的鱼儿仓皇逃离。小可开心地呵呵笑，尽管他与星空号目前也在沉船之内，若是发生坍塌，极有可能会被一起卷入海沟深处。但他完全没有收敛的意思，像个淘气的大孩子似的，一个人玩得十分开心。

就在这时，通信频道内的杂音忽然消失，萧敬气急败坏的声音咆哮而起："你在做什么？快点停下，你这样会害死我们的！"

"咦？信号恢复了？"小可喃喃，"还真是很及时啊，怎么就恢复了呢？我才刚找到了乐趣。"

"你这个疯子！"萧敬破口大骂，"我告诉过你无数次，这艘破船破得不能再破，一个不小心大家就都要跌落海沟里去。"

接着，他抬高了音量，几近破音："海沟！你知不知道什么是海沟。下面还有几千米，万一掉下去，我们就完了！彻底完了！"

小可满是无辜："你突然消失不见，我还以为，你把我一个人丢下，自己跑了。"

"我哪有消失不见！刚才只不过是通信故障而已！"虽然心虚，但萧敬还是尽力去掩饰，假装没有发生过任何事。

"通信故障吗？"小可跟着重复，仍然是那么天真的语气。

"不然你以为是什么？为了来到这里，我耗费了多少心力，我怎么可能会在最关键的时刻出错？"

"原来是通信故障啊。"小可长出了一口气，接着，他颇有些嘲讽地说，"希望这样的通信故障再也不要发生了，刚刚我很担心你呢。"

担心得几乎把整艘船都拆解掉了。

萧敬也知道他是在说反话，不过这种时候，他拿小可是一点办法也没有。毕竟事情是他挑起来的，对于小可的报复，他只能认了。

"我在你前方的九点钟方向，跟紧我，我们去拿任务物品。"萧敬决定先把正事解决。

可这一次，小可并没有像之前那么配合。

银河号走出一小段距离后，萧敬才发现星空号朝着相反的方向驶远了。

“喂，你去哪儿？方向错了！”萧敬的声音再次气急败坏。

他眼睁睁地看着星空号又撞坏了一面墙壁，撵得鱼群快速逃窜。

“我四处看看。”小可继续表现他的无辜，“你想要拿什么，可以立即去拿，船体的确随时可能会发生坠落，你要抓紧时间了。”

“是你的行为在加速沉船的坠落！”若是这会儿还在拦截号上，萧敬一定要冲过去，狠狠地捶爆小可的脑袋。不过，这是在海底，而他还需要小可去做一些事，因此只好耐心地哄劝：“快点，跟我走，我需要你一起去做正事。”

“你说什么？我听不清楚！通信器里全都是杂音，啊，好大的杂音，听不到了。”

小可直接把通信器给关掉了，拒绝再去听萧敬和拦截号那些人的叫叫嚷嚷。别以为他不知道，刚才萧敬就是故意藏起来吓他的，没准刚刚遇到的那个会扭脑袋的陶器也是萧敬搞的鬼。没错，肯定是这样，他们分明是长着同一张脸。

星空号在前面莽撞地行进，银河号在后费力地追赶。

微型潜水艇并不擅长在水中追逐，且携带的动力能源十分有限，萧敬一边骂人一边还要计算着时间。他很担心因为眼前这无意义的消耗造成动力消耗过多，进而无法顺利地返回到海面上去。

“秦鸣，你是真的被那个姓邵的女人给弄傻了吗？”萧敬不知多少次，发出这样的疑问。

他漆黑的双瞳，落在正前方的星空号的后方。在此刻的视角之中，星空号的形状酷似一颗鹅蛋，它欢快地在海中前行，所过之处，乌烟瘴气，鱼群乱窜。

“疯子！真是个疯子！”萧敬大骂。

嘟——

通讯频道发出一声脆响，小可的声音忽地传出来：“姓萧的，你骂谁呢？”

萧敬咬牙切齿：“我骂我自己呢，这总行了吧？”

“不是骂我？”小可不依不饶。

“不是！不是！不是！”萧敬简直要疯了，“你快点停下，别再乱跑了。如果把两艘潜水艇的能源用尽，咱们就会变成海底最大的人族罐头，再也甭想回到海面上去。”

“切。”小可根本不吃这一套，说话是说话，速度半点没有减慢。

萧敬忽然想起了一个人，虽然他真的非常不喜欢，可还是脱口而出。

“你不是跟陆扬约好了吗？他就在拦截号上等你呢。如果你不按约定回去，他等得着急，就会自己离开了。”

还别说，真的非常管用。

小可瞬间不闹腾了：“你说得有道理。”

小可不配合的时候，萧敬在心里抓狂。小可顺从配合之后，萧敬的烦躁程度反而更厉害。因为小可之所以配合，是因为他提到了陆扬。

据他调查，陆扬和小可认识的时间不长，在此之前也没有特殊的交往经历。萧敬实在是想不通，以小可那油盐不进的个性，为什么独独对陆扬言听计从，另眼相看。

想不通，真的想不通，但又莫名地忌妒。

小可心中独一无二的位置，本来应该属于他，却被个不知道从哪里冒出来的陆扬给抢先占了去，他这个真正有着血缘关系的哥哥倒变成了居心叵测的那一个人。萧敬每想到这些，心里就甭提有多想呕血了。

但，除了哄着小可，还有其他更好的办法吗？

银河号在前，引着星空号来到了沉船的尾部。在这里，有一间巨大的储藏室，铁门上还拴着粗链，黑绿色的藻类生物密布覆盖，周围的墙壁和地面上还摆着旧时的武器，虽然已经被海水侵蚀得不成样子，但依稀能看出船上当年的风光。

“我们到了，就在这里。”萧敬语气紧绷，“我来想办法开门，等下你跟紧了，千万别再出岔子。”

从银河号两侧，探出了一对长长的机械手臂，它一点点地向前探出，开始尝试着开门。

“何必麻烦。”小可不以为意，他操纵着星空号向前冲去，看样子是打算“破墙”而入。

“不行。”

萧敬的阻止，还没落到小可的耳中，星空号就已撞到了船壁之上。与前几次的势如破竹不同，这次是星空号自身发出“咚”的一声巨响，整艘沉船随之摇摇晃晃，到处都是塌落下来的船体碎片。

小可在星空号内正晕头转向着，通信器内萧敬气急败坏的声音传了过来。

“不是让你不要莽莽撞撞了吗？你什么时候能听一听别人讲的话？不准再撞，知道吗？你跟在我身后，慢慢走，不要再碰到任何东西。”

小可喃喃：“船壁也是铁的？”

“你不用管它是什么材质，咱们只要能进去就行了。”如果萧敬现在和小可待在同一艘潜水艇内，他肯定已经忍不住要动手打人了。本来成功率极大的一次探险，这会儿又增加了许多不可控的变数。

萧敬愤怒到了极点，反观小可，却仍是一副不在乎的模样。

“就算是铜、铁之类的材料，泡了那么多年，应该也不结实了。”小可操纵着星空号，灵巧地在各种障碍物之间转了个圈圈，最终又回到之前的位置，做好了冲刺的准备。

“你不准再撞了。”萧敬大叫。

话音才落，星空号就已马力全开，直撞而去。

萧敬清楚地知道，若是再来一次，沉船八成要支撑不住了。于是，他毫不犹豫地调转了银河号，挡住去路。

银河号与星空号险险擦肩而过。

危险虽然是避开了，但也是非常勉强。好半天，萧敬都处于脑海一片空白的状态，迟迟回不过神。

“可惜了。”小可惋惜着，“差一点就能撞开了。”

“别再闹腾了，好吗？”萧敬连骂人的力气都没了。回过神来的他，第一感觉竟然是脸疼。

他抬手摸了摸，想起来这是下水之前被陆扬和小可联手揍出来的伤。之前神经一直紧绷，所以连痛感都被暂时屏蔽。这会儿，身体的感觉忽地全回来了。他咧了咧嘴，脸疼、嘴疼，眼眶也疼，眼泪和鼻涕控制不住地往外流，甭提多难受了。

“我们只是进去取一件东西，取完了咱们就回去。”萧敬有气无力。

“取什么？”小可笑嘻嘻地问。

“铜镜，一面铜镜。”这会儿真是连隐瞒的心情都没了，有问必答，他需要小可的配合。

“你下到海面几百米之下，就为了一面镜子？”小可吃惊极了，“那是什么宝贝？值得你冒这么大的险？”

“铜镜的全名叫作七彩游龙盘凤镜，那是你返回秦家的重要信物，你说重要不重要？”萧敬完全是一副好心没好报的不满语气。

“我又没想过要回什么秦家。”小可果然不领情，“别把你的愿望，强加在我的身上。”

“你……”萧敬气得浑身骨头疼，但小可所说的话，他也没法反驳。

从他表明身份、表明来意时起，小可就从没有接过话茬。不仅如此，小可还对与秦家有关的一切都相当排斥，哪怕自己拿小可的妈妈和妹妹作为诱饵，也没见小可有多激动。

所以，他还有什么可说的呢?

…………

没人捣乱，打开沉船的舱门并不难，机械臂左右开弓，切断了拴住舱门的锁链。

只是原本可以左右推开的铁门早已锈死，推了几下推不动，萧敬便喊小可帮忙，两艘潜水艇一起用力，想要用暴力破门的方式进入。

一道阴影，从他们的上方缓慢地覆了过来。

周围出现了一种奇怪的嗡鸣声，整片海水都在随之颤动。

萧敬和小可都停住了动作。

“什么东西过来了？”萧敬佯作轻松地问。

小可屏住呼吸，许多时间过去，他才轻声地说：“鲸。”

第十二章

鲸之宝藏

陆扬的快艇停在了复仇女神号的侧面，一大一小，形成了鲜明的对比。

此刻，他到达了预定的位置，抬头看着那艘大船，禁不住深深地叹了口气：“大船啊，还真是大。”

他开始研究要怎么往上爬。

但这艘大船与虹日号和拦截号不一样，它停在海面上，也不见人张望。若是想上船，只有两个办法。

一个是徒手从船的下方爬上去，难度系数相当之高，几乎不可能完成。

另一个是船上有人放梯子下来，他顺着爬上去。虽然费点劲，但他这段时间爬过黑船、爬过虹日号，倒也不觉得自己做不到。

那么另一个问题又来了，复仇女神号为什么要放梯子下来拉他上去呢？

陆扬正在犯愁，就见什么东西凌空一甩，落了下来。

竟然是一挂软梯。

陆扬此刻的感觉，类似于快要饿死的人，突然见到了天上掉下来的馅饼。吃吧，馅饼来得蹊跷，可能有毒；不吃吧，肚子空空，下一秒便要断气。

他考虑了三秒钟，便操纵着快艇靠近过去。

毕竟来到这里的目的就是要上去求救，既然有这样的好机会，他绝不会放过。

费了不少力气终于爬到了甲板上，只见有几个人早已站在了那里等候着。

陆扬翻过船舷，还有人伸手拉了他一下："小伙子，体力不错。"

对方在夸赞，陆扬忍不住深深地看了他一眼："谢谢。"

"过去吧，船长和大副、二副都在等着你。"

顺着指引员所指的方向，陆扬看到了红发披肩的明媚女子。她穿着黑色的晚礼服，脚上踩着细细的高跟鞋，纤细，优雅，美丽。身后是碧蓝的大海，她的长发和裙摆在海风之间飘舞，整个人宛若从海底深处潜行上岸的绝美女妖，一个眼神之间已虏获人心。

"你好。"她竟然主动伸出手，纤纤玉指戴着与她耳朵上同样款式的红宝石戒指，愈发衬得肌肤似雪。

陆扬略有些不知所措，下意识地握了过去："你好。"

女子却是将手一抽，躲开了："在我的国家，这样的浪漫相逢，绅士应该给予我一个吻手礼。"

陆扬微笑："可是在我的国家，男人和女人之间要保持友好得体的社交距离，初次见面，一般是会用握手来表达善意。"

女子点了点头："的确是要尊重每个国家的传统，那么，我们握一握手好了。"

她不疾不徐，动作优雅，将手指搭在了陆扬一直停顿在半空之中的手指之上，不轻不重地抓紧。

陆扬瞬时被她手指间柔若无骨的触感惊呆了，他甚至还闻到了空气中清清淡淡的甜香味，那是从女子身上散发出来的气味。

"我是琼。"女子扬了扬眉，"你知道我的，对吗？"

琼，不仅美，而且非常自信。

即使与陆扬第一次见面，她也在肆无忌惮地释放着自己的魅力。当看到陆扬已经控制不住地红了脸时，她露出了美丽的笑容，似乎对于这样的场面感到非常有趣。

“您好。”陆扬轻轻握紧了她的手，趁着那种冲击震撼的感觉还没有消失，他将收回来的手，背在了身后，“非常感谢您愿意让我上船。我叫陆扬，是附近岛屿上居住的渔民。”

“那么，你来到这里，是有什么事吗？”琼的眼睛里有水润润的光亮，看上去让人觉得特别的善良。

陆扬把此行目的说了一遍，并且是完全没有遮掩，直接开口的那种说法。

他也不知道为什么会这么直截了当，仿佛彼此是相交多年的老朋友，想要做什么，直接讲出来就好，完全没必要多加虚伪的掩饰。

“我可以将潜水设备借给你。”琼的双手交叠，绽放出灿烂的笑容，“那么，你要怎样报答呢？”

“报答？”陆扬不解地重复。

“一套潜水设备的价值，你应该很清楚吧？借给你，我很愿意，但我也很希望能得到一些回报。”琼轻轻地眨了眨眼，浓密的长睫毛随之轻轻动了动。这个女人的身上，每一个细微的动作，都美到了极致，随时随地，释放着她的魅力。

“您说得十分有道理。”陆扬轻叹了口气，“那么，您想要什么样的报答呢？”

“海底的沉船上，有一样东西，是我所需要的。你下去之后，顺便帮我取来，如何？”琼软语轻声，好像在委婉哀求。

美女的恳求，想要拒绝也不那么容易，更别提陆扬本来就有求于人。

他思考了一下：“我会尽我所能去完成您的要求。”

对于陆扬的爽快，琼显得非常满意，她看向一旁，立即有两个船员上前来领着陆扬来到一旁。在一处巨大的遮挡空间之内，陆扬看到了一艘蛋形的潜水器，比他在拦截号上看到的那两艘还要精致，细节处更有质感。

船员正在简明扼要地讲解着操作规则，另一位身材高大的男人小跑着到了琼的身边。他弯下身体，低眉顺目，轻声细语地报告着什么。

琼轻挑细眉，听完之后，表情并没有多大的变化。

她对陆扬说："我们的人发现了可以避开食人鱼群进入海底深处的办法，他们会为你提供指引，帮助你用最快的速度潜入海底。"

陆扬双眸一亮，他刚刚还在担心有了潜水器也少不得会受到鱼群的骚扰呢，琼这边竟然就给出了解决的办法，这实在是叫人感到惊喜。

"我要找的东西，它很特别……"琼满足了陆扬的所提的要求之后，不客气地提出了自己的需求，"如果它还在，那么你应该可以在船尾的库房找到它。若是你见到了它，一定会被深深吸引，不需要迟疑，那一定是它。"

琼所讲的话，很像是在说绕口令。

陆扬听着的同时，分神在想，琼长着一张外国人的面容，讲的却是带了点点江南风情的吴侬软语，若是闭着眼睛不去看她，他准分辨不出她的身份，还以为是自己的同胞在讲话。

能把中文讲得这么好，肯定是下过一番苦功的吧？

"陆扬，接下来的事就麻烦你了。此去平安，我等你回来。"琼双手交握，为他祈祷。

大副二副带着船员一起，送陆扬离开。

当潜水器里落入水中时，陆扬的脑子里写满了问号。

"圆蛋"一落入水中，并没有下沉，而是自动朝着一个方向前进。

陆扬惊住了，摆弄了几下操纵杆，但是没用，这颗蛋有它自己的"想法"，根本不听他摆弄。

“什么破玩意，坏了吗？”陆扬急了。

通信器内，传来了大副蹩脚的普通话：“自动驾驶阶段，你不要乱碰，新月号会带你前往沉船。”

“新月号？”陆扬回不过神。

大副爽朗地笑了起来：“琼取的名字，她超爱月亮。”

新月号内，到处都是新月形的徽记，就连操作杆、操作台这些地方，也都是大大小小的金色新月，它弯出了一道漂亮的弧度，处处透着精巧。

座椅是粉蓝色的，操作台也是同样的色调，灯光亮起，七色彩灯流转出梦幻旖旎的颜色，周围又全都是蔚蓝色的海水，以及慢慢游过的鱼群，此时此刻，陆扬仿佛进入了海底童话世界。他的心一片安宁，继而有些沉醉，有些迷离，看着潜水器之外的世界，心情莫名地激动着。

“很美，对吗？”琼掩不住笑意，轻声地问。

陆扬的失神一瞬间全消失了。

他下意识地坐直了身体：“抱歉，我不知道你也在。”

“新月号是我专门为了深海旅行而定制的，除我之外，你是第二个乘坐新月号进入海底的人呢。”琼意似乎意有所指。

“对于您的慷慨，我非常感激。”陆扬连忙道谢。

却换回了琼的一阵轻笑：“陆扬，你真是太客气了，不必时时谨慎道谢，你知道的，我需要的不是这些。”

陆扬神情里的轻松忽地消失无踪，他神情有些阴沉，琢磨着琼这些话的真正用意。琼突然话中有话，她努力想要表达的到底是什么？

“你想要的东西，我会尽力帮你带回来。”

“我充满了期待。”

就算知道通信器的另一边是一位不折不扣的大美女，陆扬此刻依然没办法再提起精神来。

应了几句，他便由着琼一个人在那儿自言自语。

相较于陆扬的沉默，琼更显兴致勃勃。她讲起了对大海的感情，也谈到了努力想要保护海洋生物的决心。只是在人类社会之中，即使是能力与实力并重的个体，所能做到依然十分有限。

对于人类所生活的蓝色海洋，乃至整个地球来说，人类渺小得不值一提。

从来都是人类自以为拥有了在这个世界上的绝对霸主地位，而只有真正到达海洋的深处，才能真真切切地感受到这种自信显得尤为可笑。

“虽然如此，我还是很想去试着保护它，那是我的理想，终生不改，矢志不渝。”琼的声音里有着不容置疑的坚定。

陆扬佩服地说：“你在做的事，非常有意义，也让人佩服。”

“那么，陆扬，若是你也认可这些，我请求你帮帮我，将我想要的东西带回来。只要你能做到，我给你的酬劳将大于你在沉船上所见到的任何珍宝，我的许诺，你可以相信。”

这一刻，陆扬真觉得琼的确是来自海底深处的海妖，她费尽心思，极具魅惑，那声音宛若藏着奇异的魔力，让人忍不住想要遵循她的意愿，完成她的托付承诺。

“我尽力。”陆扬无声地笑了。

琼满是欢喜：“亲爱的，你真好。”

一股麻酥酥的电流，瞬时蹿过了陆扬的全身，他几乎招架不住了。

而这时，位于大海深处的沉船已经能够看见轮廓。它沉在海沟最狭窄处，已经历了数不清的日夜，但依然以强悍之姿，展现着曾经的辉煌。

能够亲眼见到这一情景，陆扬感到庆幸。

“接下来，潜水器的控制权交到你手上。陆扬，你要小心，我等你回来。”琼的声音，比情人的低喃还要温柔。

“好。”陆扬的心里泛起了更多的不名情愫。

不过，他也没有沉浸在这样的情绪里太久，接下来还有更多重要的事要做。

潜水器穿过海水时，划出一道长长的波纹。

陆扬的头顶上有一块屏幕，它可以实时反映出正上方的状况，画面清晰、细腻，哪怕是一尾小鱼游过，也能被监控捕捉到。

“小可，你在哪里？”

看到了沉船的缺口，陆扬选择了与星空号和银河号相同的进入点。当正前方的视线被那些滑腻腻的海藻短暂地盖住时，陆扬心里泛起了一抹浓重的不安。

好在只是短短的一瞬，他便重新找回了视线。

这艘沉船上，到处都是破败的痕迹。

那种破败，不管看多少次，都会觉得冷意翻涌，心底绝望。

曾经这艘大船曾满载货物，船员们兴高采烈，期待着与亲人的团聚。大海漂泊，充满了未知的风险，熬过寒冬，撑过酷暑，家的方向已在眼前。当大船失去控制，慢慢坠入茫茫大海时，难以想象那是一种怎样的绝望。

如今，船上的人，早已成为海的一部分。只留下船的残骸，宛若时光定格一般，留在这不可触及的海深处。

陆扬小心地控制着新月号，在某个时间点，他仿佛与百年前的人和事物产生了强烈的共鸣。

沉船之内，死一般的寂静。

除了偶尔游过的鱼群，并没有其他特别的发现。

整艘船，满打满算，也就是那么大。

陆扬从昏暗逼仄的狭小空间内穿行而过，并没有找到银河号和星空号的蛛丝马迹。他竟有种强烈的预感，好像这艘沉船上，就只有他一个人存在，只有他一个人在体会着历史的痕迹，他与时光共鸣，却无法找到回到现实世界的出口。

“小可，你这家伙，看到我来，一定会很意外吧？”他迫不及待地想要看到那张俊美精致的脸露出愕然之色了。

一个房间一个房间地寻找，显然非常浪费时间。

陆扬稍做思考，控制着新月号，向上层而去。

甲板上的几处大的破损，能够让新月号顺利通过。

向上攀爬的过程，并不容易，仿佛在更深的海底，有一股无形的吸引力，它无时无刻不在作用，将试图上升的一切全都拖回到更深的海底。

幸好，新月号的动力足够强劲，很快便摆脱了那股吸引力。

不等陆扬松口气，琼的声音再次出现：“你在做什么？好不容易到达，又要离开吗？”

陆扬并不意外，琼虽然还在海面上，可她时刻都在观察着新月号上发生的一切，连一丝一毫的细节都不肯错过。

“沉船内部……”

陆扬脱口而出的解释，突然间中断。

他和琼的声音重叠在了一起，两个人几乎同时惊愕低叫：“那是什么？”

庞大的阴影笼罩在沉船的正上方，它随着海水轻轻摇摆着身体，但目的并不是要离开，而是在稳定着身体的平衡。

单纯从某个角度去看，并不能立时分辨出它的全貌。

“大鱼吗？”琼轻声问。

陆扬深吸了一口气，许久才感叹着回答：“那是鲸。”

鲸的身躯，仿佛比下方的沉船还要大一些，它是海中的庞然大物，移动时就像是一座移动的小岛，所到之处，自然而然地生出了强大的压迫感，那不仅仅是体型所带来的对比，还有一种难以撼动的感觉。

“那么大的鲸？我的神，它到底存活了多少年？简直不可思议。”琼的声音里满是惊叹。

“是啊，好奇妙的一幕。”陆扬的心里有种冲动，他想要放弃一切，去到鲸的身边，与它双目对视，从它的眼中感知更多更多。

这样的念头，牵动起了许多儿时的记忆，陆扬一时间思绪凌乱。他发现自己有种不受控制的冲动，那念头一出现便不可遏制，似乎他只有立即冲出去实现，才能获得片刻的安宁。

而就在这时，琼有些担忧地问：“陆扬，它出现在这里是想要做什么？会不会是想要进行攻击？”

“不知道。”陆扬揉了揉面颊。

“不管它是否带着攻击的意图，目前的状况是，它的出现已经增加了沉船坠落的风险。陆扬，你要加快速度，快点去寻找了。”

琼所催促寻找的，当然不是小可。她虽然是用漫不经心的姿态，顺势让出新月号，帮助陆扬来到海底沉船处，但她真正的目的是获得她说的那样东西。

每当陆扬的行为有所偏离，琼总会适时地作出“提醒”。

陆扬皱了皱眉：“我知道了。”

新月号的监控重点，重新转回到了沉船之上。从俯视的角度向下瞧，果然在沉船尾部的某一处位置，看到了极其微弱的光。尽管只有一点点，却已经可以做出定位。

“是在那儿吗？”陆扬喃喃。

“过去看看就知道了。”停顿了下，琼又问起，“那边更靠近船尾，或许我要的东西就在那儿，我有一种强烈的预感，陆扬，你一定会帮我达成所愿，为我带来好运的，对吗？”

陆扬攥了攥拳，心情虽然很烦躁，但他克制着，并没有冲着琼发火。

这一次的靠近，并没有之前顺利。

从新月号进入沉船的船体范围开始，整艘沉船已出现摇摇欲坠的样子，船体晃动的频率比海水自然的波动还要强一些，有一些新增加的断层，已是清晰可见。

琼的身边有一些人用外语飞快地交流，她认真听完，才接着与陆扬沟通："我的船员提醒，沉船主体结构遭到了严重的破坏，坠落已是不可避免。陆扬，你的速度一定要快一些，情况不容乐观。"

"知道了。"陆扬穿越过了缺口，终于抵达目标处。

一处黑洞洞的铁门大敞着，几条手臂粗细的铁链已经损坏，一端悬在门上，没有完全坠落。

"这里的痕迹是新的。"陆扬低呼，"他们就在里面。"

琼翻来覆去的提醒，此刻陆扬全抛诸脑外，任何人任何事都不能阻拦他立即冲进去看一看的决心，只有确定小可安然无恙，其他事才能够继续进行。

从大门进入，整个船舱竟是出奇的大。

货物一排一排地被整齐码放着，虽然历经一百多年的浸泡，此间竟然没有太大的变化。

货架与货架之间的距离，正好能让潜水器通过。

陆扬循着正前方的光线，一直向前而去。

终于，在船舱的底部，他看到了银河号。

此刻，银河号上的灯光已全部开启，坐在里面的萧敬似乎完全忘记了要节约能源这件事。他让银河号变成了海底深处的一处大大的光源，也正是因为如此，才会让陆扬那么容易就确定了它的位置。

"琼，有没有办法与银河号连接上通信？它就在我的正前方，距离不到两米。"陆扬求助的同时，也在注意寻找着星空号。

很快，陆扬失望了。

借着银河号的光源，视线能到很远，但星空号并没有在附近，周围仍是安静一片。

看来，必须得想办法与银河号里的萧敬通上话，才能够知道发生了什么。

琼很快有了回复："稍等，我们的技术人员正在想办法。"

陆扬小心地控制着新月号，围着银河号转了一圈，当绕到正面的位置，隔着半透明的透视窗，他依稀能看到有个人蜷在里面，一动不动，好像是晕过去了。

陆扬尝试着开始联系，他取出了应急手电筒，想利用它发出的聚拢强光来引起萧敬的注意。然而，因为银河号本身被各种光源包围，手电筒的光束并不能起到太大的作用。至于陆扬的呼喊，就更加没有作用，声音完全被隔绝掉了。此时此刻，虽近在眼前，却好似隔着天空与大地之间的距离。

"怎么回事？"琼轻声问。

"萧敬——他是驾驶着银河号潜水艇的那一位，他好像晕了，也不知道是不是潜水艇发生了故障，或者是其他的什么原因。琼，我们必须想想办法。"

陆扬的话音才落下，整个货舱便随之晃了一晃。

几箱货物散落而下，货箱崩碎，一些黄灿灿的金块便随之滚落而下，铺洒在两艘潜水艇的周围。

陆扬大吃一惊："沉船的货舱里，全都是金子！"

"这艘船从中国出发，带走了中国的丝绸、瓷器、茶叶，在丝绸之路沿线国家做好了交易之后，又运载着特色的货物回国。但这些货物的进价相对便宜，他们带回来的更多还是交易过程中所获得的金银和珠宝。这也是这艘沉船价值连城的原因。"琼并不意外，但她同时也觉得非常惋惜，"可惜，沉船所在的位置特殊，无法进行有效的打捞，这些贵重物品注定要归大海所有。或许千万年之后，海水消失，陆地显现，它们才会重见天日吧。"

"实不相瞒，我现在最想做的其实是把手伸出新月号之外，随便抓几根金条进来。”陆扬有些惋惜地感叹。

“只要你将那样东西带回来给我，我愿意支付给你几根金条，如何？”琼不厌其烦地提醒着。

陆扬叹气：“我尽力。”

就在这时，通信器内传来了技术员快速讲话的声音，琼惊喜地说：“有办法了，你稍等，几秒钟后，两艘潜水艇将能够进行直接通信。”

陆扬精神振奋起来。

“现在我将要退出通信频道，陆扬，别忘了你答应我的事。”琼做出告别。

之后便是一段长长的噪声，仿佛有个调皮的熊孩子拿了一根铁棍在玻璃面板上摩擦。陆扬被那刺耳的声音搅得心烦意乱，正寻找着按钮，想把声音调小一些，通信器内忽然回归安静。

仿佛，线路连通了。

陆扬兴奋地抓过话筒：“银河号、银河号，你能听到我讲话吗？萧敬！萧敬！醒醒！”

对方还是没有一点动静，也不知道是什么缘故。陆扬此刻，除了一次次的尝试，也没有更好的办法。

沟通没有效果，眼看着银河号的灯熄灭了两盏。而那灯光是闪烁了几下，慢慢地变暗下去的，这是能源消耗殆尽的一个信号。

陆扬知道，留给他的时间不多了。

“萧敬，你要是再醒不过来，怕是真的要死在这儿了。”

危急关头，陆扬决定冒一次险。他控制着新月号，一点一点地靠近，在两艘潜水艇完全接触之后，利用新月号这边的动能，将银河号挤到了船壁上，由此而制造出的小小震动，希望能让萧敬醒来。

尝试几次，仍不见动静。

陆扬开始绝望，他思考着放弃，直接去找小可。

而就在这时，萧敬的手臂撑着控制台，费尽力气，让自己坐了起来。

新月号与银河号几乎是面对面地贴着，萧敬第一眼看到的就是陆扬的脸，他不可置信地愣了愣，还使劲地揉了揉脸颊，好像是在怀疑自己发生了幻觉。

“你能听到我说话吗？”陆扬急切地问。

“你……陆扬？真的是你？你怎么会在这儿？”然后，萧敬抬起手就给了自己一巴掌，“我还是在做梦？”

他脸上本来有伤，这一巴掌下去，也没存着手劲儿。自己打自己，“啪”的一声脆响。

陆扬这边听得清清楚楚。

这下，陆扬倒是放心了，他已经确定，两艘潜水艇的通信频道的确是连接上了。在海底深处，还有什么事比这个更值得让人兴奋吗？

“我问你，小可呢？”

“小可？对，小可！”萧敬猛地坐直，眼睛瞪得老大，他直勾勾地看着陆扬，手上一把抓起了话筒，“你真的来了？”

陆扬翻了个大白眼，想到第一次见到萧敬时，他还是冷漠不近人情的大总裁姿态，也没过去多久啊，他怎么就变得疯疯癫癫，歇斯底里了呢？

“我在这里，不是幻觉，你先别关心这件事，我需要你告诉我，小可呢？他去了哪里？”

“海沟……海沟……”萧敬听到这个问题，更加着急了，他嘴里喃喃地念着，又手忙脚乱地去操纵控制台，可是，银河号纹丝未动，而且又有四盏灯闪烁了几下之后熄灭了。

萧敬后知后觉，这才发现了不对劲：“怎么回事？银河号的能源全消耗没了？氧气也只剩下四十分钟！怎么会这样？究竟发生了什么？”

陆扬已经控制不住地想继续翻白眼了：“你先告诉我，小可去了哪里，然后立即用你银河号上最后的能源离开这里，回到海面上去。快点，把你知道的都告诉我，不要再浪费时间了。”

此时此地，此情此景。

最宝贵的便是时间，多度过一秒，便多一秒的危机。

萧敬抬起手，左右开弓，又甩了自己两巴掌。也是个狠人，在发现一切不可控的时候，竟然这么舍得冲自己下死手。

但效果非常不错，萧敬的眼神一下子变了，他几乎是瞬间恢复冷静。

“小可从船舱后侧的海水腐蚀出来的洞口，直接坠到海沟底部去了。”

“什么？”这下，轮到陆扬不淡定了，“究竟发生了什么？怎么会这样？”

二十分钟前，银河号与星空号合力，耗费了不少的力气才将锈死了的铁门打开。他们发现，尾部的这间货舱，不只是用了铁门和铁锁链，就连周围的船壁，也并非木板制造。它的制造工艺，几乎是古人能达到的巅峰，上下左右，固若金汤，令人叹为观止。

好在沉船落水已是一百多年，再坚固的材质在海水侵蚀的作用下，也渐渐有所松动。

小可不耐烦的时候，根本不管三七二十一，操作着星空号直接往上撞。萧敬管不住他，也阻止不了他。

最终，铁门被打开了，小可便直接往船舱里冲了进去。

再后来，据萧敬所说，货舱中间的部位有一处破损，小可一个不留神，连星空号带人，直接坠落而下。而萧敬操纵着银河号，本来是想赶上去实施救援，没想到被一股巨大的水流冲击了一下，银河号重重摔向了船壁，而他承受不住那突然出现的震荡，便昏迷了过去。

陆扬敏感地听出了这个故事里隐藏着的漏洞：“这里是海底，周围全是海水，货舱的地面就算冒出来一个大洞，星空号也不可能会坠落吧？”

微型潜水艇都有相应的动力配置，只要还有能源存在，就可以保持着稳定。

坠落一说，充满了可疑。

“我也不知道是怎么回事，当时发生得非常突然——”

银河号骤然加速，直接冲着新月号而来。

那一秒，陆扬分明看到了萧敬那满是杀机的一张脸。

到了这种时候，陆扬已经顾不得去想萧敬是怎么一回事，新月号迅速后退、躲闪，陆扬也不知道自己怎么会突然间生出了那么强的反应能力。新月号在他的控制之下，充分利用了海水的浮力，也适应了周围的环境，移动的角度不大，却能成功地闪躲，与银河号擦肩而过。

“萧敬，你疯了吗？”陆扬低吼。

“是谁允许你来到这里的？”萧敬质问。

银河号在前方转了个方向，竟然又一次冲了过来：“既然来了，就不能离开，我不允许！”

“小可呢？是你害了他，是不是？！”陆扬也急了。

“他不听话，他不是我的弟弟，他是个祸害，他是个废物！”萧敬癫狂大吼。

银河号与新月号越是靠近，陆扬便越能看到他那张变了形的脸。

萧敬狞笑着：“都是你带坏了秦鸣，都是你破坏了我的计划！我就算是死，也要拉上你来陪葬！”

货舱内的几排货架全被撞翻在地。里面装的货物根本禁不起这样的撞击，散的散，落的落。

陆扬一着急，又想不起来怎么操作了。

新月号在原地打了个转，而银河号已近在咫尺。

“完了。”他闭上眼睛，心里非常明白，自己也要被萧敬这个疯子给害死了。

银河号的机械臂向前伸展，萧敬是想利用它捅破新月号的瞭望窗。

一旦窗子破损，海水涌入，在海底这样的深度，强大的压力作用之下，陆扬想自救都来不及。死亡，也只是一瞬间的事罢了。

谁知，等了一会儿，却只听到瞭望窗上传来了一声轻之又轻的响声。

咚——

似乎有人在窗外，用手指弹了下。

陆扬立即睁眼，只见放大的机械臂已近在眼前，不过，它尴尬地停留在了那里，动弹不得。

他一下子明白了："萧敬，你的银河号能源所剩不多了，再这样下去，留在海底等死的人，就只有你。"

萧敬心有不甘，双手用力，使劲地在操作台上拍拍打打，可惜没用，银河号外部的灯光随之全部消失，而内部所有的仪器也自动调整为节能模式，连逃生都十分勉强，更别提进攻了。

"你发泄够了吧？"陆扬冷冷地问。

萧敬脑海中警铃大震，他想要躲开，但很快发现银河号完全没有反应，所有的设备一起在报警，动力严重不足。

新月号却强劲有力地拨动着海水，一直朝正前方冲了过来。

那只机械臂依旧顶在新月号的瞭望窗之上，凭着这一点接触，陆扬硬是将银河号逼退出了老远。

"你……你想干什么？"萧敬急了。

"我最后问你一次，小可呢？他在哪里？"陆扬眯着眼睛，此刻也显得冷厉而危险。

"他……"

陆扬直接打断了他："你距离货舱中部的那个洞，还有几米的距离，如果你打算信口胡说，我也默认相信小可的确是被你给害了。作为他的朋友，我有责任替他报仇。萧敬，你下去陪他吧。"

"住手！你住手！"萧敬惊叫不已，"你知不知道，这已经是沉船最底部的船舱，那个洞直连着海沟！”

陆扬的语气轻飘飘的：“是啊，我知道它连着海沟深处，我更知道银河号没有多少能源了，一旦坠入，将无法自行逃脱。萧敬，海面上有很多研究海洋的专业人员穷其一生都在思考，在海沟的深处有着怎样的风景。而你，也算是有这份荣幸，可以亲自去看一看了。”

“不行，真的不行。陆扬，你停住，我是小可的哥哥，你害了我，小可不会原谅你的。”

陆扬一听这话，都要被气笑了：“你害了小可，居然又拿小可来求情？你不觉得很讽刺吗？”

萧敬想要反驳，陆扬已经抢先一步，继续说下去：“小可知道了这些，不只不会怪我，而且还会感到十分欣慰。而你，作为害死了他的哥哥，就到另一个世界去，当面向小可忏悔吧。”

此时，银河号距离那处破损的洞口，不足半米。

只要稍稍一个轻推，银河号便要坠入无尽的海底深渊，几秒钟便会没了踪影。

没有人会怀疑陆扬的决心，萧敬更是非常明白，他绝不是说说而已。

这一秒，濒死的恐惧，求生的渴望占据了主导。

萧敬忽地抓住了两侧的扶手，用尽全力地尖叫了起来：“不要！不要不要！你住手，小可没死，他没死！”

后移，好似停止了。

陆扬也没有接话。

萧敬一无所觉，他只是大喊大叫：“你不能把我推下去，你这是谋杀！是谋杀！你如果那么做了，你要承担法律责任的！”

“他在哪？”陆扬满脸不耐烦。

萧敬尖声咆哮：“我怎么知道他在哪里，刚刚一进到货舱，他便开始横冲直撞，这个破损的大洞就是他弄出来的。我们好不容易才找到了七彩游龙盘凤镜，到手之后，他突然疯了，用星空号撞了银河号，接着把七彩游龙盘凤镜丢进了海沟下面。我骂他，他要跟我拼命，接着我被他撞晕，醒来他已经不见了。”

“你有什么证据，能够证明你刚刚说的这些话全是真的？”陆扬根本不信。

“证据！这种时候要什么证据！你看看银河号的右侧，机械臂那里损坏了，后面的备用电源盒也进水报废，这才导致银河号发生了严重故障。我几乎是已经被困在了海底深处，这明显全是小可造成的。刚刚海底就只有我和他在，难不成还有其他原因吗？你动动脑筋好不好？”

这番情绪失控，倒很像是真的。

陆扬将信将疑时，萧敬声嘶力竭地大吼：“我敢肯定，他一定就在沉船的某处，不会走出多远。陆扬，你不要被小可的无辜模样给骗了，他在虹日号上待了那么久，与姓邵的女人之间早已达成了某种默契，只是他不说，姓邵的女人也不说，咱们每个人都是他们计划里的棋子。都以为他是个傻的，所以不曾防备。实际上，真正傻的人，却是我们！是我们！不只是我，还有你！”

陆扬抬起手，掏了掏耳朵。有那么一秒，他特想关掉通信器，不要再听萧敬的念念叨叨。

小可是个什么样子，他心里有数，哪里轮得到萧敬来挑拨离间。

“七彩游龙盘凤镜，那是什么？为什么非要拿到它小可才能回秦家？”既然好不容易才迎来了坦白局，陆扬索性一口气把感兴趣的部分全问出来。

“这件事说来话长，能不能等脱困之后再说？我现在……我现在就在悬崖边缘，一个不小心，哪怕是海水的一个波动，我都可能发生坠落。或者你让我离这个洞稍微远一些，陆扬，咱们有话慢慢聊。”

远一些？陆扬心里好笑，这是把他当成是三岁的小朋友来哄了？

若不是危急关头，他哪里会那么干干脆脆地做出回答，若是没有死亡的威胁，凭萧敬的智商，一分钟能编出来八段借口，每一段都能骗得人团团转。

陆扬自认没那份心力去分辨真真假假。

于是，他淡淡地提醒："说来话长那就长话短说，你既然很怕随时会掉下去，我建议你组织好语言，用最快的速度，把我感兴趣的部分说清楚。"

萧敬无奈极了。

一时之间，千头万绪，也不知从哪里讲起。可正因为如此，他没有组织语言说谎的机会，只能一口气讲了下去。

秦家传承了几十代，历经风雨，兴而不衰。这绝不是家族之中只出了一个或者两个有才能的人选便能做到的。

从秦家第一代兴盛开始，秦家便立祖训、家规，由历代家主掌控整个家族，家主具有绝对的权力，可以决定家族内的大小事务，唯一的目标是要确保整个秦家在任何时间、任何地点、任何情况之下，都能够保留家族传承，好好地繁衍生息下去。

"秦家必须存在，且秦家的传承不可中断"这是整个秦氏一族共同奋斗的目标。

而作为家族之中最重要的存在便是一家之主。

家主的产生，也有其独特的方法：一血脉，二能力，三心智，四时运，五顺应天道，六逆势而行。这六条排列的顺序，却是自后而先。

每一任家主在继任之后，首先要做的第一件事，便是选择自己未来的继承人。从生出继承人的女人，到继承人出生后的培养，皆列有严格的标准，且有许多条条框框的约束。最可怕的是，除了这些，还有依附于秦家而存在的另外四个家族，分别为萧、马、毛、廖，这四支原也是秦家血脉，只是在角逐之中，没能力成为秦家的传承，而改姓变为了旁支。

旁支的每一个人，终生目标，皆是改为秦姓，回到秦家来。

而要达成这个目标，最快的捷径便是跟在未来新一代的准家主身边，尽心辅佐，忠心效力。

了解了秦家和四个旁支的关系，那么萧敬与小可的关系便很容易搞清楚了。小可是这一代的秦家最有实力角逐新家主的人选之一，萧敬和他身后的萧家将宝全押在了小可的身上。只是，在小可六岁的时候，秦家突然出了一件大事，导致四个旁支分别支持的四位准家主继承人被送离了秦家，其中三位继承人早早地被其他三个旁支找到，各自使出浑身解数，悉心培养。

唯有小可，因为被送到了虹日号上，多年来始终在海上漂泊，几乎没有上过岸。

萧家动用了全部的力量，也始终没有找到他的下落。那么多年过去，在整个萧家都快要绝望的时候，无意中找到了小可，并确定了他的身份。

但一切为时已晚，被耽搁的岁月，永远无法找回。

没人教导的小可，在船上养成了天真烂漫的性子，完全没有了竞争力。

萧敬绞尽脑汁，才让他想到了这么一个取巧的办法，将秦家丢失已久的七彩游龙盘凤镜找回，作为最大的竞争资本，重新参与到几个月后即将要举行的新家主确立之战。

“七彩游龙盘凤镜对于秦家来说，是一个非常重要的物件，镜子之内设有夹层，其中放置了一块令牌，为秦家家主的信物。按照秦家的规矩，有这块令牌的人，便是名正言顺的秦家家主。只要带着它返回秦家，小可那些被耽搁的岁月就可以弥补。虽然目前他并不具备成为秦家家主的实力，可至少为他争取了成长的时间。”萧敬越说越气，狠狠地一砸控制台，“没想到，他居然对这人人趋之若鹜的机会毫无兴趣，还觉得被逼迫着回到秦家是一种无法接受的沉重负担。我们好不容易才找到了七彩游龙盘凤镜，他却二话不说，直接把镜子扔到海沟下面去。真是可恶！可恶！他不在意秦家的一切，却也半点不为那些被逐出秦家的萧家人考虑。我们苦苦等待了二十几年、筹谋计划了二十几年才换回来的机会，直接被他给毁了。”

陆扬的眉头皱得更紧了，在听萧敬控诉的同时，脑子里也在快速地思考着。

萧敬的口中，他是把小可看作一个被养废了的熊孩子，又傻又憨，啥都不懂。

可陆扬却突然间想起在虹日号上小可闲暇时看的那些书籍，全都是有着相当水准的物理学、生物学和化学方面的专著，他或许真的像个孩子似的单纯，但他绝对不是傻子。

如果真如萧敬所说，小可扔掉了七彩游龙盘凤镜，那么陆扬相信，他一定是有着自己的想法才去做这一切的。

当然，这些全是陆扬的猜测，一切还是要等找到了小可，才能确定。

陆扬忽然发动了新月号，萧敬只觉得一股巨大的冲力从正前方来袭，他的银河号不受控制地向后退去。

“完了。”

彻底陷入绝望的萧敬，脑子里像回马灯似的来回播放着种种过往。

他想过自己的未来，也曾经考虑过无数的可能。

只是从来没想到的是，他的死亡之所，竟是这海底的最深处。

而这台耗费巨资定做的微型潜水艇，变成了他长眠的坟墓。

人之将死，诸多遗憾。

萧敬迸发出了强大的求生欲，只是，随之而来的更多的还是绝望。

他知道，凭借自己的力量，绝对没办法在一艘已经失去了大部分能源和动力的潜水艇内逃脱。

但几秒钟后，萧敬回过神来，他惊讶地发现，周围的景物并没有任何改变。

他竟还在沉船的货舱之内，周围东倒西歪，全都是货架。

地上那么多跨越岁月而留存于此的珍宝，偶尔被潜水艇的灯光照到，不由自主地反射出光线，努力地展示着自己。

怎么回事?

萧敬在心底里冒出各种念头来。

很快，他明白过来，陆扬刚刚推的那一下，将他和银河号推过了那处缺口，让他稳稳地到达更为安全的货舱的另一端去。

“新月号上也没有足够的动力来帮助银河号回到海面，趁着银河号还有些能源，你最好赶快尝试离开。”陆扬冷冷地说。

萧敬咬了咬牙，尽管并不想走，他也知道自己必须得走。

这是最后一次求生的机会。

他想活，他要活，他必须活着。

“秦鸣……我是说，小可……小可就交给你了，把他带回来，不要让他死。毕竟他是秦家的人，也是我们萧家唯一的希望。”这是萧敬临走之前留下的话。

陆扬应了一声。

萧敬欲言又止，但当他看向陆扬，察觉出他眼神里的不耐时，萧敬便把几乎要脱口而出的话全咽了回去。

银河号缓缓向上攀升，尽管在海水的压力下上升异常艰难，但萧敬还在咬着牙努力。他此刻全身绷紧，不停地在祈祷。

陆扬叹了口气，将注意力从银河号和萧敬的身上收了回来。他先确定了一下新月号目前的能源状况，确定非常充足，足够他继续进行接下来的旅程，才放松地吐了口气。

“琼，麻烦你的技术人员再帮个忙，试试看能不能让新月号和星空号取得联系。我需要跟星空号内的人通话。”

新月号内，安静一片，仿佛整片大海之中，就只剩下陆扬一个人。

他叹气：“琼，我知道你在听，蓝色的小灯代表与复仇女神号的通信状态，我有注意到它一直在开启。”

琼忍俊不禁的笑声终于传了过来：“居然被你发现了。”

“嗯。”陆扬轻声应道，并没有因为她在全程偷听，而给出更多的情绪反应。

“我不是故意的。”琼有些不好意思了。

“是的，你不是故意的，通信频道一直开着，你坐在椅子上，声音自动传进了耳朵，你只是不好意思在这时候提醒，还有第三方全程在场。”

琼要找的借口，陆扬全都先给她找好了。

她只要随便附和就好：“好像，是这个样子。”

顿了顿，琼突然笑着问：“陆扬，你真是个不让美女为难的好绅士。”

“这本就是美女该享有的优待。”陆扬回答完，话锋一转，说起了另外一件事，“与星空号取得联系的事，就拜托您费心了。”

此刻，琼坐在落地窗前，望着海上的璀璨星空。她单手端着一杯红酒，随着她温柔优雅的动作，猩红的美酒沿着水晶杯的杯沿旋转出一道弧度。

她微笑着，朝一个方向，轻轻地一颔首。

几名技术人员立即进入紧张忙碌的状态当中，在未经允许的情况下，若是想与其他的潜水艇取得联系，最方便快捷的办法便是“黑”进主频道里去。说起来简单，要做起来却不容易。

尤其还有时间上的限制，海水是巨大的阻碍，它让信号时断时续，更加大了难度。

不过，既然是琼的要求，即使再难，他们也得全力以赴地去完成。

“陆扬，我们这边会尽力，如果你想尽快成功，最好还是先找到星空号，距离它越近，便越容易建立起联系。”

陆扬应了一声，不必琼提醒，他也打算这么做。

沉船之内，鱼群又在急速地游来撞去，数量极其庞大，仿佛受到了某种惊扰。

陆扬观察了一会儿，发现所有的鱼都像是无头苍蝇似的在乱撞，并不能从它们逃窜的方向来判断出是哪里出现了异常。

不断有鱼儿快速急游，砰砰砰地撞到了新月号上。

陆扬喃喃：“什么情况？炸窝了？”

琼接话：“你看一看沉船卡在两侧的支撑点，是否是那边出现了问题。”

有了方向，陆扬分别做了检查，很快，他已判定：“这艘船要沉了。”

“陆扬……”

琼只是喊了一下他的名字，陆扬便知道她要说什么了：“好的，我现在先去拿你要的东西。”

“亲爱的，我真的不知道该怎样去表达自己的感激。”琼热情地赞美着他。

哪怕知道这只是美女惯常使用的方式，并没有其他特别的意思，陆扬还是不由自主地红了脸颊。

为了转移注意，不让自己显得那么困窘，陆扬转移了话题道：“小可这个家伙，究竟是去哪里了？会不会他在收拾了萧敬之后，就返回海面了呢？毕竟他并不是自己想到海底深处的沉船上来的，只要一找到机会，他是绝对要开溜的。”

话音才落，陆扬就发现在正前方的不远处，有一个椭圆形的球体，慢悠悠地直接冲着船体的船壁撞了过去，本来就破烂的船体直接被撞出了个洞。

陆扬无语地发现，沉船因为这样的动作而晃了几晃，距离完全散架，或许也只是相隔着最后几次撞击而已。

“怎么了？”琼敏感地察觉到了陆扬的异样。

“我想，我找到我朋友了。”他操纵着新月号，直接跟了上去。

“找到了吗？那真是要恭喜你了。”琼遗憾地说，“不过，我要提醒你，船真的要沉下去了，或许最多只能支撑半小时，甚至更短。”

“我知道的。”

陆扬此刻就在船体之间，他哪能不清楚是怎么回事呢？当务之急，必须先追过去，阻止小可的破坏行为。

不过这些，他并不打算对琼直说。

“通信即将连接。”琼提醒完毕，那个蓝色的小灯，突然熄灭掉。

陆扬虽然不知道发生了什么事，但能单独与小可聊几句，他还是感到振奋。

频道内短暂的静默之后，突然传出来一阵悠扬的歌声，没有歌词，只有高低起伏的调子，空灵，悠远，延伸到了大海的最深处，堪比海妖魅惑的歌喉。当轻轻吟唱的声音响起，世界仿佛随之沉寂。

那是一种让人不忍破坏的美好意境。

陆扬听着，心里真是又好气又好笑。

之前他亲眼看着小可被拦截号扔下海中，吓得魂都要飞了，心心念念，就为了冲过来救人。他在脑海中曾经幻想过一百种、一千种画面，全都是小可有多绝望孤立，在大海的深处惶惶无依，只能任凭海水一点一滴地将自己吞噬，撕裂，最终成为大海的一部分，再也寻找不到的画面。

谁知，这些全都是他一个人的臆想罢了。

小可还在这儿乐呵呵地唱着歌呢，没瞧出来有什么害怕，倒是感受到了他的惬意。

“早知道你这么开心，我就不来了。”陆扬叹气。

“陆扬？”小可惊喜地抬高了声音，“你怎么做到的？你怎么能在这里说话！”

陆扬继续叹气：“你说呢？”

“你太厉害了。”小可崇拜地拖长了声音。

见他如此，陆扬忽然笑了：“唱得那么开心，看来是一点都不害怕。”

“为什么要怕？这里多美。陆扬，你知道吗，我总觉得自己好像曾经来到过这里，或许是上辈子，或许是在梦里。”小可忍不住继续分享，“真希望你也在这儿，一起看一看眼前的风光无限好。”

“算你有良心，有好玩的还会想起我。”陆扬轻哼。不等小可继续花言巧语地哄他，他便让小可回头看一看。

新月号此刻已经追上了星空号，两艘潜水艇一前一后，相隔不足三米。

片刻之间，小可发出一声惊叫：“我身后有个金蛋。”

“什么金蛋，这是潜水艇，最新款设计，马力强劲，绝对值得信任的好东西。”

小可摇头评价：“好娘，不适合你。”

星空号绕了个大圈，来到了新月号的正对面，当隔着瞭望窗，透着朦朦胧胧的光线望过去，两个大男生的视线终于对上时，小可的声音多了更多情绪：“啧，连座椅都是粉蓝色，果然够娘。陆扬，你从哪儿搞到这么一台潜水艇？”

“说来话长，一时半会儿也解释不清楚。”陆扬按捺住激动，“走吧，咱们回去，等到了安全地带，咱们好好地聊。”

小可摇头：“还不行，有一样东西没找到。”

“什么？”陆扬不解。

“秦家的令牌。”小可对于陆扬显然十分信任，一些隐秘的话题，他想也没想便直接告知。

陆扬想起萧敬之前说的话，有些困惑，那个藏着秦家家主令牌的镜子不是已经被扔到海沟深处去了吗？

怎么小可还说要找呢？

不过，他自己也答应了琼，要帮她带点东西回去，在沉船上多绕几圈还是十分有必要的。

只是这个速度一定要快。

“走吧，咱们去找，它长成什么样？你形容一下，咱俩分头行动。”

小可沉默了。

陆扬不解：“怎么？不方便告诉我吗？”

小可思考了几秒之后，才回答：“我也不知道是什么样子，萧敬说，若是见到了，一眼就知道，那一定是它，就如同是砂砾里藏着的真金，哪怕是藏在最昏暗的角落，只要你曾路过，便绝不会忽略。”

陆扬越听这种形容，越觉得耳熟。

下水之前，琼让他来找的那一样东西，也有着类似的说法：不能做出具体的形容，也无从得知它的大小轮廓，但当它出现在他的面前时，那份独一无二，便足以让他瞬间明白，此行而来，独为它。

“我倒是真的有点好奇了。”陆扬认真地说。

接下来，他与小可分开，朝着不同的方向而去，并且约定，如果有所发现，另一方就要提醒。

目前沉船最多也只能支撑二十分钟，而两艘潜水艇所携带能源、氧气等，最多也只能坚持四十分钟，去除掉上升时所需要耗费的能源，那么留给他们的时间的确不多了。

陆扬才离开没多久，就又感到了船体的震动，不用想，肯定是小可又在玩“穿墙术”了。

他忍不住在通信频道里提醒了一句，要小可找门来走，不要撞来撞去的，免得一个不小心把船给弄沉了。

小可嘿嘿一笑，明显有点不情愿，但陆扬的话，他还是会听的。

此后就真的没再撞过墙，沉船随之进入暂时的平衡之中，也不知道能不能因此而多支撑一段时间。

“陆扬？”琼的声音，再次响起，不过整个声音全都是断断续续的，从海面传递过来的信号越来越不好，“你一定要帮我把东西带回来。”

琼重复了好几次，勉强将自己的意思表达清楚之后，通信连接信号灯彻底暗了下去。

陆扬反而松了一口气。

接下来，就是尽力去寻找。

“万万没想到，有一天我居然真的来大海里捞‘针’了。那好吧，咱们去捞一捞看看。”陆扬将速度加快了些。

操纵新月号并不算困难，陆扬经过一段时间的练习，已经能够将新月号使用得十分顺畅，即使是沉船上极其狭窄的区域，新月号也能灵巧地通过。

沉船前段的区域，海水特别清澈。

这里生长着许多浅蓝色的小鱼，它们三三两两，轻轻地舞动着尾部。对于新月号的靠近并不觉得害怕，反而追逐着新月号而行，好似都在好奇这不速之客，正在沉船的周围寻找着什么。

“假如是一件能够代表家族至高权力的信物，必定是方便携带、方便展示的，所以，它不会太大，没准是像玉佩、金牌之类的，差不多手掌大小，造型比较特别。而萧敬和琼全都说，他们要找寻的东西，非常之醒目，只要在眼前看到，必然不会错过，那么这件物品为什么会醒目呢？难道它会发光？还是说特别精致美丽？又或者，它有什么特别之处，可以区分于这条沉船上所装载的一切？”

陆扬的目光，不自觉地落在了一个方向。

隔着一大片海水，他好像看到了什么。

小可惊喜的声音，随之响了起来："我好像找到了。"

"在哪儿？"陆扬的目光依然落在那个方向，很奇怪，水深处，光无法照射的地方，好像隐藏着什么。

"还是在船尾的货舱内，它里面有夹层！刚被我一下子撞漏了，噼里啪啦掉出来不少奇怪的东西。你快来，快点来。"小可兴奋地催促。

陆扬心不在焉地应了声。

新月号调转了方向，朝着船舱尾部出发。

走出没多远，陆扬咬了咬牙，让新月号转了个弧度，朝着他觉得有问题的地方直接出发。

"小可，你先想办法把东西拿到手，我有点事，马上就来。"

"你有什么事？"小可正专心地控制着星空号的机械臂，从一堆奇奇怪怪的东西里，翻找着他感兴趣的那一件。

奇怪了，刚刚还能看见什么东西在闪闪发光，怎么打破了夹层之后，金光反而就看不见了呢？

小可不相信是自己眼花，更不愿意就此放弃，他干脆埋头苦找，心不在焉地和陆扬念叨了几句，大部分的注意力还是放在面前那些乱七八糟的东西上。

而陆扬在穿过了长长的廊道之后，最终来到了一个独立的房间之内。

当新月号的灯光打在正前方时，陆扬震惊了。

好半天，他都没有任何反应，整个人好像游离失神了一样。

他抬起了手臂，轻轻抹了抹眼睛，口中轻轻地喃喃："我这是，看见了什么啊。"

整个船舱之内空荡荡的，唯有在中间的位置，放了一尊玉佛。

那佛，不知是什么材质雕琢而成，通体雪白，如有光芒，环绕其身。

从陆扬的角度，看到的是佛像的背影，脚踩着白莲，头戴玉冠，衣袂飘飘，气质超脱。

单是看见背影，陆扬就感觉心跳加速。他几乎是带着一种迫不及待的心情，直接操纵着新月号冲了过去。

水底旋转出了一道弧线，在那个瞬间，陆扬终于看到了佛的侧颜。

很眼熟，无比眼熟，极度眼熟。

那桀骜不驯的笑意，那如刀削斧凿一般的神仙俊颜，那面部神情里永远带着一丝拒人于千里之外，甚至他眼角不经意间流露出的那一抹天真无邪，都和小可一模一样。

陆扬有些心急，控制操纵杆的手情不自禁地捏得更紧了。

绕到了正面，这一尊佛更显宝相庄严，手掐法印，稳稳端坐。在海水深处，水波清透，宛有佛光，总在不经意间，一闪而逝。

刚刚他看到的光，应该是源自这尊佛。至于为什么明明是在一间暗室之内，却依然能够看到，那已不是陆扬能够理解的了。

“什么情况？”陆扬盯着佛容，脑子里乱糟糟的。

这是一艘沉了一百多年的远洋商船，它落在海底的一处大裂缝的顶端，随时可能坠入裂缝之下深不见底的深渊。

那么，在这样的一处所在，他竟然看到了一尊佛，并且佛头是他此行同伴的模样。

万千思绪在此时齐齐地涌入陆扬的脑海当中，他发现自己根本没办法移开眼神，只能一直用诧异的眼神望过去，越看越是觉得，那尊佛似乎是活的，他在看佛，佛也在看他，目光对视之间，居然还有几分交流。

“幻觉吗？”陆扬迟疑开口。

海水轻轻波动，佛的目光之中，多了几分悲悯，几分悲切，还有一些无法用言语去形容的森寒。

“我是第一次觉得小可的那张脸很讨厌了。”陆扬摇了摇头。

通信频道内，小可的声音突然抬高：“你为什么觉得我讨厌？”

陆扬失笑出声，他问：“小可，你是真的小可吗？”

“小可，当然是真的小可！”这是标准的小可式回答。

陆扬听了，整个人放松地瘫倒在了座椅上。谢天谢地，眼睛里看到的全是幻象，但耳朵里听到的却是真实世界有关的一切。

“我好像遇到了‘蜃’。”他怕小可听不懂，又解释，“科学上来解释，是由于光的反射和折射，将远方的景色，拉到了跟前，而产生的一种极其虚幻的现象。但这海底的蜃，又有点像是平时鬼怪灵异里所说的鬼打墙，眼睛看得见，身体的每一个器官也都能感知得到，但它是假的，哪怕反馈给身体的感觉再像是真的，它依旧是假的。”

“你在哪里？我去找你。”小可有些担心了。

“我还在刚刚的位置，我想，这应该是在船头，船体的总控制室就在隔壁。”陆扬简单交代之后，又对那尊佛盯着看了好一会儿。

也不知是在什么时候开始，佛突然“活”了过来，陆扬几次换了角度，发现佛的眼神都在跟随着他。而佛的表情同样有所变化，时而怒容满面，时而欢笑展颜，时而眉头紧锁，时而慈悲为怀……

“啧，这还是一只精通佛道的蜃。”陆扬感慨。

他左手捏右手，骨节咯吱作响，有些振奋地说：“我只在爷爷的故事里听说过海里有这么个物种，但是还真的没有亲眼看到过。让我来试试看，你除了会制造幻觉，还有什么本事。”

新月号猛然向前，直冲佛像而去。

佛的面庞之上露出了大为震惊的神情，当然，从陆扬这边望过去，他看到的是小可嘴巴张大，满是不可思议的神情。

陆扬心想，还真是惟妙惟肖呢，几乎是跟小可没有差别。

可惜，眼前的都是幻觉，已经骗不过他。

咚——

在新月号之内的陆扬，明显感觉到了震动。

佛并没有消失，而是化为了实体，与新月号结结实实地撞了个正着。

“什么鬼。”陆扬也吓了一跳。

那明显就是幻觉，怎么会有触碰的感觉?

难道，这尊佛真实存在?

陆扬的脑袋瞬间嗡嗡直响，控制着新月号向一旁绕了过去，结果“咚”的一声，再次撞了个正着。

沉船四周，泛起了一阵涟漪，船体跟着上下浮动，碎裂的声音已是非常清晰。

“陆扬，船要沉了。”小可低吼。

“你先出去，脱离这片水域，不要过来找我。”陆扬着急地催促。

“不行，不能留下你。”小可从来都不是听话的乖孩子。

“你赶快走，我也要走，咱们分头离开，在水上会面，别耽误时间了，安全为第一。”

这腐朽的沉船，正在肆意地摇晃，上上下下，左左右右。船体发生了倾斜，到处都有水泡在翻滚。虽然早已岌岌可危，但压倒骆驼的最后一根稻草，的确是陆扬刚才那一下造成的。

察觉到了是这么回事，陆扬都有点想笑了。最近有那么多人光顾沉船，万万没想到，导致沉船彻底崩塌的人，竟然会是自己。

小可那边终于同意了。

“你快点出来。”

“好。”陆扬嘴上答应，但新月号却围着那尊佛，又绕了两圈。

佛还是佛，佛又不是佛。

没什么变化，但处处都是变化。

陆扬快被那种古怪又诡异的感觉给折腾疯了。

陷落的沉船一派末日之象，那长着如小可面孔的佛，仿佛在无声地嘲讽着他。

“不是幻觉？”陆扬心里的疑惑，比任何时候都要重，若不是没法打开潜水艇，他都想直接开门潜入海水中，亲手去触碰和感知，看一看所感知到的一切，是不是真实存在。

这种强烈的感觉，令陆扬生出了几分冒险的冲动。

已是生死关头，他居然又硬着头皮，绕回到那尊佛的正对面。

面对面地相视，那张脸，那个眼神……

陆扬硬着头皮，将机械臂探出，直朝着佛头的部位探过去。

在他的视觉里，机械臂已经触碰到了实体。但真正有触碰到的感觉，却又是在几秒钟之后。

也就是说，眼前的佛像，或许并不存在于眼前所在的空间之内，它的真实位置，应该是再向后半米的位置。

眼睛一直在骗人，干脆闭上眼睛，不使用视觉。

机械臂在触摸到实体之后，愈发地小心翼翼，它向上、向下触碰了一会儿，蓦地，陆扬感觉到自己好像触碰到了什么。

陆扬屏住了呼吸，将那样东西从佛像身上剥离。

这个过程异常困难，尤其还身处于这样的情境之下。陆扬单单是保持情绪稳定，都已耗费了极大的力气。

耳边突然出现了呼啸的风声，风声之中仿佛还有凄厉的号哭，似男，似女，似妖，似魔……

陆扬身上的鸡皮疙瘩齐刷刷地涌了出来，每一根汗毛都立起，那是被某种邪祟给凝视住，心有畏惧，完全没办法摆脱的感觉。

但这些都困不住他这位土生土长的渔三代。

陆扬猛地使劲一拽，断裂感来袭。

面前的那一尊玉佛，瞬间消散成了海底无数的气泡，而机械臂上仿佛缠绕着什么，他来不及看，将机械臂紧紧收回，而后准备一溜烟地开跑。

然而此刻，这沉船终究还是承受不了百年间的侵袭，悄无声息地，变为几大块碎片，最终朝着海底的黑渊而去，从此再无踪迹。

新月号困在其中，被这种吸引力拉扯着，不由自主地向下落去。

陆扬心中暗暗叫苦，拼尽全力，想和新月号一起脱离这可怕的引力，然而完全没有用。他们已成为沉船的一个部分，一切仿佛变得不可避免，即使陆扬想要靠着潜水器的动力逃离，也不停地有残碎的船体砸在小小的新月号上。

是的，就在此刻，新月号变得无比渺小。

新月号左摇右晃，不停地受到重击，有两处零件损坏，动力无法维持。

陆扬心里暗暗叫苦，但现在也不是抱怨和后悔的时候，他还没有放弃最后一丝希望，哪怕在坠落中，仍是拼尽一切力量往上而去。

然而这里毕竟是海底的深处，海水的压力达到了匪夷所思的程度。

在大海面前，人类如此渺小，甚至连海底的一条鱼都不如。

下坠到了某个点，陆扬心中已经生出了在劫难逃的绝望感。

他放任了坠落，开始在公共频道内呼喊。

“小可？小可？”

没人回答，也许是连通信器都损坏了，或者是信号已经无法发射出去，各种各样的原因，导致了眼前的一切的发生。

“琼？你在吗？”陆扬再次呼喊。

通信器内，安静如斯，他在大海深处，完全变成了独立的个体。

“要交代到这儿了吗？”陆扬苦笑，其实这个结果，虽然很意外，但也并不是不能接受。

北月岛长大的渔三代，若是能归于大海，也算是绝佳的归宿。岛上几代渔民，有很多都是出海之后，一去不复返。在这样的环境之中长大，对于大海的恐惧，陆扬要比其他人少了许多许多。

他忽地想起来，自己就是为了那尊佛身上挂着的某样东西，才落得如此下场。

在停止呼吸之前，他还是想要看一看，自己用命换回来的究竟是什么。

新月号的一条机械臂已经废了，另一条没废的，耷拉在另一边。

陆扬控制着操纵杆，将机械臂抬举，放在了自己的面前。

隔着瞭望窗，他看了过去。

就见机械手臂上，掐着的是佛像的上半截，佛头泛起了魅惑的诡笑，也正在望着他，一股邪恶的气息扑面而来。

陆扬被吓得一激灵，浑身上下瞬间就被大汗给湿透了。

“什么鬼？到现在还能跟我搔首弄姿？”

佛头顶着小可的脸，分外滑稽。陆扬本来挺害怕，但现在，只是很想笑。

“如果能活下去，真的好想搞清楚，你究竟是个什么东西。”陆扬长叹了一声。

新月号开始随着水流旋转，转着转着，速度越来越快。

陆扬嘟囔：“怎么跟掉进抽水马桶里一样，临死还不让人安安静静地去呢？”

紧接着，他听到新月号发出了巨大的碎裂声响，整个舱体开始解体，没几分钟就可能变成一堆碎片。

陷入无尽的黑暗之前，陆扬最后一个意识是：琼定制的这艘新月号明显是质量不合格啊，它本来便是深海潜行的装备，怎么到了海底深处还直接碎了呢。奸商害人，但又没有差评。为什么？因为用过货的人，都没机会再返回去给他操作一个五星差评了。

可恶！

（未完待续）